AGUAS BRAVÍAS

Antonio Montaña

AGUAS BRAVÍAS

Villegas
editores

Libro diseñado y editado en Colombia por
VILLEGAS EDITORES S. A.
Avenida 82 No. 11-50, Interior 3
Bogotá, D. C., Colombia.
Conmutador (57-1) 616 1788
Fax (57-1) 616 0020
e-mail: informacion@VillegasEditores.com

© ANTONIO MONTAÑA
© VILLEGAS EDITORES 2004

Editor
BENJAMíN VILLEGAS

Departamento de Arte
HAIDY GARCÍA

Investigación gráfica
JUAN DAVID GIRALDO

Carátula
    Santiago Harker. Cañon del Araracuara. *Fotografía.*
    Giovanni Ferroni. *Barco a vapor a orillas del Magdalena.*
    Óleo sobre lienzo, museo del siglo xix, Bogotá.
Contracarátula, E. W. Mark. *Peñón del Conejo.* Acuarela. ca. 1856.
    Banco de la República, Bogotá.
Páginas 2/3, *fotografía Indira Restrepo.*
Páginas 6/7, Jos. Brown. *El vapor Unión en su primer viaje*
    por el río Magdalena, 1840. Acuarela y tinta sobre papel.
Página 9, Alberto Urdaneta. *Las dos hermanas.*
    Grabado de Barreto, ca. 1881-1887.
Página 10, *Juan Fernando Elbers.* Óleo sobre lienzo.

Primera edición, agosto 2004
Primera reimpresión, octubre 2004

ISBN 958-8160-72-3

Preprensa, ZETTA COMUNICADORES

Impreso en Colombia por
PANAMERICANA FORMAS E IMPRESOS S. A.

VillegasEditores.com

Bientôt nous plongerons dans les froides ténèbres;
Adieu, vive clarté de nos étes trop courts!

CHANT D'AUTOMNE

Mais je porsuius en vain le Dieu qui se retire
L' irresistible Nuit établit son empire
Noire, humide, funeste pleine de frissons

Le coucher du soleil romantique

CHARLES BAUDELAIRE

PROEMIO

Fue un tropel breve. Adelante una negra gorda, sorprendentemente ágil para su edad, correteaba deteniéndose aquí y allá para decir algo que de seguro era lo mismo y, por el ademán de pesadumbre, noticia grave. Tras de ella, muchos: gente del puerto, niños, mujeres como en atolondre, hombres que caminaban con la solemne lentitud que tiene la marcha de la gente triste.

Que algo pasaba nos dimos cuenta porque a las cinco de la tarde en ese pueblo hay poco que hacer. Es la hora en que las primeras nubes de jején se mecen en el aire, el calor se congrega y la brisa no corre ni se arremolina; bajo ese aire más húmedo que en las madrugadas, un cambio de la rutina, desordena todo.

Tras el ir y venir de los grupos el pueblo recuperó su ritmo y, en la modorra habitual, los golpes metálicos de las herraduras sobre el canto rodado de las calles recordaron la necesidad de cumplir las últimas faenas. Pronto, en los patios, el aroma del jazmín vencería al áspero de tierra calentada por el sol.

El bullicio como de carnaval se reinició en alguna calle lejana. Llegó un ruido, una vez como de lloro, otras, como de canto. Un sonido triste, de cualquier manera y que rompía la rutina circular de los lugares donde nada distinto de lo olvidable suele acontecer.

Sobre la espejeante superficie del brazo ahora seco del río, como imagen de un sueño, otra vez una canoa se deslizó, rompiendo en ondas aquí oscuras y en la cresta como de plata bruñida, el reposo de las aguas. La embarcación que remontaba la corriente no parecía requerir esfuerzo de quien la gobernaba. Iba el hombre de proa a popa clavando la pértiga en el limo con el desánimo de quien sabe que ni aun si lo intenta pisará su propia sombra.

—Tanto escándalo por un muerto... —comentó alguien que llegaba y lo dijo con la indiferencia con la que el hombre se refiere a lo que le resulta absolutamente ajeno—. Y en el velorio cantan como si fuera fiesta —añadió—. Este es un pueblo de locos.

—Hacía calor. Tanto como en la sombra de los perros ciegos —dijo la negra encargada del servicio.

Sentados en el patio a la espera de frescura esquiva de la brisa la conversación fue lánguida. Cuando la gente pasa mucho tiempo junta, poco se conversa.

—No estaba ayer a mediodía y tampoco hoy por la tarde —comentó alguien con voz de estar hablando consigo mismo. No aludió a ningún personaje, pero todos sabíamos a quien se refería. En un pueblo con rutina de piedra y calles tan solitarias que resulta apasionante el espectáculo de un burro sin arriero que anda con solemne parsimonia cargado apenas con enjalmas y dos cántaros, o el de una banda de niños que huye chillando de alegría por haberse sacudido las disciplinas sin amor de los maestros, encontrar bajo el apabullante sol o la lluvia, inmóvil siempre y con la vista fija en lontananza, un anciano vestido de lino impecable, con camisa de seda, botas de badana, ancho sombrero blanco de paja sureña y ojos azules fijos como los de una estatua en el recodo lejano del gran cauce, resultaba, por decir lo menos, inquietante.

La arquitectura de Mompós, en tránsito a la ruina, denunciaba el fracaso de la vocación de ciudad: calles recorridas por la polvareda que arremolinaba el ocasional golpe de brisa; casas que se desvencijaban: tristes, como indigentes de hospicio; plazas soleadas; huertos crecidos bajo cuya sombra se pudría la fruta. Y gentes a quienes su pobreza adormilaba la esperanza de cambio. Nada explicaba aquella presencia cuya figura alguien comparó con la de un oso polar en medio de la selva. Llegaba, y así lo habíamos conocido o visto todos, con las primeras luces del alba al mirador del antiguo muelle y permanecía, gaviero silencioso, hasta cuando perdían su lumbre los últimos rayos del poniente. Una negra de andar pausado y cuerpo enorme, dos veces al día, en un cesto, le llevaba agua fresca, mangos, madroños, naranjas y algún otro frugal alimento que nadie vio mereciera su atención. A la hora en que se precipitan los breves pero furiosos aguaceros tropicales, con indiferencia de pato bajo el diluvio, el viejo buscaba resguardo bajo las ramas del samán, a cuya sombra también encontraba reparo durante las horas despiadadas y sin orden de la canícula.

Nunca alguno de nosotros le dirigió la palabra. Ninguno se atrevió a romper esa barrera de respeto levantada por él con la materia impalpable de los silencios.

—Antier llegó más tarde que de costumbre —intervino alguien—. Ya debía estar enfermo.

En el trópico, con frecuencia, las primeras horas de la noche resultan más cálidas que el día. El aire detenido como agua de pecera crea la impresión de que todo sucede con lentitud y el tiempo mismo se adormila en el bochorno.

—No volverá —anunció otro, levantándose—: Se murió y es por él ese alboroto.

En torno a su cuerpo, vestido con uniforme azul de marino, cumplían las plañideras su oficio de lloros.

La negra Ignacia, frente al ataúd, presidía el rosario acompañada por un grupo de esclavas y servidores.

Unos cuantos blancos formaban círculos de tertulia en el fondo del salón de la casa de la compañía.

No parecía velorio de hombre rico ni importante. La gente estaba triste. Se repartió poco aguardiente y los músicos declararon estar tocando sin paga, porque él, refiriéndose al muerto, era de los suyos.

—Se murió sin ver pasar el vapor.

—¿Era eso lo que esperaba?

—Catorce años —dijo el hombre, acercándose—. Esperó catorce años.

—¿Esperó? ¿Y para qué?

—Poco a poco, se lo irán contando —respondió el hombre quitándose el sombrero—. De los muertos se puede hablar. Mientras uno esté vivo se le guarda respeto.

José María Espinosa. Simón Bolívar. *Lápiz sobre papel, ca. 1828. En:* José María Espinosa. *Bogotá. Museo Nacional, el Áncora editores. 1998.*

bros del Comité de Hacienda que en menos tiempo del que alguien hubiera empleado para leerlos, dio su visto bueno a los términos del contrato de concesión que debería someterse al Congreso.

Don Santiago se comprometía, a cambio del privilegio de exclusividad para la navegación del río Magdalena, a mantener un servicio efectivo de vapores; construir un camino menos fatigoso entre Honda y Bogotá; puertos con alojamiento en seis lugares del río; un tajamar en las Bocas para hacer menos peligroso el ingreso de los barcos, y a emprender obras que hicieran reutilizable el canal que unía el río con la bahía de Cartagena.

La única condición que se le exigía, era probar la posibilidad del servicio. En otras palabras, poner un vapor con pasajeros y carga a surcar las aguas; requisito a primera vista exiguo. Para cumplirlo, sin embargo, era menester hacerlo todo. Nadie conocía la aptitud del Magdalena para navegación de regular calado, ni la oculta geografía de sus canales, barras, promontorios y bajos fondos y en seguida organizar las empresas que alistaran la carga que pagaría los costos; posadas para alojar pasajeros, sitios de aprovisionamiento de combustible y vituallas; puertos, diques secos; un astillero...

La selva, las ciénagas y su compañera perpetua, la fiebre, se establecían como enemigos anticipados. Y la ambición de otros hombres espoleada por la magnitud de la empresa, como preludio de batalla.

"Tendrá que hacer política –había dicho Bolívar– igual que yo si llego a cumplir mi promesa de liberar

I

Lo conocían en el pueblo como don Santiago, a secas, quizá porque pronunciar su apellido resultaba tarea más que difícil, inútil y el *don* lo hacía merecedor de respeto. Era más alto que el común de los pobladores y el más blanco de todos: a su piel, excepto el rostro curtido por el sol y enrojecido por el calor, la revestía un tinte claro como el de la cal que enjalbega las fachadas. O el de los mármoles italianos que él mismo regaló a la iglesia de Santa María Valvanera. Esa blancura alabastrina la certificaba el barbero que muchas veces, para aplicarle ventosas, había desnudado su espalda y durante la indispensable sangría, observado antebrazos y tobillos. También la aseguraban quienes en las tardes, luego que él abandonara su lugar en el muelle o su cofa de vigía en el parque desde donde se avizoraba el lejano meandro por donde navegaron alguna vez los vapores, la conocieron cuando en la mesa, bajo la sombra del samán, preparándose para beber un trago, remangaba con amoroso cuidado sobre el antebrazo el encaje de su camisa europea.

Los ojos azules y la mata enorme de su cabello blanco, atado con lazo atrás en recuerdo de las modas antiguas, contribuían en un pueblo de gente morena, a darle ese aire distante que asumen los ricos o los poderosos frente a quienes les sirven o los adulan para alcanzar ventajas con su trato. Su rostro era dulce como el de la mayoría de los viejos que, perdida la memoria, navegan en la fascinación de cuanto no les exige tomar decisiones que comprometan su destino.

Quienes lo habían conocido en los tiempos de grandeza, unos cuantos, lo recordaban autoritario: capaz de disponerlo todo en el imperio de su voluntad. Sus mandatos, sin embargo, jamás fueron los de un capataz; nunca obro con la terquedad de un militar confiado en la magia de la repetición, ni la de un sacerdote obseso por la liturgia. Tampoco compartió la mesa ni las horas larguísimas del tedio tropical con alguien ajeno a los negocios de la compañía, ni en fiestas o reuniones gastó su tiempo con quien no estuviera dando encomiendas o consultando pareceres desde antes asegurados.

Los proyectos que trajo Santiago Elbers, cuando pisó tierra de América, eran hijos de la razón, sustentados por ella y por su producto: la ciencia. No se trataba de improvisar, de inventar algo, sino de probar que la voluntad de orden trocaría en mundo civilizado y amable un lugar tan salvaje que era de sospechar que, si Dios alguna vez existió, olvidó construir allí un rincón decente, sin calor o helajes de páramo; sin plagas ni enfermedades; un simple retazo de tierra donde fuera posible soñar la cercanía del paraíso.

El deber del hombre consistía en modificar aquel entorno para hacerlo suyo y demostrar así su grandeza a ese dios egoísta o descuidado. Y el arma para ganar esa batalla era el progreso: abrir territorios, facilitar el trabajo de todos, aminorar sus esfuerzos. Una máquina no robaba el salario a un hombre: hacía más placentera la vida de centenares, acortaba las distancias y los tiempos de angustia o desvelo. Las calderas que movían los pistones, se alimentaban de leña y carbón; sus engranajes liberaban al marino de la volubilidad de los vientos. Gracias al vapor, en los océanos del mundo la calma chicha y los vientos de proa dejaban de ser fuente de malestar y desesperación para tripulantes y armadores: tras la popa, la estela que dividía el mar en doble espejo, se había convertido en la insignia del triunfo del ingenio humano sobre el orden impasible de lo natural.

Para obtener, como los dioses míticos, ingreso al territorio de la inmortalidad, no tendría que esperar permiso alguno. Apenas convertir aquella oportunidad en destino modelando con su carácter el azar. Si el hombre alcanzaba la inmortalidad y obtenía un puesto en la memoria del porvenir, la salvación llegaría acompañada por la esquiva aureola de la gloria.

Aun cuando su semblante, visto diariamente durante los catorce últimos años hubiera hecho olvidar el primer rostro que conocieron, en la memoria de los mayores permanecía fresca la visión de la caravana de champanes fondeados en el brazo del mercado cuando de ellos descendió una docena de blancos. Hablaban un idioma parecido al de las guacamayas cuando aprenden a imitar ladridos de perros y cantos de pescadores borrachos.

Casi todos eran rubios y el calor los traía con achaques de sofoco. Bajo la fatiga del chaguan, sólo atinaban a mecer el aire que los quemaba haciendo de sus sombreros abanico. El intérprete, poco ducho en el español y nada habituado al rápido y cortante idioma que hablan las gentes del río, les consiguió albergue tras mucha brega y los extranjeros guindaron las hamacas en el fresco corredor de una casa con jardín amurallado.

Uno de los forasteros arribó gravemente enfermo. La mayoría llevaba el cuerpo hinchado por las picaduras del zancudo. Habían obedecido tardíamente el ejemplo de los bogas quienes duermen en un lecho cavado en la orilla, cubiertos de arena y con la cara resguardada por un trapo húmedo. Se quejaban de dolores de vientre y sensación de fiebres y el boticario estuvo a punto de agotar sus existencias de láudano y quinina para atender los pedidos.

Don Santiago fue uno de los primeros en abandonar la casa tras un descanso de días. Se encaminó al río con dos compañeros y tomó una piragua corriente abajo.

Regresó días después con una gran balsa tirada por un rebaño de canoas. Esa especie de isla, fabricada con cañas huecas y troncos de una madera que llamaban balso, surcaba con agilidad el río, incluso donde la corriente era poderosa. Mientras los hombres bogaban don Santiago y sus acompañantes lanzaban sondas, tomaban notas y examinaban cielo y tierra con instrumentos con aspecto de los fabricados para servir de talismán.

No habían transcurrido dos meses de su llegada, cuando murió el más enfermo de los extranjeros. Don Santiago y el intérprete acudieron, antes que a la iglesia, al delegado de la administración para solicitar permiso de sepultarlo en un lugar distinto del cementerio católico. Luego de consultar aquí y allá, el representante de la autoridad insinuó que para evitar que el cuerpo se pudriera esperando difíciles permisos, se comprara un terreno y habló de alguno que bien hubiera podido servir para sepultar a todos los soldados muertos desde la invención de las guerras. El precio exigido fue tan alto, que cualquiera hubiera podido darse cuenta que era una artimaña para obligar a que el muerto reposara en otra tierra. Don Santiago, sin embargo, aceptó la oferta: pagó de inmediato y no en libranzas, sino en oro, el lugar donde pudieran descansar suicidas o hugonotes.

El cortejo atravesó el pueblo en silencio. Ocho extranjeros cargaban sobre sus hombros la caja. Adelante, don Santiago, con el sombrero apretado contra el pecho en una mano y en la otra un ramo de flores de ciénaga, marchó seguido por acompañantes, bogas y remeros.

La tumba estaba ya preparada y cuando el ataúd tocó fondo, Elbers tiró a la fosa el ramo y cantó junto con los demás un himno lento que nadie antes había escuchado, ni volvería jamás a oír.

Medio pueblo contemplaba la ceremonia desde lejos y todavía cuentan que la música puso a llorar a las mujeres y a muchos que porque son muy hombres, no lo confiesan.

A la noche siguiente, don Santiago y su séquito notaron el cambio. No se presentaron en la casa donde se alojaban los sólitos vendedores para ofrecer sus productos, ni los niños alegraron la noche con su bullicio. Las mujeres que habían servido la mesa y concluido en las hamacas con los forasteros, mantuvieron esta vez un hosco silencio y castidad de profesas al amanecer de sus votos. Tampoco llegaron en la mañana los voceadores de fruta entonando su estribillo: "Mango, mango sabroso, papaya roja, madroño". Ni se vieron aguadoras con burros cargados de cañas de guadua repletas de agua clara y tan fría, que uno hubiera dicho que estaba en otro lugar del mundo y la bebía de un manantial besado por la nieve.

La cocina, repleta antes de negras que asaban plátanos y se esmeraban en convertir la yuca y el ñame en algo diferente a tormento para el paladar de los gigantones rubios, amaneció vacía, y en el patio de las gallinas cantaba apenas un gallo viejo rezagado.

Hasta entonces, ninguna contrariedad, decían todos, turbaba el remanso tranquilo de sus ojos, color de mar en estuarios coralinos. Ninguna noticia pavorosa le había hecho alguna vez fruncir el entrecejo, ni cambiar su gesto plácido de sonrisa detenida. Por eso tal vez a pocos extrañó que en la tarde siguiente al día del sepelio, cuando todo el pueblo parecía haberse vuelto en su contra, don Santiago atravesara la plaza sin llamar en el taller de la familia de Diógenes Alfaro y, sentándose ante el orfebre que martilleaba con ternura el metal para convertirlo en filigrana, ordenara que, al costo que fuera, pero de inmediato, le fabricase una corona a la Virgen de la Valvanera, bajo cuya advocación estaba el puerto. Y allí mismo, sin solicitar recibo alguno, y con su español sin inflexiones, como el de los aprendices de ventrílocuo, entregó libra y media de oro sin contaminación mercurial, comprado quizá a los contrabandistas que para evitar las aduanas de Cartagena lo sacaban desde el Nechí, el Nare o el Cauca, por el camino de los caños y las ciénagas, hasta las zonas libres de alcabaleros ambiciosos y aduaneros corrompidos.

Esa misma noche comenzó a elaborarse la corona. Su tamaño doblaba el del rostro de madera barnizada de la imagen, cuyos brazos fueron luego ajorcados con el metal sobrante.

Y entonces, a la mañana siguiente regresaron los niños a jugar en la calle de la casa de la compañía, y los enormes bagres de atigrada piel brillante y cara de gato dormido volvieron a las mesas de la cocina junto con la risa de las mujeres que antes de llevar el plato a la mesa, ceñían las cintas de sus blusas para hacer más evidente la maciza gloria de las tetas.

El pacto entre don Santiago y los poderes, al menos el poder eclesiástico, se selló el día en que, para exhibir la joya donada, se abrió la iglesia y el cura esperó a don Santiago en el atrio e ingresó con él del brazo bajo el repicar gozoso de las campanas, lanzadas a vuelo. Tras ellos siguieron las personas importantes y cerrando el cortejo dos de los extranjeros que bajo el dintel de la puerta se persignaron.

Las mujeres que colmaban la doble nave pudieron observar de cerca a aquel a quien únicamente habían visto pasar de lejos y conocieron, en medio de inconfesables asombros del cuerpo, el brillo cercano de una cabellera más destelleante que la misma corona que ceñía la frente de la imagen.

Él no se fijó en ninguna, aun cuando al caminar mirara a un lado y otro, e inclinaba la cabeza como en saludo. Las vio a todas. Y todas se sintieron reflejadas en el doble lago azul que las capturaba y abandonaba sin perder su mansedumbre, como si, en lugar de mirar mujeres, estuviera fijo en el fondo de una noche estrellada.

Salvo los encuentros y combates amorosos con las del servicio, los extranjeros siguiendo indicaciones precisas, jamás establecieron relación con la gente del puerto. No dirigieron nunca la palabra –al menos públicamente– a una muchacha casadera ni a la esposa del conocido. Ni siquiera mantuvieron, excepto los protocolares saludos, amistosa relación con los hombres del lugar, ni con los militares que llegaron poco después, afanados, como si sospecharan alguna misión secreta y su destino estuviera comprometido en combatir y desvelar complots. Empero, su oficio era otro: aprender de los europeos ciencias con nombre raro.

Por boca de los extranjeros se enteraron de la existencia de términos como la cartografía náutica, o cartografía, a secas. Entendieron que no era por radical estupidez que los recién llegados perdían la vida recogiendo muestras de hojas y frutos, ni por gastar el tiempo secaban cortezas de un árbol en terrenos ganados a la selva con talas insensatas. La tarea de los extranjeros carecía de cualquier sentido para los nativos. ¿Qué objeto tenía medir la profundidad de los innumerables brazos abiertos por el río cuando apenas comenzaban a bajar las aguas del invierno? ¿Para qué construir grandes bodegas, ranchos de madera resistente techados con hoja de palma, donde nada se guardaba ni nada podría almacenarse nunca, porque nada se cultivaba en medio de esas sabanas sin límite donde corrían venados amarillos y piaras de cerdos salvajes y reinaba el tigre más allá?

Por eso de los extranjeros se reían los micos en las copas de los árboles y también se burlaban en su lenguaje ininteligible los negros cimarrones, reclutados río arriba que gastaban más tiempo en sacrificar y asar los cerdos y cocer los plátanos llegados con exactitud extraña de río abajo, que en cumplir los oficios asignados.

Nadie podría utilizar nunca tanta madera, pensaban. Pero sí. Don Santiago, como comenzó a llamárselo luego de la donación de la corona y el establecimiento de un hospital donde llegaban los enfermos desahuciados por el brujo para salir, muchos, curados, era el jefe de una empresa enorme y absolutamente insensata: se proponía poner a navegar barcos movidos por una fuerza distinta a la de los remos, el vapor; un asunto complicado de explicar.

La empresa crecía, aunque nadie supiera para qué. Se hablaba de grandes obras emprendidas río abajo y río arriba. De plataformas para acercar a orilla segura ese monstruo mecánico gigantesco que comenzaba a ser común en las pesadillas y el delirio de los enfermos de fiebres recurrentes. De malecones fundados sobre piedras y arenas transportadas a lomo de mula desde las lejanas cordilleras. De residencias adornadas con flores en los claros abiertos de la selva. Trabajos como de gato en canasto de ovillos.

Ya no habitaban los extranjeros de la compañía una sola casa, sino tres, espaciosas y a salvo de lo que parecía un destino irreparable de ruina. Las adquirió don Santiago por intermedio de abogados que arribaron de Cartagena entontecidos por el calor y por el efecto del vino de palma que a partir de Magangué, a donde fueron a recibirlos los enviados del empresario, les suministraron los bogas sacándolo en totumas de ollas de cerámica que conservaban fresco, como agua de manantial, cualquier líquido que se les entregase.

Llegaron en representación de herederos que jamás habían visitado sus posesiones y miraban como caída del cielo la propuesta de recibir, a cambio de solares con la maleza crecida en su abandono y habitaciones con las paredes vencidas por la humedad y el tiempo, sumas que no merecían el calificativo de irrisorias.

Para repararlas, o mejor aún, rehabilitarlas, llegaron obreros con ademanes y costumbres de ciudadano que debieron, a fuerza de mimos y paciencia, rescatar los secretos de la ubicación de la mina de cal al único sobreviviente de aquellos tiempos cuando, en lugar de caerse, las casas se construían. Los recién llegados levantaron airosas mamposterías, sólidas y espesas, como de palacio o catedral. En bongos llegó piedra coralina para reemplazar columnas incompletas, rehacer fachadas y servir de cimiento: alguna, tallada; otras, acompañadas por picapedreros robados de Cartagena al oficio de restaurar murallas maltrechas por una guerra que no parecía acabarse del todo.

De los caseríos de más allá de La Mojana vinieron, con tapiales de guadua a cuestas, los pisadores de muro y, tras ellos, recuas de burros cargados con su propia boñiga, arcillas ocres y tierras negras y grasosas. Las paredes se levantaron con rapidez sorpresiva para quienes estaban hechos al ritmo de los lugares que pierden, a la vez que la esperanza, el sentido de la urgencia. También, aun cuando no con muros macizos, sino de bahareque, se reconstruyó el cuartelillo que ocupaban, entregados a cualquier cosa, menos al cumplimiento de sus deberes, diez granaderos mantenidos en el sitio por la ilusión de que se les cumpliera la promesa de pagar su soldada de años enteros y que, entre tanto, se alimentaban con recaudos de origen poco claro y el soborno complaciente de algunos contrabandistas de quienes eran perpetuos auxiliares.

Con nuevos uniformes el destacamento reinició sus tareas policiacas, cobrando salarios en la ventanilla dispuesta en la casa principal de la compañía para pago de suministros, y encarceló ladrones, según su capitán, más con ánimo de que no los hubiera, que de castigar culpables, porque muy militarmente partían de la convicción de que era menos malo encarcelar a un inocente que dejar libre a quienes no lo fueran, y que en la paz, para mantener alta la moral de oficialidad y tropa, la tortura substituye a la batalla, con la ventaja de que el derrotado será la víctima siempre.

Un ejército de carpinteros irrumpió en la villa para ocupar una casa recién techada, en cuyo patio trasero se levantó un horno para secar la madera talada río arriba, que a fuerza de azuela fueron convirtiendo en tablas que cepillarían antes de que los maestros de banco se presentasen con plantillas, escuadras, y el ruido de sierras y serruchos apagara el chirriar de las cigarras.

A los pocos meses, una a una, familias enteras que habían salido en busca de mejor vida en otra parte, regresaron atraídas por la propuesta de trabajo. La tradición artesanal de la zona procuraba aprendices que se hacían diestros en poco tiempo, y el ejército de técnicos, que, borrachos despertaban al pueblo con canciones ininteligibles, dejó en esas nuevas manos la tarea, apenas con la baja de algún ebanista remolón encariñado no tanto con su oficio, como de alguna de las mulatas que iba dejando en el puerto la noticia de su prosperidad.

De la fábrica, muebles: camas, mesas, tocadores, marquetería, asientos, bastidores, biombos, ensamblados unos, otros para armarse en el lugar de su destino, fueron embarcados en champanes y bongos en ambos sentidos de la corriente. Los mejores, a juicio del propio don Santiago, adornaron las habitaciones de la casa más espaciosa; otros fueron a parar a la alcaldía, y muchas bancas a la iglesia de Santa María de la Valvanera para reemplazar las abatidas por el comején. El pueblo, sacudido por la actividad, como los caimanes cuando el sol desciende, parecía despertar de la profunda modorra para comenzar una carrera hacia alguna parte: hacia el río de la historia, probablemente.

El muelle se pobló de embarcaciones transeúntes; el puerto de nuevas caras, voces distintas, idiomas diferentes. Cerca al muelle que la empresa tendió casi hasta el centro mismo del brazo de agua, se improvisaron abrigos que luego pasaron de provisionales a convertirse en mercados fijos tras cuyo mostrador atendía un nuevo recién llegado y en cuyas estanterías se expusieron a la curiosidad pública, en franca incitación a los pecados de la envidia y la codicia, lujos que nunca había conocido un pueblo de hombres parcos y ricos conocidamente avaros.

A Mompós lo había tocado el progreso.

Don Santiago iba y venía. Visitaba las obras con regularidad sin que los fracasos o los éxitos dejaran huella en su semblante. Nadie notó siquiera un gesto de rabia o desesperación cuando, al regreso de un viaje más largo que los anteriores, descubrió acercándose al pueblo por un caño nuevo, que el muelle levantado por su empresa hacía apenas un año, apoyaba sus inútiles pontones sobre un arenal sin término.

Le dijeron que el río retomaría su cauce; que el nuevo meandro era mentiroso: un disparate fugaz de las aguas. Sin embargo, el brazo nunca recogió el caudal perdido, ni la corriente se llevó el limo que lo había cegado. En los inviernos, el antiguo lecho volvió a espejear bajo el muelle y hasta la distante orilla. Llegaba, entonces el esperanzado a la certidumbre del regreso de las aguas hasta cuando lo contradecía el paso de un niño o un perro, que como Cristo en volandas sobre el Tiberíades lo atravesaban de lado a lado, sin que en ningún lugar el agua, por la que debían navegar majestuosos los vapores, alcanzara a cubrir sus corvas.

Las estancias de don Santiago en el pueblo se hicieron cada vez más cortas y distantes. Las mujeres pudieron ver por última vez la gran mata todavía rubia de su cabellera desde lejos, cuando, alertado por los bogas y los pescadores, el pueblo en masa acudió al recodo del nuevo meandro desde donde se divisaba la aguja del campanario de Santa María de la Valvanera. Nadie, empero, estaba allí para mirar su veleta: todos permanecían atentos al río en cuyo lejano norte, al amanecer, creció con el sol de la mañana un penacho de humo negro bajo el cual, cuando estuvo cerca, oyeron resoplar igual que una bestia, el barco de la compañía.

Dos ruedas, enormes como una casa, batían las aguas con tal estrépito que, antes del barco, muchos sólo percibieron el vuelo aterrado de las aves.

Vestido de blanco, sin sombrero, con la cabellera de oro desordenada por el viento, erguido sobre el puente de mando como el vigía sobre la cofa, pasó Elbers entre la guardia asombrada, sin posar los ojos sobre nadie: cuidando apenas del horizonte y del río en el cual había decidido echar los cimientos de su inmortalidad y de su gloria.

Debió pasar mucho tiempo antes que el pueblo se enterara de los pormenores del viaje. Las noticias llegaban por el río. El vapor había zarpado sin contratiempos, con seis meses de retraso respecto a la fecha fijada.

Antes que esas plácidas corrientes, el vapor de don Santiago había conocido y navegado el mar. Dos de sus capitanes abandonaron la tarea en el camino: uno, asesinado por asaltantes en Tampico, hacia donde recaló para reparar los daños que el viento y las aguas del mar había causado a una estructura diseñada para navegar las quietas de los grandes ríos; el otro, abrasado por las fiebres cerca a las costas de Panamá cuando *Invencible* quedó al mando de un primer oficial que, habituado a las corrientes del Mississippí, miraba las aguas grises del golfo y las asechantes del Caribe, ocultadoras de promontorios, abundantes en escollos, como una broma aterradora diseñada por dioses enemigos de los navegantes extranjeros.

El vapor alcanzó al puerto haciendo agua, sin fuerza, y tocando la bocina en procura de auxilio hasta cuando una goleta caritativa acudió para lanzarle cabos y, concluida la tarea de aseguro, con velas desaferradas inició su tarea de conducirlo hacia Bocachica. El piloto, de pie en la cubierta, impartía órdenes secas que los marineros obedecían suspendidos en la altura, entre el cordaje. Tras el providencial lazarillo, a cada bordada, el vapor parecía a punto de rozar los escollos pero con el impulso del viento y bajo el timón de su guía, cambió de rumbo y tomó el opuesto al del peligro. Por fin la goleta y su carga traspasaron la cadena de arrecifes: atrás quedaban Tierra Bomba y el escollo de Salmedina; costeando una lengua de tierra arenosa, enrumbaron hacia una ciudad que parecía esperarlos tras su línea de murallas. Allí la goleta tomó nuevo aire; hendió las olas con elegancia, como si no llevara detrás de sí aquel estorbo, más semejante a un torpe insecto que a un barco de mar, y se alejó de Cartagena, ocultada por el promontorio de Punta Canoa. Luego de rodear la península de Galerazamba, siguieron una línea recta para entrar sin tropiezos al puerto de Sabanilla.

Un mes después, atado al muelle, bajo las brisas implacables de marzo, *Invencible*, hecho para surcar un río, contradecía su nombre. Anclado entre faluchos y goletas, en lugar de la línea elegante de un *cutter*, cuyo cuerpo recuerda una saeta, el vapor, ancho de borda a borda, con breves amuras, alta línea de flotación, larga y grotesca chimenea en lugar de mástil y ruedas de pala a cuestas que le daban aspecto de cangrejo ermitaño, evocaba una matrona empeñada en competir al lado de rápidos atletas.

Los embates del mar habían desarticulado su estructura y sus maderas traqueaban a cada golpe de oleaje. Como mancha de aceite, por las planchas de hierro, el orín avanzaba; hacía saltar la pintura y colaboraba a prestarle aspecto calamitoso. Castigado por las sales el bronce de instrumentos y ventanaje deslucía bajo una costra verde, semejante a la creada por las lapas que se posesionaban invasoras del casco.

La cicatrices creadas por el combustible apilado sobre las cubiertas durante la navegación para evitar estaciones en lugares inhóspitos o desconocidos y la suma del descuido de tripulaciones sin amor por el oficio del mar, habían transformado un navío digno en escombro navegante. Quien lo viera lo sabría incapaz de enfrentar la prueba que lo esperaba: vencer las corrientes y contracorrientes de la desembocadura, ingresar al río y cambiar la historia de un país, para que un hombre conquistara un puesto en su memoria.

Invencible no sólo estaba maltrecho, sino también huérfano de gobierno: su capitán no esperó siquiera al armador: se hizo a la mar en la goleta que lo había guiado al puerto y dejó un somero informe en manos del jefe de máquinas, quien no se embarcó con él quizá porque, cuando zarpó el resto de la tripulación, estaba demasiado feliz para que alguien se atreviera a sacarlo de la cama en donde gozaba su breve harén.

En condiciones normales cualquier capitanía de puerto no hubiese permitido que un barco zarpara sin un marino titulado al mando. Cuando don Santiago fue a las oficinas de la jefatura, lo acompañaba el firme convencimiento de que se le opondrían leyes y reglamentos para impedir la salida. Sin embargo, en lugar de un marino retirado y testarudo como los conocía en todas partes, encontró un mulato gordo, tendido en la hamaca y dispuesto a decir a todo que sí a cambio de que lo dejasen concluir la siesta.

Si él era el dueño del barco, ¿para qué carajos andaba pidiendo permisos? Si se le hundía el trasto, ¿a quién iría a ponerle quejas? Todos los yanquis estaban locos.

Pero… ¿iban a meter esa cáscara por las bocas del río? No. No estaban locos; eran idiotas.

—El vapor lo puede hacer —afirmó Elbers.

El representante de la legalidad sacó las piernas de la hamaca, puso los pies descalzos sobre el suelo; tomó aire. Y con toda la autoridad que le concedía su cargo, anunció con voz tronante que de su dueño dependía la suerte de *Invencible*.

—Los autorizo a salir sin capitán —anunció—, porque así van a hacer menos tonterías. Y les voy a dar un práctico de verdad. Meter esa mierda al río no es asunto de marino con título, sino de contrabandista con experiencia. Sólo les pido que no anden diciendo a todos que yo se los conseguí.

En una mañana sin brisa, el vapor se hizo de nuevo a la mar: ganó el canal con maniobras precisas y puso proa hacia los bocas. Bajo la tolda, atento al ritmo de marcha de las palas, don Santiago vio alejarse el puerto en el que había aprendido oficios diversos: calafateador, forjador, mecánico, cabo de fogones, patrón, pinche de escoba, pronauta, grumete, capitán sin papeles y ahora vigilante de procesos mecánicos, primera entre todas las faenas que debió sentir inútil, pues daba por hecho que su ayuda espiritual de nada servía en territorios gobernados por las leyes físicas.

De cara al viento, con un mar calmo al que era prudente, sin embargo, buscarle lado, *Invencible* golpeaba el agua y se alzaba sin voluntad propia, como objeto inerte, cara a cielo una vez para caer en seguida al fondo oscuro en un ir y andar vertiginoso como leño tirado a la corriente. Para saber de su avance o retroceso quedaba la doble estela interrumpida que dibujaba a su paso la quilla y la cambiante línea de la costa.

Al lado de la chimenea, sobre un aparejo improvisado, un velamen sin desplegar revelaba las reservas de la tripulación sobre la eficacia y la bondad de las reparaciones o, al menos, sobre los materiales empleados en los sistemas de transmisión, que, pese a la aparente normalidad de su trabajo impulsaban sin demasiada energía las ruedas.

Cuando las aguas del mar cambiaron de color: perdieron tinte de pizarra y recordaron la arcilla, Elbers ordenó aumentar la presión de las calderas. En medio del estrépito colosal prestaba atención a las agujas de los manómetros. Ascendían y descendían obedeciendo al capricho, más que a las fuerzas que debían regirlas, aliadas con ese mar turbio, escombrado de troncos y navegado por islas de jacintos de agua dulce y aletas de tiburones que como cuchillos transitorios cortaban raudas la superficie.

A la vista de tierra, en aguas agitadas por el choque de las corrientes, mecido sobre olas enormes, Elbers convertido en timonel, cambió de rumbo. En dos oportunidades las grandes ruedas habían girado enloquecidas en el aire y en las últimas horas, el avance del barco parecía nulo. El combustible comenzaba a escasear.

—El patrón dice que ya le tocó el turno a usted.

Durante todo el tránsito hacia las bocas, Mateo Aguilar se había mantenido discretamente acomodado en su hamaca. Asomó apenas para constatar el fracaso del intento. A la hora de abandonar su refugio lo hizo sin esconder la pereza, como diciendo: "Ya me tocó trabajar y ése es el castigo por ofrecer servicios que nadie agradece".

Mateo Aguilar había embarcado en Sabanilla, y a juzgar por su gesto, el aspecto del vapor, en lugar de sorpresa, le produjo desagrado. Paseó con desdén aquello que llamaba "máquina navegante desgarbada", mascando tabaco y escupiendo con regularidad y asquerosa precisión un chorro de saliva carmelita a distancia de campeón. Finalmente pidió se lo condujera donde su propietario.

Los dos hombres se miraron midiéndose como peleadores de cuchillo y esperaron que fuera el otro el primero en hablar. Finalmente lo hizo Elbers, pero no dirigiéndose al contrabandista, sino a su segundo. "Dígale que tome la guía"

El primer choque fue breve, ruidoso eso sí, porque las voces se alzaron cuando Mateo aseguró "que si lo que quiere es entrarlo a las bocas, esta mierda ruidosa no tendrá más suerte que un cerillo en un lavabo cuando uno retira la tapa del sifón".

—Esas son sus opiniones —gritó Elbers, fuera de sí—. Usted sabe bien que a las bocas no vamos. Quizá yo esté obligado a llevarlo, pero no a oírlo.

Años después explicaría don Santiago la causa de su rabia. Obró bajo el convencimiento de que el negro pertenecía a una de esas prosapias africanas que conquistaron su libertad degollando a los antiguos dueños y para quienes la ley era un invento de los blancos y útil sólo para violarla. Por una absurda coalición de circunstancias un delincuente estaba al mando de su barco: alguien que despreciaba el avance científico y se limitaba a escuchar los argumentos de la razón con una mezcla de condescendencia y desinterés, un salvaje a quien la oportunidad concedía grado de capitán, se apoderaba del puesto destinado a un abanderado del progreso.

—Yo vine —había dicho Mateo Aguilar— para ayudar a un colega en apuros, no para soportar a un extranjero imbécil. Creí que usted, que le trajo fusiles a Bolívar, tenía la cabeza más ágil. Si no le sirvo, me largo. Estoy perdiendo negocios por andar en discusiones con un pendejo.

Quizá la palabra "colega" fue la que rompió el hielo. Él, Santiago Elbers, pensó, también había delinquido frente a las leyes del mar y escusado su acción dándole el término de apoyo a "ideales". ¿Por qué, entonces, Mateo Aguilar tenía que ser condenado y sindicado como delincuente, cuando su trabajo de contrabandista era el de transgredir leyes creadas por quienes habían hecho esclavos a los de su raza, violando las leyes divinas y humanas?

Fue entonces cuando dijo serenándose:

—El mando es suyo.

Bajo sus órdenes *Invencible* fue abandonando las aguas turbias y agitadas; se internó por un mar tranquilo visitado por grandes tortugas cuya terca ruta no lograba variar un ápice el juego de las bandas de delfines y, al empuje de la vela improvisada, se acercó a la costa con la cautela del animal golpeado que pisa terrenos desconocidos. Al atardecer, entre el batir asustado de miles de alas de garza, navegaron un canal angosto flanqueado por árboles cuyas ramas parecían sustentarse en raíces lanzadas desde lo alto, por las aguas tranquilas como espejo de una ciénaga que, si en uno de sus costados no se alzara la mole gigantesca de una sierra de cumbres nevadas, hubiera dado la impresión de carecer de orillas.

Despuntaba la mañana cuando un vocerío inesperado rodeó el barco... Elbers asomó a cubierta a medio vestir.

—Son amigos que nos van a ayudar. Elbers reconoció la voz de Mateo Aguilar.

Tres canoas arrimaban al barco:

—¿Pueden subir?

—Usted está al mando —gruñó retirándose.

El día comenzó soleado. Elbers regresó a cubierta tarde y allí lo sorprendió la voz de Aguilar cuando estaba atento al paso plateado de bancos de alevinos en fuga.

—¿Usted me cree que yo lo pongo en el río, si le apuesto algo?

La voz salió del mar.

—No estoy seguro de que el vapor pase, aunque creo que pasa —gritaba Mateo—. Y con todo y eso lo autorizo a darme un tiro en la cabeza si el barco se nos queda atorado.

Como ranas, el viejo y sus hombres sacaban un instante la cabeza y se profundizaban luego para inspeccionar el casco.

—Lo del tiro es en serio, pero no va a ser necesario —dijo de regreso de las aguas profundas—. Este puto casco aguanta.

El lugar no era desconocido para Santiago. En el proyecto de navegar el Magdalena, Ciénaga Grande, situada cerca del puerto de Santa Marta y conectada con el río por canales que aportaban agua dulce a lo que sin ellas hubiera sido marisma, ocupaba un lugar importante. Muchos viajeros preferían utilizar el dédalo acuático de sus caminos a enfrentar los peligros de un viaje por tierra. Cegada la comunicación por el Canal del Dique, que durante muchos años unió a Cartagena con el río, quedaba como posibilidad abrir camino desde allí hacia el Río Grande.

Tenga usted en cuenta –había dicho Bolívar– que, al contrario de Cartagena, Santa Marta es un puerto fácil y tan profundo que los navíos de mañana podrán llegar sin dificultades. Piense usted en lo que significaría para un país tener dos puertos que comuniquen el mar con la gran arteria fluvial; que enlacen su centro con el de los océanos, donde se trazan los caminos del mundo.

Los reflejos del sol sobre las aguas del Orinoco iluminaron el rancho como llamas de hoguera y por un instante transfiguraron al guerrero en estatua de bronce. El breve milagro sucedió sin que nadie lo notara, salvo el armador de buques corsarios que horas antes había concluido el desembarco de armas y municiones, regalo a la causa.

Bolívar ni siquiera vestía traje militar; apenas una camisa de lino, sucia, y un pantalón fatigado por el uso.

Exagero, continuó el general. Debí decir el mar Caribe, en lugar de los océanos. El Caribe es el océano de la nación que estamos intentando fundar. Este río, y señaló el Orinoco, conduce al Atlántico, que es demasiado vasto. En cambio, el Caribe es nuestro: Cuba, Santo Domingo, México, Haití… Allá no seremos extranjeros, más bien aliados. El Orinoco es grandioso, pero el mundo moderno ingresará a nuestra América por el Magdalena. Y por el Magdalena saldrá hacia el mundo toda la riqueza que hoy se pierde y desperdicia…

—Cuando usted gane la guerra y presida el país, concédame el privilegio de establecer una compañía que navegue vapores por el río, —dijo el armador corsario.

La luz moribunda dotaba a su cabello rubio de aspecto de forja.

El general, luego de un instante en que sus ojos oscuros permanecieron buscando los de su interlocutor, sonrió:

—Emprenda ya la empresa, Santiago. Déjeme la gloria de liberar estas patrias de la opresión y gánese usted la suya incorporando los países al progreso.

Calló por un instante. Los hombres de la tropa aprovechaban la inactividad para emborracharse con vino de palma o chicha de cumare. Algunos, quizá, aspiraban yopo.

"Antes que soldados son hombres. Mañana no tendremos batalla", había dicho el general. "Una vez que otra es necesario dejarlos sueltos para que sientan que todavía pueden ser felices".

En la oscuridad era imposible seguir el curso de la expresión de su rostro.

Yo ganaré el privilegio de cambiar la historia, cuando demuestre a los implacables jueces de lo que soy capaz. Aposté mi vida al triunfo y no quiero perderla. Usted tendrá el privilegio de la navegación exclusiva del Magdalena cuando pruebe que ha ganado la batalla contra el río.

Tomó un sorbo de la totuma que una mujer puso sobre la mesa.

Las gentes que se creen sensatas se reirían de un general al que persiguen más las derrotas que las victorias y de un armador que alquila sus barcos a las causas que ellos considerarían perdidas y seguramente creen locos a quienes pasan noches hablando de países que no existen sino en la imaginación y empeñan su palabra en tareas que nadie sabe si se pueden cumplir. Yo creo en la suya. Ya la cumplió una vez. Crea en la mía. Constituida la nueva nación, Bolívar aprobará la solicitud de privilegio exclusivo de navegación a vapor por el río Magdalena, siempre y cuando un barco ya esté navegando en sus aguas.

A Santiago Elbers le pareció que al sonreír el rostro del militar adquiría aspecto de niño perverso.

El avance lento y silencioso del barco los llevó por entre selvas de mangle a zonas de pradera. El jacinto de agua, arrastrado por los ríos de la sierra, invadía los laberintos soleados y señalaba, de paso, las zonas menos profundas y las corrientes de agua fría. *Invencible*, con las ruedas detenidas, tirado por canoas atadas a su cuerpo como el gigante en la isla de Lilliput, hendía con la proa las islas de verdor como el rompehielos la capa que se opone a su avance. Era tan mesurado su paso, que las aves se fueron familiarizando con aquella mole y se posaron sobre ella ocupando cuanto lugar hacía posible su acomodo.

Mateo dirigía aquel paso de ensueño sin separarse del timón pero sin llevarlo: las canoas cumplían la tarea de piloto. Se deslizaba el navío entre corredores de mangle desde cuyas altas ramas, golpeados por la chimenea o el inútil aparejo de gavias, a cada choque de avance llovía cangrejos pequeños como alacranes; se desprendían hojas manchadas de amarillo y cagadas por los pájaros, y una que otra iguana, dragones inofensivos que tomados por sorpresa rebotaban sobre la cubierta antes de caer atontados en aguas que el curso de la nave apenas mecía.

A medida que se iban adentrando en la comarca cenagosa, el clima cambiaba. Una bruma ambarina que borró los contornos de las cosas y empapó las ropas, reemplazó el aire transparente de los primeros días. Los micos, que siguieron con alborozo gritón y curiosidad de colegiales cada maniobra y movimiento, ahora se quedaban atrás, y nuevas tribus de menor tamaño y diverso pelaje miraban pasar el barco con tanto desinterés como un viejo observa el paso de un perro por la calle.

En la mañana se levantaba una niebla espesa y de tal blancura que don Santiago escribió en el cuaderno de bitácora: "Viajamos dentro de una lápida".

El humor de los hombres también varió. Durante el día, hoscos y aceptando las órdenes de mala gana, trabajaban en silencio. Y en la noche, a la hora de los juegos de taba, huesos que reemplazaban los dados, el ambiente generó las primeras disputas: peleaban en apoyo de reglas inexistentes y, en respuesta a agresiones sin prueba, amenazaban con cuchillos de fantasía o puños bien dispuestos.

Mateo Aguilar, igual que los gallos que la pelea castiga, iba y venía, de borda a borda inquieto y como desesperanzado.

Lo cambió todo un grito a la madrugada de cualquier fecha: la bruma, el calor, el paso de las nubes, se habían ido apoderando del calendario hasta borrarlo de la memoria. El grito del maquinista de turno anunció un roce de la quilla, imperceptible como suelen ser siempre los anuncios de las grandes catástrofes.

Mateo saltó de la hamaca y aplicó su oído al piso para constatar que el hombre estaba en lo cierto. Y enseguida impartió órdenes y disposiciones absurdas. Que se deslastrara el barco y se tiraran cabos a los troncos cercanos como si crecieran sobre muelles.

—Es una barra —explicó—. Insuperable por ahora.

Era cosa de paciencia. ¿Por qué para los blancos todo debía ser ya? La naturaleza no obedece mandatos de nadie, ni siquiera de su mismo dueño: el Señor de todo, que anda demasiado ocupado para apresurar un invierno, porque yo ando en líos.

Que ya se les vendrían encima, porque era tiempo, las lluvias.

Mientras tanto para no creer que Dios lo jode a uno a propósito, mejor dormir, jugar a la taba, emborracharse.

—Y no se altere, don Santiago. Los muchachos se encargaron de traer ron. Y recuerde que yo tengo el mando.

El barco reposaba sobre una barra frente a una dría. Y el río, a unos centenares de metros.

Que no jodieran, más bien.

—El tiempo mejora —dijo mirando el relampagueo nocturno sobre la invisible cordillera—. Ya avanza el invierno. Llegarán las aguas a sacarnos.

Durante semanas, atado de un lado y otro por cables que para un pájaro en vuelo semejarían las patas de una monstruosa araña, se meció *Invencible* en los días idénticos y las noches repetidas del trópico, al cual Elbers no acababa de acostumbrarse.

En las horas de calma el viento alto mecía las copas de los árboles donde, sin dejar espacio para otro ruido, siempre, desde el atardecer, lloraban micos de colas largas, rostros de duelo y voz oscura como bajo de órgano.

Desde la borda era posible escuchar el resuello de los caimanes y el salto de algún pez en fuga. El espesor del follaje no permitía ver en las noches despejadas aquello que hubiera iluminado en otros lugares la luna.

Sometido a la húmeda incomodidad de un aire caliente como de respiración de animal, don Santiago esperaba la bendición del sueño reparador mientras miraba con asombro de europeo el relampaguear constante de una tormenta, tan lejana, que del rayo sólo llegaba un azulado fulgor desde alguna siempre distante esquina del firmamento.

Una noche llegó una tormenta a golpear el mismo corazón de *Invencible*. La lluvia vino desde lejos, espesa, convertida en una cortina gris, y azotó hasta descuajar los árboles que se empeñaron en contradecir sus deseos y los del viento. El vapor, preso en la tela de araña de sus amarraduras, se meció iluminado por una luz de centella enloquecida a la que acompañaba el fragor del trueno interminable.

—Se lo dije al patrón —oyó Elbers a Mateo asegurando a quien lo acompañaba otra inesperada certidumbre—. Son aguaceros rezados y esta noche vamos a encederle velas a una calma.

De manera tan repentina como había comenzado, la tormenta cesó y esparció sobre el río y la selva un silencio sin pausa. Como un organismo fatigado por trabajos arduos, el mundo reposó como en letargo antes de dar rienda lenta a las rutinas. Los pájaros enmudecidos por el estruendo pasado no saludaron la salida del sol; faltaron las bandadas de garzas, que inauguraban las mañanas con el batir de alas, y las bandas de pericos y guacamayas atravesaron el cielo sin bullicio, como en fuga retardada.

Invencible, de pronto convertido en aliado de ese despertar sin reglas, trepidó antes de comenzar a moverse. Al comienzo fue una sacudida imperceptible, un bandazo a babor, otro a estribor, como si ya navegara, en lugar de reposar sobre el limo.

—¡Ahora! —gritó Mateo Aguilar.

Y, como si la hubieran ensayado durante meses, se inició la maniobra de avance utilizando unos cables a manera de malacate y otros para equilibrar la mole que oscilaba con vaivenes de ebrio y amenazas de volcamiento.

Puestas en funcionamiento, las bombas cumplieron su cometido: lastraron la embarcación. *Invencible*, en honor a su nombre, ganaba la batalla a costa de la pérdida de su arboladura improvisada y su chimenea, larga y desproporcionada.

Bajo una cortina de lluvia, haciendo sonar la bocina, el vapor ingresó al Magdalena en la mañana.

Nadie presenció su llegada al río al que estaba destinado. Ni siquiera una canoa de pescadores navegaba en el vasto paraje. Testigo fue la luz resplandeciente que acompañó el grito alborozado de los hombres, cuyo corazón festejaba el triunfo de la voluntad y el magistral equilibrio de la naturaleza.

El barco parecía pequeño en comparación con la enormidad sobre la que flotaba. Para Santiago Elbers, la imagen se invertía: la nave era enorme, poderosa, magnífica. Y además admirable: el estruendo del motor, la doble estela que el avance dejaba, el penacho de humo en ascenso a los cielos, probaban la grandeza de sus inventores: navegar no a fuerza de brazo. La inteligencia del hombre era el remero.

En ese espacio de alegría, se atrevió a confesar para trocarlas en desdeño, las dudas que pudo albergar sobre el éxito de la empresa. Su barco navegaba sobre las aguas del río inalcanzable. Era loca la imagen de la pesadilla.

—Señor —decía el emisario en el sueño reiterado— su barco se hundió antes de alcanzar la meta.

La nueva chimenea, menos eficaz, más achatada, hecha de planchas dobladas a fuego y a golpes de mazo sobre el cuerpo de una ceiba centenaria, fue instalada sin prisas y con fortuna. Los elementos para otras reparaciones llegaron mientras el Vapor permanecía atracado frente al muelle dispuesto para él, que fue necesario modificar para convertirlo en dique seco. Sobre aquella estructura de carpintería nunca soñada antes por los ribereños, se reparó el casco y se puso en marcha otra vez la doble rueda.

Don Santiago asistió, paso a paso, a cada una de las operaciones y únicamente abandonó el improvisado artillero cuando *Invencible*, sujeto por cabos, maromas y cadenas al amarradero, regresó a las aguas que debía hacer suyas.

En Mompós, quienes salieron al paso del barco solamente vieron a Elbers, por que únicamente estaban interesados en él. Sabían, de tiempo atrás, quiénes lo acompañaban y porqué. Habían visto navegar, río abajo, los champanes repletos de funcionarios con la cara despellejada y las ropas empapadas por el aire de las ciénagas. Los conocieron en el puerto, airados por el calor y ofendidos por las plagas, pero lejanos, puesto que, a diferencia de los ribereños, vestían camisas de piqué y conservaban, resguardándola de las arrugas, la levita negra de paño que les confería dignidad.

Iban con ellos los militares adornados con galones, estrellas y condecoraciones opacadas por el relente de los pantanos. El traslado a los oficios administrativos había engrosado sus vientres y cambiado su corazón de guerrero por el de comerciante. Los acompañaba un aparato enorme de soldados de tez macilenta, trajeados con casacas que el sol desteñía sobre los hombros, y tocados con grandes sombreros de copa alta y visera corta que, con frecuencia, el torbellino de los vientos encontrados tiraba al agua.

Quienes esperaban el vapor tampoco atendieron a la presencia de los abogados cartageneros que antes iban y venían en bongo o champán con los portafolios repletos de demandas y aproximaciones jurídicas. Prestaron atención únicamente a Elbers, dueño y señor del triunfo, y al estruendo pavoroso de la maquinaria, orquesta del cambio y del progreso.

Más que en un barco, *Invencible* los hizo pensar en un dragón. El humo negro de la chimenea cayó sobre el río con lentitud de niebla. Tosieron los viejos y los niños. Alguna mujer afirmó que lloraba por causa de las cenizas ahogadas en sus lagrimales, y las campanas de la Valvanera sonaron a rebato anunciando a los pocos que quedaban en el pueblo, que los tiempos habían cambiado.

El vapor vencía la corriente con la terquedad y la fuerza de los peces que remontan los ríos para perpetuar la especie. Durante el trayecto, los pescadores y bogas que surcaban las aguas mansas ensayaron a competir en velocidad con esa mole ruidosa y quedaron atrás antes de iniciar la carrera, sacudidos y anegados por las olas de mar de leva que iba dejando a su paso.

Luego de surcar el río desde el amanecer, calaba a las horas del mediodía en las estaciones dispuestas por la empresa: planicies taladas de espesura donde, como hormigas entre arrumes gigantescos de leña puesta a secar, esperaban negros cuyo único oficio era ofrecer a los pasajeros, sin pausa y entre sonrisas y atenciones, agua fresca en cántaros y tarros de guadua.

Reanudaba la embarcación su marcha a la hora de la siesta y, al caer de la tarde, fondeaba en los surtideros previstos o arrimaba a un playón mediante cabos que un pequeño ejército bronceado de zambos y mestizos ataba sin pericia a los árboles robustos.

Durante el viaje el río trocó su aspecto con frecuencia: a veces sus aguas se explayaban, abriéndose en lagos sin límite, y entonces el bogar se hacía lento. A proa, el perito gritaba, una y otra vez –voz solitaria entre el escándalo mecánico y el batir de las aguas–, la profundidad descubierta por la sonda, mientras los pasajeros, amodorrados y al borde de la pesadilla bandeaban entre el miedo a los naufragios y la alegría melancólica de aproximarse a una nueva comida que no tendrían que pagar.

Dos veces a la semana, en un lugar a popa bañado por la catarata artificial que producían las palas en marcha, se sacrificaban toretes, cuya carne ser-

vían fresca aquel día, y salada luego. En torno al
barco chapaleaban los peces atraídos por las cons-
tancias de la muerte, y sin agitar el agua, semejantes a troncos, asomada al aire la nariz, parte del
triangular perfil de la enchapadura de sus lomos,
caimanes y babillas se disputaban, entre ocasiona-
les tarascadas, revueltas y coletazos furiosos, el regalo de sangre y desperdicios.

Durante el primer recorrido, los *carnets* de baile
de las tres únicas mujeres que hacían parte del pasaje, se mantuvieron repletos. Los músicos, dos violinistas y un gigantón rubio que aporreaba el piano,
abandonaban su oficio en el cuarto de máquinas y,
con vestimenta, maneras y elegancias de músicos
de corte, interpretaban danzas, contradanzas y sones
–un repertorio limitado– hasta cuando se oía la campana que llamaba a cenar y los reemplazaba en su
tarea la voz incógnita de algún ribereño, entonada
desde las canoas que en la noche, con frecuencia,
se aproximaban al barco como los cachorros a la
teta de la perra.

Los cantos de zambos y mulatos se fueron haciendo más frecuentes a medida que el vapor remontaba el Magdalena. Por las noches, desafiando
crecientes y vastas islas flotantes de vegetación arran-
cada por la corriente, al faro azul de las tormentas
distantes acudían desde muy lejos y arrimaban sus
canoas al casco colonos y pescadores.

Circulaba, entonces, la mínima medida de ron que
se tasaba a la marinería, y, como si se cumplieran
actos litúrgicos, al primer cantante se sumaban otros

hasta confundirse las voces en un coro. Acompañaban el canto con gaitas: carrizos agujereados como
flautas y dotados de una boquilla de madera añadida
al cuerpo con la cera negra producida por unas abejas que llamaban "angelitas", quizá porque a nadie
hacían daño. A ello se sumaba el rítmico retumbar de
algunas piedras contenidas en un calabazo y el ras-
trilleo con un hueso en la carraca monda y lironda de
algún animal muerto: burro o res, o en la calavera de
enormes cuencas y media dentadura de un caimán.
Como fondo se escuchaba un ronco ruido de tambores, que igual podían ser caparazones de tortuga, tro-
zos de plancha, canecas vegetales de guadua o cueros
templados sobre troncos vaciados al fuego.

Ni a Elbers ni a sus extranjeros esa música, que
llegaba a parecer ruido, les sonaba, ahora, extraña.
Era parte de los hábitos nocturnos del río cuya carta
de navegación habían levantado, pero cuyo comportamiento no atinaban a predecir: voluble unas veces,
terco otras; un rato malhumorado y luego manso.

"Por eso le pusieron nombre de mujer", había dicho alguna vez don Santiago, eludiendo una respuesta
de fondo. "Y a las mujeres las doman los hombres".

Mucho antes de establecer Mompós como base
de operaciones, don Santiago había pasado largo
tiempo por los caminos y pueblos de la cordillera y
en Bogotá, sobre el altiplano: una ciudad ajedrezada
a la manera de las españolas con tejados de greda
roja; invadidos por el verdín y un cielo plomizo des-
leído en lloviznas constantes o aguaceros distintos a
los cortos y vertiginosos de la tierra caliente.

Llegó por primera vez luego de trepar montañas que parecían lanzadas a la conquista del cielo, asombrado de encontrar un paisaje tranquilo: tierras llanas, feraces, deslumbrantes de verdes y la ciudad, lejana, una mancha ocre y roja aferrada a los cerros.

—¿Santa Fe? —preguntó alguien.

—No —dijo otro—. Santa Fe era la española. Ahora se llama Bogotá.

La comitiva, que en los caminos empedrados de tierras cálidas debió parecer ronda de hormigas cargueras, al llegar a las frías, sin perder el pasitrote remolón de las bestias cansadas, dejó atrás el último declive y penetró, desorganizada, por un camino amplio, arbolado por alisos y arrayanes de hojas oscuras y flores tímidas como mariposas de cera.

Formando séquito trotaban más equipajes que jinetes; algún par de cónsules esperanzados en participar de los negocios que don Santiago plantearía al gobierno de una república tan nueva que nadie podía precisar, ni aun sus gobernantes, cuáles eran sus límites, ni dónde se establecerían las fronteras.

Tras la comitiva señorial, una escolta multicolor se alargaba: ingenieros, abogados, un médico, varios barberos y, con ellos, un par de cocineros rubios aterrados por el sabor de las frutas, la existencia fibrosa de la yuca, el uso múltiple de eso que llamaban plátano y la ausencia radical de los faisanes. Después, los innumerables asistentes, asesores, aconsejadores a sueldo, jefes de bastimentos, seguridad, logística…

Abriendo paso, y a retaguardia, marchaba el ejército, cuya leva se había iniciado en el mismo muelle donde atracó el navío de tres palos que transportó a don Santiago de Nueva York a Cuba y de allí, a tumbos de huracán, a La Guaira y por último a Cartagena. Una banda aperada con las armas españolas que habían dejado en su huida las tropas realistas, compuesta por truhanes y vagabundos contra quienes, para licenciarlos y desarmarlos, sería necesario oponer la fuerza de otra milicia y pagar en oro de buena ley el valor de una soldada, más que cuantiosa, injustificada.

La presencia de los mercenarios no era del todo insensata. La guerra, prolongada y aún inconclusa –las puertas del sur no habían sido selladas para una nueva invasión– sembró desertores hambrientos en campos y caminos: veteranos hábiles para emboscar, diestros en el uso de lanzas, cuchillos y armas de fuego.

A medida que avanzaba, primero por el río y más tarde por caminos de piedra y trochas de barro, hacia el centro de ese territorio, cuya existencia descubrió en su primera juventud y donde ahora comenzada la madurez debía ganar, de una vez y para siempre, su puesto en el mundo, Elbers se daba cuenta de que había recurrido a un remedio más peligroso que la enfermedad: la tropa vivaz de las semanas anteriores caminaba en silencio. En las noches, en torno a las hogueras encendidas para ahuyentar al tigre, los ojos de la guardia brillaban con agresiva fiereza.

Como recurso para impedir que la traición concluyera en desastre, los encargados contrataron nueva tropa para vigilar la existente, pues el peligro aumentaba alimentado por la codicia, porque don Santiago parecía no medir la cuantía y la generosidad de los gastos. El oro acompañaba la caravana a tal punto que su paso elevaba los precios en forma inimaginable.

Así, llamados por la campana argentina del derroche, desde la Cordillera Central llegaron entre otros muchos, a trote más rápido que el de cualquier mula, silleteros que para ofrecer un tránsito cómodo al viajero lo soportaban sobre las espaldas y caminaban con tal delicadeza y tino, que algunos, mientras su hombre trepaba por los caminos de piedra desigual y atravesaba ríos valiéndose de troncos mal colocados sobre el abismo, leían tranquilamente o tomaban, sin que su letra se deformara, notas minuciosas: observaciones de viaje.

Los días que empleó el grupo desde Honda a la antigua Santa Fe, fueron suficientes para congregar el bullicio inesperado de un medio centenar de putas que caminaron tras del cortejo cantando indecencias, lavando ropas; cohabitando a pleno sol, sin pudor y ni siquiera con alegría con quienes les guiñaran un ojo, mirara codicioso el cuadril, o las piernas que para hacer menos difícil el ascenso, descubrían levantando las faldas hasta cerca al nacimiento de los muslos, cuyo tinte moreno denunciaba una procedencia distinta a la del páramo hacia donde la multitud se encaminaba.

Elbers y sus próximos pasaron la primera noche del viaje de Honda hacia Bogotá respirando el aire dulce, surcado por abejas y mariposas multicolores en la tarde, y pintadas como caras de búhos cuando oscureció, de un trapiche dirigido por un inglés rubicundo que los recibió y despidió en una misma borrachera: William Sayer, defensor impenitente y desvergonzado del progreso, quien mantenía en operación constante, para gozo de hombres y desdicha de mujeres, un enorme alambique de cobre capaz de producir un barril de aguardiente por jornada.

Muchas veces, durante años, regresó don Santiago a la destilería de Guaduas. Pasarían horas enteras uno frente al otro hablando de sus propias cosas, sin oír al otro. El inglés iba en camino de regreso a los empeños del alemán: se afincaba, con la terquedad del borracho que procura ignorar cualquier desdicha, en la confianza de que la verdadera vida no es la del servicio al otro, ganancia de fama y admiración, sino obediencia al instinto de animal alegre que se adormita cuando no fabricamos sueños.

Sayer estaba resuelto a gastar el único tiempo que le tocó en la tierra sumido en la barbaridad dichosa de sentirse vivo. Le tenía sin cuidado el porvenir: estaba ahíto de presente. Para don Santiago, ansioso de futuro, hablar con el inglés era como tener en frente, en lugar de pensamientos contradictores durante noches de insomnio, la parte de sí mismo que rechazamos y contra la cual libraba por hábito intelectual, y sin premuras ni sorpresas, discusión constante.

Sayer era exactamente como Elbers no quería ser pero a la vez, le resultaba admirable porque había conquistado y residía en la idea del hombre descubierta por su voluntad. Epicúreo era no por derrota, sino por convencimiento, y la cínica despreocupación ante la vida, resultado de reflexiones sobre la futilidad del esfuerzo dirigido a empresas desgastadoras. William Sayer esperaba sin exaltación los placeres del día, como un dios las ofrendas. Elbers, en cambio, miraba hacia el porvenir: era un proyecto de héroe por voluntad y vocación.

Como el dueño del trapiche y la destilería ignoraba el alemán y el otro chapuceaba inglés de linaje portuario, conversaban en un francés mal aprendido por ambos, lo cual favorecía, sin duda, más el monólogo que la discusión abierta.

Tiempo después tratarían de hablar en español, sin gran éxito. Sayer dominaba la jerga campesina suficiente para comerciar con alcohol, ordenar trabajos a gritos de capataz, pero inútil para faenas intelectuales. Y Santiago uno aprendido en lecturas de derecho, poesía y libros clásicos.

Durante una de esas visitas, sucedida no mucho después de la primera, don Santiago convenció a Sayer y se asoció con él para la ampliación de la destilería. La suya era como la de los monjes trapenses, y el tiempo de ambos, el de la industria química.

Por el camino que los ingenieros deberían ampliar en cumplimiento de la obligación de construir una vía que comunicara el puerto de Honda con la capital, llegaron por el río y fueron transportados, a fuerza de malacates y yuntas de bueyes, nuevos molinos de caña y ruedas *pelton* que giraron golpeadas por el agua de las acequias y cuya fuerza impulsora, conducida por bandas y engranajes, pondría en marcha las muelas de hierro que reemplazaban las talladas en madera con tanta eficacia que sobraba el segundo paso: los bagazos, secos como paja muerta, no requerían meses de oreo, estaban listos saliendo del trapiche para alimentar los hornos.

No pasó mucho tiempo antes que por los caminos reparados y ampliados por don Santiago, confluyeran hacia el lugar de molienda carros cargados de caña tirados por yuntas y salieran recuas con angarillas equilibradas por zurrones de miel.

El tránsito de contertulios a socios, no produjo cambio aparente en los hábitos y ceremonias de esa amistad; no varió el tono de las charlas, normalmente asidas al tema del curso que sigue la vida de los hombres y las ideas que iluminan su comportamiento. Tampoco varió, en casi nada la vida de Sayer: sus horas de hamaca; los furtivos aunque públicos viajes para cumplir citas con muchachas, o burlarse, exagerando su borrachera, de otro súbdito inglés perdido en el trópico: un pastor de apellido Haldane, a quien describía el destilador como alguien cuya religiosidad solamente podría explicarse como antipatía por la vida, y a quien llamaba *Deán*.

La mujer de Sayer, una mestiza amatronada que no participó jamás en las tertulias, ni velaba por el desorden de su compañero, ejercía con eficacia de hombre de empresa y discreción de monja tornera, los oficios intrincados de la administración. Como a perra en celo los machos, la seguía, con dulce paciencia, el revolotido de faldas de tres esclavas viejas, tábanos eficaces como látigo para el manejo de las cuadrillas, y una especie de paje, armado de sombrilla abierta, si la tarea se efectuaba bajo el sol, y libreta donde anotar dictados de la señora, si trabajaban a la sombra de corredores.

La destilería obtuvo en los tiempos en que Mompós comenzaba a prepararse para recibir el primer vapor, la concesión de licores para la zona de influencia del río y la del estado de Cundinamarca. Por eso, en el primer viaje de *Invencible*, la bodega viajó repleta de frascos cuyo retintín acompañó las trepidaciones del motor y los estremecimientos del casco en lucha contra las corrientes, con tan cantarino escándalo que alguien hubiera podido sospechar que en lugar de progreso, llevaba contrabando de cascabeles.

Frente a los grandes almacenes construidos en Conejo, un poco más al sur de Quita Palanca, el lugar donde la fuerza de la corriente de los grandes rápidos hacía, no riesgosa, sino imposible el paso de embarcaciones mayores, se construyó un muelle amplio donde, descargadas de champanes y bongos cuyo espacio de carga se amplió con el recurso de atravesar entre dos embarcaciones puentes de madera, llegaron grandes planchas de cobre que un grupo de gitanos establecido en la zona, convirtió en calderos para trapiche, o dobló con sabiduría de artesano y precisión de joyero convirtiéndolas en serpentines que hubieran servido de ajorca para el brazo de una reina gigante.

Construcciones y tareas como la de Conejo, iniciadas a los dos años cumplidos de su primera visita a Bogotá, florecerían aquí y allí: no sólo en las riberas o en el valle del río, sino en puestos alejados. Y a donde alguien representaba a la empresa, o Elbers se hubiera movilizado en tareas de vigilancia u observación, llegaban señores (se notaba que lo eran, por la fatiga sin límite aposentada en los rostros desencajados) a proponer tratos. O con menos comitiva, gentes humildes en busca de enlistamiento. O con ostentación falsa, funcionarios obsequiosos, capaces de soportar antesalas bajo la sombra de un árbol del cual se precipitaba en turno ininterrumpido el tormento de los zancudos: unos rojos, otros negros; los siguientes casi invisibles y tras ellos, otros pesados, y siempre, a cualquier hora, la maldición de moscas dichosas de posarse sobre cualquier cuerpo inmóvil dándole categoría de excremento.

Muy pocas veces don Santiago recibió aquellos visitantes: se limitaba a enviar asistentes con el recado final. Jamás con ellos se sentó a la mesa, ni compartió algo. Permanecía inmerso en su trabajo: dictar cartas, elaborar hojas de cálculos, recibir cartas geográficas, ajeno a toda preocupación distinta a la designada en su cuaderno de labores.

Habituados a comodidades y lujos que propietarios ricos, funcionarios residentes y militares sin tropa, ponían como condición para sus viajes, a los ribereños les extrañó la parquedad de alojamiento y mesa de don Santiago, a quien a medida que el tiempo pasaba, menos gente seguía y nada era lo que trasteaba, pues dormía en hamaca; tomaba agua en totuma o el cuenco de las manos; desayunaba como el pescador, con plátano machucado y un trozo de bagre con el único condimento de la ceniza sobre la cual lo asaron; soportaba hambres de arriero en las trochas del pie de monte y escaseases de jornalero antes de llegar a las postas con tal de no cargar algo que hiciera menos rápida la rutina de sus viajes.

Un solo raro lujo se daba: desdoblar un mantel para la mesa, así fuera la humilde de un tronco y comer con tenedores de plata y cuchillo de mango fino.

Cuando llegó a Bogotá la primera vez, contaban los curiosos, habían sido cincuenta los caballos y tres los coches que fueron a recibirlo al camino de la quebrada de El Vino y ciento treinta cargadores, eso para no hablar de los soldados. Una comitiva mucho mayor de las que acompañaron alguna vez a los virreyes. Y ruidosa como ninguna, puesto que para celebrar el ingreso a la ciudad, la corte de putas y vagabundos, tras quemar pólvora en gallinazos, cantó letanías obscenas hasta la misma plaza, a media cuadra de la casa que lo estaba esperando, colmada por muebles que, dirían malas lenguas, habían sido comprados a los saqueadores del palacio de María Antonieta.

Tantas cosas llegaron entonces y luego, que al mes don Santiago abrió salones y para cuarenta invitados, venidos algunos desde muy lejos, y todos sorprendidos, porque además de otros lujos, en una ciudad en donde era costumbre que un par de vajillas se turnaran de casa en casa para la mesa de los grandes acontecimientos, en alquiler, o prestadas, para el servicio se utilizó platos de Sevres y cristalería Baccarat digna de Versalles.

Al patio lo iluminaron indígenas como pajes de hacha y a los salones, velas de laurel resguardadas tras briseras de cristal y lámparas de techo con cazoleta de plata. Inmóviles en la atadura perfecta de los gobelinos, dioses olímpicos presidieron resguardando las espaldas del dueño de casa, quien recibió a todos y cada uno de los huéspedes con el comentario adecuado a su historia y rango: ceremonia inusual en un lugar poco menos que virgen al protocolo palaciego.

La cena se sirvió en un gran salón, sobre mesas que formaban una U y que presidieron, el invitado de honor y, en ausencia del Libertador presidente, a quien los vientos de la guerra habían empujado otra vez a los caminos, el encargado del poder: Francisco de Paula Santander: "Pacho Maula", como antes lo llamaron a voz en cuello y ahora en murmullo sus propios compañeros de armas, quienes su poder sorprendía y atemorizaba, y con él, los generales que se iniciaban en la tarea de administrar las fortunas conseguidas durante la contienda y ahora y poco dispuestos ya a los riesgos y privaciones de la milicia. Venezolanos la mayoría, y en una edad que muchos consideraban aceptable para retiro, si se tiene en cuenta que el mariscal de los ejércitos acababa de cumplir veinticuatro años y ellos sobrepasaban los treinta. Los venezolanos compartían, con molestia disimulada, el espacio con granadinos de menor graduación, pues quienes hubieran alcanzado la misma, habían muerto con grado de capitán luchando por la libertad de Venezuela.

Poco o nada habituados a los amaneramientos aristocráticos, aunque empeñados en remedar maneras, puesto que secretamente albergaban ambiciones de comienzo de estirpe, acudían los generales vistiendo el más galoneado de sus atavíos; acicalados, tiesos como tragadores de espadas llevando además, véneras, collares, bandas, medallas y cruces. Como lo esperaba Elbers quien muy seguramente dominaba los usos del boato como trampa para cazar al espíritu del ambicioso (se habló de la cena dándole calificación de "principesca"), igual que utiliza una mujer liviana de sus encantos para atraer y conquistar, los encandiló con la opulencia. Y como la abundancia está al costado del poder, muchos adhirieron ante su presencia, como mariposas a la llama nocturna, embelesados por la luz del poder y la riqueza.

Los salones de Elbers permanecieron abiertos durante las semanas siguientes tarde y noche. Los visitantes tomaron otra vez vinos de Champagne, o Bordeaux y blancos de Mosela, aún el intraducible a las honestas orejas de las damas bogotanas, de los pechos de la mujer amada.

Muchos fueron con el pretexto de agradecer por la anterior velada; presentar excusas, muy pocos, por no haber asistido a ella. O a conversar algún asunto pendiente en el diálogo anterior, lo cual resultó cómodo para el dueño de la casa, puesto que no se vio obligado a salir, salvo en un par de ocasiones, para adelantar asuntos en despachos ajenos.

Concluyó, en su propia casa los negocios con presteza, y también con generosidad, pues consideraba lícito colmar una que otra ambición a cambio de abrir caminos para su proyecto.

No fue únicamente oro lo que compró muchas voluntades, sino su poder: don Santiago conocía bien la mecánica endiablada de su administración. Aun cuando tuviera la certeza de que era la herramienta necesaria para sustentar el cumplimiento de los anhelos que daban razón a su vida, no lo estimaba como el avaro que lo apila; lo prodigaba cuando era menester sabiendo que los ambiciosos hablan ante los ricos y callan frente a los miserables, creyendo halagar a los unos con la palabra y menospreciar a los otros con el silencio.

En un país instalado en la economía desordenada de las guerras y los cambios de gobierno y en el cual la moneda se había vuelto caldereta, la posesión de valores en el exterior le daba un toque omnipotente. Sin esfuerzo fue conociendo a los hombres que se movían en torno a las decisiones políticas. Despreció y echó a un lado a los ansiosos y a los conversadores frívolos que aplaudían cada nota suya y hablaban mal de los demás para hacerlo reír. Adujo en apoyo de sus proyectos nuevos argumentos, hijos de la razón, para convencer a quienes el brillo del metal no había sacudido, y prefirió darles noticia de los cambios que el proyecto podría traer consigo e insistir en su capacidad de generar bienes para todos.

A Santander, atendiendo a la dignidad de su cargo, fue a la única persona a quien solicitó audiencia

e invitó de viva voz a la primera gran cena. El vicepresidente aceptó y no aceptó. Quiso antes tener
oportunidad de conocer algunos detalles del proyecto y adujo que su presencia en la fiesta, que podría ser interpretada como aceptación anticipada de
algo que debería ser sometido y estudiado antes por
el Comité de Hacienda y presentado al beneplácito
del Congreso, próximo a reunirse, quizá tuviera más
efectos negativos que positivos: "políticamente", afirmaba: *porque antes que nada es claro y prudente
obtener una aquiescencia de alguien que, además
de Libertador, es su presidente.*

Don Santiago le enseñó las cartas entusiastas: puño
y letra de Bolívar:

Venga usted –solicitaba– *construya sobre ese río
que yo atravesé al comienzo triunfante de esta historia un monumento de inmortalidad. Navegado por
vapores, será riqueza lo que es desierto humano.
Venga usted. Yo les di la libertad. En unión suya
puedo darles el bienestar, hijo de la ciencia y el
progreso.*

Santander sonrió leyéndolas. Elogió al general, habló del estadista; propuso la presidencia perpetua para
el gran visionario, pero no confirmó todavía su presencia en el festejo. Habló de nuevas reuniones: requería mayor información y guías para señalar el
sendero adecuado al Comité de Hacienda.

Elbers admiró la cautela, necesaria al estadista,
pero desconfió. De alguna manera el joven vicepresidente dejaba traslucir la paciencia de saurio que
acompaña a los enamorados del poder. Era, dema-

siado encantador. Sonreía sin pausa: hablaba poco y casi nunca sin elogios para su interlocutor.

Había algo de artificial en aquellos bigotes casta-ños tan pulcramente cuidados y de los cuales, afir-maban sus detractores, durante la guerra habían sido el único objeto del filo de sus armas y que le daban al funcionario un aspecto de grabado para muro de barbería, o de perfil de jota de la baraja inglesa, tan popular entre los miembros de la Legión Británica.

El poder de Santander iba en creciente: tenía a su cargo el manejo jurídico del nuevo Estado y proce-día como un tahúr jugando, en vez de cartas, leyes.

El panorama de la nueva nación no resultaba cla-ro. La guerra continuaba, y en el afán de gobernar, el ejecutivo se improvisaba una legislación para con-tradecir la vigente o detener vicios aportados por la nueva. Consecuencia: multiplicación de abogados. El cagatinta se trocaba en tinterillo; este, en legisperi-to; el bachiller cumplía pasos metamórficos y re-sultaba licenciado; el papelista, era jurisconsulto y hasta en la trastienda de las chicherías se había ins-talado un bufete.

La pirotecnia verbal triunfaba sobre la justicia: en-riquecía a quienes fueran hábiles en el litigio. La ley perdía su carácter de consenso y voluntad en busca del bien general. Se promulgaba repleta de agujeros y hendijas, como objeto para el arte sutil de los in-terpretadores.

Dos días antes de la cena a la que invitaba Elbers, el gobierno se enteró de la presencia de otro invita-do de honor: un alto oficial de la armada británica que, según decían, había llegado a Bogotá y se alojaba en casa del anfitrión.

El motivo de la visita resultaba inocultable. Su viaje por el Magdalena era de "inspección" y el hecho de que fuera recibido y homenajeado por el naviero, cobraba significado transparente: la primera de las naciones, como acostumbraba a nombrarla Bolívar, miraba con interés complaciente la propuesta de la apertura del río Magdalena al mundo moderno.

Aun cuando no fuera oficial la visita del marino, la ausencia del encargado del poder en la recepción organizada para saludarle, podía interpretarse como gesto desdeñoso hacia el Imperio británico. No resultaba conveniente arriesgar al país a que Inglaterra, donde se gestionaba el empréstito bajo la mirada condescendiente de Su majestad el rey, asumiera la ausencia de la primera autoridad como un gesto de desaprecio al interés del imperio por el desarrollo.

Santander, entonces, aceptó la invitación, pero insinuó a través de terceros, una condición: el oficial británico debería, previamente, presentarle sus respetos. Eso salvaba la dignidad puesta en interregno. Y adelantándose le concitó audiencia para una hora antes del ágape.

Cuando todos los invitados ya habían llegado, el inglés y el vicepresidente descendieron, al mismo tiempo, de sus coches frente a la calle de honor formada por la Guardia Presidencial.

Santander, por razones de rango, entró primero.

En verdad, el oficial no representaba al Gobierno inglés, ni su visita significaba apoyo del imperio al proyecto, o favorecía la negociación de los empréstitos. Lo había conocido Elbers a bordo de la goleta corsaria *Nativity*, en que viajó llevando armas desde el puerto de Nueva York a Jamaica y luego a La Guajira en 1818. Su nombre era Albert Spencer Poock y en su barco actual, un *cutter* de bandera británica, que había fondeado en Cartagena para someterse a reparaciones urgentes y prolongadas, servía como segundo oficial.

Poock se acercaba a los cuarenta. Era un hombre alto, de manos gigantescas, brazos delgados, nariz aguzada, ojos pequeños que le daban un aspecto de pájaro y orejas sobresalientes que recordaban a quien lo miraba de frente una azucarera.

Antes de solicitar su paso como teniente efectivo de la Real Armada, como marino mercante, ascendió con dificultad al grado navegando siempre bajo contrato de los poco exigentes armadores de los mares de Oriente. No fue –revisando su hoja de servicios– un oficial de disciplina ejemplar. Lo acompañó siempre un defecto difícilmente conciliable con el espíritu marinero: la impaciencia, que lo condujo en muchas oportunidades a transgredir órdenes expresas de sus inmediatos superiores, o disponer maniobras que una juiciosa meditación hubiera considerado inútiles o erradas.

No tenía otras tachas. Era dueño del arte de mando: sabiduría que aúna comprensión del carácter de los hombres que se tiene bajo su responsabilidad; capacidad de generar respeto y destreza para complementar con indicaciones las tareas confiadas a sus subordinados.

Quizá porque su mayor virtud era la simpatía y a un hombre que se hace querer se le perdonan más fácilmente sus equivocaciones, dejó siempre tras de sí un buen recuerdo. Reía con verdadero gusto de cuanto pasaba en su rededor y lograba transmitir esa alegría, un poco insensata e infantil, a quienes lo rodeaban.

Jamás pareció desesperarlo la tardanza en sus ascensos, ni las largas temporadas a la espera de un capitán que solicitara sus servicios, ni el tránsito por los oscuros barcos carboneros, purgatorio de los oficiales que pagan una equivocación, uno de los cuales abandonó para aceptar la tarea considerada humillante por colegas del mar: Marinero de agua dulce.

Los marinos aman el mar porque es su desafío. Cuando la costa queda atrás y el mundo es mar y cielo, la vida de todos depende del cumplimiento preciso de la tarea a cada cual confiada. El enorme y silencioso recinto puede trocarse, de un instante al otro, en el mismo corazón del ruido si estalla la tormenta, se encrespan las aguas, y los vientos, sólidos como invisibles manos de gigante, azotan a quienes desafían su poder.

También ama el mar por otra razón: en el minúsculo universo de un barco, durante los días idénticos de las navegaciones largas, cercado por el agua, como el prisionero por los muros de la cárcel, puede llegar el marino a descubrir el hombre que lleva en sí mismo; con quien está obligado a convivir; a quien debe perdonar, corregir, detestar o, finalmente, respetar. Y aprende a ver en los otros, de quienes también depende su propia vida, la parte amable que llevamos todos escondida tras una máscara que el paso de los días de obligada convivencia irá desgastando.

Durante emergencias a las que toda navegación está sometida, cuando se lucha contra lo invencible y se le gana sobreviviendo a una batalla, al arribo de la calma, aun el más egoísta, debe aceptar la grandeza de cada uno de quienes lo acompañaron en ese encuentro contra la común, persistente y traicionera enemiga que es la muerte.

Quizá también el marino ame el mar porque su inmensidad le evita el contacto con todo lo terrible que crece y se esparce sobre la tierra. En el vasto territorio que refleja el firmamento, no hay multitudes implorando justicia, o niños con hambre. Y tampoco espacio siquiera para pensar en todo aquello: sólo es importante la tarea que se debe cumplir ante el color cambiante de las aguas como único testigo.

El marinero de agua dulce tiene la tierra como horizonte constante: permanece atado a ella; respira el aroma vegetal que emana de los bosques, el del humus cuando la lluvia lo revuelca. O el miasma de los pantanos, con su mensaje de fiebre, y no el limpio que en los océanos. Viaja el marino por el río sin consultar las estrellas, porque el mismo río y sus orillas establecen la ruta. Surca habitualmente aguas calmas, perezosas, incapaces para demostrar ira; dóciles como serpientes domesticadas. Por eso, para el marino de los océanos, el de agua dulce es un hombre distinto, lleva una vida diferente: desempeña un oficio de tierra.

Poock no tomó en serio las burlas de sus compañeros; se rió de ellas. Aceptó el mando de un vapor en el *Yang Tse* para oírse, por fin, llamar *capitán* y porque le hacía falta el bullicio de la gente; su compañía y las agobiantes y eternas noches donde lo único compartible fue la fatiga. Estaba aburriéndose de su propia risa: escuchaba retintín de moneda falsa en sus notas agudas y en las graves, acento semejante al de las hienas. Lo asustaba su alegría en el ambiente monacal de la sala de oficiales y en el silencio, muchas veces hosco, del castillo de proa, donde reposaban los marineros.

En el remolcador, casi un *ferry,* pues iba en eterno zigzag de una orilla a la otra, reencontró el contento: era como permanecer en un puerto perpetuo, sólo que móvil. Aprendió a soportar la tripulación china y más tarde, en el vapor mixto, a divertir viajeros que no entendían una palabra de su discurso y miraban con profunda sorpresa y aprensión, al barbudo capitán que se dirigía a ellos como si fueran hombres blancos y no campesinos pobres, pero al que iban tomando confianza y terminaban por recibir con gritos alegres que él repetía con entusiasmo de loro joven.

El matrimonio de Poock con el río oriental duró poco. No había sobrepasado aún la edad en que el sentido de la vida se comprende sólo cuando va atado a la aventura. Desembarcó, con algún centenar de libras entre el bolso, menaje indispensable para no parecer un náufrago y dio media vuelta al mundo para pedir plaza en las embarcaciones sin bandera que alimentaban la rebelión contra España y eran, a la vez, naves de contrabando y de guerra; piratas para unos y para otros; escuadras de justicia, renovación y cambio.

El encuentro con Elbers, en Cartagena, fue casual. Y como las reparaciones demoraban, el armador lo invitó a conocer el río, darle su opinión, algunas ideas nuevas y proporcionarle compañía agradable durante el largo viaje.

El champán que debía conducirlos a Mompós los esperaba cerca a la entrada del canal que alguna vez comunicó el río con la bahía de Cartagena. Era una embarcación de veinticinco metros de largo, tallada a fuego y hacha en el tronco de una ceiba gigantesca y provista de un techo construido como empalizada: cubierto con hojas de palma, bajo el cual debían resguardarse los pasajeros, pero tan firme y sólido que, utilizado como corredor, los bogas lo recorrían de parte a parte mientras hincaban las pértigas en el fondo del río, cerca de las orillas para impulsar la embarcación cantando algo con ritmo hecho de quejido y fuerza, a veces, otras, de exaltación de ánimo.

Sobre la cabeza de los pasajeros retumbaba el techo como tambor durante la marcha rítmica: talón, planta; talón, planta, seis hombres, doce pies. Y la voz monótona del boga viejo a proa, aguda como de contratenor contando quién sabe qué historias con palabras repetidas.

A Mompós llegó ensordecido y como atontado por un sopor semejante al de la fiebre, que había durado tres días, apelmazado las horas y convertido su cuerpo en una masa incoherente, sin otra voluntad que el descanso. El humo del fuego encendido a proa para cocinar la sopa de plátano y pescado, alimento de los bogas, y el olor aceitoso de los huevos de tortuga que completaban cualquier comida, había penetrado sus ropas e impregnado la piel con un aroma incierto que evocaba, una vez el incendio de un bosque, otra, el de palomas muertas.

Nunca supo, río arriba, cuando despertó del letargo, si el milagro de la recuperación se debió a la quinina; al hábito que fueron de estar viviendo dentro del bochorno, o a la presencia de la comitiva, enorme, que les dio alcance y cambió las costumbres tranquilas de un viaje de observación por las de uno lleno de complicaciones.

En todo caso, don Santiago y Poock cambiaron a partir de ese momento la somnolienta rutina que los había acompañado, por una vigilia atenta y entusiasta. Dejó de ser el Magdalena un camino de agua que transcurre dentro de un valle malsano, para recobrar el sentido que le daba razón a ese y a cualquier otro viaje. Navegarlo significaba cambiar su misma esencia. Si la naturaleza se valía de él para drenar las tierras del agua sobrante, el hombre podía convertirlo en instrumento de grandeza contrariando al creador insensato que dispuso las aguas como barrera entre dos orillas.

Poco a poco dejaron atrás las llanuras, adentrándose por el cauce selvático bullicioso porque en lugar de patos y garzas blancas y grises de ciénagas y chigüiros que se defendían del calor apretándose en pozos y remansos pandos, volaban miríadas de pericos gritones; parejas raudas, como saetas multicolores, de guacamayos y bandadas de paujiles en fuga.

Como la carne fresca comenzara a escasear porque los zainos, una especie de jabalí y los venados, presa fácil de los cazadores, no abundaban o buscaban refugio entre la selva impenetrable, la dieta cambió. Se despertaban los viajeros con un sonido de losa mortuoria: hachas golpeando caparazones de tortuga puestas boca arriba sobre el playón. En lugar de yuca o ñame, se comía, asado en el rescoldo, un fruto con salvaje remembranza al pan y que llevaba su nombre.

Ni una huella humana en días de trayecto.

Habituados al escándalo de los bogas y los olores de la embarcación; insensibles al ambiente pegajoso; calados por un sol sin piedad y olvidados del asombro inicial por la plagas, conocieron, penetrándola, otra cara del mismo río. Su corriente se hacía rápida y poderosa a medida en que lo ascendían. A lado y lado se alzaban colosales, azules por la distancia, majestuosas y amenazantes, dos cordilleras, cada una a un flanco cuyas estribaciones lanzando brazos a las orillas obligaban las aguas a estrellarse furiosas contra la barrera, tallándola, y a rugir desordenadas tomando aspecto de arcillosas crines de caballo que galopa.

La marcha de los champanes se hizo lenta. Con frecuencia el viejo cantor de la proa lanzaba una cuerda provista de una piedra sobre alguna de las ramas de los grandes árboles, y una vez segura la usaban, como el alpinista la suya en el risco, para ascender las aguas revueltas.

Angostura era el primer obstáculo para la navegación. Superable, sin embargo, según Poock quien duró riéndose largo tiempo de sus compañeros que se aferraban empavorecidos a cualquier cosa sólida que encontraron delante, cuando haciendo honor a su nombre, en la curva de *Quita Palanca*, el torrente rapó de los brazos de tres bogas las pértigas dejando el champán al albedrío de las corrientes.

Al despuntar la mañana del día siguiente se escuchó un ruido sordo que llegaba del estrecho valle, constante y amenazador como respiración de gigante.

Se avecinaban a los grandes rápidos.

El agua descendía vertiginosa envolviéndose sobre sí entre ondas y espumas. Era el límite. Donde la corriente readquiría la mesura debería fundarse el puerto. Elbers con las piernas entumecidas por la incomodidad del viaje, ascendió la pronunciada ladera de una colina para mirar en torno, no al paisaje, mesetas cortadas a tajo por la desordenada furia milenaria de las aguas, sino a la totalidad de aquel espacio dentro del cual se había propuesto fundar parte imperecedera de su propia historia.

Poock, entretanto, gastó sus horas en otra ocupación. El atardecer lo sorprendió a bordo de una canoa; río abajo acaballado sobre lomo embravecido de las aguas. En la noche rindió su informe.

Los grandes rápidos eran navegables. Su cauce, profundo y tan fuertes sus corrientes como las de *Angostura y Quita Palanca* sumadas.

Bastaría un motor poderoso y una mano firme para remontarlos.

—¿Y los riesgos? —preguntó don Santiago.

—Muchos, tal vez Pero no excesivos. Un día, con un vapor musculoso vamos a intentarlo.

—Lo haría estando loco —opinó Elbers.

Y Poock, con una carcajada a manera de explicación, respondió preguntando si conocía algún artillero que no soñara con hacer blanco en el centro de la Luna.

Fue la última noche de aquel viaje común. El capitán Poock no continuó el viaje con Elbers hacia Bogotá. En Honda, una mulata se apoderó de él y le quitó cualquier ánimo distinto al de andar buscando el paraíso de la hamaca.

El mensaje de don Santiago urgiéndolo a subir a la capital, le había llegado a una enramada a las orillas del río Gualí. Y si viajó no fue en aras de la amistad, sino por culpa de don Dinero. Un generoso adelanto en efectivo pagaba con creces las fatigas del ascenso por la cordillera. La mulata lo acompañó hasta más allá de Villeta, desde donde emprendió camino de regreso cuando las primeras nieblas del páramo bajaron al rancho donde se habían posado para descansar.

Resulta lógico pensar, entonces, que para la audiencia con Santander, el marino llevaba instrucciones precisas. Y la recomendación debió ser una: desplegar toda su simpatía y hablar de las maravillas que para el Imperio británico traía consigo la navegación a vapor por los ríos.

El objetivo se cumplió. La presencia del vicepresidente en la fiesta cambió el parecer de algunos miem-

estos pueblos y guiarlos hacia un futuro mejor, y no sé qué tan hábil resulte para eso. Usted y yo somos hombres de acción y eso quiere decir que nos abrimos en camino a empellones, si es necesario, acarreándonos siempre enemigos. El arte de la política es solapado. Tayllerand era un hipócrita, Robespierre tenía alma de jesuita. Los impacientes y los voluntariosos no tenemos tiempo para andar tendiendo celadas, ni para predicar mentiras como verdades…Yo sé manejar ejércitos, pero tal vez no hombres a los que roe la envidia o la ambición enferma…"

Una mulata trajo hojas de plátano recién cortadas y las extendió sobre la mesa cubriéndola íntegra. Soplaba el viento frío de los amaneceres llaneros y el campamento estaba en calma. Lejos relinchaban, de un corralón al otro, como citándose y reconociéndose, los potros y los caballos enteros.

"Podemos crear mundos… La pregunta es si sabremos mantenerlos en un mundo de ladrones".

"Nadie le podrá robar a usted su gloria, general".

"La gloria…" dele ese nombre a su segundo barco… Digo: si es que llega a poner el primero, insinuó Bolívar levantándose. "Que tenga buen apetito".

La permanencia en Bogotá, en esa primera oportunidad, se prolongó más de aquello que previó mientras ingresaba por esas calles de arquitectura aldeana sin las pretensiones y demostración de riqueza de las de Quito y Lima. Sin embargo, la ciudad no era tan habitable como lo proponía la dulzura de su clima: un paraíso, luego de haber soportado la temperatura y humedad de las tierras cálidas. La *primavera perpetua*

que describía Humboldt no compensaba otras incomodidades. Carecía de alcantarillado: las aguas negras
corrían a lado y lado de las vías o se aposentaban
formando charcas si el desnivel no era suficiente o
esparciendo excrementos si la lluvia aportaba torren-
tes, y eso ocurría con demasiada frecuencia. El viento
gélido soplando desde un boquerón abierto entre dos
cerros de la cordillera que la resguardaba, no vencía la
barrera de aire fétido, ni molestaba los millares de
moscas tercas, inofensivas: voladoras perpetuas en círculo eterno y visitantes asombradas de cuanto objeto,
móvil o inmóvil, penetrara en sus dominios.

Las quebradas que atravesaban la ciudad, convertidas en depósito de basuras guardado por escuadras luctuosas de gallinazos que compartían el
espacio y la fortuna de los deshechos con una corte
de mendigos: lisiados de guerra, leprosos tumefactos,
ciegos, mujeres de tetas colgantes, niños cadavéricos
y viejos que la insensible muerte había olvidado rescatar de su tristeza.

Lo despertaban las campanas de las muchas igle-
sias que antes de la cinco de mañana sonaban entre la penumbra azul llamando a misa. Con ellas la
ciudad iniciaba su parco trajín: las aguadoras cantaban pregones callejeros llevando los cántaros
sobre la cabeza y tras ellas, los vendedores de alimentos, verduras, pollos vivos, leche, frutas, iban
voceando su mercancía de calle en calle, de casa
en casa. Llegaban todos del campo: muchas mujeres y niños, ningún hombre joven; unos pocos viejos. Venían con hambre pero no comían; litigaban

con los clientes recateando; ofrecían transacciones. Vendían poco y nada. Al final de la tarde, aceptaban su derrota sentándose en las calles como perros enfermos.

En Bogotá no se había librado la guerra. Sin embargo, su efecto desolador la acompañaba, como al herido sus dolores. Igual que el enfermo que sobrevive a su gran crisis, pero ha perdido la fuerza para valerse por sí mismo, la ciudad, macilenta, con la piel de sus calles desconchándose, mitad abandonada, mitad invadida, parecía no acostumbrarse a su nueva situación.

Empleados oficiales sin oficio ni pago, comerciantes con tiendas llenas de nada, propietarios a quienes la guerra dejó sin peones ni esclavos y requisó sus bestias de monta y tiro, habían cambiado de oficio y, en un intento de evadir la abrumadora seguridad de su ingreso a los terrenos de la pobreza, organizaban verbalmente la nueva nación. El ocio los graduaba de estadistas. Y la desdicha, de tribunos.

Como una epidemia, el oficio de Demóstenes, apoderado del alma citadina, convertía cualquier acontecimiento en oportunidad de discurso. En la lista de prioridades, la gramática ocupaba sitio de honor, desplazando cualquier ejercicio analítico y toda actividad productiva.

Es una ciudad sin proyecto, escribió don Santiago, "como los hombres que no se fijan un destino, transcurre el tiempo sin dejar nada para la historia".

A su ánimo optimista en descenso, lo despertó, como al perro el olfato de la presa, preservándolo del ingreso a la melancolía, una breve esquela del Libertador que lo urgía a poner en marcha el proyecto.

Trabajaba sin salir de su casa, luego de habilitar uno de los salones como despacho. Frente a él, separado por el zaguán, alojó un devoto ejército de escribientes y oficinistas que llenaba folios sin compasión. Sus miembros, como monjas de clausura, pasaban del trabajo al refrigerio y de allí al descanso, sin asomarse a la calle ni hablar con alguien extraño al grupo.

El intento respetuoso de no interferir la rutina ni el orden comunitario, ensayado con éxito en la sociedad abierta de Mompós, provocaba un efecto contrario entre gentes recluidas en comedores y recibos, que se alimentaban por expectativas creadas por esa suerte de verdad transitoria que se afirma como certeza y llamamos chisme. Quizá porque sus miembros, hastiados de historias, maneras y actitudes por todos conocidas, habían dejado libre la gana de encontrar interlocutores nuevos, la distancia del grupo se interpretó como una forma organizada del desprecio. "Se creen superiores y distintos", afirmaban, de *ambigú* en *ambigú,* los molestos.

Sin embargo, no tardó mucho la murmuración en dar paso a una certidumbre nueva: aquel grupo, organizado para cumplir con eficacia y humildad de abeja obrera con sus deberes, decía la gente, en realidad formaba parte de una secta religiosa dedicada a invocaciones satánicas. Los escuchaban sábados y domingos cantar en coro con tal alegría que de seguro esta representaba un homenaje a dioses paganos. Sin duda, eran hugonotes, y su verdadera misión consistía en fundar una iglesia cimentada en la perversión.

El esquema, cuidadosamente elaborado y cada noche más rico en argumentos, se fue al suelo un jueves de Corpus, cuando los empleados de la compañía salieron en formación que recordaba la de un seminario y en la iglesia de Santa Clara, durante la misa solemne, entonaron un *Gloria* que arrancó lágrimas a un auditorio que jamás había escuchado otra invocación a Dios que las hechas en latín por la voz quebrada de los oficiantes.

No todos los empleados de la compañía eran, como lo aseguraban muchos, extranjeros. Los reclutados en Cartagena resultaron ser en su mayoría criollos, a quienes hacía parecer señoritos con tendencia a la melancolía la disciplina para perros impuesta por un catalán que en los puestos a su cuidado, a fuerza de reglamentos estrictos, morigeraba su alegría caribe.

"Don Santiago: Dicen que usted regenta un internado", le comentó alguien. "Por cada discreto, hay diez chismosos, y por cada chismoso, cien problemas", fue la respuesta.

El curioso soltó una carcajada.

—¿De manera que ésa es la forma en que usted guarda sus secretos?

Elbers arregló el lazo que ataba su pelo, como lo hacía siempre que algo lo molestaba.

—Esta ciudad no aguanta diez habitantes nuevos impunemente. Y en mi casa viven quince, aparte de los ingenieros que son casados y no viajan con sus esposas.

—Y, en lugar de hacer el amor, cantan, ¿verdad? —interrumpió el crítico.

—Vengo de un país donde la música une a las familias, acerca los hombres a su Señor y dispone el alma para oficios distintos a los de las bestias —sentenció Elbers—. A esta ciudad —continuó— le hace falta eso. Ocupa su ocio en el oficio bastardo de la maledicencia. Aquí no se piensa acerca de uno mismo, sino sobre el prójimo. Todos hablan en lugar de cantar y rezan cuando debieran más bien estar pensando.

El anuncio de que Elbers estaba dispuesto a comprar títulos de baldíos, tierras confiscadas a los españoles y entregadas a las familias de oficiales patriotas muertos en batalla o gravemente heridos, o cedidas como pago de servicios a los sobrevivientes de mando, tomó de sorpresa al mismo gobierno.

Pagaba en metálico y no en los papeles del gobierno que repletaban los muladares.

La sorpresa aumentó cuando, con el retardo obligado, se supo que la compañía que representaba, había hecho anuncios semejantes en Cartagena, Mompós y Santa Fe de Antioquia.

Apenas las primeras transacciones se llevaron a cabo, las protestas llovieron sobre las secretarías de Hacienda y Guerra: el precio prometido o pagado era muy inferior al teórico que la administración establecía en los documentos.

Nadie acusó al empresario de retribuir poco, porque nadie ofrecía más que él. La compañía compró fijando precios.

La antevíspera de la fecha señalada para abandonar la ciudad con destino a Lima, don Santiago recibió una esquela del encargado del poder, quien lo citaba a su despacho. Le pareció desusada la hora: las diez de la noche, cuando los únicos habitantes despiertos de la ciudad eran los serenos.

Por elemental prudencia, se hizo acompañar de tres criados con antorchas para iluminar el camino. Una llovizna, menuda pero espesa, lavaba el empedrado de las calles. Escampando bajos los aleros goteantes, envuelto en la capa, desafió el ventarrón y, sin que la somnolienta guardia tratara siquiera de averiguar quién era, sorteó el portalón de ingreso de la casa presidencial y trepó las escaleras hacia el despacho del encargado.

Como la puerta permanecía entrecerrada, golpeó con los nudillos. Un edecán que portaba un candelabro guió a Elbers al fondo del salón, apenas amoblado con un mesa de madera, más apta para una cocina que para el oficio que cumplía, y unas cuantas sillas de hacienda ganadera.

En el rincón opuesto, iluminado por el reflejo mortecino de los velones encendidos en el pendil central, alcanzó a distinguir sobre una mesa auxiliar un juego de barajas y el brillo apagado de fichas o monedas.

El edecán lo invitó a sentarse y desapareció dejando el salón en penumbra. De noche –le pareció a Elbers– el despacho presidencial mostraba un aspecto más de sala de cuartel que de oficina. Estaba ausente la parafernalia que acompaña a quien necesita demostrar el poder que tiene. La desolación resultaba severa y el gran espacio imponía respeto.

Era la primera vez que penetraba al recinto. El encargado del poder, en otras ocasiones, lo había recibido en el salón privado de su residencia particular cuya decoración recordaba la casa de un clérigo acomodado que ya no teme hacer pública su pasión por los objetos mundanos.

Santander hizo su entrada seguido por el edecán con su candelabro. No llevaba uniforme militar sino una casaca de seda brillante color túnica de monje budista.

Se excusó por la tardanza. Tomó asiento. El edecán abandonó la habitación cuando la mujer que lo había seguido a su ingreso, alumbrando con palmatorias, regresó con una bandeja, dos copas y una botella que puso sobre la mesa luego de retirar papeles y legajos.

—¿Algo más? —preguntó.

Santander negó con un gesto.

—Supe que viaja pronto —inició su discurso— y quise conversar con usted.

Sirvió las copas y propuso el primer brindis:

—Por un viaje feliz y un pronto regreso.

Dijo que Bolívar había recibido con mucho agrado las noticias de la puesta en marcha del proyecto y la buena acogida en el Comité de Hacienda. Realmente estaba entusiasmado. El hecho de que se hubiera referido a él era la mejor prueba. Tenía tantos y tan graves problemas...

Llenó por segunda vez las copas. Propuso un nuevo brindis: "Por el Libertador y Presidente".

Su voz era suave y su discurso fluido. Utilizaba un léxico demasiado rico para el todavía rígido español de Elbers, a quien le costaba trabajo seguirlo. El vicepresidente, más que preciso, intentaba ser elegante. Pertenecía a esa clase de personas a quienes les resulta fascinante oírse.

Si en la primera entrevista había descubierto al político cauteloso que antes de pronunciar una palabra la mide y sopesa, capaz de ganarse la simpatía de su interlocutor dejándolo hablar y asintiendo con aire atento y ligeramente admirado, como si aquello que el otro dice fuera una voz providencial que llega a colmar los vacíos del poderoso, en ésta advertía la debilidad del hombre a quien el ejercicio del poder acrecienta la vanidad de tal manera que concluye convencido de que es el poder mismo, en lugar de una circunstancia.

Al discurso sobre el interés del Libertador, siguió el de su propio entusiasmo. El Magdalena no era el único río navegable. Estaban el Orinoco, el Arauca, el Amazonas, para no hablar del Mira, el Cauca, el Atrato. Todas las venas –¿sería mejor decir arterias?– del Nuevo Mundo lo esperaban. Era de rigor, ahora, brindar por los ríos de la Gran Colombia... ¿Qué apoyo necesitaba? ¿Por qué comprar tierras en lugar de pedirlas como aportación del gobierno a la empresa? ¿Y para qué tierras?

Un barco sobre el río. Eso es lo que necesita: un barco.

—No —contradijo don Santiago.

El barco era el primer eslabón de una cadena. El barco solo no traería el progreso. Le gustaba acudir a la química para comparar su idea de la navegación con un elemento catalizador capaz de transfor-

mar la economía regional. Sin embargo, el proceso
era demasiado largo si se lo dejaba al acaso. Los
barcos tendrían que llevar repletas las bodegas en
cada viaje y no esperar a que su simple paso trajera
consigo el cambio. La actual producción era insufi-
ciente para responder a esa demanda. Las tierras
adquiridas, bien administradas, rendirían lo suficiente
como para convertirse en grandes abastecedoras de
carga. Una vez en plena producción, se venderían
sin dificultad: sus productos saldrían a los mercados. El negocio de Elbers no era la agricultura, sino el
naviero. Pero estaba obligado a convertirse en
empresario de quién sabe cuántas cosas porque era
el único hombre en toda la Gran Colombia seguro de
que, en menos de lo que todos podían imaginar, los
vapores pronto surcarían las aguas del Magdalena.

Habló del añil, la quina, el tabaco, el palo de Brasil, y de lo que significaba la economía de fletes en
la competencia por el mercado internacional.

En medio del discurso, el encargado alzó la mano
para pedir la palabra. O, dicho de otra manera, lo
interrumpió con un gesto. Pero no interpoló ninguna idea propia.

Se frotó los brazos:

—Detesto este salón —declaró, como si esto hubiera sido el tema de la charla—. Simón insiste en
mantenerlo así. Es frío, incómodo, pobre... —Trocó
el tono frívolo luego de un breve silencio—. Admirable. Jamás se me hubiera ocurrido ese juego magistral de alimentar una utopía con otra y mucho
menos invertir una fortuna en tierras y en proyec-

tos agrícolas antes de saber cuándo y cómo puede navegar un barco por el Magdalena.

Tomó un sorbo.

—Sé que compró tierras a buen precio. Tal vez pueda cederme algunas. No las utilizará todas. Por anticipado le aseguro que, cuando cambie las angustias del poder por las faenas tranquilas de la agricultura, seré cliente de sus vapores…

Don Santiago no dijo sí ni dijo no. Calló. La insinuación resultaba demasiado inelegante para ser tomada en serio.

El vicepresidente hizo sonar una campana que en la vastedad del salón se escuchó como la del monaguillo cuando anuncia, durante la misa, la ceremonia de Consagración.

La mujer reapareció con el servicio del chocolate: dos tazas de barro y una canastilla con arepas de maíz, dispuso todo sobre la mesa del fondo; regresó a la que servía de escritorio, tomó uno de los candelabros y los colocó al lado de la merienda.

En el patio de ingreso se escuchaban las voces y el ruido del cambio de guardia a medianoche.

Durante el breve silencio que obligó la presencia de la criada, Elbers hizo un repaso mental de la reunión. Santander lo había llevado con habilidad a decir cosas que hasta entonces únicamente había consultado consigo mismo. Lo atropellaba la certeza de haber dicho demasiado. "¿Todas esas inversiones en los proyectos de comercio –preguntó Santander– no entretendrán el dinero que deberá emplearse en obras costosas, como el camino a

Bogotá y la apertura del Canal del Dique? Recuerde usted que éste es un país rico, pero sin recursos. Ni siquiera tenemos bancos capaces de proporcionar el crédito que cualquier gran empresa necesita, pues no hay capitales infinitos".

El general tomó asiento frente a su merienda y guardó en su bolsillo la baraja que la mujer había puesto a un lado, mientras explicaba:

—A veces hago solitarios... Jugar uno contra sí mismo y contra la baraja es reparador, sobre todo si el oficio cotidiano es evitar que los demás jueguen con uno.

La explicación no ajustaba en el esquema. ¿Qué oficio desempeñaban las fichas, apiladas ahora en una esquina? No. El general no jugaba solitario.

—Siembre tabaco —le aconsejó—. El monopolio del Estado no será eterno. Pero apresúrese. Ponga el barco en el río. Mucha gente afirma que no se debe invertir tanto en algo que pueda ser ruinoso. Hay por lo menos dos personas que, sin la preparación que usted considera necesaria, estarían dispuestas a hacer navegar sus navíos.

Elbers tardó un instante en responder. El rostro de Santander mantenía la expresión ausente de quien se afeita ante un espejo.

—Creía tener el privilegio de ensayarlo primero.

También el vicepresidente se tomó tiempo antes de responder. Cuando habló, lo hizo en voz baja y con acento resignado:

—Francisco Montoya es enormemente rico. Sin duda mucho más que usted. Tan rico que el país le ha solicitado empréstitos y él se los ha concedido.

La carta de oros estaba sobre la mesa. Elbers jugó espadas:

—No creo que el presidente Bolívar, usted o el Congreso obedezcan a presiones económicas que en lenguaje jurídico se llaman chantaje.

El encargado del poder permaneció impasible. Tomó un sorbo de la taza y se limpió el bigote con la servilleta.

—Él es un nacional, recuerde. Usted es extranjero. En el caso de una disputa por derechos, en el Senado, que sería el último juez, ese argumento tendría partidarios.

La reunión terminó cuando sonaron las campanas que anunciaban las dos. En la calle soplaba un viento de hielo.

Don Santiago, antes de dirigirse por la calle del puente hacia su casa, con un ademán se despidió de los guardias, a quienes el helaje del sereno hacía entrechocar los dientes produciendo un sonido que recordaba los toques que da el virtuoso de las castañuelas antes de tañer fandango.

Tras la llovizna, el cielo había quedado limpio de nubes. Del piso se levantaba el vapor de una niebla que se extendía baja, como avergonzada de empañar la magnificencia de esa noche estrellada.

Don Santiago se detuvo; miró el firmamento con atención de piloto en busca de guía, en el mapa del cielo, y reconoció, una a una, las constelaciones impasibles y el orden móvil de los planetas.

No hubo respuesta. Los suyos, marinero de agua dulce, eran asuntos de tierra.

El sueño lo venció en su casa cuando trataba de recordar la última frase de su discurso:

"Quizá él tenga el dinero. Yo tengo la voluntad". Había observado en el mandatario un gesto de asentimiento. "Él podrá arriesgar una fortuna para lograrlo. Yo empeñé la vida. Y esa es mi ventaja".

Vapor en el río Magdalena. *Plumilla. En:* Crónica grande del río de la Magdalena. *Bogotá. Ediciones Sol y Luna. 1980.*

II

Los invitados al recorrido inaugural desembarcaron en Conejo con medio día de adelanto a la hora prevista en el programa y sin público, porque quienes habían viajado para atestiguar el arribo y asistir a la celebración dormitaban apresados por el sopor de una mañana lluviosa en los alojamientos de Honda, a medio día de camino.

Despuntaba apenas en el horizonte la silueta de las bodegas, cuando don Santiago, tras consultar el reloj, rogó al capitán Poock que detuviese las palas, arrimase el vapor a cualquier orilla y esperase lo requerido para cumplir con los tiempos dispuestos en el itinerario y dar al comité de recepción la oportunidad de presenciar cómo el barco, tras vencer aguas difíciles, atracaba con una maniobra perfecta.

El capitán se negó. Dijo que lo haría "ya mismo". No valieron razones ni argumentos; ni siquiera el respeto al protocolo logró disuadirlo.

—Demorarnos es correr un riesgo innecesario.

Y se plantó en su parecer.

Por eso, cuando *Invencible* lanzó cabos, los pasajeros creyeron que completaba una etapa más, no la final. Esperaban allí ruido de pólvora, música y filas de dignatarios que agitaran los brazos como banderas en homenaje a los recién llegados.

Nadie los aguardaba en el muelle. Ni siquiera perros que ladrasen a los intrusos ni, muchos menos, hogueras encendidas anunciando la inminencia de un banquete. Como salido de la nada, un zambo atrapó el cabo lanzado a tierra y lo ató al pontón.

El viaje había transcurrido sin incidentes, apenas tropiezos mínimos para aquella complicada máquina bufante: un escape en las calderas que no causó heridas a nadie y fue reparado en unas horas. Si había producido algún retardo, el río se encargó de compensarlo, pues las aguas amanecieron mansas en un sector donde, según las cartas, era seguro hallarlas torrentosas. El insólito trueque de rápido a remanso sorprendió a todos, salvo al segundo asistente del piloto, pescador de la zona. "Cada cuatro años –explicó– la cosa se repite. Por eso las llaman las *curvas del chorro que duerme*".

Si en el río todo anduvo a pedir de boca, en tierra su cumplimiento de itinerario provocó problemas jurídicos. Las apuestas cruzadas no consideraban esa posibilidad y menos aun que fuera exacto el itinerario; se pactaron como en las galleras cuando el campeón enfrenta a un pollo giro cuyo única historia es haber perdido, sin entregarse, un ojo en la pelea: diez a que no llegaría a ninguna parte, contra algunas pocas que insistían en afirmar la capacidad navegante del invento.

Pagar quinientos a uno, un día tras otro, pone a peligrar cualquier banca. Y los singulares *croupiers* de un juego que no se acababa de inventar, midiendo la inminencia de las pérdidas, optaron más bien por cerrar las ventanillas y alzarse con los fondos recaudados.

Las noticias de los avances cumplidos del vapor viajaron a golpes de ala: palomas mensajeras de un correo organizado por la compañía. Su esforzado vuelo permitió fijar, sin excesiva vacilación, la hora y la fecha para un acto solemne en el cual se celebraría el ingreso de la navegación a vapor en la historia del país.

Las invitaciones, timbradas en papel con marca de agua, presentaban día y hora de arribo. Una estupidez, signo de desmedida confianza, pero... ¿cómo no aceptar tanta cortesía de parte de alguien importante, si, además, las esquelas incluían una nota en que se anunciaba: *Se han dispuesto en el camino comodidades que harán placentero el viaje?*

Sólo unos cuantos rechazaron el llamado y lo hicieron con venias y cartas amables en que explicaban los motivos y añadían lamentaciones. Muchos más, aquellos que esperaron la invitación en vano, afirmarían luego haberla recibido, pues no estaban dispuestos a que todos se enteraran de que su nombre no cabría en la lista de los importantes.

La enorme caravana en la cual se entreveraban dignatarios civiles y eclesiásticos, militares sin tropa y señores de piel tan blanca que se hubieran podido confundir en rescatados, como trigo de monumento, de la sombra de una cama, avanzó lenta por el camino de herradura que la conducía a Villeta, primer paso; a Guaduas, segunda jornada, y por fin a Honda, distante tres horas del lugar donde fondearía el vapor, en cuyas bodegas, alistadas con un año de anticipación, esperaba, dispuesta en orden, la carga que embarcaría *Invencible* con destino a la costa atlántica: el tabaco cosechado en Ambalema, de hojas anchas, color de miel, enfardelado entre petacas de cáñamo tejido, bultos de sombreros y alpargatas, cortezas de árbol para vender a los ingleses, mantas, sacos de papa, con olor de páramo...

El tabaco pesaba poco y ocupaba tanto espacio que un bongo, capaz de contener ocho toneladas, transportaba apenas mil libras, de las cuales la tercera parte, cuando menos, humedecida durante el viaje llegaría dañada a puerto. Para el vapor la carga liviana representaba una ventaja: contaba con espacio de sobra y sus compartimentos estancos protegerían la carga. ¿Resultaba ésto más costoso? Al contrario, tres y hasta cinco veces menor era el precio de los fletes. Con tal rebaja estarían los nacionales en posición de competir en el mercado internacional.

Los invitados a la recepción del viaje inaugural, confundidos con las hordas de curiosos y de viajeros, unos con pasaje comprado y otros que apenas procuraban obtenerlo, se asomaron cuando ya *Invencible* había puesto en retiro la caldera. Los cargadores, en procesión que recordaba a la de las hormigas, ascendían, con fardos a cuestas, camino a las bodegas y perdido el ánimo festivo, los pasajeros se preocupaban por poner a salvo los equipajes que una babel en germen amenazaba con convertir en ajenos.

Si el comité de recepción logró reunirse tras un afanado reclamo de la bocina del barco, los discursos preparados no pudieron leerse, puesto que, tras el estallido de los voladores, que cumplido el ascenso daban noticia de su agonía con el trueno de las bombas, dos, tres y hasta cinco descargas, como si se hubieran rebelado contra la ceremonia los elementos, respondieron con súbita ira las nubes y se desgajó un aguacero que en menos de nada apagó los amagos de fiesta.

Los pasajeros para el primer viaje comercial río abajo, permanecieron en Conejo, empapados, pero decididos a enfrentar el riesgo de abordar el vapor que partiría veinticuatro horas más tarde.

Los primeros en subir a bordo, voluminoso su equipaje, fueron quienes habían pagado atención de lujo. Con pocas pertenencias, baraja y dados, abordaron, en seguida, los tahúres, quienes se sentaron a las mesas de la segunda cubierta para esperar a los ambiciosos ingenuos. Tras ellos se instalaron, desorientados y haciendo gala de su humildad, los sin derecho a camarote ni esperanza de fortuna, trasteando con una hamaca para guindar en donde otros se lo permitiesen. Por último, empujándose, el enjambre apresurado de un grupo de mujeres que se presentaría como de bailarinas en fuga de un empresario mentiroso y que pondría en crisis con su bulliciosa apostura cualquier reglamento. Más tarde, con boletos adquiridos a precio de reventa, se embarcaron un par de herederos que huían de la vigilancia familiar; un coronel, de quien luego se

supo que viajaba con la urgencia de los que deser-
tan con la bolsa destinada al pago de una brigada;
un clérigo, acompañado por su acólito, y, sin pagar,
pues en el desorden de una fiesta que se prolongó
sin interrupción durante la travesía, nadie exigió
contraseñas, se colaron varios esclavos en trance de
convertirse en marinos. Incluso se presentaron bogas de pecho calloso que abandonaban las varas
para solicitar un lugar en el sendero sin esperanza
de los alimentadores de calderas, y aventureros en
busca de cualquier oportunidad.

Subirían, a medio camino, los mineros, con su
ganancia empacada en maletines tan pesados que
apenas arriscaban a trepar con ellos por la escalera
de borda en busca de los puestos que dejaban los
vendedores de baratijas y los mercaderes que descendieron en el Nare para internarse hacia el norte
del estado del Cauca.

En Conejo, antes de la partida, un breve volcán
de temor y desconfianza había hecho erupción.
Corrió la especie, y tras ella la certeza, de que aquella maquinaria no era confiable para la eternidad y
de que, cumplido un viaje y agotado su corazón
mecánico en el ascenso, le faltarían fuerzas para el
retorno.

¿Quién respondía por el capital y el trabajo invertido en una carga conducida por un imprevisi-
ble vástago de la petulancia humana? ¡Ah, no! Detrás
del vapor deberían viajar embarcaciones auxiliares
que acudieran, en caso de peligro, a vaciar las bodegas.

Don Santiago aceptó el convenio:

—Muy bien, sí. Estamos de acuerdo.

No habría problema. Quien deseara una guardia cuidadosa de canoas para el vapor estaba en el derecho y en la libertad de contratarla... a sus propias expensas.

Suyos, aclaró don Santiago, producto de sus haciendas o comprados, eran los dos tercios de la carga. No estaba dispuesto a pagar un "impuesto a la desconfianza" ni mucho menos, "darle respetabilidad a la tontería. O importancia al terror por lo nuevo", según dijo: "Es desconsolador darse cuenta de que muchos hombres prefieren, ante una circunstancia nueva, identificarse con los borregos y ser esclavos obedientes de las rutinas. ¿No son conscientes de que viven en un país nuevo? ¿No entienden que la Gran Colombia, tras la independencia, depende únicamente de sí, es decir, de la inventiva y la fuerza de cada uno de sus nacionales? ¿No es Inglaterra poderosa gracias al incremento de la producción que la máquina ha hecho posible?" Un telar del Socorro fabricaba en un año lo que en una hora, con menor fatiga, un operario en Manchester. El mundo cambiaba. Recién creada la nación, su futuro dependía de la actividad inteligente de sus hombres.

—El tabaco —continuó sin que nadie levantara la voz para contradecirlo— llegará a Bremen, o a cualquier lugar, sin el agregado de los fletes que multiplican por siete el costo de la producción. Y los agentes tendrán márgenes amplios para negociar.

¿Cómo, de otra manera, sería posible ingresar en el juego de la competencia? Expuso la admirada convicción de que el hombre se acercaba al umbral afortunado de un tiempo en que los ricos serían los sabios, porque estaban dispuestos a entender y aprovechar las transformaciones. Terminaba la época de Harpagón, el avaro, atontado en su oficio de apilar moneda.

Las bailarinas, con andares de pato y de gacela, copaban las miradas. Ahora parecían bellas. No faltarían brazos masculinos dispuestos a salvarlas de las aguas si el barco zozobraba. Y el proyecto de mostrarse como héroes y ejercer el deporte de pasar por Don Juanes acalló los últimos temores.

Una vez sueltas las amarras, el capitán ordenó hacer sonar la bocina. Despedía *Invencible* los preparativos sin otra compensación que los honores.

A partir de ese instante era un barco, no un sueño, y como tal debía cumplir labores sin gloria distinta de evitar la desdicha de un naufragio; llevar hombres y menajes de un puerto a otro, en un tráfago de rutinas e itinerarios exactos; ir y venir, con memoria de cortesana, bajo el peso de cargas y gentes de cuyo paso, en el mejor de los casos, únicamente quedaría huella en los libros de contabilidad.

La compañía de baile era famosa, no tanto por la calidad eximia de su espectáculo, como por su excepcionalidad. La presencia en recintos públicos de mujeres capaces de cantar, expertas en danzas y peritas en hacer felices a los hombres, no era frecuente siquiera en los sueños de jóvenes con vocación libertina.

Las muchachas, y darles este nombre resultaba aventurado, puesto que no eran propiamente niñas (algunas se encontraban en plena madurez y lo aceptaban sin remilgo aduciendo que los profesores de artes no son jamás adolescentes, y que la experiencia presta el sello inconfundible de la maestría), declaraban haber llegado al país hacía poco tiempo. Si bien el pretexto no resultaba demasiado claro, alegaban ante las autoridades que, por ser europeas y tener cada una distinto origen, carecían de pasaporte. Las morenas aseguraban ser una de Túnez y la otra andaluza, aunque ésta pronunciara las eses y las eres finales. Una zarca insistía haber nacido en Grecia, y Rulitos, la muchachona de la pandilla, rubia por el sol, se pretendía austríaca, aunque no supiera alemán, porque sus padres habían abandonado la patria cuando todavía su lengua no era capaz de articular palabra. Las restantes coincidían en declararse italianas sin más.

Según relataban, el empresario y su esposa, de quienes habían huido, acompañaban las canciones y las danzas del coro con sus interpretaciones de piano, él, y de violín, ella, sin demasiada maestría. Concluido el espectáculo central, las mujeres, a quien pagaban lo convenido por cada pieza, debían enseñar a los espectadores los rudimentos de las artes europeas del baile moderno. O repasar, si la clientela era veterana, movimientos de cuadrilla.

O brincar, entusiastas, la polka, o ejecutar los pasos finos y las figuras de la contradanza. Así habían recorrido los pueblos de América; los importantes, es decir. Y la más joven subrayaba la frase con un ademán cortesano, aclarando: "Donde hubiera caballeros".

Por regla general, se alojaban en fondas o posadas amplias, si era posible, cerca de las ciudades. No dentro de ellas, porque los empresarios mantenían, por lo común, malas relaciones con los párrocos: "necios y mal pensados".

Se quejaban del trato que venían dándole los militares: "¿Qué se creen? Unos pretenciosos que todo lo quieren gratis porque se sienten héroes o porque están armados. ¿Héroes de qué?".

El griterío se armó cuando abordaron. Cada una, al pisar la cubierta, recibió su ovación y respondió con una sonrisa, un gesto amable o un paso de baile. Entre los pasajeros, el clérigo quizá fue de los únicos que no acudieron a recibirlas pues tomando al acólito del brazo, abandonó la cubierta y se hundió en el camarote, "para aprovechar ese rato de soledad en delicadas lecciones de teología".

Desde la partida, don Santiago se mantuvo junto al timón y no descendió porque, antes que lo hiciera, llamadas como las abejas por la flor, acudieron las mujeres en tropel y se aglomeraron en torno a la cabezota rubia y a los ojos azules y al aire de infinita modestia que, según ellas, no podía ser de indiferencia.

En todo caso ellas se tomaron el puente del gobernalle y lo abandonaron sólo cuando, a las cinco de la tarde, el ingeniero de calderas se dirigió hacia el piano y tocó la primera de muchas polkas.

Más hechas al hábito de los amores fugaces que más al de las pasiones eternas, las muchachas olvidaron bien pronto al armador. No bailó él, ni se procuró un lugar discreto para refocilar con las dispuestas, como lo hicieron tantos, pues a falta de orquesta, o de músicos distintos de los marineros, a quienes el deber substraía con frecuencia del estrado, en vez de clases de danza, dieron con destreza profesional ejercicios de amor.

En las mesas de la primera cubierta los tahúres convertían el tedio cálido de las horas interminables del viaje en filón aurífero. Hasta el clérigo, quien alegó, y convenció a muchos de ellos, de por que carecer de dinero estaba obligado a vivir del auxilio ajeno, sacó a relucir una sorprendente cantidad de morrocotas de oro que sobre la manta los dados se encargaron de esfumar. Tan mal anduvo su suerte, que, en procura de resarcir lo perdido, apostó su última posesión, el acólito, a quien recomendaba como servicial y bueno para cualquier oficio, y lo perdió con par ases cuando necesitaba números que sumaran siete.

Como las mesas de juego se mantenían llenas, iniciada la tercera noche del viaje, la administración, a través del jefe de servicio de cubierta, hizo saber que, igual que en los trasatlánticos, las mesas de juego pagarían, a manera de impuesto, un porcentaje sobre las apuestas. En contraprestación, y eso evitó protestas de los pasajeros encumbrados y las suscitó en el círculo de los tahúres, se comprometía a denunciar, si los hubiera, dados cargados, cartas con marca y trapacerías, y servir de juez entre las partes, en caso de disputa.

En cuanto al alegre desorden causado por las bailarinas, no se impartió una disposición inmediata. Más tarde, en consideración a la insistencia del grupo de tomar el vapor en el puerto de salida, cumplir una diligencia en el día de llegada y ocupar el mismo lugar al regreso, se promulgaría un reglamento que obligaba a las damas de "ida y vuelta", a la segunda cubierta y con prohibición de acceder a la primera, destinada a personas pudientes, negociantes tranquilos y funcionarios públicos.

En cuanto a los eclesiásticos, se estableció que deberían viajar acompañados por personas de idéntica dignidad. La razón la explica el hecho de que, una vez que el tahúr ganara al clérigo, el acólito en un juego de naipes, éste, desobedeciendo a su nuevo dueño, se negó a cumplir cualquier orden y armó un escándalo mayúsculo: acusó al religioso de secuestro, sodomía, malos tratos, avaricia y proxenetismo. No se había liberado de un amo, para caer en manos de otro, que quién sabe qué cosas le exigiría. En su apoyo, con disciplina de partido, se adhirieron las bailarinas y, luego, buena parte del pasaje.

El clérigo fue desembarcado, sin ningún honor y más bien con algunos palos, en el primer sitio que el vapor tocó luego de la denuncia: un playón en el cual se apilaba un enorme avío de madera y habitado por un par de esclavos fugados de la violencia de sus amos y a quienes el clérigo no lograría convencer de que el odio por el blanco no es asunto de buenos cristianos.

Sin más contratiempos y con cuatro días de retardo, fondeó *Invencible* frente a Calamar, en un muelle provisional, puesto que las aguas de una creciente inesperada corrían demasiado violentas para arriesgar la maniobra de atraque en el lugar de donde soltó cabos en el día de la partida hacia el corazón del país. No fueron los esperados desperfectos mecánicos la causa de la demora. A medio camino, una tarde cuando la fiesta tomaba ya cierto tono escandaloso, acudieron al barco champanes y canoas.

No era una emergencia, explicó Poock entre risotadas y ademanes de payaso. Simplemente, el vapor debía ser desalojado y parte de los pasajeros transbordada a las embarcaciones. "por un rato, nada más que por un rato, porque ésta es una empresa seria".

"Son las sorpresas que una empresa importante concede a sus mejores clientes", explicaría a quienes se quedaron. La medida no ocultaba razones náuticas, sino políticas. El Libertador descendía desde las altas laderas para conocer el vapor, felicitar a sus tripulantes y conferenciar con el empresario y como el barco, parecía más casa de lenocinio y casino que empresa portadora de progreso, había ofrecido a los escandalosos, a cambio de la breve excursión retornar el valor de buena parte del precio del boleto.

Los champanes y bongos partieron cargados con una bulliciosa tropa, provisiones y alcohol suficiente para emborrachar a cuatro divisiones de un ejército regular.

Unas horas después, Bolívar arrimó al *Invencible* acompañado por Elbers, quien empuñaba personalmente el timón del bote. El Libertador y el empresario ascendieron por la escala de cuerda, y luego de visitar la sala de máquinas e izar bandera, tomaron el vino frío y espumoso reservado para las grandes ocasiones.

Elbers había conocido a Bolívar en una reunión, diez años atrás y su primera impresión no fue buena. El joven oficial caraqueño, surto en Curazao tras una desastrosa campaña militar, parecía menos interesado en la guerra de independencia que en asediar a la esposa de un oficial inglés ausente. El ágape en el que fueron presentados tenía como objeto relacionar al armador con el comandante de la operación, para la cual se lo contrataba, e interesarlo en un proyecto que, si bien desde el punto de vista económico era bueno, ponía en peligro no solamente el barco sino también las empresas a las cuales estuviera ligado su armador: navegaría sin bandera, es decir, bajo su propia responsabilidad.

Lo haría en aguas surcadas por embarcaciones de países en guerra, dispuestas a solicitar revisión de carga e inspección de documentos y a disparar los cañones al menor intento de fuga y sin el apoyo de la legislación que protege el comercio naviero internacional.

Correría todos esos riesgos por apoyar el interés de un grupo de patriotas suramericanos empeñados en sacudirse el yugo de la colonia española. Un asunto de locos, pero en el cual aparte de la buena compensación, recibiría un pago emocional por la aventura.

Estados Unidos, Francia, Inglaterra, Holanda, en fin, las potencias neutrales, administraban el mar con cautela y, así simpatizaran con los movimientos libertarios en contra de España, cumplían los tratados a su manera: hacían la vista gorda a la hora del despacho de armas desde fábricas y puertos, pero sin autorizar el tráfico y la entrega. Decomisar lo vendido y disparar contra los barcos sin bandera, a más de divertido, resultaba buen negocio.

De aceptar la propuesta, Elbers y su barco, *Dolphin*, ingresarían a la cofradía de los corsarios: marinos sin patria, que igual que armas podían transportar esclavos, llevar contrabando de guerra o asaltar naves, y que, en caso de que sus embarcaciones fueran abordadas, serían sometidos a trato y condena como delincuentes del mar.

Elbers que se alistaba para correr el riesgo, no tanto por comunión con la causa que admiraba, sino porque a los treinta años se encuentra el corazón del hombre más dispuesto a las tormentas de la aventura que a las calmas de la rutina, aquella noche, regresó a su hotel de mal humor y nada dispuesto. Los discursos del caraqueño en la fiesta estuvieron dirigidos más a vencer la resistencia de la dama que a conquistar partidarios para ideal.

Molesto, redactó y envió una esquela excusándose por su súbita partida y, aun cuando no anunciaba en forma explícita su decisión, el desánimo con que estaba escrito traslucía su franco desinterés. Había perdido tiempo, quizá, pero nada más. Bastaría una pizca de paciencia para conseguir carga y reanudar la interrumpida faena de mercante, en vez de precipitar su barco al feudo de los réprobos.

La mañana siguiente lo llenó de argumentos. Del primer oficial recibió nuevos informes. Bolívar, en algotra ocasión parecida, había exigido se embarcasen mujeres y la disciplina a bordo se había roto de manera tan absoluta, que él mismo tuvo que ordenar se regresaran a puerto, como si en lugar de un buque corsario hubiese contratado un paquebote.

En el puerto, según afirmó su primer oficial, los marinos venezolanos acusaban al joven coronel de haber entregado a sus propios enemigos, al único coterráneo suyo que como oficial había combatido al lado de Napoleón Bonaparte por media Europa.

Ante la inminencia del rompimiento, su contacto con Bolívar, un sureño, hábil en el ejercicio de las artes del mercadeo de esclavos, acudió al hotel acezando, empapado en sudor y con la cara aterrada del negociante que ve perdida su comisión.

"Es una locura, una insensatez", dijo con voz de alcatraz, "abandonar algo que ya está comenzado. Y una tristeza echar al pozo de los leones gente tan joven y valiosa como los alzados caribeños" quienes, como le constaba, poseían minas de oro en el continente y eran los mejores clientes del mundo.

Elbers esperó a la conclusión del discurso para decir: "No voy a ponerme a órdenes de un fantoche". Y añadió que sería preferible que buscara otro barco.

—"Quiero que usted lea esto antes de tomar su decisión", —le había dicho Bolívar a la mañana siguiente, al entregarle un documento impreso. —"Si es un alegato jurídico", interrumpió Elbers, "puede prescindir de él y simultáneamente de mí".

"No, Monsieur Elbers", repuso Bolívar, en francés académico. "Es mucho más que eso".

Y le entregó la proclama sobre la libertad de América.

Conversaron durante dos horas.

Elbers solicitó y obtuvo un recinto privado para concluir su conferencia con el venezolano. Desde el corredor se escuchaba la voz exaltada del joven oficial y a veces, muy pocas, una corta frase del armador.

Una semana después, *Dolphin* navegaba las aguas del Caribe, por rutas que no figuraban en las cartas, convertido en santabárbara: repleto de pólvora y fusiles, dejando pasar durante el día horas de vientos favorables y, desmantelados los mástiles, emprendiendo, a veces, entrada la noche, rutas de vientos inconstantes.

Cuando se arrió la bandera que flameó desde Nueva York y se izó en cambio suyo el trapo multicolor, los marineros elevaron voces de protesta: no se hubieran embarcado de conocer el riesgo.

El primer oficial los acalló duplicando la soldada y dando vía libre al aumento de la ración. Una pinta de ron en lugar de media: lo suficiente para que las conciencias no sintieran sacudón a la hora de dar el paso que separa al marino mercante de quien acepta serlo de fortuna.

Adelante navegaba un balandro, rápido para avisar la presencia de naves de guerra, en zonas vigiladas, o, en cualquier parte, de barcos dedicados al saqueo. En dos oportunidades en que sus señales pusieron en alerta a *Dolphin*, la tripulación dejó al descubierto que no por primera vez navegaba en trance de corsario. El mercante, en un abrir y cerrar de ojos, se transformó en bajel de guerra. Los tripulantes, era obvio, no carecían de experiencia artillera.

Tras un par de días, el bergantín, dos goletas y tres balandros más se reunieron con el velero de Elbers y Bolívar, quien navegaba en una de ellas, lo abordó. La flotilla, aprovechando el empuje de los alisios, se enrumbaba al Sur con órdenes precisas: en caso de presentarse una batalla, *Dolphin*, protegido por los dos balandros, se mantendría a distancia, fuera de la línea de tiro del enemigo: su carga lo hacía demasiado vulnerable. El capitán Brion, viejo corsario, no estaba dispuesto a que estados mayores distintos del suyo dirigieran ataques y abordajes.

Y cuando un bergantín y un mercante españoles, seguidos por una pequeña escolta, aparecieron en el horizonte, Bolívar y sus oficiales presenciaron desde lejos, bajo la custodia de los balandros, el desarbolamiento a cañonazos del enemigo y la posterior maniobra de abordaje.

En la tarde, los capitanes de la flotilla triunfadora se presentaron para dar parte de victoria al coronel Bolívar. Las fuerzas revolucionarias recibirían un tercio del botín conquistado y el resto se repartió a los capitanes corsarios. Tras rendir homenaje a los patriotas caídos, Bolívar, en solemne ceremonia, ascendió al comandante Brion al grado de almirante; arengó a los oficiales y, rompiendo la tradición de menospreciar al enemigo, elogió a uno de los capitanes españoles que prefirió suicidarse antes de ver su barco en manos de captores.

La batalla encendió los ánimos a tal punto que, a fuerza de ruegos y razones optimistas, el capitán de *Dolphin* obtuvo licencia para intervenir, sin arriesgarse ante bajeles de armamento superior, en un próximo duelo, que no tuvo lugar gracias a que una de las naves españolas escapadas tocó puerto para anunciar la inminencia del ataque y los escasos barcos allí, surtos, se hicieron de inmediato a la vela lanzando al mar cualquier cosa que significara lastre: los cañones antes que nada.

Cuando la flota patriota se avecinó al puerto, topó contra remedos de escaramuzas que Elbers, ocupado en poner en tierra parque y municiones para armar a seis mil hombres y mantener reserva, no presenció.

Durante los últimos días en tierra y los de travesía, Elbers cambió su concepto sobre el caraqueño. Comprendía que la baladronada era tozudez. La imagen del vanidoso daba paso a la de un hombre que está seguro de sí y del proyecto que impulsa.

Aquello que interpretó ostentoso y vano, resultaba juego de quien dominaba a un punto de vértigo el discurso expresivo, y para quien la palabra no era fuego de artificio, sino resultado de convicciones construidas razón por razón. Excusó al coqueto perseguidor de damas, para entender que era un ejercicio de salón, porque también en el campo de Eros se plantean, ganan o pierden batallas.

Finalmente asomó la excusa de que el joven oficial no afilaba sus armas para gastarlas en el tálamo, sino con objeto de probar la capacidad de convencimiento que irradiaban sus palabras.

La estatura napoleónica del militar, a la cual achacaban su vehemencia de farándula, le tenía sin cuidado. Ya no calzaba botas de tacón más alto; la espada, recortada para su estatura, llegaba a ajustarse con su porte y no establecía un peligroso desequilibrio, como de payaso militar.

Lo entendió, además, cuando vio cómo tras él y sus convicciones y argumentos, iban quienes lo rodeaban, sin el temple servil de quienes acatan el parecer del superior por conveniencia, sino con el de aquellos que lo aceptan y convierten en ideal.

Al contrario que la mayor parte de los políticos, Bolívar evitaba caer en el lugar común para encontrar aquiescencia. Avanzaba por la vida como un tronco de caballos desbocados, arrasando cuanto argumento se opusiera al suyo gracias a un delicado ejercicio de su inteligencia.

"Es más, mucho más que un militar –escribiría–. Los militares creen en la fuerza, en la astucia y en las estrategias que estudian y aplican. Él no. Planea. Y más que movimientos de tropa, pone en marcha conceptos".

Al término de la tarea, el coronel Bolívar pagó con desprendimiento aristocrático la suma convenida. Las armas y los pertrechos fueron desembarcados sin contratiempo, en una noche oscura, sobre la playa donde esperaban unos cuantos miembros de aquello que no merecía el nombre de ejército: ni siquiera la tropa estaba calzada, y por único distintivo de su condición de combatientes llevaban una cinta anudada al sombrero.

—¿Es con eso que piensa usted libertar a América?

La respuesta fue cortante:

"Quien no está seguro de la victoria no emprende la batalla. Hemos sido libres. Ahora pretenden de nuevo esclavizarnos. América combate con despecho, y rara vez la desesperación no ha arrastrado tras sí la victoria".

—Permítame, coronel, devolverle el dinero que me ha pagado en armas —dijo Elbers—: América libre será mi patria".

Se estrecharon las manos y definieron el lugar del próximo encuentro.

Luego del brindis, y cuando ya la calidez brutal del mediodía aposentada sobre el vapor lo emparentaba con una hornilla, el Libertador y presidente quiso navegar.

Con el estruendo de la cadena izada al escobén y las palas golpeando el agua, *Invencible*, con docilidad de criatura, inició la marcha entre una estela de humo oscuro y en el agua revuelta, un doble camino de espumas.

En la proa, pecho al viento, atentos al camino que el vapor creaba con su avance, los dos hombres, sin otro testigo que el río, entablaron un largo diálogo.

Nadie supo nunca sobre qué temas. Acaso su conversación recayó en el cual los sueños confluían: el futuro de la nación. Dos años antes, en Quito, ése había sido el motivo.

Entre fasto y fasto de celebración de victorias, Bolívar lo había tomado del brazo y alejándolo del tumulto, en el rincón menos concurrido de uno de los jardines sin flores, preguntó:

"¿No es demasiada responsabilidad, Santiago, asumir que podemos construir un país mejor y justo para todos? Ganar una batalla no equivale sino a dar el primer paso. Los siguientes serán los importantes. ¿Acertaremos con los adecuados?"

El Libertador se llevó las manos a la cabeza:

"¡Mañana! ¡Mañana! ¡No puedo pensar en otra cosa que en mañana!"

A poco de haberse puesto en marcha, el vapor hizo las maniobras necesarias para el regreso y encauzó río arriba. El presidente y don Santiago regresaron a la cubierta, donde los esperaba, ya servida, la mesa.

El tiempo había transcurrido sin clemencia para el Libertador, cuyo porte adusto contrastaba con la imagen que tenía grabada al comienzo de la rebelión o en las horas felices del triunfo. Comió poco y apenas humedeció los labios con el licor.

Don Santiago brindó por la Gran Colombia y el cambio de nombre del barco.

"Se llamó este vapor *Invencible* en honor a usted, a quien no pudieron derrotar los ejércitos españoles, ni las difíciles condiciones de este enorme territorio. Ahora se llamará *Bolívar*".

El general aceptó el brindis con una sonrisa. Al término del postre, cuando la conversación se hizo menos seria y los asistentes, perdido ya el tono solemne de la primera hora, hablaban como con antiguos conocidos, dijo:

—Lo de mi nombre en el barco es un honor, pero hará reír a muchos el día en que, Dios no lo quiera, naufrague. ¿Por qué no lo bautiza Santander, que, según dicen sus amigos, es indestructible?

Mucho después entendería la razón de esa inesperada saeta. El general Bolívar regresaba de sufrir la primera gran derrota política. Santander tornaba a la vicepresidencia contra el parecer y los deseos del Libertador.

Cuando el vapor hubo retornado al punto en donde lo abordara, el general anunció su apoyo irrestricto a la concesión de privilegio aprobada por el Congreso con una votación menor que la esperada y protestas de los senadores o delegatarios que con anterioridad habían expresado fervor por la empresa.

Reiteró lo dicho y escrito:

"Yo les he dado la libertad. Usted les enseñará el progreso y juntos construiremos una vida mejor para los nacionales".

La parte inicial de la gran tarea estaba finalizando. Comenzaba la etapa de consolidación.

"Ya tenemos algo más en común, Santiago, aparte de ideas: enemigos –dijo, antes de volver grupas por el camino hacia Vélez–.

—Enemigos en el gobierno.También en política hay que surcar aguas bravías".

El paisaje se reincorporó sin que la fiesta se interrumpiera. Y once días más tarde *Invencible* concluyó su primer recorrido de ida y regreso. En Calamar, una calle de honor se abrió: la gente lo esperaba. Pero don Santiago se negó a aceptar otra cosa que saludos y se encaminó solitario al hotel.

El futuro estaba demasiado cerca para perder tiempo en complacerse con glorias y alegrías del presente. Mañana comenzaba ayer.

Diseño de Humboldt. Embarcación en el Magdalena. *Acuarela. En:* Presencia alemana en Colombia. *Bogotá. Editorial Nomos S. A.1993.*

III

Tampoco *Invencible*, nombre que el barco continuó campeando a popa y proa, padeció retrasos considerables o daños peligrosos en los siguientes recorridos. Los contratiempos se presentaron y fueron subsanados sin mayor esfuerzo.

Don Santiago, luego de dejar a los abogados en la tarea de tejer la colosal urdimbre jurídica y a los administradores en labores sin término, tomó plaza en un velero con destino a Cuba, primera escala en otro de sus largos itinerarios.

El pacto acordado entre el río y el vapor se rompió en el tercer viaje de regreso. Varó en un inesperado banco en pleno centro de la garganta selvática del Carare. El caudal de las aguas disminuía a niveles impensados. Los playones brotaban como archipiélagos. Fondos superiores a las cuatro brazas, en las anteriores mediciones, no alcanzaban media.

El barco hizo agua por una grieta profunda. En ausencia de don Santiago, el director comercial de la empresa, un joven recomendado por las altas esferas del poder, había hecho desembarcar estopa y brea para dar campo en la bodega a mercancía, sin comunicarlo al capitán, quien, a la hora del percance, tuvo que valerse de su ingenio, la paciencia curiosa de los pasajeros y una decena de indígenas, para sortear la emergencia gracias a un sistema inusitado de calafateo: lianas delgadas y flexibles como hechas de lana que arrancaron de los árboles y cera de abejas conseguida en batallas de humo.

Las mensajeras continuaban cumpliendo, de nido a palomar, su oficio noticioso. La carga colmaba los depósitos de los puertos y paraderos. Nadie quería utilizar champanes o bongos para otra cosa que llevar al puesto de embarque mercancías.

Por esa razón *Invencible* encontró, de pronto, un río poblado de enemigos: bogas sin trabajo y, unidos a ellos, ribereños indignados. Por allí y por acá, se urdían fábulas. Ante el paso del vapor, los peces desaparecían: muchos hombres atestiguaban haber visto millones de alevinos muertos en el criadero fangoso de las ciénagas, y quien quisiera asegurarse de la causa del desastre que mirara en los ojos de doradas y nicuros congelada la imagen maldita de esa máquina de escándalo.

Corrió la especie de que el aullar de la bocina ensordecía las hembras del manatí, que ahora, en vez de permitir que los pescadores acariciaran sus enormes tetas de pezón color de rosa, como de muchacha blanca, atacaban a mordiscos a quien intentara poseerlas.

Con el vapor, se decía, viajaban las pestes. Unas afectaban al hombre; otras, los cultivos, y las demás, a los santos patronos bajo cuya advocación era posible la vida.

El barco era el demonio mismo transformado, no en gato negro o caimán con ojos de llama, sino en maquinaria enemiga. Antes de verlo, los perros le ladraban. Caían muertas las mariposas tras su paso. Las manatíes parían zainos escamados, y eran de tortuga los huevos negros, vacíos como tambores.

La máquina feroz no tuvo mejor suerte al regreso. Si río abajo la corriente se le tornó estrecha, en el ascenso se topó con un mar desconocido. Acompañado por el fragor sin pausa de las tormentas que a sus lados, en la corona de las cordilleras, azulaban los relámpagos poblando el aire con retronar de timbales, el río anegaba la extensión abierta a la mirada; era espejo del cielo en la superficie y trampa bajo el reflejo.

Si en el mar los marinos siguen la ruta por las estrellas, allí la equivocación, y con ella el fracaso y la muerte, podían diseñarla las luciérnagas que en el laberinto de las ciénagas rebosadas, tarde en la noche, se elevaban desde las islas mínimas de una vegetación ahogada por las aguas con su farol animal encendido para guiarse en las zonas altas. El espacio del río no ocupaba dentro del firmamento campo digno. El piloto debía llevar con cautela la nave y seguir las instrucciones poco creíbles dictadas por los lugareños: "A la izquierda de aquel turbión", "más o menos por donde los patos esos van volando", "desvíe el timón como tres dedos de donde se refleja el sol".

La única guía posible en aquel colosal desorden era la memoria de unos cuantos, un creer que "es por allí", porque así fue alguna remota vez.

Sayer se reía preguntando:

—¿Han visto ustedes un insecto que llamamos escribano nadar en curvas, ir y venir de un lado a otro sin motivo ni finalidad aparente?

Y, sin esperar respuesta, agregaba:

—Pues bien, así es el barco de Santiago: una especie de cucaracha extraviada en ese mar amarillo repleto de zancudos. ¿Y se pueden figurar cómo ese capitán inglés recibía sobre su cabeza pelada ese sol más duro, más agobiante, que el de cualquier lugar del imperio que abandonó para venir a hacer fortuna a un país loco, habitado por locos, en donde un alemán loco inventa lo que inventó éste? A los ingleses nos acompaña la desgracia de dejarnos conocer el espíritu imperial —continuaba Sayer—. La gran diferencia entre Santiago y su capitán radica en que Poock se siente dueño y señor del barco: rey de dos cubiertas, nueve bodegas, no sé cuántas atmósferas de presión en las calderas; señor del agua que baña el casco del vapor, como Inglaterra del mar que moja las costas de sus dominios, y todo debe obedecer a su mandato. En cambio el imperio de Santiago está en su cabeza, en lo que él llama la razón y a lo que él da el nombre de ideales.

Pero, curiosamente, no había sido Sayer el testigo de esta etapa de la navegación, sino Haldane, el pacífico *Deán,* a quien alguien convenció de que el gran territorio para la puesta en marcha y vigorización de una iglesia que no había crecido en Guaduas, sino en la pequeña medida en que su propia familia se amplió, estaba al alcance de su mano. Bastaba comprar un pasaje para el vapor y utilizarlo como púlpito móvil. ¿No era acaso gracias a los caminos y un burro o una mula paciente que extendían los clérigos católicos su órbita de influencia y limosnería? ¿Podía encontrar algo mejor que un barco, cuya ruta atravesaba regiones enormes habitadas por esclavos escapados a sus dueños, pecadores fugados a la penitencia de su confesor, deudores huidos de la ambición de quienes poseían el dinero, soldados a salvo del rigor del calabozo? Gentes, diríase en pocas palabras, dispuestas todas a escuchar voces de consuelo y ofertas de paz para su agobio espiritual.

Deán, como lo llamaban por su dignidad, antes de subir a la cabalgadura que lo conduciría a Honda, bendijo a la familia, sopesó por enésima vez las alforjas para recordar cada cosa que hacía parte de su equipaje y tomó camino por la ruta agreste, donde, en lugar de puentes de troncos atados entre sí con lianas, los ingenieros empleados por el socio de Sayer se proponían tender pasos apoyados en cada orilla en contrafuertes de piedra, cuya única desventaja sería la obligación de pagar derechos de pontazgo.

Como aún las obras no estaban listas ni los retenes habilitados, Haldane concluyó el camino sin nadie que lo detuviera ni, mucho menos, le cobrara. Al contrario: flaco, con aspecto de jinete triste y el color que tienen los enfermos graves del pulmón, él obtenía, sin proponérselo ni pedirlo, favores caritativos de aquellos con quienes se topaba. A los poderosos y ricos parecía despertarles la generosidad dormida, quizá porque descubrían al avaro discreto que *Deán* llevaba dentro, y en los pobres suscitaba la conmiseración que produce quien, después de poseerlo todo, no tiene nada: ni siquiera capacidad de trabajo o audacia para conseguirlo. Y así como encontró comida abundante y bebida durante el tránsito por el Camino Real, obtuvo en Honda consuelo y cama, uno y otra proporcionadas por la misma persona: una viuda ansiosa de conocer del paraíso una versión distinta de la escuchada a su confesor o practicada con el finado marido.

El capitán Poock, apenas se enteró de que un súbdito inglés tan descarriado como él mismo andaba en procura de cupo, envió emisarios para ofrecerle acomodo especial, y esa misma tarde, a la hora en que el calor puede palparse en el aire como si fuera líquido, Haldane arrimó al puerto vestido de negro, llevando, en lugar de frutas para calmar la sed, una Biblia en cada mano.

Con ese traje y un sombrero de teja, a cuya sombra permaneció su cara inexpresiva durante todo el viaje, desempeñaría los oficios que se había impuesto. Abordó al despunte luminoso del amanecer, cuando, apagado ya el rescoldo de la víspera, sopla tímida y fresca la brisa. Tras saludar a Poock, oró sin acudir a ademanes públicos y luego de poner a buen resguardo en la cámara del armador sus pertenencias, ocupó en la silla auxiliar un sitio junto al comandante.

Como en los días anteriores no se les había presentado la oportunidad para intercambiar ideas, y mucho menos confidencias, entre orden y orden, es decir, durante las pausas necesarias para que éstas se cumplieran, lograron ponerse, como buenos ingleses, de acuerdo, antes que nada, en una primera cosa: quienes les rodeaban, todos, absolutamente todos, eran seres de nivel inferior al suyo.

Haldane pronunció un panegírico sobre la importancia de ejercer una profesión en lugares donde el Señor no había puesto con demasiada atención la mirada y, por lo tanto, escaseaban los elegidos para ingresar al mundo de la plenitud.

El capitán contestó con el suyo: era una magnífica coyuntura para conseguir dinero, conocer gente y vivir mejor que en el asco de las ciudades. Para la muestra, un botón: en seis meses había recibido lo que en cinco años en la Royal Army y estaba conversando con un hombre ilustrado y fino.

Pronto estuvieron de acuerdo en otro tema. Como el Señor no tomaba en serio esos territorios y no había sembrado en ellos almas capaces, Su Majestad, en su reemplazo, debía hacerlo. Un puñado de soldados y marineros podrían, sin mayor esfuerzo, tomarse esas gigantescas extensiones y poblarlas de gentes sensatas y trabajadoras que no necesitaban la hamaca para las horas de la siesta ni la mecedora para las del bochorno. ¡Su Majestad prohibiría su uso! Sin embargo, la idea hubo de ser revisada, cuando el chaguan húmedo los sorprendió armados de abanico y meciéndose para hacer menos insoportable la residencia dentro del núcleo cálido de una tarde en el río.

La primera cubierta se mantuvo poco menos que desocupada el primer y el segundo días. Llovió despiadadamente y los pasajeros prefirieron no levantarse de las hamacas. La comida adquirió cierto inconfundible sabor al hongo que crece en los lugares sin ventilación. Navegaban a contracorriente, invirtiendo a cada instante el giro de las ruedas impulsoras. Haldane, agobiado por el malestar sin momentos de calma de una antigua fiebre recurrente, acudió a la mesa al tercer día, cuando ya se le habían anticipado los dueños del cubilete y la baraja y, en vez de limonada, estaban los vasos repletos de aguardiente.

Poock ahogó con carcajadas su protesta. Si quería saberlo bien, además de casino y taberna, el vapor era también burdel. Convinieron al fin en una cosa: aquel desorden era, para unos, los perdidos, *the damnets*, como los llamó el capitán, la vía de la aniquilación moral; para otros, una empresa benéfica. El Señor premiaba con bienes a quienes trabajaban y desdeñaba a los demás. El juego de la baraja, decidieron de común acuerdo, era lícito, si la ganancia que producía no era resultado de trampas. En lo que no cedió el capitán fue en limitar el domingo las horas de juego.

Las relaciones entre Poock y Haldane fueron agriándose en cuanto la navegación tuvo problemas y demoras. Para *Deán* y sus labores pastorales, el río estaba hecho a la medida: el pecado era algo tan común y corriente, que nadie se daba cuenta de a qué horas lo estaba cometiendo. Viajaba eufórico; predicaba sin pausa en elogio del celo profesional de la tripulación, de la cual sentía ser parte: timonel de almas. El panegírico, sin embargo, se hizo más cauto cuando el vapor, en lugar de comportarse como máquina dominadora y perfecta, durante días enteros navegó de titán temeroso: las ruedas enormes trabajando para impedir el avance por la encrucijada múltiple que las aguas de la temporada lluviosa inventaban.

Los pasajeros, obligados a compartir todo el tiempo bajo el reducido espacio de un toldo que los defendía de la violencia de los aguaceros, se aburrían, y agobiados por el calor húmedo y la presencia constante de los demás, ingresaron al oficio malhumorado, común en monasterios y cuarteles, de señalar como culpables de las desgracias que no se comprenden a quienes están cometiendo los pecados que el acusador a sí mismo se perdona. De esta manera Poock resultó tachado de ocioso, estafador y tramposo. El capitán, indefenso, dotado de un sentido del humor demasiado inglés para una circunstancia de gravedad tropical, contestó con sonrisas y carcajadas al ataque de los pasajeros enemigos.

Haldane cambió el tema de la prédica: las manos del Señor castigaban a quien tomaba el mundo y la vida como asunto sin importancia. (Lo decía mirando al capitán en medio de la complacencia de muchos.) En el mundo de los elegidos, chillaba, no tenían cabida los graciosos ni quienes permitían el caos, miraban con buenos ojos al vicio y eran sus cómplices.

Una mañana, con brusquedad marinera y estilo desacostumbrado, Poock lo expulsó de la vecindad del gobernalle y le prohibió el acceso a la sala de máquinas, pues, según los fogoneros, era peor escuchar la voz de ese perico que soportar el calor del fuego que sumado al del ambiente era tan pavoroso como la suma de las calderas del infierno.

En el pequeño universo del barco, se crearon partidos: un grupo de pasajeros pidió se restringiera el discurso moral. No habían comprado boleto para ingresar al dudoso paraíso de los protestantes, sino para llevar mercancías a puerto y pasar los días del viaje en la mejor forma posible. Si querían jugar a la baraja, eran libres de hacerlo. Si deseaban emborracharse, para eso sobraba aguardiente en las bodegas. Coincidían en que el pecado era un asunto íntimo y no, como lo consideraba el flaco y pálido inglés, resultado de una decisión anticipada: la selección hecha por Dios para condenar a unos y premiar a otros. Podían estar de acuerdo con el pastor en cuanto se refería a la bondad y bendición del dinero, pero en ningún caso estaban dispuestos a soportar el alharaca de esa chicharra moral que, además de aburrida, era anglicana, o algo así: una voz autorizada por el demonio para sembrar males en la tierra. Y solicitaron se le desembarcara a pescozones, si métodos más finos fracasaban.

Otro sector del pasaje puso el grito en el cielo. Era –acusaron al capitán– un complot de las fuerzas retardatarias: los herederos ideológicos de la dominación española contra la libertad de cultos. Dentro del estilo de la nueva patria, el ataque al representante de la Sociedad Bíblica Mundial iba contra el

Partido Liberal, nutrido con la esencia del libre pensamiento y el *laissez faire,* es decir, contra el comercio y sus representantes, defensores del progreso. Pronto la discusión degeneró en alegatos sobre la capacidad de Bolívar o Santander para llevar a buen puerto la nación y en un alboroto general, en medio del cual Haldane declaró su neutralidad sin que nadie lo escuchara.

En todo caso, el *deán* perdió su público y lo tuvo que conseguir distinto: los ribereños, que acudían al vapor, ya fuera porque estaba surto o varado, y Aldana, como lo llamaron los nuevos prosélitos ribereños castellanizando su nombre, descubrió pronto la manera de convertir el oyente ocasional, en casi fijo, pues iniciaba la prédica ofreciendo chocolate con pan, o con plátano asado y yuca, menos escasos que la harina mohoseada tasada con prudente cautela por la administración del barco. Concluía el discurso con un trago de aguardiente raptado sin licencia a las bodegas.

El discurso sufrió nuevas variaciones. Con los pasajeros podían tratarse asuntos teológicos que no interesaban a la nueva audiencia. Con esta resultaba inútil intentar el convencimiento de la urgencia de comprar una Biblia y leerla, puesto que ni siquiera habían conocido una escuela. No tenían, tampoco, una visión muy clara de la vida ni de la muerte, pero sí del diablo, que estaba en todas partes y era propiedad de los curas católicos que amenazaban con soltarlo para que les hiciera daño si no se portaban bien y pagaban diezmos, daban limosnas y contribuciones, ordenaban misas para los muertos, bautizos y matrimonios. No pecaban de orgullosos, puesto que, frente al blanco, la miseria les indicaba como más prudente el camino de la obediencia. No podían ser avaros, ni golosos, donde poco había para guardar y nada sobraba. La ira, gastada contra el poder invisible y sus lejanos apoderados, daba paso a una forma de paciencia hija de la cancelación de la esperanza. Eran católicos; mejor dicho, bautizados. Asistían con poca frecuencia, por razón de distancia, a oficios y misas, pero creían a ciegas en el cielo y el infierno. No eran ladrones. ¿Qué robar? Las oportunidades de envidia eran escasas y fugaces. Pero de todas maneras su Dios inmisericorde no perdonaba las pocas alegrías del cuerpo y el paraíso se les cerraba.

Buscando conquistarlos, en vez de afirmar su acuerdo con los curas católicos, quienes consideraban a los ribereños, ya fueran zambos, negros o indios, peritos en los pecados de la carne y los cargaban de penitencias y vergüenza por cometerlos, los excusó afirmando que la lujuria no era el gran invento del maligno, sino más bien la pereza, origen de toda perdición. Quien tuviera en su interior la certidumbre de ser uno de los elegidos debía negarse a la dulzura de su llamado. ¡No más siestas! Hay que trabajar y no dormir. Quedarse en la hamaca, en lugar de ocuparse, constituye ofensa grave. La vida no es asunto de tirar las redes para obtener comida, o levantar el brazo y arrancar un racimo. La necesidad verdadera no es colmar el hambre, sino dar sentido a la vida produciendo dinero. La pobreza no representa una condición, decía y repetía, sino el castigo que el Señor inflige a quienes, culpables de desidia, ha dejado de amar y desprecia.

Restar importancia al sexo en el catálogo de las faltas graves fue el primer gran paso en su tarea de cazador de almas. El auditorio escuchó con muestras de alegría tumultuosa su crítica al celibato. Los clérigos romanos eran víctimas de un deseo incesante de mujer; codiciaban las del prójimo y se excitaban haciéndose contar durante la confesión los encuentros del feligrés con los placeres. Carecían de voluntad para cumplir los votos de castidad, y castigaban en los otros aquello que cometían ellos cuando la oportunidad se les presentaba.

Como encontrara un asentimiento sin reticencias y el apoyo de algunos pasajeros anticlericales, amplió en las oportunidades siguientes el tema a la cuestión de las limosnas. ¿Cómo era eso de que la gente trabajaba para dar dinero a los curas? Según su parecer, y lo apoyaba con citas bíblicas, la profesión peor vista por el Señor es la de limosnero: un ser cuya alma se deforma pues como no ama aquello que no le ha costado trabajo, gasta el dinero en lujos superfluos, imágenes que no invocan nada: ídolos. Los curas católicos, es un ejemplo, decía, recubren las naves de sus templos con oro. Se lo gastan en copones y custodias que son joyas para adornar ritos, en lugar de comprar leche para alimentar a los niños que en torno suyo se están muriendo de hambre.

La historia, contada por un pescador, de un cura con veinte hijos que para educarlos vendió la iglesia con todas las joyas al diablo, dio al *deán* la última y mejor oportunidad para conquistar seguidores de su causa: los curas eran españoles o educados por ellos y, por lo tanto, enemigos de la independencia. Era menester comenzar otra guerra para expulsarlos definitivamente.

Mientras Haldane planteaba cambios religiosos y políticos, los problemas de Poock iban en aumento. A lo impredecible del río, esa fuerza natural empeñada en contradecir la ciencia con que el hombre pretendía apoderarse y manejar la naturaleza para utilizarla y sacar provecho, se sumó, de pronto, un componente peligroso y apenas manejable con una ciencia de la que Poock conocía sólo rudimentos: la política, el arte de conducir a los hombres, apaciguar su ánimo, o guiar su entusiasmo hacia una meta.

La guerra no comenzó un día: se fue gestando en los muchos en que el vapor tanteó como ciego por los caminos que borraba la temporada de lluvias, mientras lo sacudían contracorrientes jamás anotadas por los celosos cartógrafos o topaba jorobas de limo en canales certificados como profundos.

Con el pasar de los días atravesando una zona despoblada, las provisiones escasearon y, contra lo esperado, ninguna canoa llegaba a ofrecer las vituallas de siempre: plátano, yuca, pescado. El bote de soporte y avituallamiento que partió a la madrugada llegó en la tarde vacío. Nadie había querido venderle nada.

Deán, abandonado ahora también por los nuevos feligreses, regresó para desesperar a los tahúres. En las noches no hubo más bulla ni cantos. Y los sorprendidos tripulantes y pasajeros tardaron algún tiempo en entender qué pasaba.

Las bodegas del vapor no eran grandes, ni en sus dos breves cubiertas había espacio para cuanto viajero surcaba el río. A *Invencible* lo magnificaban el diseño, el color, su avance fragoso, el penacho de humo y los suspiros de dragón que la caldera dejaba escapar de tiempo en tiempo. Aun cuando muchos bongos y champanes continuaran viajando ocupados, ya fuera por los temerosos, los desconfiados, los que llegaron tarde, los escépticos o los empeñados en defender la eficacia de lo conocido antes que las ventajas que ofrece lo nuevo, permanecían varados en las orillas, no tanto por ausencia de clientes, sino porque los bogas estaban convencidos de que el vapor había llegado para reemplazarlos y era tan inútil luchar contra aquel invento, como enfrentarse con una piedra al enemigo armado de pistola. Condenados a pasar más tiempo varados en las aguas sin sentido del ocio, a causa de algo que no era ni a medias perfecto y eficiente, las privaciones les resultaban más duras e injustas: eran el triunfo de la malevolencia del blanco y el desprecio por su inobjetable destreza.

Habituados a largos trayectos de navegación por un paisaje sin huella ni presencia del hombre, los pasajeros se encontraron una tarde con medio centenar de canoas que giraban en torno al vapor, como gallinazos sobre mortecino. Los bogas exigían transferencia de carga.

Algunos pasajeros, como quien sale de una siesta y descubre que en la modorra consumió horas irrecuperables, recordaron la urgencia de sus negocios. Los zambos tenían razón. ¿Para qué perder más tiempo a bordo de una tortuga si los champanes, río abajo, competían en velocidad con sardinetas y doradas?

Un grupo negoció con Poock bonificaciones por incumplimiento del contrato de transporte y se transbordó la mercancía a los champanes que ganaron la competencia del recateo. El éxodo, sin embargo, no fue notable: ganó el vapor. Nunca la comparación entre el valor de sus fletes y el de la competencia había sido más evidente.

A la de los bogas, siguió la protesta de los pescadores que, luego de la ausencia, regresaron pidiendo sumas de pesadilla por bagres, nicuros y bocachicos y protestando porque el pasaje consumía res tres veces por semana. Más tarde subieron otras gentes solicitando sumas enormes como compensación por daños imaginarios: enfermedades de gallinas, muerte por retortijones de una bestia, malestares de menstruación en viejas que se bañaron en las aguas tocadas por el vapor y otros reclamos quizá más justos: sirvientas de los alojamientos preñadas por viajantes de comercio y como si la confusión fuera poca, en seguida, mujeres en piraguas que gritaban contra los herejes amigos del diablo.

Fue en aquel momento cuando Poock comprendió que la culpa de todo la tenía su compatriota. La certidumbre llegó pronto: el cura de Mompós, anunciaron, venía rumbo al barco con el ánimo de constituir un tribunal que pusiera en claro las calumniosas acusaciones hechas a la curia romana por el representante de la Sociedad Bíblica auspiciado por la compañía.

Poock lo esperó mientras organizaba un repertorio amplio de disculpas y, conociendo las debilidades del clero, un banquete durante el cual propondría firmar la paz. No tuvo oportunidad de presentar unas y ofrecer el otro: detenido por la urgencia de celebrar un par de matrimonios con la iglesia adornada de flores y triple estipendio, el párroco no llegó nunca, porque, además, jugaba otra carta: un pliego de cargos corría a velocidad de reventabogas hacia la capital. En él se enumeraban los delitos cometidos al abrigo del privilegio de navegación. El menos grave, proxenetismo. El de mayor peso, corromper e incitar al delito a los habitantes de las riberas donde: "a merced del ocio que los obliga ese malhadado invento, sus almas retornan al salvajismo del que la fe y el trabajo honrado los había rescatado (…) los protestantes dejan bestias donde encontraron hombres, guerra donde hubo paz; discordia en el lugar donde reinó la concordia y envidia donde imperaba la generosidad…"

Al discurso moral, se sumaban denuncias de otro jaez: alza inconsiderada en los precios, asentamiento de extraños que llegaban con su carga de vicios, proliferación de contrabandistas para quienes el vapor multiplicaba la clientela. Y una última insinuación: el barco era el primero de la inmensa flota que los Imperios alemán y británico alistaban para tomar por asalto las tierras libradas de la opresión española.

La visita de una comitiva más numerosa que las acostumbradas y en la cual se mezclaban, entre los ribereños torsidesnudos, gente de cuello, con sombrero de palma, sorprendió a *Invencible* con las ruedas atoradas por una inextricable gorgona de plantas acuáticas: filamentos larguísimos que, ocultos al amparo de aguas mansas, había recogido a su paso.

Se acercaron pidiendo a gritos condenación para los enemigos de la religión católica. Poock, con la mejor de sus sonrisas, los invitó a subir: unos cuantos lo hicieron y se agruparon bajo la sombra de un bote auxiliar, mientras los otros permanecieron en las embarcaciones iluminando la escena con la luz de sus hachones encendidos.

Muchos venían armados. Los blancos, con pistolas a la bandolera; otros, con garrotes. Nadie podía dudar de cuchillos escondidos en la faltriquera de los demás.

El capitán, que había permanecido bajo el alpende descendió de su alto refugio y se adelantó hacia cubierta haciendo genuflexiones dignas de cortesano, mientras modulaba un inglés lento y musical, como si en lugar de enemigos enfrentara jurados en un concurso de artes declamatorias.

Los visitantes se miraron entre sí, pidiendo explicación. E incapaces de encontrarla, concluyeron extraviados en el laberinto paralizante de la sorpresa. En vez del hombre airado, enfrentaban uno amable como gato con hambre y huérfano de la herramienta verbal adecuada para responder a la agresión o defenderse con un discurso coherente. El grupo abejorreó en consultas y, cuando el designado como representante se dirigió a Poock, lo hizo ya no a gritos sino con voz y ademanes de preceptor clemente, y torturando la gramática, convencido de que su discurso resultaría inteligible para el extranjero, si no conjugaba verbos y omitía artículos.

La situación parecía dominada en beneficio del capitán, hasta cuando se elevó, imperiosa y grave, desde una de las canoas que llegaba retrasada, una voz que los pasajeros reconocieron sin dudas como la misma presta a encabezar todas las noches la cadena monótona de los rosarios; la ligeramente atenorada por el espanto que a su dueño le provocaban las tormentas tropicales y que repetía los *Mil Veces Jesús* compitiendo con el fragor del trueno y el aullido centuplicado de millones de árboles en lucha contra el viento. La de uno de los comerciantes que había transbordado su carga.

—¡Cobardes! —gritó—, el hereje habla cristiano.

—¡Cobardes! —gritó.

Poock, mientras buscaba con la vista a quien lo interrumpía, perdió el dominio del auditorio. Fue un instante: el suficiente para que los enemigos recobraran aliento guerrero.

Entre la gritería redoblada una voz distinta a la del beato asumió la palabra. Era un hombre alto, fornido, sin barba y dueño de una garganta capaz de competir con la sirena del vapor. Venía de Cartagena y era sacerdote. El discurso fue breve: lo terminó conminando a los pasajeros a descender de la embarcación. Usar esta máquina, vociferaba, es ser cómplices de los luteranos que, en lugar de comulgar, escupen el rostro de Cristo en la mañana, y confabularse con quienes abandonaron a su suerte a un ministro del Dios verdadero, desembarcándolo en una orilla salvaje donde ni siquiera sobrevivían los cocodrilos.

Únicamente cinco de los cuarenta y ocho pasajeros dieron orden de que se transbordara su equipaje a las canoas y poco después, iluminando las aguas con la luz airada de sus antorchas, la tropilla tomó río abajo entre gritos de "Viva Cristo Salvador" y salvas de pistola.

No terminaba el sol de romper la niebla matinal, cuando el oficial de cubierta despertó a Poock. Consideraba prudente informar al capitán sobre un incendio que se divisaba en lontananza.

—Me importa un carajo que se incendie la selva, pero me preocupa éste por las coordenadas.

Poock trepó la escala de la chimenea para observarlo mejor. Coincidía con el sitio de aprovisionamiento.

Antes que llegara el tufo áspero de la vegetación incendiada, pasaron huyendo sobre el barco bandadas de pájaros con la aguja de marear enloquecida por el miedo. Pronto el aire trajo señales inconfundibles y distintas a la simple del olor. Volaban, entre las nubes desorientadas de plaga, miríadas de pavesas encendidas.

A mediodía, cuando Poock descendió del bote de salvamento al muelle de la estación, del depósito y el edificio construido para descanso de los pasajeros, nada quedaba. De la leña cortada para meses de tránsito, restaba una humeante montaña de cenizas, avivada por un viento que amenazaba lluvia.

Los empleados fueron apareciendo poco a poco, tiznados, pero ilesos. Despertados a tiros, nadie había tenido tiempo para salvar nada. Nada. Todo perdido. Reses, gallinas, hasta el agua, porque el fuego había reventado las tinajas.

Porque sintieron que la guerra declarada contra el barco era también en contra suya, de su comodidad y aun de su vida, los pasajeros soportaron el anuncio de privaciones inminentes con ánimo de soldado entusiasta. Quienes tenían edad para hacerlo, se alinearon con la tripulación a la hora de salir en búsqueda de leña que reemplazara la incendiada. De hambre nadie se iba a morir. Y si alguno abrigó esa sospecha, la vio desvanecer cuando a la hora de la primera merienda uno por uno, todos, como puestos de acuerdo, fueron llegando a cubierta con algo para compartir: ya fuera la reserva para las hambres nocturnas o golosinas puestas a resguardo de la glotonería ajena en lo profundo de los baúles y mochilas. Y cuando el vapor retomó camino, si bien no chirriaba en la cocina la grasa del cerdo, ni se percibía olor de cebolla puesta a freír, iban y venían de mesa en mesa jamones y carnes en conserva; frutas maduradas entre ropas, dulces caseros, bizcochuelos, o mogollas chicharronas que no llegarían a su previsto destinatario.

No alcanzaron a cumplir, sin embargo Poock y los pasajeros, el propósito de instaurar denuncia para obligar a las autoridades a poner en buen recaudo a los incendiarios, porque, apenas llegado a puerto, ascendió el alcalde al barco para entregar a Poock un documento en el cual se le conminaba a deponer cualquier ánimo de protesta y aceptar lo que las leyes establecían. La única ley era la de la república, y el único dios el traído, aquél traído por los conquistadores. Nadie, mucho menos los extranjeros, podían ponerlo en duda e impartir enseñanzas no consignadas en el catecismo.

Alguien protestó: desconocía a cuál ley o constitución se estaba refiriendo su señoría.

—Yo también —dijo el alcalde—. De todas maneras nadie está autorizado para pedirme explicaciones.

Y en cuanto a lo del incendio:

—Algo muy lamentable, pero escapa a mi jurisdicción. Los límites del municipio no han sido fijados aún y eso puede estar en otra parte.

El barco partió sin Haldane.

El *deán* quien tras haberse despojado del cuello que almidonaba todos los días para lucir diverso, se refugió confundiéndose con bultos de cacao en la bodega cuando asomaron las primeras embarcaciones con sus pasajeros maldiciendo a los protestantes. Viajó escondido de allí en adelante y abandonó el barco al tiempo que los ratones en el puerto.

Aseguran quienes lo trataron, hizo el camino de regreso con tales precauciones, que a Honda llegó hecho un experto en dirección de rosarios y sabio solista de himnos marianos.

Lo cierto es que llevaba entre el bolso una libranza girada por Poock, equivalente al doble del valor del pasaje, y contratos de venta por más de un centenar de Biblias.

A Elbers, las noticias sobre los tropiezos de su barco no le preocuparon. Llegaban con retardo e incompletas. Las dificultades debían estar superadas ya, porque una circunstancia meteorológica no podía echar por tierra el cuidadoso análisis de las condiciones de navegabilidad, ni convertir en papel inútil una cartografía levantada con todo el rigor de la ciencia. Por más calamitosa que hubiese sido la temporada de lluvias o prolongada la sequía, el río tenía que seguir siendo el mismo.

En síntesis, fallas humanas, posiblemente…

Abrigaba la seguridad de que era factible regularizar el tráfico naviero. Completar el proyecto requería de una inversión no demasiado alta y cuya recuperación parecía garantizar el resultado económico de los primeros viajes.

—Lo prioritario es mantener en operación cuatro barcos y el astillero en funcionamiento —explicó Elbers—. Mañana serán más. La Gran Colombia es la puerta de América y yo tengo la concesión de exclusividad por un mínimo de veinte años.

Silas E. Borrowgs aplaudió con sus manos cortas, rechonchas como de enano, la exposición del armador. A pocos hombres en todo el mundo, y él no conocía a otro, se les presentaba una oportunidad mejor que aquélla.

—Los norteamericanos y los europeos podemos sacar de allí toda la riqueza que desperdició España.

Elbers no estuvo de acuerdo. Lo inteligente y razonable sería aprovechar que aquella riqueza generara allí mismo, para bien de todos, incluyendo el comercio mundial, bienestar económico para sus habitantes.

—¡Está usted loco! —exclamó Mr. Borrowgs, riéndose—. Nadie, ni en este país ni en el mundo, juega su fortuna para que otros sean menos desgraciados. El dinero debe producir dinero y el mío lo hace sin ningún otro motivo que su multiplicación.

La oficina era oscura pero fresca. Las celosías evitaban que el sol entrara en el despacho. Un jardín desordenado por el crecimiento de los arbustos que el calor mustiaba, concluía bruscamente en algo parecido a un cementerio de maderas vencidas y chatarra.

Pese a la relativa frescura, Mr. Borrowgs transpiraba. Bajo la nariz, sobre el labio, como rocío, el sudor perlaba la piel y humedecía sus mejillas sin asomo de barba. También sobre la amplia frente, menos discretos, corrían hilillos que con frecuencia de mecanismo relojero enjugaba el pañuelo de lino.

—Usted me está engañando, Mr. Elbers —exclamó, sin perder su tono amistoso, cómplice—. Usted su fortuna la hizo como la hemos hecho todos: pensando en el dinero y no en las personas. Pero no vamos a discutir ese punto…

Borrowgs detuvo el discurso paralizando el gesto de extrañeza. Pero dejando que una sonrisa que nació fuera borrando, como el agua de lluvia las manchas sobre la vegetación reseca, aquello que denotaba desengaño, y continuó en un tono que pareció denotar que el entusiasmo se recuperaba en la medida en que la idea iba tomando forma al ser expuesta.

—Yo le propongo una asociación: Usted ha conseguido el privilegio. Le entregaré, cuando lo diga, tres barcos como los que necesita. Mejores que el que tiene: con dos pies de calado, idénticos a los que navegan el medio Mississippí.

Los ojos eludieron la mirada que los perseguía buscando algo invisible para los demás inscritos en el cielo raso.

—Yo obtendré una cuarta parte del bruto —dijo sin mover la cabeza, atornillada en la atención del espacio misterioso creado en el aire, añadió—: Es la mejor propuesta, Mister Elbers, que alguien le hará en la vida. Olvídese del idealista y escuche al comerciante que es y ha sido. Lo que yo pido es mucho menos de lo que usted necesita...

Una ráfaga del calor despiadado de julio ingresó acaballada en la brisa y revoloteó convirtiendo los papeles que reposaban sobre la mesa en palomas momentáneas. Como el de Mompós, era húmedo, pesado.

Un negro, con la delicadeza que hace posible la práctica, colocó, sin hacer ruido alguno, sobre la mesa cercana, una bandeja con jugos de frutas servidos en copas de cristal y, con igual discreción, desapareció como tragado por la tierra, sin agitar siquiera el aire.

—Abomino esta temporada —añadió Borrowgs con voz lenta e inexpresiva—. Estaríamos mejor en cualquier otro lugar del mundo, salvo, quizá, los del trópico que usted escogió para su trabajo.

Los ojos de Borrowgs se cerraron con la contenida lentitud con la cual los párpados aceptan estar al borde de la siesta. La reunión había terminado.

Don Santiago atravesó el jardín macilento y salió a la calle. Tras un cerco de madera pintado de blanco, una mujer regaba el suyo, verde y florecido. La saludó con una inclinación respetuosa de cabeza antes de tomar el coche que lo esperaba. Se detendría, pensó, tan pronto fuera posible, para tomar un jugo.

Si abandonar a Mr. Borrowgs había sido un descanso, dejar aquellas copas servidas fue un tormento.

En los viajes siguientes los problemas de *Invencible* se multiplicaron. Para reemplazar los brazos que se negaban a colaborar, el barco navegó con una bodega destinada como dormitorio a una cuadrilla de cargueros contratados, para evitar complicidades peligrosas, lejos del río. Un grupo ineficaz, porque no estaban los hombres habituados al clima y desconocían los mecanismos en los que sí era hábil el ribereño.

La fiebre se sumó a la sucesión de los desastres. Llegó al barco cuando nadie la esperaba. Los síntomas fueron escalofrío, desánimo, diarrea, dientes castañeantes, la piel que se va poniendo amarilla como cirio de velación. Y, en seguida, las pesadillas.

Una noche cualquiera alguien gritó y lo siguieron otros pidiendo los salvaran de bestias feroces y horrores imaginados.

Se dio a los muertos un lugar respetuoso cerca de proa hasta cuando el olor a carroña se convirtió en estela y los tripulantes tuvieron que lanzarlos al agua, porque no había orilla.

Ya no abordaban los viajeros con la esperanza de entregarse a la dichosa irresponsabilidad de ser clientes de una taberna que no cierra sus puertas. Subían al vapor como quien juega una lotería contra el tiempo y los elementos. Unos hablaban de la mala suerte que perseguía a la embarcación. Otros, de la deficiente organización de la empresa. La mayoría pensaba que todo aquello demostraba que navegar por el Magdalena era una locura que únicamente podría ocurrírsele a un alemán sinvergüenza.

Coincidió aquella época con la conclusión y la entrega del primer informe preparado por el Comité de Hacienda. Las cifras resultaban pasmosas. Cobrando fletes que equivalían a menos de una décima de los que se pagaban a los bogas, el barco había generado en su segundo viaje redondo una ganancia superior a la del valor mismo de la nave.

La copia del informe, redactado por orden del Congreso, que dio vía libre a la concesión del privilegio, no llegó, como era de suponerse, antes que a nadie a manos de su principal destinatario, el presidente, sino al escritorio del director de *Orientación Ciudadana*, una de las tantas hojas volantes que servían para expresar descontento o apoyo frente a medidas u opiniones gubernamentales y que a su vez provocaban la aparición de otra hoja o periódico, como se les llamaba, así carecieran de constancia, en las que críticos o defensores, encubiertos bajo inútiles seudónimos (todos sabían a quiénes ocultaban), defendían o colocaban en la picota literaria las decisiones políticas de amigos o enemigos.

Un artículo de *Orientación*, cuyas páginas, por costumbre y parentela con el libelo, se pegaban en los muros de lugares concurridos para que todos tuvieran oportunidad de leerlas, el intitulado "La barquilla de los huevos de oro", además de acusar a Bolívar de *entregar la patria recién rescatada a otros extranjeros*, preguntaba:

> *¿Por qué un negocio tan brillante como el de la navegación del Magdalena, que paga con un viaje el valor del barco que lo realiza, se concede a foráneos en vez de a nacionales? (...) Si en pocos meses la inversión se rescató, ¿cuántas fortunas irán a parar a la bolsa del negociante alemán en los próximos veinte años? El éxito de la empresa demostró que sus fletes son descomunales; está obligada a rebajarlos y renunciar al privilegio de exclusividad, así sea abriendo la compañía a capitales nacionales, mientras el Congreso toma la determinación que a todos conviene.*

Concluía:

A quienes dieron el sí al privilegio, les faltó fe en la capacidad de los nacionales para emprender esa tarea, y al contratista le sobró astucia para obtener lo que deseaba. El naviero, que ahora sabemos pirateaba en el Caribe, no rindió a estas patrias, de donde era extraído y estaba siendo robado, informe de la cantidad de oro cosechada en las naves españolas que abordó. No es hombre de fiar. Recuérdese que hace poco tiempo hizo pasar a un humilde marino inglés, a quien ahora emplea en su barco, como oficial británico en viaje de observación. ¿Cuál engaño, ahora, prepara?

Don Santiago lo leyó muchos meses después de su publicación. El sobre con el recorte y la respuesta, preparada por uno de sus abogados y redactada por alguien ducho en el empleo de sentencias latinas, llegó a Filadelfia cuando el destinatario había abandonado la ciudad, le fue despachado a New Orleans y de allí otra vez al norte, hacia donde se dirigía.

Don Santiago creía conocer al autor: un hombre pequeño, a quien la obesidad daba aspecto de pera y los modales, a fuerza de intentar ser elegantes, aspecto femenino. Su antibolivarismo, de vieja data, tenía estirpe de alcoba. Hábil polemista y orador recursivo, mantenía bajo su rienda un grupo considerable en el Congreso y extendía su influencia, sin aceptar para sí un cargo, sobre la franja dispensadora de favores administrativos. "En el último congreso –anotaba el informador–, como delegado de la provincia del Tequendama, encabezó la facción que dio el triunfo al vicepresidente. Y eso quiere decir que Santander le debe mucho, si no todo".

El artículo de respuesta, publicado en *Tribuna Nacional,* le pareció idiota por elegante, mesurado, erudito e invocador de leyes. No estaba de acuerdo con su actitud gladiadora. Lo prudente hubiera sido adoptar caminos intermedios y desviar la discusión hacia cualquier cosa: la historia de Macedonia, por ejemplo. Así se ganaba tiempo. Él tenía las cartas del triunfo en la mano: *Invencible* navegaba, las bodegas de carga permanecían repletas. Y el más poderoso de los argumentos: el vapor estaba en el río.

¡Perros ladrándole a la Luna!

Lamentó, sin embargo, la ruptura de una situación amable: hasta entonces, la puesta en marcha del gran empeño, como la de un espectáculo apasionante ante el público que lo sigue, obtenía un consenso interesado; admiraban aquella voluntad en acción, como el asistente del circo la del acróbata sin red, con el secreto presentimiento de la caída y la esperanza de que ésta no suceda. Una empresa como la suya requería un espacio mayor de paz que el concedido hasta entonces. Las grandes obras son un hecho de amor, y el amor es ansioso de tiempo. Hasta entonces, combatiendo contra los elementos, había vencido los obstáculos a fuerza de empecinamiento. Aun cuando antes hubiera solicitado y obtenido la nacionalidad luego de renunciar a la suya, le preocupaba que el ataque estuviera centrado en aquel punto, pues albergaba la convicción de que en los países jóvenes la xenofobia adquiere tintes de ideología y suele movilizar pasiones inesperadas.

El vicepresidente, encargado del poder ejecutivo, había mencionado su condición de extranjero en una madrugada lejana.

Uvas, diría la fábula.

Verdes, sí...

¿Y un zarpazo?

Salta el animal: tira el racimo...

El éxito económico que daba como hecho el informe, era una torpeza conceptual. En términos sensatos, el barco costaba nada; la inversión real era las sumas enormes empleadas en los estudios y obras y el lucro cesante de los capitales invertidos en bienes muebles, equipos, finca raíz, mano de obra y materiales para obras cuya magnitud ni él mismo había soñado. Recuperar el capital invertido era tarea a largo plazo: tan lenta como dudosa. Así, por lo menos, lo consideraban los bancos cada vez más reacios a proporcionar nuevos créditos para esos fines. El espejismo de las ganancias rápidas despertaba las ambiciones que el carácter aparentemente utópico del intento había mantenido adormecidas. Recordó la noche cuando Santander lo urgió a poner en marcha el proyecto, aduciendo el interés de terceros con capitales seguramente superiores a ese suyo, susceptible de agotarse.

Sentado en los muelles de Nueva York, mientras constataba el proceso de embarque de elementos que la estabilización de la empresa requería, tuvo tiempo para examinar, con la perspectiva que proporciona la distancia, el panorama del lugar en que libraba su batalla.

Encontró un país dividido por pasiones e intereses subterráneos. El poder del guerrero se diluía en la inmensidad de esos territorios donde entre el acontecimiento y la respuesta podían transcurrir meses. Veía la república peligrosamente sumergida entre la profusión de disposiciones tras cuya redacción el apetito de poder resultaba inocultable, pues a nadie podría escapar el que sólo alguien capaz de desentrañar aquella maraña administrativa podría ejercer sin tropiezos el acto de gobernar.

La cercanía al vicepresidente del autor de la nota y el ataque a Bolívar, colocaban la empresa dentro del juego de la política. Se insinuaba la presencia de su voluntad poderosa para imponer al destinatario del privilegio y atropellar así a muchos. ¿Cuáles? ¿Quién como él estuvo dispuesto a poner un barco en el río? Los países jóvenes no carecen de memoria, sino de pasado, pensaba: son como niños en una fiesta, cuando descubren que algo que jamás habían deseado lo tiene su vecino y hacen cualquier cosa para arrebatárselo. Su sistema de apetencias carecía de organización, puesto que partía de la ignorancia; deseaban todo, que era nada. Faltaba el proyecto. Y una voluntad sin proyecto conduce hacia ninguna parte.

Bolívar lo tenía: América para los americanos; derrotar al Imperio español en cuya extensión jamás declinaba el día. Con un ejército descalzo y mal armado, puso en fuga a tropas veteranas comandadas por generales fogueados en contiendas a las que los militares concedían el calificativo de grandiosas y magistrales. Las patrias ganadas duplicaban muchas veces los territorios de Francia y España unidos: tierras feraces conquistadas por el trabajo del hombre. O a su espera. Enormes extensiones que irían abriéndose al empuje de las nuevas gentes, porque ya no eran del rey, ni del señor, sino de sus habitantes, y tan amplias y misteriosas, que nadie aún lograba capturarlas en la síntesis de una carta geográfica. Selvas magníficas donde el tigre era el rey, y silencio el bullicio de las guacharacas. Extensas soledades: abismos, gargantas, desfiladeros, lagos en las alturas como espejos cuyo aire orza, como el mar un velero impecable, el cóndor impasible con sus alas abiertas. Aguas detenidas, cálidas, repletas de vida bajo la superficie y en su entorno. De muerte también: recintos de larvas que portarán mañana fiebres, abrigo de serpientes, alacranes, árboles de sombra venenosa; tremedales capaces de devorar hombres y bestias... Ríos tan caudalosos que hacían parecer quebradas el Rin o el Danubio. Dos mares: el Pacífico a un costado y el de las Antillas enfrente; tras él, el golfo, y el Atlántico uniendo y a la vez separando.

Tres siglos después del descubrimiento, aquel pedazo de América seguía siendo el Nuevo Mundo. Y en esta inmensidad, dispersas, lejanas, separadas por jornadas que a veces eran meses, poblaciones con ambición de ciudad: Lima, Quito, Bogotá, Guayaquil, La Paz, Caracas, Mompós, Mérida, Antofagasta, Potosí, habitadas por gentes que nunca hubieran tenido que ver entre sí a no ser por aquella guerra que iba empujando ejércitos y cambiando a su paso la rutina de siglos.

Los poderosos de ayer habían huido o tornábanse de imperiales, que lo fueron, en humildes y obsequiosos, quizá por cuenta de las confiscaciones. A los criollos con educación, invitados perennes a las sobras de banquete, el triunfo de los rebeldes dejaba en poder de lo que hasta entones sólo envidiaban.

Una cosa era el virreinato, organizado, con rentas fijas y dineros para obras especiales, y otra un régimen que no acaba de organizarse buscando recursos en medio de la ruina provocada por la guerra y el cambio.

Para los negros, indios, mulatos, mestizos, cuarterones, lobos, zambos, castas sin derechos pero con obligaciones, nada parecía haber cambiado, salvo los amos de los negros, que en muchas haciendas eran criollos, ahora, y no godos, como se denominaba a los hispanos. Durante la guerra los dos bandos habían declarado su libertad a cambio de que engrosaran las filas del ejército y pusieran el pecho en la primera línea de combate. En la paz, la promesa se había olvidado. A quienes la pidieron, se les negó la tierra. Y a los otros, el amo, a fuerza de palo y lazo, los recluyó de nuevo en los cuarteles de trabajo.

Los mulatos quizá habían ganado algo; casi nada. Los criollos los miraban con indiferencia, y no con prevención, como los españoles, y algunos distinguidos en las armas obtenían favores y prebendas semejantes a las de los criollos blancos, pero su nivel de instrucción de una vez los condenaba a continuar ejerciendo oficios sin otro futuro que el de un simple pasar.

Los mestizos de indio y los pocos indígenas que habían sobrevivido al genocidio de la conquista y la colonización, peones y arrendatarios, carecían de tierra propia: la guerra los llevó en sus huestes separándolos de su región y los dejó en cualquier parte, sometidos al arbitrio de una suerte siempre esquiva. Eran Libres. ¿Y cuál la diferencia? Ahora dependían de los criollos o de la casta nacida de la guerra.

Los clérigos recuperaban el poder político, porque el económico no lo había jamás perdido. Una pasajera desobediencia de sus huestes, nada más. Entre el cielo y una república, cuya bondad no acababan de entender, optaban por el primero, sin lugar a dudas.

Miles de hombres tan distintos entre sí e inmersos en ese territorio enorme y diverso ¿podrían constituir un mundo unitario, con propósitos hacia los cuales orientar el esfuerzo común?

Oscurecía. En los barcos anclados se encendían linternas de bauprés y en muchos, donde el caer de la noche no significaba el fin de los trajines lámparas en las cubiertas.

En el aire de yodo percibió también aceites quemados. Elbers reconocía el inconfundible olor de ballena y el áspero de foca que quemaban los barcos de las rutas del Norte. Como hombre que fue de mar podía identificar sin mucha duda la procedencia de cada nave por su aroma nocturno.

El humo de los vapores llegados de África apestaba a palma y ceniza de coco; los de Europa, a iglesia, puesto que quemaban los mismos cebos de sus veladoras. Si *Invencible* estuviera allí, entre mil podría descubrirlo, porque el humo de la grasa de caimán y manatí rememoraba las piras de cremación en las orillas del Ganges.

Las luces danzaban, doradas, reflejándose en el agua apenas móvil del Hudson, en cuya otra orilla se avizoraban las candelas encendidas en algunas de sus casas. A medida que la oscuridad fue haciéndose densa, el perfil de los barcos desapareció. De los mástiles de los veleros y el volumen de las telas recogidas, envueltas por la noche sin luna ni estrellas del otoño, quedaba una sombra más oscura en la vastedad impenetrable.

La silueta de un vapor trasatlántico de alta chimenea y doble arboladura apareció y desapareció cuando por un instante brilló la luna y su lampo se extendió sobre las aguas, que parpadearon como si un cardumen viajara apresurado hacia el centro de la noche.

Detenidos, inmóviles, como prisioneros de la sombra, los barcos reposaban a la espera de una próxima partida, y un aire sordo y velado de nostalgia por la libertad oceánica soplaba, leve, entre obenques, perchas, vergas de juanete, vagando en torno de aparejos y arboladuras: columnas altas, finas, que se elevaban inútiles y desnudas, puesto que no mantenían ahora presta su blanca trampa de vientos.

A espaldas del hombre que miraba los barcos, Nueva York estaba dotada de otra vida. Los faroles de gas iluminaban con luz levemente azul y tono mercurial el camino de los hombres al hogar. Pasaban los coches de caballo, algunos haciendo sonar la campana, y los percherones sus cascos sobre la superficie adoquinada.

¿Era aquella, sí, una nación? No se lo preguntaba por primera vez, y la respuesta era siempre la misma: tampoco. Una no; muchas. Los emigrantes formaban las suyas, irreconciliables con la del vecino. Pero todas, a la hora de la urgencia, se unirían si el bienestar común fuera la meta.

Mirando el puerto: tráfago ordenado que en nada o casi nada se diferenciaba de los europeos, y atento a la ciudad donde el hombre creía vivir cómodo y al abrigo de la sorpresa para poder cumplir la rutina de la existencia sin temor a sobresaltos continuos, más fiera y atractiva encontraba la Gran Colombia.

En los Estados Unidos, igual que en su nativa Alemania, había espacio para grandes y poderosas empresas pero faltaba para el ejercicio de una voluntad con nombre propio. Bajo el manto de una noche como ésa, en el Magdalena, *Invencible*, hoy, *Gloria*, mañana, y, después, todos los vapores necesarios no serían jamás puros objetos de tráfico, bodegas que al impulso de los motores parten de un puerto para llegar a otro, sino soldados de una guerra victoriosa ganada contra las dificultades que el mundo opone a los hombres.

Y descubrió algo. Mejor dicho, jugó con otra idea. La noche del puerto neoyorkino carecía del misterio y la magia de las de su río iluminadas por relámpagos o convertidas en bosque de estrellas fugitivas por la luz embalsamada de cocuyos y luciérnagas. La que tenía enfrente no era comparable a las pasadas en selvas sobrecogedoras y llanuras sin otro horizonte que el creado por la misma oscuridad en el límite invisible del universo. Faltaba en las riberas del Hudson la salvaje pureza de un mundo que uno no sabría nunca si estaba ya total, absurda o magistralmente realizado o permanecía dispuesto a los ensayos del hombre para convertir su vida en un hecho memorable o un fracaso.

Un breve chubasco interrumpió sus meditaciones. No llevaba sombrero y el agua le corrió por el cuello empapando la camisa.

—¿Puedo ayudarlo en algo, Mr. Elbers? —preguntó la voz.

No contestó en seguida. Prefirió mirar hacia un grupo de hombres que, tras descender de un carguero y formados, esperaban la orden de dispersarse. Nadie tocaba el tambor, ni raspaba la concha de un armadillo, ni hacía sonar la dulzura agreste de una gaita ribereña.

—Buenas noches —dijo simplemente, cuando hubiera querido decir: Buenos días, otra vez, Gran Colombia.

Ramón Torres Méndez. Interior de un champán. *Lápiz sobre papel. En:* Crónica grande del río de la Magdalena. *Bogotá. Ediciones Sol y Luna.1980.*

IV

Don Santiago llegó a Sabanilla con mal tiempo. La travesía no hubiera podido ser peor, pues, y el capitán de la fragata que lo llevaba estuvo de acuerdo en que solamente un alma femenina podría mantener invariable durante tan largo tiempo una ira como aquella que la llevó, a medias desarbolada, de Cuba a las costas de Yucatán y de allí, por aguas encrespadas, al extremo opuesto del golfo. Pero en tierra lo esperaban noticias buenas. Durante el último trimestre, la navegación se realizaba sin mayores dificultades. El río se había hastiado de jugar al caprichoso y se aplacaba también el espíritu de los hombres. Iba y venía *Invencible* —eran ya varios viajes— sin encontrar enemigos ni provocar conmociones.

Elbers apareció arrastrando esta vez no sólo las noticias del próximo arribo de un barco, sino en las bodegas de la maltrecha *Providence*, desarmada e incomprensible, con otra maquinaria gigantesca, hija también del progreso y, por lo tanto, movida a vapor: un aserrío cuyas enormes sierras de acero, con dientes más poderosos que todos los de los tiburones del Caribe unidos, convertirían la madera preciosa de la selva en planchas impecables con las cuales sería posible reparar los cascos dañados o construirlos nuevos.

Poco después, mientras en Calamar se armaba el nuevo mecanismo, a *Invencible* se sumó *Gloria*: pequeño, ágil y alargado como un tabaco, y con un motor tan confiable y valeroso que venció sin afanes las corrientes traicioneras de la desembocadura.

Calaba menos que *Invencible*. Tenía el casco reforzado con metal, y ocho compartimentos estancos independientes, algunos de los cuales podían servir de bodega, garantizaban prácticamente una total insumergibilidad.

Era alto, elegante, vistoso y tenía un aspecto que lo emparentaba con el ambiente de circo e invitaba a subir a él. De sitios muy lejanos arribaba gente con el único propósito de visitarlo y dispuesta a pagar por el derecho de mirar el mundo desde la altura de la primera cubierta y acariciar el misterioso camino del vapor fabricado en bronce que engalanaba los techos.

También el aserrío adquiría cuerpo. Su caldera, en forma de torre, semejaba desde lejos un faro. Aparte de su construcción y la de otras obras, era difícil identificar el lugar como el mismo puerto desde donde zarpó, aguas arriba, el primer vapor: bodegas, casas de administración, calles activas y, para que nadie pudiera discutir la presencia del progreso, en los extramuros, dos casas con farol rojo, encendido durante las alegres y bulliciosas vísperas de llegada o partida de los vapores, le daban aire de proyecto de ciudad.

El aserrío y las obras para establecer una dársena a la entrada del astillero prestaban al antiguo recodo un carácter de suburbio portuario. Una vez instalada, la máquina se alimentó de cuanto árbol pudieron sus servidores entregar a su capacidad transformadora. Los eternos curiosos encontraron un nuevo motivo para su asombro. La miraban trabajar entre exclamaciones de admiración y pánico. Nadie habría podido imaginar ese poder: las sierras, movilizadas por dédalos horizontales y verticales de bandas y engranajes, entre remolinos de polvo con perfume de selva, convertían sin esfuerzo maderas indóciles en tablas lisas y perfectas.

Para alimentar la voracidad colosal de la maquinaria, tropas enteras de leñadores diestros se internaron por la selva para escoger maderas dignas de ser ofrecidas en sacrificio a ese invento poderoso. Caían los grandes árboles; los hacheros desmembraban las ramas y cuadrillas de gentes entrenadas en tirarlos y conducirlos los arrastraban al río, para que otros, a fuerza de ingenio y habilidad, los hicieran navegar emparejados formando enormes balsas, pues las trozas viajaban juntas y reunidas, pero no atados los maderos uno al otro. En ocasiones, sin embargo, un tronco, o varios, tomaban su propio camino: derivaban al amor de las corrientes, y fue así como, una noche, convertido en ariete, chocó uno contra el casco de *Invencible,* que remontaba confiado, y rompió su coraza.

El tronco hizo una brecha tan limpia que los marineros se descubrieron en medio de una emergencia cuando el vapor, como animal herido en los remos delanteros antes que alguien tocara alarma, abatió proa contra el fondo, providencialmente bajo en aquel sector.

Gloria cumpliría su primera discreta hazaña cuando convertido en remolcador, lanzó una maroma al buque insignia y con prudencia: máquina a media presión y guardia constante a las derivas, lo condujo a puerto.

Al examen de las averías y al pensamiento de cuáles propósitos de reparación resultarían convenientes, se añadieron nuevas preocupaciones: el río ya no era el mismo. La enorme y cuidadosa inversión en una cartografía que la lógica consideraba válida para largo tiempo, un capricho invernal la había puesto en crisis y obligaba a su revisión total.

La confianza en la técnica hija de la ciencia moderna, pensaba Elbers, lo había cegado. Los ingenieros, preocupados por la velocidad, la dirección, el volumen del flujo de las aguas, jamás indagaron a los pescadores viejos sobre las costumbres y los caprichos del río. Estaba seguro de que los acontecimientos que parecían perseguirlo no eran producto de un ejercicio voluntario y vengativo de la naturaleza contra el insolente que osó desafiarla. Pasiones oscuras: rabia, venganza, no cabían en aquel orden magistral. El alma del mundo carecía de la mezquindad propia del hombre. Los fracasos eran el resultado del encuentro contra lo todavía desconocido.

Si la ciencia, como herramienta, no cumplía a cabalidad su cometido, con otro sistema tal vez fuera posible alcanzar el triunfo. Elbers estaba convencido de que "la voluntad mueve montañas" era mucho más que una simple frase y, poniendo la vida suya en juego, lo iba a demostrar.

Otras noticias lo inquietaron durante aquellos días: si bien el canal "Don Mateo" permitía ya el tráfico de barcazas con carga y pasajeros entre Santa Marta y el río, las obras para abrir el del Dique hacia Cartagena se retardaban y su desarrollo no era satisfactorio. En vez de limpiar las barras, las corrientes desviadas por los espolones, diseñados por especialistas en hidráulica y construidos sin recatear costos, depositaban nuevos materiales. Un fracaso.

El camino hacia Bogotá avanzaba con lentitud. Uno tras otro, los derrumbes derrotaban el ingenio de quien hizo el nuevo trazo para acortar distancia. Había sido menester regresar al curso del camino real cuyas pendientes no permitían el paso de vehículos de tiro en largos recorridos. Se procedió a su ampliación. Y sobre ríos y quebradas se tendieron puentes firmes reemplazando los troncos tendidos sobre el abismo, o se instalaron tarabitas: suerte de columpio sostenido y movilizado con poleas sobre la cuerda que atraviesa el vacío, que hicieran posible el tránsito de pasajeros. Para solucionar el transporte de cargas pesadas, se ingenió un sistema de cabrestantes capaces de tirar un carro cargado. Norias que recogían el cable; un sistema de engranajes operado por un hombre sin demasiado esfuerzo. Ruedas dentadas hechas con madera tan dura que sacaba chispas al machete que la hería para tallarla, sustituyeron las de hierro que nunca llegaron a puerto. El sistema, eficiente y poco costoso solucionaba dificultades, pero no resolvía todos los problemas. Si bien los pianos que el vapor descargaba en Conejo llegaban a Guaduas con mayor celeridad que nunca, en el transporte de allí hasta Bogotá se gastaba más tiempo que el empleado entre Hamburgo y Cartagena.

Obligado a solucionar problemas aquí y allá, don Santiago viajó incesantemente, durante aquella época de contrariedades, por el río que no acababa de conquistar. El sol del trópico enrojeció la blancura de la piel expuesta a sus rayos, y el tiempo y sus afanes, platearon la cabeza rubia dándole a su dueño un aspecto de patriarca al que contradecía el rostro joven.

A diferencia de *Invencible*, el nuevo barco no debió arrostrar dificultades mayores en su viaje hacia el Magdalena. Había llegado a rastras de otro *steamer*, ese sí gigantesco, y bastaron unos pocos días de trabajo en Cartagena para ponerlo a punto. Su motor con mayor caballaje superó con facilidad de atleta las aguas torrentosas y penetró al río sin tropiezos; intacta la pintura que policromaba su madera; poderoso como el corazón de hierro y fuerza que lo manejaba; civilizado, distinto a todo su contorno, porque en lugar de ser hijo de la naturaleza, lo era del hombre y si bien no alcanzaba la elegancia sencilla del alcaraván que volaba en torno suyo, o la simplicidad severa de las toninas que acompañaron su ingreso a las aguas turbias, cumplía con las funciones previstas por su creador. De allí que tuviera algo de ciudad en su aspecto; algo imperfecto pero mejorable en cada ángulo, en cada remache de esa estructura maravillosamente distinta: la invención de alguien consciente de su torpeza.

Al poco tiempo, aquel vapor cuyo nombre sonaba a los marineros demasiado femenino para inspirar respeto, no solamente reemplazó a *Invencible*, pendiente de las reparaciones que requerían su motor y el casco averiado, sino que lo hizo con eficacia; su velocidad era superior, tanto, que economizaba dos días en el trayecto.

Mientras su barco era puesto a punto, Poock viajó a los Estados Unidos con la misión de conseguir los planos de uno que se construiría en el astillero del Magdalena y consultar las modificaciones que un ingeniero propuso para duplicar el caballaje del motor de *Invencible*, lo cual haría posible superar los rápidos y evitar a los pasajeros la jornada de incomodidades entre Conejo y Honda.

Gloria navegó con mayor suerte que *Invencible*. Ágil, rápido, maniobrable, protegido por el blindaje de las asechanzas de los bancos de arena y los troncos, tenía asegurada larga vida. Sin embargo, los pasajeros añoraban las amplias instalaciones del otro comparándolas a las muy estrechas del nuevo, una de cuyas cubiertas, la baja, se habilitó para transporte de ganado, un renglón comercial no considerado en los planes iniciales pero que amenazaba convertirse en el más rentable. El transporte de las reses en el barco evitaba el desgaste y la pérdida de peso, consecuencia de las penurias del largo desplazamiento en busca de los pastos de las llanuras altas en los meses de inundación y de los potreros frescos que dejaban las aguas al retirarse en temporada de sequía. Utilizando durante los tiempos críticos de ceba el vapor, se alistaría para el mercado un animal gordo en menos de la mitad del tiempo habitual. Y los ganaderos estaban dispuestos a pagar altos precios, porque sus ganancias se triplicaban.

De allí que ahora, ya fuera subiendo o bajando el río, *Gloria* viajaba cargado de reses gordas, envuelto en una nube apestosa a boñiga y seguido por la cauda oscura, como de cometa diurno, de humo y moscas.

Las había de dos clases: las verdes, que paseaban sobre la comida, zumbaban sobre las toldillas, se posaban ahítas formando apretados rebaños sobre cualquier superficie o batallaban apareándose sobre pisos y mesas. Y los tábanos, que al clavar su aguijón provocaban mugidos desesperados e intentos de evasión de los animales acosados, cuya piel atacaban sin pausa, como minúsculas Erinias al perseguido de Delos.

La plaga concedía un respiro a hombres y animales en la noche, cuando, detenido el barco, lo abandonaba con repugnancia para volver a él a la hora en que el sol despunta.

Los vaqueros, quizá acostumbrados a esa presencia, eran los únicos habitantes de las cubiertas. Jugaban a las cartas, la taba o el dado, sin importarles que las moscas los cubrieran como costra móvil, sordos al padecimiento del ganado, y sólo a veces, con el movimiento que hacen los caballos, se sacudían de las invasoras y reanudaban sus ocupaciones impertérritos.

El *zurunjano*, injerto de sangrador y médico sobandero, repartía en las mañanas a los pasajeros dosis de quinina, sulfato de soda para aligerar el hígado, extracto de citronela para repeler los zancudos; atendía a los enfermos de fiebre y de congestión gástrica, enfermedades comunes, y arreglaba luxaciones, tronchaduras; extraía fríos alojados bajo el pellejo administrando emplastos de mostaza y ají; proporcionaba a las víctimas de cólicos elixir de opio y restauraba, en caso necesario, el ritmo de los flujos arteriales con sangrías hechas con navaja o mediante la aplicación de sanguijuelas recolectadas sin dificultad en las ciénagas.

Luego de concluir la instalación del aserrío y dejarlo al cuidado de los técnicos, a bordo de un champán, como si la navegación moderna no hubiera sentado coto, se internó don Santiago, acompañado por dos o tres de sus hombres y media docena de bogas, en el enredo de caños y lagunas engañosas del delta interior, formado por la confluencia con el Magdalena de tres ríos, el Cauca, el San Jorge y el Cesar.

Durante semanas el viajero no encontraría huella del paso del hombre, ni siquiera una platanera. Los guías estaban seguros de que los indígenas seguían el curso de su navegación, pero nadie pudo verlos ni escuchar el roce mudo de unos navegantes de cuya práctica en sigilo dependió muchas veces la vida.

Era frecuente ver desplazarse en la corriente enormes culebras que, descendiendo de ramas bajas, escapaban serpeando sobre la superficie gris de las aguas mansas con velocidad de dardo y agilidad de quien toma impulso sobre alguna sólida superficie.

En muchos parajes, ni siquiera el animal identificaba al hombre como enemigo peligroso y proponía disputa sobre derechos de posesión territorial. Las pavas de monte, enhiesto el abanico de plumas que corona su mínima cabeza, atacaban a graznido y picotazo al intruso, y micos pequeños, como gatos recién nacidos, caían a la hora de las comidas para disputar lo servido en los platos.

Un solo pueblo toparon en varios días de avance: no era más que un conjunto de enramadas de palma, y su empalizada estaba defendida por enormes guerreros negros que hacían gala, como muestra de su capacidad combativa, de collares hechos con dientes de tigre. Segunda o tercera generación de esclavos fugados, hablaban algo que recordaba el español, un idioma mezcla de muchos: gutural, sin rastro de eses, escaso en vocablos, pero rico en carcajadas. Como carecían de gana para comerciar con el blanco, empleaban su tiempo en oficios múltiples de estirpe anfibia: se desempeñaban como pescadores, cazadores y recolectores en un mismo lugar, que a veces era tierra firme, otras lago, y otras más pantano, porque cada tantas lunas el territorio vestía nuevo paisaje.

Descubriría Santiago, más tarde, islas de riqueza en aquel laberinto: los mayorazgos, terrenos sin cambio estacional, hatos enormes con antiguas casas de hacienda y patios invadidos por la vegetación sin freno de las tierras enriquecidas por aluviones depositados durante milenios.

Conocía a sus propietarios; esperaban con paciencia de nodriza vieja, asentados en Mompós, que a los mandatos oficiales de confiscación los sepultara un manto de moho y olvido, mientras preparaban discursos capaces de probar que su apoyo a las fuerzas realistas había tenido el carácter de acto efímero nacido de un corazón que no consultó la conciencia.

No había intimado don Santiago con ninguno, aun cuando recordaba a uno en particular: calvo, alto, con barba de oficial ruso, por quien una viuda enamorada pagó, en plena guerra, al general español Morillo, doscientas reses y cincuenta caballos como compensación por su licencia de baja. Los esposos, con su corte de esclavos y servidores, habitaban frente a la primera casa de la compañía, y en oportunidades el oficial retirado y don Santiago compartieron el sol canicular, camino hacia el puerto, cuando se construía el muelle que jamás ningún barco visitó.

Juan Antonio Imbrecht era un hombre afable, como son los aburridos de pasar demasiado tiempo solos. Caminó muchas veces al lado de don Santiago marcando un paso que recordaba la precisión mecánica de un caballo de carrusel mientras le ofrecía, sin éxito, sus conocimientos de ingeniero militar, pues don Santiago abrigaba la certeza de que los compromisos que se adquieren para vencer el tedio no se convierten en devociones vitales. O porque no le interesaba enrolar a alguien que, decían, era déspota como saben serlo quienes luego de haber tenido nada adquirieron todo sin esfuerzo.

Alguna vez el tema de la charla fue la posibilidad de navegación a vapor por los ríos San Jorge y Cauca. Don Santiago acariciaba el proyecto de larga data como complemento al del Magdalena, pero no se había detenido a estudiar su factibilidad: le gustaba referirse al tema porque lo presentía como un trabajo sin gloria y esperaba la aparición del argumento que lo pospusiera.

—Concéntrese en el Magdalena —comentó el ex oficial—. La carga, cuando la haya, saldrá en bongos. En esos lugares ni siquiera tendría la seguridad de obtener combustible. En La Mojana, cuando llegan las aguas del invierno, las orillas dejan de existir.

No tomó el argumento demasiado en serio. Abrigaba la sospecha de que los propietarios de aquellas extensiones temían que la llegada de los barcos avivara en negros cimarrones, mestizos y mulatos que trabajaban tierras ajenas por contrato de mita, es decir, con obligación de entregar la mitad de la cosecha y absorber todos los gastos de las siembras, el deseo de poseerlas. Desde las haciendas de la esposa de Imbrecht, arrendadas a un tercero, sin lugar a dudas un testaferro cuya presencia dificultaba la toma de posesión de los latifundios, llegaban a puerto cargas de cacao, tabaco de buena calidad, carne salada y, las malas lenguas lo aseguraban, entre el pescado seco, escondido, el oro de minas nunca denunciadas.

Eso explicaba que don Juan Antonio Imbrecht y su esposa vivieran bien. Muy bien. Sin privarse de nada.

Transcurrida la décima jornada de exploración por La Mojana, don Santiago decidió volver sobre sus pasos. Quienes lo creyeron loco, cuando anunció que llevaría vapores al Magdalena, tendrían toda la razón si se empeñaba en hacerlo por el San Jorge y el Cauca.

De regreso, mientras los bogas asaban la pesca, cocían la yuca y calentaban cacao sobre el fuego encendido en la cima de un lomerío, comenzó a desfilar, arriado desde canoas, un hato de más de un centenar de reses; tras él, una piragua conducida por dos negros y, bajo el parasol abierto, un hombre que saludó levantando la mano con la delicadeza con que un sacerdote imparte la bendición.

Pesado, de color moreno, como los veteranos de muchos soles, descendió de un salto, con agilidad de mujer encinta. Unos bogas lo saludaron dándole el título de coronel, y los demás, el reservado a los clérigos: Su Reverencia.

El recién llegado se dirigió hacia don Santiago con el apelativo de "señor capitán".

Que ya sabía de su presencia en la zona y se ponía a sus órdenes. Conducía "esas pocas reses" a un potrero, para que recobraran el peso perdido.

¿Conocía el señor capitán don Santiago, en otro país, a un presbítero con grado de coronel? Pues él tenía ambos, a mucho honor. Logrado uno con estudios y sacrificios y el otro peleando contra los godos. ¿No era una estupidez que el gobierno le hubiera confiado, en pago por sus servicios, el cuidado de reses que para sobrevivir estaban obligadas a tener algo de ranas? ¿Cuándo subirían por las aguas del Cauca y del San Jorge los vapores?

—Posiblemente nunca —repuso don Santiago— En todo caso no los míos.

—Traiga uno, así sea apenas un corral que navegue con el motor que lo impulse. Es infame y mal negocio ponerlas a nadar —dijo, señalando las últimas reses que se alejaban—, para que luego caminen hasta el matadero.

Que el ganado no era suyo del todo, aclaró.

Una ayuda del Señor, pues se lo entregaba en calidad de secuestre aquel que se vendiera hoy, la naturaleza, con ayuda del Señor, lo reemplazaría mañana.

Estaba enterado de que don Santiago andaba buscando Palo de Brasil. Tenía capacidad para suministrarle cuanto fuera necesario. Si era del caso, lo entregaba bendito, pues era sacerdote. O asegurado contra ladrones, puesto que era coronel. Y a mejor precio, pues, asumiendo la defensa de los productores, no estaba dispuesto a que pagaran impuestos. También podrían negociar con cacao y oro, ya mismo. O con arroz cuando lo hubiera.

Si lo requería, bastaba con preguntar por el coronel Blanco, o el presbítero Blanco de Santa Coa, a los vendedores de carne del mercado de Mompós. En cuanto al pago, ya mandaría él por los dineros.

Los clientes remisos a cumplir las obligaciones tenían una ventaja con él: si el coronel les cortaba la cabeza, el cura los habría absuelto por anticipado.

En cuanto a la forma: estaba dispuesto a canjear palo de Brasil por aguardiente guadueño, moneda de fácil circulación.

Tras llegar a un acuerdo, antes de tomar bajo la sombra del parasol su puesto, gritó la última recomendación a don Santiago:

—Si esos curas godos de Mompós le ponen problemas, dígales que yo estoy con usted. Se cagan en la sotana cuando alguien les mienta a Silverio Blanco.

—Don —hablaba el boga viejo—, de verdad le digo que por aquí dicen que nadie cree que ese hombre hubiera ayudado a una sola persona a subir al cielo, pero sí sabemos que ha despachado a varios al infierno...

No había aún logrado Elbers sacudirse la fatiga del viaje, cuando Imbrecht, con la barba a la rusa cuidadosamente peinada, apareció en el despacho de la casa de la compañía.

¿Pensaba seriamente en iniciar la navegación moderna por esos ríos?

—No —respondió don Santiago—. Usted tenía la razón. No vale la pena ni siquiera pensarlo.

—Supe que encontró al cura Blanco —dijo Imbrecht, aceptando la invitación a tomar asiento—. Lo que tal vez no sabe es de dónde procedía el ganado —tampoco esperó Imbrecht la respuesta. Continuó—:

De una de las propiedades de mi mujer. Y lo seguro es que de allí salga también el Palo de Brasil.

¿Que cómo lo supo? Fácil. Por medio de una nota el presbítero le comunicó que había vendido diez reses, y añadía que los designios de la Providencia, es decir, la muerte, se habían llevado ochenta y tres.

Reía. Esas cosas pasaban. Don Santiago, como extranjero, lo entendía muy bien. A él debería haberle pasado algo semejante muchas veces.

—Estos locos siguen peleando contra los extranjeros, como si todos fueran soldados del rey de España.

Su mujer pertenecía a la casa de los Mier, de Asturias, y era marquesa de Torres de Hoyos. Las tierras tenían títulos reales y la familia las había trabajado por más de ciento cincuenta años. Y ahora se las querían quitar. Era cierto que el capitán Warletta, su superior bajo el mando de Morillo, no había sido un manso cordero. Pero él, Imbrecht, solamente había cumplido órdenes. Ahora se ensañaban en su mujer...

Don Santiago se levantó de la silla sin brusquedad. La enorme melena blanca le prestaba una apariencia de león de grabado.

—Son esos —dijo— asuntos personales en los que no debo intervenir ni siquiera opinando.

Juan Antonio Imbrecht se negó a aceptar la derrota.

—Tal vez usted esté interesado en comprar las tierras donde hay palo de Brasil. Cuando lo tumbe puede sembrar plátano, porque algodón no se da bien. Y luego, tabaco.

Don Santiago negó con un gesto de cabeza. El oficial se puso en pie y miró hacia el lugar en donde había colgado el sombrero al llegar, pero como quien abandona una diligencia, cambió de parecer y volvió los ojos hacia don Santiago.

—Una cosa voy a rogarle, antes de salir —dijo, mesándose la barba. —Sé que usted tiene un coro. Permítame ingresar a él. Soy barítono.

Esta vez don Santiago aceptó sonriente. Le puso cita para el próximo ensayo haciendo la salvedad de que, como muchos de los buenos cantantes ya estaban lejos, el coro se había reducido a sexteto.

A comienzos de julio, de regreso de una plantación de añil, don Santiago abordó el *Gloria* en un puerto del Carare, camino de Honda. El ganado había sido desembarcado, pero las moscas continuaban apoderadas del barco.

Todo un día y toda una noche trabajaron Elbers, el ingeniero de máquinas y dos asistentes, alumbrándose con fanales de aceite, en torno a los cuales volaron enceguecidas y afanadas miríadas de insectos de todos los tamaños. Cortaron hierros, doblándolos al fuego, y ensamblaron piezas de un rompecabezas mecánico que se extendió sobre la cubierta.

Al amanecer *Gloria* bogó envuelto en nubes. Con mangueras que en lugar de agua lanzaban vapor a presión, desde las cinco de la mañana se lavaron pisos y paredes. A mediodía la caldera agotó su reserva, la rueda impulsora se detuvo mansamente, pero el barco ya estaba libre de moscas. Don Santiago bostezó estirando los músculos agarrotados por la fatiga y buscó su camarote, luego de haber regañado el mando.

¿Cómo era posible que alguien, antes, no hubiera hecho lo que él hizo?

El trabajo manual y la actividad física sirvieron para aplacar su ánimo y dulcificar el humor de león hambriento que lo acompañaba.

En la tarde recibió una esquela. Dos pasajeros le pedían el honor de acompañarlos a la hora de la cena. Sospechó quiénes eran: recordaba vagamente el rostro de uno, y al segundo lo había visto en su propia casa, durante la cena organizada por los abogados.

Devolvió al criado con una nota suya aceptando.

Regresaban de Europa de cumplir alguna comisión oficial. El calor los traía agobiados y para soportarlo acudían al *aqua vit*. Cuando don Santiago tomó asiento en su mesa los encontró flotando en un mar de entusiasmo y dueños de una locuacidad feliz.

El no bebió. Adujo cualquier cosa para evitarlo y anunció que podría detenerse unos instantes.

Lo sorprendió la aparición de una mujer alta, delgada, de movimientos felinos contenidos y seriedad de cariátide. Vestía un traje claro, con guantes de fino algodón que trepaban hasta sus codos. El velo, descendiendo del amplio tocado como una densa cortina de llovizna congelada, dejaba traslucir la piel morisca y unos grandes ojos oscuros almendrados.

Llegaba del colegio, explicó el padre; de un colegio que era más que colegio, pues enseñaban muchas cosas: piano, culinaria, equitación, pintura…

Se podría afirmar que era una profesional en aquellos y otros campos: ciencias del bordado, enfermería, idiomas. Todo eso lo enseñaban unas monjas alsacianas, en un castillo cercano a Lieja.

La muchacha saludó en alemán y continuó hablándolo con el armador, como si los demás no existieran. Estaba muy agradecida por lo que hizo para acabar con la tortura de las moscas. La tenían al borde, lo juraba, de tirarse al río. La había detenido el que fuera tan sucio: el cadáver de una ahogada debía tener una dignidad que no concede el lodo. Le habían hablado de él y no esperaba poder disfrutar de su conversación. La gente aseguraba que además de alemán, era lejano y antipático. Ese barco era lo único moderno en ese país, donde no quería vivir: una ínsula atrasada quién sabe cuántos siglos. Su padre la traía, por decir lo menos, a rastras. Calló un momento y pidió excusas al amigo de su padre de no hablar en español: era la oportunidad para practicar lo aprendido.

El padre no cesaba una y otra vez, de repetir que, además de eso, "domina el inglés y el francés".

Luego de la pausa, la muchacha se despojó del tocado, puso en libertad su cabellera negra y reinició la conversación con don Santiago.

Él la dejaba hablar sin interrumpirla contestando apenas lo necesario, sin atinar con exactitud a precisar cuánto tiempo había pasado desde cuando escuchó con atención a una mujer. Con ellas, en los últimos años, había mantenido relaciones fugaces: encuentros silenciosos destinados para el gozo de la bestia alojada en el cuerpo. Las amó sin constancia apenas los minutos en que admirando el cuerpo yacente, procuraba olvidarlo. Si alguna vez pensó en tener familia, había desechado la idea en el prólogo de la tentación. La mujer y los hijos constituían barreras para el cumplimiento de las grandes ambiciones. Antes que asumir el riesgo, el tramposo corazón elegiría los caminos de un contento tranquilo. Las grandes empresas no podrían emprenderse con acompañante.

La muchacha continuaba hablando en alemán con la lentitud a que obliga conocer pero no dominar un idioma. La búsqueda de precisión gramatical, y de palabras más exactas que la primera pensada, le daba tiempo para mirarla sin perder el hilo del discurso. Con un gesto ordenó una botella de *aqua vite* francés para los señores.

—*Möchten Sie ein Glas Champagner trinken?*

—*So eine Einladung habe ich nicht Zeit lange so gerne bekommen.*

El padre y su compañero miraron con inocultable escándalo la aparición de las copas y la botella inesperada, y con gozo la destinada a su consumo.

El padre quiso explicar que María Isabel no bebía.

—Yo la pedí —explicó ella—. Y en Europa la toman las niñas desde la cuna. Hace no sé cuánto —explicó— tomo *champagne* sin tu permiso. No creo que lo necesite ahora.

Brindaron los cuatro. El padre, de mal humor.

—¿Por qué no hablas en castellano, Marisa?

—Porque me educaste en francés y en alemán.

—Quiero —dijo otra vez en alemán— que un día usted me cuente la historia de esta empresa. Papá dice que usted fue pirata. ¿Es cierto? Y que Santander lo odia porque le llevó a un inglés que se hizo pasar por un enviado de la reina y era un pobre diablo.

A la palabra Santander, el padre sonrió.

—Están hablando del país. A Marisa le encanta la política, como a mí.

Para tomar el *champagne* se despojó de uno de los guantes. La hora del jején había pasado y la brisa ayudaba a llevarse de la cubierta los retrasados. Tenía manos delgadas, dedos larguísimos, y no llevaba anillos de compromiso o matrimonio.

¿No sería posible, estaba preguntando, que uno de esos días –eran tan largos y aburridos, y ella siempre permanecía encerrada en el cuarto con esa negra– se detuvieran y él le mostrara la selva?

¿Cómo se llamaban esos micos? ¿Cómo cantaba el tucán?

Demasiado tarde. Era la última noche.

Cuando se iba a embarcar le aseguraron que el vapor llevaba orquesta. ¿Por qué le habrían dicho esa mentira? ¿Para qué diablos cargaba con ese piano que nadie tocaba? El padre interrumpió otra vez, con monotonía de reloj de cuco, preguntando si no era hora ya de acostarse.

—Para que usted no se sienta frustrada —dijo don Santiago—, tocaré yo.

Que no era un profesional, ni mucho menos.

¿Conocía ella alguna canción? ¿Alemana? ¿Francesa?

—*Sur le pont d'Avignon l'on y dance y dance?*

—Sur le pont d'Avignon l'on y dance en rond!

Cantaron a dúo; luego, en canon; enseguida, ella ejecutó una pieza, y más tarde tocaron a cuatro manos. Los pasajeros confluyeron en cubierta. El capitán Haisson los acompañó con una flauta.

"Maravillosa", había exclamado don Santiago cuando la muchacha se levantó y, seguida por el padre, buscó el camarote.

—Sí, maravillosa, pobrecita.

Ariel Ortiz vagaba por las estepas fangosas de una borrachera con apariencia lúcida.

—Es la primera vez que sonríe; la primera vez que habla.

Así eran todas las mujeres, imprevisibles. Por eso debería uno mantenerlas a distancia. ¿No era él de ese parecer...?

Se precipitaba en los abismos sin fondo de una conversación con significado exclusivo para sí mismo.

—¿Qué futuro le espera a ese... —Ortiz levantó los ojos al cielo —... a ese manantial de sabidurías inútiles? ¿Qué hombre estará dispuesto a soportar... eso...?

¿Soltera? ¿Viuda? ¿Casada? Elbers requería precisiones.

Ortiz levantó la copa y antes de vaciarla miró su transparencia.

—Todo y nada a la misma vez. Todo y nada. Ni soltera, ni casada y ni siquiera viuda. ¡Pobre loca! ¿De qué hablaban? No la había visto sonreír en todo el viaje. El *champagne,* ¿verdad? Yo también estoy borracho...

Don Santiago lo ayudó a levantarse de la mesa antes de entregarlo al cuidado de un marinero de servicio.

Pasada la medianoche se hizo silencio. En el cielo, apenas iluminado por una luna de puntas finas, corrían apresuradas las nubes para cumplir en algún lejano punto su cita con las tormentas.

Elbers pasó largo tiempo cerca al pescante, jugando entretenido con las roldanas del aparejo de gatos, sin fijarse mucho ni pensar en él. La mansedumbre de las aguas mantenía el barco inmóvil: cabeceaba adormiladamente a babor y luego, llamado por el imperio de la cadena tirada a orilla firme, a estribor, sin balanceo, igual a como lo hacen los barcos atracados en bahías de aguas como espejo. Por primera vez sentía que la gloria y con ella su inmortalidad adquirirían forma y comienzo.

—Le contaré a todo el mundo que yo lo conocí y que hablé con usted, en su barco.

Intentó recordar el verso de la *Odisea*, pero del griego aprendido en los tiempos lejanos del liceo sólo quedaban la música y la traducción, tal vez inexacta: de mi fama hablarán muchos y muchas largo tiempo después que deje yo de ser quien soy y quede mi nombre como memoria para quienes tengan batallas en la vida.

¿Pero... por qué era una voz femenina la que despertaba esa alegría insensata que no atinaba a dar forma, ni explicar ahora, cuando no cantaba? Un contento caluroso le llenaba el pecho.

No era un adolescente. Quizá en aquella época a ese rapto de estupidez nerviosa le hubiera dado el nombre de enamoramiento. Aun cuando no se sintiera viejo, cualquiera, a su edad, podría considerarlo un anciano. Se encontró hablando con ella en algún lugar imaginario y esperando, con desesperada ansiedad, vislumbrar una luz o un movimiento en el camarote que la mujer ocupaba.

¿Qué edad tendría realmente? No era una colegiala ni se comportaba como tal. Joven, de todas maneras, desmesuradamente joven. Reflexionó. Era mejor culpar al *champagne* que al corazón por el súbito reblandecimiento de la capacidad de razonar. Los tiempos de la emoción pertenecían al pasado. La utilizó entonces, pensaba, para dar entusiasmo a los proyectos que la razón modelaba.

Se detuvo en la palabra entusiasmo: etimológicamente, "estar cerca de los dioses". Eso era: "en *theo*, seamos". La cercanía inesperada de lo divino. ¿O también de lo humano?

—*Nadie la había visto sonreír.*

Bandadas de murciélagos pescadores batían sin orden la noche con sus alas. Los escuchaba pasar, sin verlos, y seguía su vuelo por el ruido: chillidos sin afecto, como intercambios de contraseñas militares. Los había observado en noches de luna o al amanecer volar a ras del agua y apresar insectos o peces con agilidad de aves. Eran grandes: con las alas abiertas, más que una paloma, y los pescadores mañaneros, en lugar de mirarlos como bichos de mal agüero, los consideraban portadores de buena suerte: denunciaban los cardúmenes que huyen perseguidos por los grandes peces.

Los vaqueros, en cambio, los temían porque tras ellos llegaban unos semejantes que sangraban caballos, terneros e incluso a los hombres. Su saliva tenía poder adormecedor: las víctimas no reparaban en sus mordiscos y, mientras dormían, se repletaban los vampiros con tanta sangre que, muchas veces, incapaces de levantar vuelo, saltaban como enormes ratones con alas de diablo o sapos del infierno cuando alguien los perseguía para matarlos.

No era ése uno de los animales que hubiera deseado conocer Marisa.

Atendió al despertar del vocinglerío selvático con las primeras luces.

—¿Cuál es el tucán? —preguntó al mestizo madrugador que lavaba el piso—. ¿Cuál es el canto, mejor dicho?

El hombre levantó la cabeza y se mantuvo atento:

—Entre más lindos son, más feo se oyen. Ahora están llamándose tres. Son los que suenan como ladrido. Don Santiago ¿quiere saber por qué?

—Una vez los animales se reunieron en la selva, cuando todavía no habían llegado los hombres, y esto era todo de ellos e hicieron un concurso sobre cuál era el más hermoso. Se lo ganó el tigre, porque tenían miedo de que, si no le otorgaban el premio, se los comiera a todos. El tucán se puso furioso. Era el más bello tenía una voz linda. En ese tiempo cantaba. Pero también lo merecían los colibríes y las guacamayas de tres colores y el tominejo rojo de copete azul. Y nombraron al río, que se llamaba Mahé, como juez. Y Mahé concedió el premio a un animal que era muy amigo suyo, porque se la pasaba entre el agua: el martín pescador. Y el tucán gritó tanto, con tanta furia, que se le dañó la voz, y Mahé le dio la de una nutria ahogada la víspera.

La hora de zarpar estaba próxima. Oyó voces y vio las sombras de dos fogoneros que se encaminaban sin alegría al infierno artificial de las calderas.

Pronto el olor a leña quemándose mezclado con la niebla baja de las madrugadas, anunciaría a los marinos la iniciación de su trabajo. Identificó el cuerpo inconfundible del ingeniero de máquinas que descendía hacia su puesto. Los pájaros de la espesura inauguraban el nuevo día como una orquesta cuando prepara sus instrumentos.

No vio a María Isabel en la mañana aunque, variando la rutina de sus viajes, permaneció en el puente, frente al camarote de las mujeres. La negra le llevó la comida como lo había hecho durante todo el viaje.

Saludó al padre desde lejos. Ortiz se levantó tarde. Todos permanecían ocupados en arreglar equipajes.

La llegada al Peñón de Conejo estaba prevista para las dos de la tarde.

Maldiciendo la falta de un papel más digno, escribió en el de la bitácora dos esquelas. Una de ellas destinada a Vargas, en la cual lo invitaba a presenciar desde el puente de mando, junto con su hija, las maniobras del paso de Angostura. Y otra a Marisa, en alemán:

Muy apreciada: He solicitado a su padre el honor de que nos acompañe a presenciar, las maniobras para superar los rápidos de un lugar llamado Angostura. Allí la velocidad de las aguas obliga a dar toda la potencia al motor. Verá usted cómo trabaja un timonel experto y sentirá la alegría que a todos los hombres nos colma cuando observamos que nuestros inventos dominan la naturaleza y la hacen nuestra. Hoy se cumplirá en su nombre la ceremonia de dar, a la hora de enfrentar las corrientes, tres largos sonidos de bocina. Dígame usted que acepta.

La respuesta no se hizo esperar. La trajo la servidora negra. Venía escrita en papel de algodón con sello de agua con letra enérgica de innegable rasgo francés:

Mil gracias. Si me lo permite mi padre, estaré con usted. En todo caso, no olvidaré nunca la noche de ayer. Vamos a Bogotá, donde espero verlo cuando alguno de sus viajes lo lleve a esa ciudad aburrida.

Don Santiago descendió del caballo frente al puerto de Honda cuando estaba anocheciendo y los balseros habían abandonado sus lugares de vigilancia. Por eso nadie acudió a sus llamados con la presteza habitual de quienes ofrecían el servicio de transporte en balsa para el jinete y su cabalgadura. Se vio obligado a dejar la bestia en pastura alquilada y utilizar el recurso de una canoa que lo depositara en la otra orilla.

En la posada encontró una tarjeta del cónsul británico invitándolo a tomar una copa en su casa después de la cena. "Quizá tenga para usted alguna información interesante".

Tras enviar a un mensajero con la aceptación, procedió a cambiarse. Estaba fatigado. Al escaso sueño de la víspera se sumaban la tensión sostenida del paso por Angostura que el vapor había sorteado sin más sobresaltos que los sufridos por el desconfiado corazón de algún pasajero y los efectos de una cabalgata, menos alegre que prolongada que lo llevó hasta la hacienda donde, gracias a la previsión de Ortiz, Marisa y su padre pasarían la primera noche del viaje hacia Bogotá y de regreso a las obligaciones que lo esperaban en el puerto.

Desdeñando la silla de amazona, con agilidad de húsar, la muchacha había trepado a la jineta, en la primera montura que topó. ¿Cómo podía alguien imaginar que soportaría tantas jornadas sentada de perfil como una muñeca? ¿Acaso no cabalgaba así, como teniente, la dama del Libertador? Entonces, ¿para qué preocuparse?

No la vieron mucho durante el trayecto. Lo hizo a galope vadeando los pasos difíciles con habilidad de veterano.

El cónsul lo recibió en la terraza con vista al río, y pese a todo, allí tampoco soplaba viento.

—Es un sitio apenas medio soportable —se quejaba—. Uno cree que mirando el agua se refresca, pero es mentira. Odio este lugar y todo el trópico. ¿Cuál pecado habremos cometido para que nos toque pasar la vida en estos lugares?—.

Un ejército de criados colocó sobre la mesa jugos de frutas y algún licor.

—Quería transmitirle, Mr. Elbers —anunció luego de muchos sorbos y afanes de abanico— infidencias de alguien muy cercano al poder.

Con preocupante regularidad el vicepresidente enviaba a Bolívar informes sobre la empresa de navegación. Eso no tendría nada de extraño si no mediaran ciertas actitudes. Por ejemplo: públicamente, para ser exactos, en el curso de una cena, el vicepresidente se había referido a los problemas suscitados por el barco en la comarca y a los retardos sufridos por pasajeros y mercancía en la última época. Culpaba a la falta de competencia como factor principal de lo que denominaba "un ejercicio de irresponsabilidad". Sin duda alguna, esa *unfortuned* tónica imperaba en los informes despachados al Libertador.

El cónsul acompañaba cada sílaba con un golpe de abanico y el discurso adquiría progresivamente las características del soliloquio asmático.

—¿Cómo es posible habituarse a ese clima de infierno?

Don Santiago nada repuso. El cónsul continuó:

—Él afirma, dicen, porque a mí no me consta nada, que no está satisfecho con el avance de las obras. ¿No se lo han expresado a usted sus… digamos, oficinas?

No. La correspondencia con el gobierno era escasa. Tampoco a los delegados en Bogotá se les había
pedido explicaciones. El Comité de Hacienda, a cuyo
cargo estaba la calificación del proyecto, apenas daba
recibo de los informes preparados por la Compañía,
sin añadir comentarios.

—Bueno —concluyó el cónsul tras un largo espacio de silencio que el afán del bochorno tradujo
en el ir y venir de la mano apoderada de un pañuelo de lino con el cual intentaba, vanamente,
restañar mil manantiales que manaban de la piel
enrojecida.

—Pero hay algo más. Un colombiano, en representación de una empresa que no es la suya, adelan-
ta negocios en New Orleans para adquirir tres barcos.
¿Tiene usted idea de a qué lugar están destinados?

—¿Conoce usted el nombre de esa persona?

El cónsul negó con la cabeza antes de adelantar
su hipótesis.

—No, pero es muy fácil imaginarlo. La única persona con fortuna para arriesgar en una empresa como
la suya es Francisco Montoya. ¿Cree usted que esté
pensando en el Cauca?

Don Santiago regresó a su alojamiento pasadas
las once de la noche. La ciudad entera dormía.

Dejó una nota a su asistente en la cual le rogaba
que hiciera lo posible para acelerar la salida. Cambiando los planes, deseaba seguir hacia Bogotá.

Al lado de la esquela puso una carta con la anotación *Urgente* en el sobre dirigido a Sayer.

No descendió al comedor en la mañana. Pidió que le subieran el desayuno a la habitación junto con el recado de escribir.

Sayer recibió el mensaje tres días antes que don Santiago, sin bajarse de la mula, comenzara a buscarlo por los patios del trapiche mayor. Era breve. Anunciaba la próxima llegada. No le dio importancia. La casa de huéspedes permanecía dispuesta y él, menos que nadie, exigía tratamiento especial. Su mujer protestó a la manera suya: anduvo escupiendo por el corredor mientras ensartaba palabrotas y desapareció en la oficina para revisar que todo estuviera a punto.

Llegó acompañado por cuatro personas, sin escolta armada, tan bien puesto en la silla que, si no fuese por que nadie distinto a él se hubiera atrevido a penetrar a caballo en las galerías del trapiche, ninguno hubiera pensado que se trataba del mismo para quien años antes el trote de las mulas significaba un tormento. Tampoco recordaba la figura del jugador impasible, capaz de afirmar que la suerte no era otra cosa que el resultado del trabajo.

Sayer oteó la tormenta interior del amigo cuando lo vio escupir el agua que le sirvieron sin dar siquiera las gracias. Nunca tampoco su afán por la marcha del negocio se había hecho explícito. Revisó siempre los libros con la ligereza satisfecha de un padre que mira los trabajos de un hijo de quien sabe se porta bien. Ahora, en cambio, estaba siguiendo cada columna con lentitud de contralor a la caza de glosas y pedía explicaciones minuciosas.

Sayer parecía divertido. Su mujer, indignada: ¿Cómo explicarse que coincidiera el cambio de actitud con la irrupción de ganancias lo suficientemente cuantiosas como para cubrir, o incluso doblar, los gastos de inversión?

—Tú no lo entenderás nunca —trataba de explicarle Sayer en su español de cuartel—: tú eres una mujer sin inteligencia. Cualquiera nota que el hombre está enamorado.

Ella, a la defensiva:

—¿Ah, sí? ¿Y de quién?

¿No lo sabía? Entonces no es cierto.

—Sí —explicaba Sayer—. A veces habla con uno como si estuviera contándole cosas a una mujer.

—Que no —encogía ella los hombros, escéptica—. Los hombres enamorados no son furiosos, sino más bien pendejos.

Camino al Alto del Tigre encontraron la tropa.

Descendía en partidas de las que se reúnen para luego dividirse otra vez.

Iban requisando haciendas para aprovisionarse de cabalgaduras, además de ganado para el sacrificio, y otros útiles con los cuales sumaban quintos.

La tropa regular, en contraste con la conocida en sus tiempos de corsario, conformada por mestizos desnudos armados con fusiles relucientes, llevaba uniformes costosos y pocas armas efectivas: fusiles viejos, lanzas y cañones de pacotilla. Y tras el montón, atados con soga al cuello, arrastraba los remisos.

—Sigamos —ordenó don Santiago cuando creyó terminado el desfile.

—Señor, hay que ser prudentes —recomendó un arriero—. Lo feo del pedo es lo que queda detrás del que camina.

Se refugiaron en un valle, al abrigo de lo que presagiaban riesgoso.

Una hora después pasaron algunos oficiales conduciendo la recua de los desertores fracasados y los enfermos ciertos o fingidos. Cerraban la marcha medio centenar de hombres borrachos, vaqueros que arriaban ganado, soldaderas cargando sobre las espaldas –como hormigas– la casa provisional, perros con la lengua afuera y, por último, los vendedores de la muerte menos dolorosa, los sanadores del chancro, los contadores de historias de amor en el campamento, los maricas –urgidos de palos en la nuca–, los dueños de las yerbas, los recitadores de novenas y los ladrones de cualquier cosa.

—¿Para dónde van? —preguntó alguien.

—¡Para la guerra! —gritó un oficial joven.

—¿Para cuál?

—Para la que haiga —contestó otro.

Horas antes de la prevista para zarpar, el capitán del *Gloria* recibió la orden de permanecer en el puerto de Conejo hasta nuevo aviso. La trajo un oficial de caballería y el capitán Haisson obedeció con recelo y mala gana. Nadie supo explicarle cuál era su motivo.

El pasaje aceptó la demora sin protestas. Los alojamientos eran cómodos y el aguardiente guadueño corría sin límite.

Sin embargo, al tercer día el mal humor se generalizó. Los pasajeros querían embarcar porque los vientos de lluvia empujaron el zancudo a las habitaciones que ocupaban y las crecientes empezaban a revolcar las aguas.

Al cuarto día llegó la tropa y sin atender razones, su comandante ordenó desocupar la bodega principal del barco para dar cabida a cincuenta hombres que marchaban hacia Antioquia.

La falta de víveres para tanta gente y la imposibilidad de atender servicios higiénicos, no preocupaban al militar.

—La orden —repetía— es de arriba. Y la obligación de obediencia, de ustedes.

Tras el coronel un cuarteto de burócratas sudados elaboró y completó papeles que denominaban requisitos. El gobierno se comprometía a cancelar el cincuenta por ciento del valor del pasaje de la tropa, con bonos de deuda interna canjeables en su oportunidad: pago de impuestos, por ejemplo. En caso de que la compañía se negara, estaba la orden de requisición. Los tripulantes quedarían adscritos a la Secretaría de Marina durante el tiempo que fuese necesario.

El capitán Haisson, ciudadano alemán, descendió del barco anunciando que, si se adoptaba esa determinación, abandonaría la nave para que se le siguiera de juicio como desertor.

Llamado por alguien acudió el coronel, un hombre de no más de treinta años, la cara señalada por la guerra: un machetazo le había dejado la cicatriz que atravesándola de lado a lado, apagaba el ojo izquierdo, en cuyo párpado un queloide crecía amoratado. La huella del tajo transitaba sobre los labios delgados y oscuros, impidiéndole cualquier expresión distinta a una eterna mueca de sonrisa, y se profundizaba sobre el mentón para darle aspecto de medio durazno.

—Esto es un abuso —gritó Haisson, sin esperar a que el oficial ocupara su puesto.

—El Congreso, que es la máxima autoridad —protestó con voz ahogada por la rabia—, otorgó a la compañía la exención del servicio militar para los hombres que contrata, y usted amenaza con enrolarme en sus filas.

Sin despojarse siquiera del quepis, ni pedir permiso, el coronel se dejó caer en una silla y empezó a quitarse las botas, como si ésta fuese la única tarea importante.

—Usted no me ha contestado —continuó Haisson, mirando cómo sacudía la segunda, de la cual tampoco cayó la piedra que ambos esperaban.

—Una cosa es lo que dice el Congreso y otra las órdenes que tengo. Si uno puede requisar una mula, que es transporte, puede hacerlo con un barco, que también sirve para eso.

Levantó una pierna y se dispuso a calzar de nuevo la bota.

—Hágalo —lo desafió Haisson—. No navegarán diez metros de río sin ingenieros ni marinos. Usted sabe conducir mulas, pero no barcos.

Por un instante el hombre pareció sorprenderse y, bajando la pierna y la bota, se concentró en el diálogo, con una actitud que al capitán le pareció humilde. Habló de la patria en peligro, de la empresa común de hacer un país mejor para todos. Tal vez había exagerado, confesó, por impartir órdenes en lugar de solicitar respetuosamente servicios. ¿Era posible aún establecer acuerdos?

El cambio sorprendió al marino quien atribuyó a las deficiencias gramaticales de un español que construía con dificultad mezclando el italiano, el francés, el griego y el latín con su alemán vernáculo, la falta de coherencia entre las dos posiciones. Esta, no muy lejos de parecer amable, y la anterior, imperativa y déspota: al fin y al cabo se trataba de un militar.

Mientras buscaba una respuesta, descubrió algo evidente que desde el inicio concedía a la escena un tinte de comedia: el coronel no llevaba calcetines. Quizá no los había usado nunca y las botas constituían posesión reciente. Sus pies se mostraban anchos, aplanados, con dedos en abanico, como los del campesino que jamás se ha calzado; estaban sucios y seguramente adoloridos, porque los dedos, abriéndose para juntarse luego y repetir el movimiento, marcaban el ritmo de un corazón de rana.

Haisson reiteró, una a una, las razones por las cuales consideraba inconveniente embarcar la tropa. Primero: aunque se aceptara que la orden fuese constitucional, no había cupo.

—Bajamos carga. Yo ayudo —comentó el coronel.

—Segundo: con todo y eso, se presentaba otro problema insolucionable. Tampoco disponían de víveres suficientes para sesenta bocas.

—Los ejércitos —afirmó el coronel— pasan con frecuencia hambre. Además, algo se podrá conseguir en el camino.

—Tercero: en caso de desastre, los botes de salvamento alcanzan para treinta personas, nunca para noventa.

—Los soldados sabemos nadar —argumentó el coronel—, y el que se ahogue, será por pendejo.

—Cuarto —Haisson bufó—: Por principio en mi barco nadie viaja armado, ni tiene derecho a vestir uniforme si quiere dirigirme la palabra.

No irían armados y él vestiría de civil. Ahora Haisson creyó necesario aclarar el porqué de su actitud:

—Peleé en todas las putas guerras que se armaron en Europa en este siglo. Estoy de militares hasta la coronilla. Vine a América por escapar de su presencia y me encuentro en un país que de ellos está repleto.

—No somos militares —aceptó el hombre— sino civiles disfrazados, si eso le mejora las cosas.

Hubiera podido ser más claro y perentorio, pero, ante la mansedumbre del contendor y la próxima avalancha de papeles en los que el gobierno se comprometería a pagar y aceptarlo todo, dio la orden de preparar la partida.

La tropa ocuparía dos medias bodegas. Resultaba necesario, entonces, proceder a vaciarlas y seleccionar la carga más urgente. Para los pasajeros, toda lo era.

Por fin se llegó a un acuerdo. Pagada por el gobierno, por intermedio de la compañía, la menos perecedera descendería en champán. Río abajo, la diferencia, en tiempo de viaje, no se hacía muy grande: de ágiles tenían fama las embarcaciones disponibles, y su tripulación ayudaría con la fuerza de remos y palancas. Al vapor, una vez en tierra la tropa, se devolvería la carga de los champanes y bongos auxiliares.

¡Adelante! Unos días más no eran mucho.

El bullicio de campamento, que crecía hasta convertirse en alboroto, inquietó a Haisson, quien, vestido con *robe de chambre*, descendió de su habitación a la veranda. Ya algunos pasajeros lo habían precedido y miraban con curiosidad, entre los destellos rojos de las hogueras encendidas por los militares, el movimiento desordenado de sombras: soldados y cabalgaduras.

—Están apostando carreras —explicó alguien—. Andan borrachos y ya están con las mujeres.

—¿Cuáles mujeres? —preguntó otro.

—Las de ellos —explicó el informante—, con ollas y niños; llevan la casa encima.

El humo llegó con el inconfundible olor a carne chamuscada. Haisson buscó alarmado al oficial de servicios. Lo encontró ajeno a cualquier preocupación: profundamente dormido.

No. Los animales de la compañía se hallaban bajo vigilancia, en los corrales. Asaban ganado que ellos mismos habían traído. En cuanto al aguardiente, habían pagado parte en metálico y lo demás en libranzas. Era imposible negárselo. Sin aguardiente, un ejército pierde las batallas.

La respuesta no agradó a Haisson:

—Ojalá la batalla no sea contra nosotros. Si hay algo más peligroso y estúpido que un militar, es un militar borracho.

Un nuevo problema se avecinaba. Era un riesgo transportar a cincuenta hombres de más, y una imbecilidad pensar en subir a otros cien.

Antes de regresar al lecho, ordenó que a primera hora alguien hiciera comparecer al coronel.

Se acostó tarde y durmió mal. Lo despertaron las pesadillas y después, una y otra vez, disparos.

"¡Bestias!"

A la madrugada, un chubasco ahogó con densas cortinas diagonales los entusiasmos del jolgorio y apagó las hogueras. Haisson logró conciliar el sueño cuando se tiñó el cielo de nácar. Tan tranquilo y silencioso permanecía todo, que por un momento tuvo la sensación de encontrarse descansando, tendido de espaldas, en el camarote de un carbonero, Rin abajo.

Temprano, el coronel se presentó en el comedor, con botas y pantalón militar, camisa blanca, limpia, y sombrero campesino de paja. Así cumplía con los compromisos. ¿Estaba autorizado a sentarse?

Ah, no: de ninguna manera se contaban en sus previsiones las mujeres y, en fin, ese ejército asqueroso de civiles que había llegado tras ellas. ¡Ni más faltaba! Si querían viajar, que se embarcaran en champanes y canoas, en lo que hubiera. En cuanto a reses y cabalgaduras, que esperaran balsas. ¿Conforme? Le agradecía mucho que le hubiera permitido sentarse. Comunicaría eso a los oficiales, para que no siguieran sintiéndose maltratados.

¿Necesitaba cuántos hombres para descargar el vapor?

Haisson le dijo que no, que ninguno. De eso se ocuparía la tripulación.

Durante las labores de cargue y descargue, que tardaron quizá una semana, el grueso del ejército se mantuvo ausente. Cumplía tareas específicas, repetían los guardias, sin conocer el significado de estas palabras.

Quedaron en el campamento las mujeres, los niños, una decena de enfermos y los guardias necesarios, convertidos en cazadores eficientes cuando, a falta de mandatos claros, decidieron acompañar a la tropa femenina de recolectoras que debían proporcionar alimento al núcleo estable.

Sus partidas regresaban, entrada la tarde, con una buena provisión de frutos silvestres, raíces y, también, productos del pillaje de parcelas sin defensores armados. Un día, aparecían con pescados; otro, con las ollas repletas de caracoles u hormigas, que tostaban en pailas. De vez en cuando, con ensangrentados animales de pelo y pájaros escuálidos, sin carne bajo las plumas.

La ausencia de la horda militar tranquilizó el ánimo de Haisson, a quien América estaba resultando una triste y costosa desilusión. De México, huyendo siempre del espíritu castrense, había saltado a Brasil y, de allí, a la Argentina y, finalmente, a Nueva Orleans, donde estaba a punto de establecerse. Pese al asco que le provocaba una sociedad sustentada por el trabajo servil, cuando topó con Elbers y sus discursos sobre el progreso y firmó contrato con su naviera, porque en las garantías entregadas al armador constaba la de eximir de servicio militar a quienes trabajaran en la compañía.

Haisson miraba con horror cómo, por culpa de los militares, los países se dividían en haciendas; las disputas no se solucionaban con inteligencia, razón, leyes o pactos, sino a lo bestia: con machetes, lanzas y fuego. Detestaba al matón y, bajo el influjo de alguna de las teorías que se gestaron entre guerra y guerra, vivía convencido de que la sociedad lo prohijaba cuando aplaudía la organización castrense, en la cual el poder y la permanencia dependen en proporción directa de la capacidad de mostrarse violento u obediente, formas larvadas de imbecilidad. Un almirante –exclamaba– es el estúpido más antiguo entre estúpidos recientes.

De allí que en el Magdalena, exigiera el tratamiento de "señor", en lugar de "capitán", y que su tripulación no estuviera compuesta por oficiales primero, segundo, etc., sino por "navegantes".

Antes de subir a la habitación donde encontraría las comodidades que únicamente la tierra hace posible, Haisson se detuvo en el comedor del refugio. El coronel y tres de sus oficiales jugaban a las cartas.

Mientras se desnudaba, agradeció a la Providencia que ninguno de los tahúres profesionales del pasaje ocupara allí puesto. Uno nunca sabe hasta dónde puede ser peligroso un hombre armado que descubre las trampas del oponente. En el deslizadero de las imágenes que antecede a los sueños profundos, recordó con alegría el charrasqueado rostro del oficial obligado a vestir civil.

Uno a uno los champanes, repletos de mercancía y colmados hasta donde lo permitían los bogas, celosos por la estabilidad de las embarcaciones, pero confesamente felices de ser los responsables de ese pasaje femenino, diestro, seguramente, en las artes de la cocina y en las del amor, se desplazaron río abajo.

La tropa llegó cuando ya la mayor parte de la carga y las soldaderas se hallaban en curso. Soltaron las grandes balsas, cercadas con maderas livianas, para el transporte de la caballería escogida. La última patrulla, horas más tarde, irrumpió con enormes trozas que nadie supo a qué estaban destinadas.

—¿Partimos? —preguntó Haisson.

—Partimos —respondió el coronel.

Apenas despuntaba el sol cuando los pasajeros ocuparon sus puestos. Viajarían incómodos, se excusó nuevamente Haisson. Ni siquiera llevarían orquesta, pero no por culpa de la empresa. Irían estrechos; eran las circunstancias. Y concedió licencia para que la tropa iniciara el abordaje.

Una fila india en marcha recuerda el funcionamiento de un mecanismo, sobre todo si, como lo esperaban los pasajeros que observarían su ingreso desde arriba, la cabeza, como la banda de un sinfín que cae hacia la profundidad por un vacío abierto, en este caso el acceso techado de la segunda cubierta, debía desaparecer, y tras ella, como las aguas de un arroyo que se profundiza, seguir un curso. Sin embargo, en lugar de fluir hasta desaparecer, la fila respondió a la orden de ascenso como sierpe pisada en la cabeza: coleteó tras un instante de parálisis y, mientras el coronel y los oficiales gritaban órdenes furiosas, se dispersó corriendo hacia cualquier parte.

Horas de gritos, agitación, amenazas de fusilamiento, disparos al aire, planazos de sable y de machete, fueron necesarias para restablecer el orden y obligar a la tropa a subir al barco. La razón del súbito motín la supieron más tarde Haisson y los pasajeros: el pánico lo provocó descubrir que *Gloria* no era simplemente una embarcación grande pintada de colores, sino una bestia bufante alimentada por fuego, y que el puesto que ocuparían estaba al lado mismo del incierto corazón de aquella endemoniada maquinaria.

Sin embargo, antes que el vapor despidiera la orilla haciendo sonar la bocina tres veces, los hombres se habían tranquilizado al descubrir que no eran ellos los únicos pasajeros; que sobre sus cabezas, mirándolos acodados en el barandal de la cubierta superior, compartiendo su destino, estaban los ricos y que, por lo tanto, aquel monstruo no los conduciría al infierno.

El vapor despegó del muelle con lentitud, sin esfuerzo aparente y hubiérase dicho que llevado por las aguas como uno más de los tantos objetos arrastrados por la corriente: troncos, islas de jacinto, enormes vástagos de plátanos; alguna vez, también, el cadáver hinchado de un animal sobre cuyo cuerpo, saciada el hambre, adormilada por el sol, viajaba una luctuosa tripulación de gallinazos.

En el camino hacia el centro de las mansas aguas, la estructura entera de *Gloria* pareció sacudirse como la piel de un animal molesto por las moscas. El estruendo de la maquinaria puso a volar, desorientado, a un clan de bulliciosos patos. Cobraba velocidad: dejaba atrás las espumas fabricadas por su proa y el sinnúmero de olas producidas por el desplazamiento se estrelló, sin que nadie escuchara su ruido, contra las ahora lejanas orillas.

—*Steam low*—gritó el capitán, vencida la oposición del torrente

El golpe de las palas adquirió ritmo de corazón en paz. El bullicio mecánico, unos instantes estridente, suma de metales golpeados, silbidos de tormenta y toses de dragón, dio paso al ronroneo de un enorme, plácido gato satisfecho.

De cuando en vez una bocanada de humo acre barría las cubiertas. El cielo azul, limpio de brumas, aceptaba con indiferencia el penacho oscuro que, elevándose diagonal, esparcía en el aire la chimenea.

Aun cuando desfilaban para quedar atrás en sucesión apresurada los árboles de las orillas y el paisaje cambiaba, se hubiera podido pensar que el vapor estaba detenido; ni el más leve bandazo, ni el movimiento marino de la proa que se levanta cabalgando la ola y desciende sobre ella: *Gloria* avanzaba sobre el lomo liso del río sin embestirlo y proseguía como sobre un espejo.

El mal humor de Haisson, igual que la espuma de los vinos, se aplacó sin esfuerzo y las últimas burbujas de rabia se apagaron bajo la sombra protectora de la tienda del gobernalle y fueron sustituidas por la alegría que un capitán que se respete deja crecer en su corazón cuando con orgullo descubre que el barco puesto a su gobierno y bajo su responsabilidad se comporta con nobleza; que es valiente, duro, intrépido, pero también confiable, dócil a la orden inteligente y no terco y malicioso, como puede haber algunos de timón necio y andaduras como de borracho.

Monótona la voz del sondeador cantaba el resultado de su trabajo en medida de brazas. No era necesario atender al número: el tono daría la alarma. Estirando las piernas, se acomodó: en un par de horas el invisible verdugo de la inmovilidad vendría a torturar su cuello.

Ningún obstáculo sobre la tersa superficie para ojos no avisados, pero el hombre de río debe leer en la escritura de las corrientes las asechanzas que bajo su fluir se ocultan traicioneras. *Gloria* es un buen barco, se decía con frecuencia, y hay que cuidarlo como cuidan los avaros su tesoro.

Tras la desembocadura de un río con aguas color pizarra, el barco dejó atrás un caserío: ranchos de paja y guadua trepados sobre estacas. Gente, desde las cubiertas los pasajeros vieron poca: alguien bajo el dintel de una puerta, sin otro oficio aparente que mirar la gran bestia pasar; algunos niños que saludaron y despidieron a quienes los saludaban y despedían. Las canoas atadas a los pontones bambolearon y las cercanas unas a otras se golpearon entre sí cuando la agitación del agua sorprendió su siesta.

Haisson navegaba como durmiendo. Alguien atento no hubiera descubierto en el capitán movimiento distinto al de su tranquila respiración. Ni siquiera los ojos, entrecerrados como los de quienes dormitan apegados a la luz para no dar curso a las pesadillas, resultaban testimonio de su alerta.

Una quietud semejante se fue apoderando de las cubiertas. A medida que transcurría el tiempo, la algarabía se fue apagando. Los hombres abandonaron, uno a uno, sus lugares de acodo en las bordas y buscaron reparo bajo la sombra de cualquier lugar. A los eternamente desinteresados ya el sueño había ganado la batalla contra la curiosidad y dormían arrullados por el apaciguado retumbo de la maquinaria.

En el ingreso a la vasta amplitud de la Vuelta de los Mohanes, la voz de Haisson rompió la modorra con el grito *steam back*, repetido. Reinó algo que parecía silencio: escucharon la caricia de las aguas contra el casco y las voces roncas de sapos en llamado nupcial. Fue un instante apenas: la rueda, tras una pausa, recomenzó el giro contradiciendo el destino anterior.

—Un buen barco —dijo el capitán, nunca supo si en voz alta o para sí, porque el esfuerzo ruidoso del motor no se lo permitió, cuando, luego de un sobresalto de velero que se enfrenta a rencorosos vientos enemigos, *Gloria* frenó su avance y entre turbiones evitó una trampa invisible tejida con maderas cuya presencia apenas acusaba un rizo mínimo en las aguas.

—Un buen barco —repitió el capitán, alzando la voz—. Pero el timonel es ciego.

—Sonda —gritó.

—Cinco y tres —repuso la voz en proa, invariable, monótona, aburrida.

—*Steam on!*

En la tarde, mientras el segundo lo reemplazaba en las tareas, un estallido brutal de fusilería lo hizo saltar de la hamaca, convencido de que entre el ejército y algún otro emboscado en las frondas estallaba una contienda, pero, salido apenas de la sombra del alpende, descubrió que el enemigo era una docena de caimanes que tomaba sol en la playa y una tropa de micos que seguía el barco saltando de árbol en árbol. Los saurios escaparon indemnes, hundiéndose; algunos micos cayeron chillando como niños o permanecieron en las ramas aullando de dolor y mirando con aterrada sorpresa sus heridas.

—Dígale al coronel —ordenó Haisson al segundo, reasumiendo el mando— que detenga a esos imbéciles. Que los micos son pequeños y no sirven para comer y tampoco sacan nada matando babillas.

Como lo ensoberbecía que el pacto hubiera sido violado, añadió:

—Dígale también que los caballeros se distinguen de las bestias porque saben mantener su palabra.

Ya no se escuchaban descargas, aunque sí ruido de baquetas. No había blancos fáciles. Desde su puesto vio cómo el segundo hablaba con el coronel y supo que el recado le había sido trasmitido textual y completo cuando el oficial se encogió de hombros y lo buscó con la mirada.

El mensaje surtió efecto: los fusiles desaparecieron de la borda y nadie disparó otra vez.

Atardecía en las vecindades de la desembocadura de la quebrada de las Reglas y el cielo del poniente, adornado por cúmulos de bases chatas (dijo el oficial —o el navegante— encargado de los bastimentos que parecían cacerolas), cuando el río se tornó rojo, violeta, bermellón, como siempre al preludio de los indescifrables veranos, y nadie miró con asombro o extrañeza, creyendo las aguas teñidas por el sol poniente, sin reparar —salvo Haisson, para quien el tinte granate era un misterio que nadie le había podido explicar— en el color sangre del afluente que lo manchaba; ni siquiera el sondero que, en la proa, atento más a la señal húmeda de su instrumento que al paraje, jamás se preguntó si aquel tinte era efecto de minerales desleídos, algas microscópicas, como lo afirmaban los sabios traídos por don Santiago, o sangre, como creían los zambos, manada de una herida abierta por Mahé en el costado de la cordillera, durante una batalla contra los poderes de la roca.

La voz del coronel que lo saludaba sobresaltó a Haisson. Había llegado al puente de mando sin violar lo convenido. Vestía camisa de lino y, en lugar de quepis, sombrero campesino. Venía a solicitar, con modales que intentaban remedar los de caballero y eliminando la brusquedad castrense, se permitiera a parte de la tropa cumplir en la mañana siguiente, antes de soltar amarras, con una diligencia tan breve que él garantizaba, en el peor de los casos, apenas una demora equivalente a la que provocaría un miembro del personal civil remolón para levantarse.

Anunció, además, que, para evitar incomodidades al pasaje en el refugio, la tropa permanecería en el barco durante la noche.

Los pasajeros descendieron sin prisa y no todos de buena gana. Estaban de pésimo humor. Se quejaban por la incomodidad. Disculpaban a la empresa. Habían pagado por un espacio que no estaban disfrutando. Comieron en silencio una sopa de papa, yuca, ñame y carne salada idéntica a las que se les sirviera al mediodía en el barco y sin ninguna otra novedad ni frescura distinta a unas guayabas visitadas por el gusano. El despensero se disculpó explicando que los muchos días de retardo en la partida eran la causa: la carne fresca había tenido que ser salada. Las frutas, podridas, no servían ya ni para hacer vinagre, y las verduras no las tragaba ni un caballo.

Algunos pasajeros prefirieron no descender. Era, decían, poner al ratón a vigilar quesos. Haisson, inquieto, visitó el barco un par de veces. La tropa dormía o descansaba. Ya en el refugio, escuchó la diana de silencio y, pasadas dos horas, se durmió tranquilo: nada lo había irrespetado.

Despuntada la mañana, la patrulla que salió antes de la madrugada regresó cargada de racimos de plátano y reses sacrificadas, cuya sangre, todavía caliente, empapaba la espalda de los portadores. La paz se rompió cuando el primer navegante, tras revisar los cueros que la retaguardia traía a cuestas, descubrió en ellos la marca del hierro de la naviera. El despensero aulló en protestas: los militares se iban a comer hoy aquello que el pasaje debía consumir pasado mañana.

Haisson no pudo acudir con la presteza necesaria al llamado de urgencia: recibía en el preciso momento las declaraciones de navegantes de guardia denunciando cómo, en plena madrugada, amenazados por armas desde todos los costados, tuvieron que cocinar y, en términos prácticos, agotar todas las provisiones dispuestas para los pasajeros dando de comer a la insaciable tropa.

El coronel acudió al grupo de pasajeros que rodeaba a Haisson anunciando un consejo de guerra para los culpables del asalto. Concluida la investigación, se los condenaría a la misma pena a que estaban condenando a la tripulación y los pasajeros: a pan y agua, pero por mucho más largo tiempo. ¡Cabrones irresponsables! Los oficiales nada tenían que ver con ese motín de hambreados. Y todos eran testigos de su presencia en el refugio. En cuanto a las reses, muy lamentable lo sucedido. Las requisiciones estaban autorizadas. Nadie les había enseñado con anterioridad los hierros.

¿Cómo averiguar? No. Nada. Además, aquel ganado parecía cimarrón. Para la muestra, al sargento, "que en paz descanse, corneado por el animal que salió del monte, lo empitonó y ahí mismito volvió a su querencia entre los matorrales, de los que nadie logró sacarlo".

—De aquí en adelante —dijo el coronel—, y por lo menos hasta el próximo refugio, el ejército se hará cargo de alimentar al personal civil dándole el sobrante de la comida que se prepare con lo conseguido por la patrulla de intendencia, que será mucho, además. Y de la mejor calidad.

La comunicación entre la empresa naviera y las fuerzas militares, escribió Haisson, e hizo fijar copias de la carta aquí y allá, *se realizará, de ahora en adelante, a través de correspondencia escrita, para que exista una constancia.*

El coronel subió al puesto de mando. En su prisa había olvidado cambiar el quepis por la corrosca.

Que de ninguna manera: ya era tarde para aprender a escribir y, con todo el debido respeto, lo aconsejable era no seguir jodiendo.

Durante los siguientes dos días, los pasajeros y la tripulación estuvieron sometidos prácticamente a un régimen de hambre, más molesto que cuantos la suerte o la escasez les hubieran hecho pasar, puesto que en la cubierta invadida por la tropa había comida abundante, tanta, que alguien descubrió que bastaba pagar a cualquier oficial una suma no muy alta para obtener un plato poco menos que repleto.

Haisson ordenó a la tripulación abstenerse, sin demasiado éxito. Era comprensible que los fogoneros violaran, antes que otros, el mandato. Su trabajo producía un desgaste tan notorio que el reglamento compensaba al trabajador con una comida extra y raciones abundantes. Tampoco sancionaría al maquinista, ni al servicial cocinero sin oficio. Por el momento, a nadie.

Consoló el hambre propia mascando tabaco, y lo hizo de manera tan ostensible que tuvo por seguro que todos sus navegantes estaban ganando también los asaltos dolorosos del apetito insatisfecho con ese trago amargo que momentáneamente congelaba la ansiedad gástrica y entretenía el mal humor creciente de los sometidos al hambre multiplicada por la envidia de ver a otros comer.

En la tarde de ese mismo día, un súbito cambio en el tono de la gritería de carnaval, que se escuchaba en la cubierta invadida, alertó a Haisson. Las risas constantes subían de tono y estallaban de pronto como histéricas.

No creyó necesario descender y constatar lo que un hombre que ha pasado mucho tiempo en las tabernas portuarias reconoce de inmediato. Su certidumbre la confirmó el segundo navegante: la tropa, con la silenciosa complicidad de sus oficiales, había asaltado una de las bodegas y en torno al aguardiente, como hormigas sobre azucarero, los soldados se vengaban de la obligada pausa entre sus borracheras.

El joven oficial que llevó el mensaje de Haisson regresó con la respuesta del coronel: que, para respetar sus propias órdenes, escribiera la demanda, pero que, si continuaba insistiendo en conversar con él, descendiera de su cubierta, puesto que el coronel llevaba uniforme y no lo acompañaban las ganas de cambiarse, y, además, respetuosamente le notificaba, y lo haría luego por escrito, que el ejército de la patria estaba en el derecho de celebrar el día de la patrona Santa Bárbara como le viniera en gana.

El navegante, quien había morigerado, por respeto al superior, el lenguaje a la hora de la trascripción, era portador, como si no bastara, de noticias preocupantes: fogoneros y peones de fajina se negaban a obedecer las órdenes de la tripulación. Afirmaban que la obediencia debida era para con el coronel y nadie más.

Por el tubo acústico Haisson ordenó avanzar a media marcha mientras seleccionaba un lugar adecuado para fondear. Aprovechaba la ventaja que tienen los marineros de agua dulce sobre los del mar: enfrentar un motín con el barco en abrigo seguro, apenas se descubren los primeros indicios.

La maniobra se cumplió sin contratiempos. Antes que el barco se detuviera del todo, el coronel había subido al puente de mando, eso sí, en uniforme completo, y lo imitaron dos de sus oficiales. La escolta armada llegó tras su cortejo.

La consigna era continuar viaje y, como Haisson se negara, el coronel gritó las órdenes pertinentes, sin resultado, pues maquinista y timonel hicieron caso omiso, mientras concluían la maniobra prevista.

En primer lugar, anunció Haisson, no estaba dispuesto a continuar al mando de un barco repleto de borrachos. Nada más seguro que la caída al agua de una bestia de ésas. Y que no creyera que los caimanes de la zona, como los indígenas a los que a veces miraban pasar en sus pequeñas canoas, eran desdentados. Punto segundo: no se estaban cumpliendo los compromisos y, para colmo, eran culpables de provocar insubordinación entre los auxiliares.

El bullicio, con el tono emocionado que provoca una disputa, le dio la razón. Dos hombres armados de cuchillo, seguidos por una turba de curiosos, ingresaron a la plataforma de popa: uno perseguía al otro y ambos hurtaban el cuerpo al ataque; llevaban en el brazo derecho, a medias envuelta, a medias colgante, la manta para desviar los golpes y, a la vez, ocultar la intención de los suyos.

La sangre manchaba los brazos de ambos y la de uno, fluyendo desde la oreja, su cuello y su espalda.

—Diez reales al "Manso" —gritó el coronel, desinteresado ya de la discusión. —Ese tipo, cuando se siente herido, es mejor.

—Pago —repuso el oficial cercano—. El otro gallo es el más fino. ¡Dígamelo a mí!

El herido retrocedía acosado por los puyazos del enemigo. A su espalda, cintilaban las aguas del río.

El duelo se detuvo durante el largo momento en que los hombres permanecieron tan inmóviles que se diría ni siquiera respiraban. Y se resolvió de manera tan rápida que muchos ni alcanzaron a comprender qué pasó. El persecutor aprovechó el desvío momentáneo de unos ojos, que midieron qué espacio quedaba entre su cuerpo y las aguas, y lanzó una puñalada con el cuerpo entero apoyado en la dirección de la hoja. El otro interpuso el brazo y, levantándolo, descubrió el cuerpo del enemigo con un puyazo que lo dobló. Y luego de rematar con otro golpe en la espalda, como obliga el torero a pasar tras el engaño a su contendor, dejó que emprendiera camino a las aguas que un segundo antes tuvo a sus espaldas.

Luego del ruido del cuerpo al caer se escucharon, río abajo, los coletazos de los caimanes disputándose la presa.

—Se los dije —gritó el coronel, señalando al vencedor—. Denle aguardiente a ese pendejo. No se gana uno los reales tan fácil.

Sin atender a si su orden se cumplía o no, se enfrentó a Haisson.

Si se negaba a ordenar que el viaje continuara, aprovechando las licencias concedidas a la milicia, seleccionaría ya mismo a quien pusiera a funcionar la maquinaria. ¿No había un segundo oficial? Que se hiciera presente. Y ya mismo, para cumplir con las ceremonias de cambio de mando. Cabrón tenía que ser el extranjero que pretendiera mandar más que el ejército de la nación.

El oficial –o *navegante,* para seguir los dictados de Haisson– se negó a cumplir el mandato. Le faltaba capacidad, y ni siquiera sus papeles estaban registrados en la capitanía de Sabanilla. El escollo burocrático detuvo el ímpetu del coronel. Era una objeción merecedora de estudio.

Entretanto, que al alemán se lo recluyera en la jaula de la primera bodega, que había servido antes para transportar micos y ahora iba llena de algo "que no importa, sáquenlo".

Los soldados de la guardia calaron, unos, la bayoneta, para impedir que alguien interviniera, y los otros, con alegre disposición de borrachos, acogotaron a Haisson, quien resistía el inesperado ataque, oponiendo a la violencia gesto y ademán tranquilos.

El iría adonde fuera, siempre y cuando le quitaran esas manos sucias de encima. Descendió las escaleras delante de sus captores, erguido, silencioso, digno, como lo exigía su profesión de caballero.

Desaparecido el *señor,* los oficiales, liberados al fin del peso insoportable de una autoridad moral, tomaron posesión de la primera cubierta con la orden de que se repartiera aguardiente, invitando a los pasajeros a que los acompañaran en las copas y alguna partida de naipe.

Ya le habían dicho, y él estaba de acuerdo en ello, que ése era su día de suerte, repetía el coronel.

—¿A ver quién talla? ¡Pues yo mismo! ¿O, si no, quién?

Promediaba la tarde cuando los champanes retrasados desde la antevíspera dieron alcance al barco. Las soldaderas, antes que nadie, pese a la oposición de los bogas, subieron a bordo con su equipaje de pesadilla. Tomaron puesto al lado de sus hombres; acomodaron las crías, leña para calentar lo que fuera menester, atados de cosas, miserias alojadas en bolsos, y pacientes apoyaron con rezos que el vapor se pusiera en marcha

—Que los soldados y la demás chusma permanezcan en la cubierta de abajo. Que la oficialidad y los pasajeros ocupen la de arriba y miren si entre las mujeres están unas que se llaman Soledad y Encarnación; ésas tienen permiso para llegar donde está mi coronel.

Que no.

—Ya lo ven: afortunado en el juego, desafortunado en el amor.

Tras el *señor* Haisson fueron puestos bajo arresto el primero y el segundo navegantes. A falta de jaulas se los encerró en el camarote del capitán.

El coronel suspendió por un minuto su partida de naipes para firmar el acta de enlistamiento bajo bandera de los miembros de la tripulación. Se les concedía *grado de oficial y garantía de tratamiento como tal a quienes acepten el cumplimiento de órdenes (…), etc.*

—Pero… a los rebeldes, los fusilamos —aclaró el oficial encargado de dar curso a la lectura.

Exigiendo que se le degradara para tener el honor de morir como civil, Haisson, desde la jaula, aceptó lo irremediable.

Mientras tanto, la buena fortuna del coronel andaba perdida entre los mazos de la baraja. Tras un rato de buenas cartas, otro prolongado de manos opacas. Ya habría tiempo para sacarse el clavo.

En vez de naipe, ¿dados? Pero luego, porque hoy es la fiesta de santa Bárbara.

Alguien del pasaje, conocedor de la ruta, se presentó "con mucho respeto" y dijo que se estaba haciendo tarde, porque la próxima estación, que no era de refugio, sino de avío, estaba lejos. Se lo recordaba, porque de pronto allí se habían dispuesto víveres. Si iban a la guerra, los soldados necesitaban comer.

Mientras tanto, un trago por santa Bárbara, así por su culpa se hubiera jodido Ricaurte en San Mateo. ¿Por qué, en lugar de andar apresurando a todo el mundo, no miraba ese río? ¿Era, sí o no, hermoso? Era un río "verracamente lindo. Un hijueputa río" ¿O es que no lo están viendo? ¿Ya se tomó el trago? ¿No? ¿Y qué está esperando? ¿Nada? ¿Entonces qué hace aquí, ah? El personal civil es pendejo, ¿verdad?

El maquinista aceptó de mala gana que la presión de la caldera subiera lo necesario para hacer marchar el motor. Él no se responsabilizaba de lo que pudiera pasar. Hubo algarabía cuando la bocina anunció la partida y las ruedas giraron.

Navegaban ahora bajo el mando del coronel, asesorado por un boga, y con el jefe de máquinas amenazado con una pistola. Pero fue un ensayo corto. Ya las mujeres habían encendido fuego sobre cubierta, olía a carne asada, y el aguardiente circulaba en botijones.

—¿Para qué jodernos en la fiesta? ¡Paren esto!

Cuando comenzó el incendio, ya se había apagado el fandango, y la tripulación y el pasaje, excluido aquel que el alemán, desde su jaula, trataba de corsarios, piratas, pícaros y ladrones, dormía. A los menos borrachos los despertó el ahogo. El fuego se había iniciado a popa en los listones de la cubierta y avanzaba hacia el castillo de calderas favorecido por una brisa suave.

Al grito de incendio, acudieron entontecidos aún los pasajeros y sin guía los tripulantes. Las llamaradas se alzaban a muchos metros, y en torno al barco, abierto y encendidos también los ojos, una ronda incontable de caimanes estaba mirando el flameante espectáculo y el afán torpe de los hombres por apagar el fuego como si de eso dependiera la restauración del orden del universo.

Con pericia de profesionales que saben entre muchas ofertas escoger las convenientes, antes de acudir a tirar baldes de agua, corrieron los bogas hacia la carga y transportaron tanta como fue posible a sus embarcaciones, auxiliados por los conscriptos remisos al cumplimiento de obligaciones y que habían descubierto con el incendio la posibilidad de escapar de batallas que además de librarse con peligro y sin ganas, no les hubieran concedido siquiera compensación en soldada.

Nadie más tarde sabría dar relación exacta y ordenada de los acontecimientos. El saqueo, la lucha contra el incendio y el corto viaje de la nave al garete cuando este alcanzó las amarras y la corriente, primero con lentitud, y enseguida con furia, la fue llevando contra el playón sobre el cual encalló, sin volcarse, convertida en antorcha.

La luz de la madrugada fue descubriendo los grupos en tierra. De haberse llamado a lista, ninguno de los pasajeros que en Conejo había esperado la salida por itinerario, faltaba. Haisson los contó numerando con el dedo índice las cabezas agolpadas en torno al esqueleto humeante varado en los bajos. La tripulación estaba completa. Y si alguien no contestó a lista fue porque dormía las fatigas de la emergencia.

No sucedía igual con el ejército: antes de hacer la requisición de piraguas en las que embarcó al personal sordo a las sirenas de la deserción, el coronel debió aceptar que en vez de un destacamento, estaba al mando de una patrulla.

Alberto Urdaneta. Las dos hermanas. Grabado de Barreto, *ca. 1881-1887*. *En:* Papel Periódico Ilustrado. *Bogotá. Edición del Banco de la República, 1968*

V

Elbers había tomado la delantera mucho antes que el camino comenzara a empinarse hacia el aserradero. Cabalgaba una mula sabia, de ojos grandes, "capaces de reconocer la ruta en la noche más oscura", decía el peón. No hubo demasiada niebla, aun cuando lo previsible era encontrarla, pues el aguacero nocturno se prolongó durante muchas horas y la tierra respiraba vaho que, iluminado por la vaga luz de una luna embozada, ascendía sin prisa pegándose a las ramas bajas del bosque cordillerano.

Adelante marchaban dos hombres y perros monteros cuyo ladrido anunciaba a los oídos habituados, entusiasmo cazador o presencia amenazante de extraños. Ningún acontecimiento memorable señaló ese viaje lento, por los caminos empinados trazados por el animal en su esfuerzo de superar las pendientes y dificultades valiéndose de la fuerza de los remos traseros y la ágil inventiva de los delanteros, hábiles al punto de convertir un deleznable escalón, sumido en la viscosa profundidad del barro, en punto de apoyo para el nuevo tranco. La vecindad del jinete próximo se descubría por acontecimiento sonoro: chasquidos; sorbetones bruscos y sin ritmo producidos por los animales en la zona de cangilones: fosas como alvéolos en la quijada inerte de los caminos, cuando luchaban los animales para salir de ese barro espeso, hundidas las corvas, y muchas veces el vientre, dentro de esa materia en la cual sospechaban podrían quedarse atoradas para siempre y a la cual se precipitaban impulsadas por el vivo dolor que las espuelas producían sobre heridas recientes.

El bosque espeso de las primeras horas, roto de cuando en vez por el hacha de los taladores, disminuyó en altura. Era posible, ahora, descubrir, a través del escaso ramaje y la tímida luz que encendía de color el firmamento, que dejaban a sus espaldas la profundidad del cañón y las siluetas repetidas de las cimas de una cordillera áspera y como cortada a tajos por un gigante furioso y desordenado.

La luz de la mañana los recibió en la cuchilla de la montaña. Un manto de niebla blanca e inmóvil bajo el cielo de impecable azul cubría, arrastrándose por el suelo como un descomunal velo de novia, la sabana, limitada al fondo, muy lejos, por la cordillera, a cuya falda se abrigaba Bogotá.

El descenso, para un cambio de posición en las monturas y el estiramiento de los músculos doloridos, fue breve, porque irrumpió otra incomodidad. El frío dolía en los rostros y endurecía las manos atentas a la rienda de las cabalgaduras, cuyos ijares y belfos despedían vaho. Así los caballos alegres festejaran con resoplidos el camino firme en el que una brisa sin aspavientos barría la bruma, poco cambiaba el aspecto de la caravana regida por el cansancio.

Se adentraron por una calzada plana, a paso tan largo que el retrasado tenía que poner su cabalgadura a trote o galope corto para reincorporarse al grupo. Los perros, con la lengua al aire, corrían delante cuando lograban acortar camino, o atrás, despreocupados y juguetones. De cuando en vez la cabalgata se topaba con campesinos camino al mercado cargados de leña o canastos enormes sobre la cabeza o atados a la espalda. Al paso por los pueblos, grupos de ranchos dispersos en torno a una iglesia, los perros libraban escaramuzas breves con colegas guardianes celosos de territorio, en las cuales, la mayor parte de las veces, no resultaban ganadores, así fueran más grandes y fuertes y tan astutos que para precaver derrotas, apenas columbrada la torre de la iglesia, formaran un grupo sólido a la sombra del jinete de vanguardia.

Los ingenieros no habían concluido los trabajos de acondicionamiento del camino. En muchos lugares se encontraban huellas dejadas por el paso de coches, pero ninguna diligencia había salido a esperarlos al lugar previsto. La razón la supieron tarde: un puente arrastrado por las aguas. Los jinetes deberían atravesar el vado sobre la bamboleante canastilla de una tarabita y los caballos a nado, ayudados desde la orilla opuesta por rejos guías.

El coche los esperaba a un lado del camino. No era el único. Y los conductores, para escapar al frío de una mañana de veranillo, abrigados bajo el techo de un rancho, soplaban tazones de caldo. Tres familias, camino a Honda, parecían empeñadas en una idéntica discusión. Las mujeres se negaban a tomar asiento en la canasta, los hombres insistían en la urgencia de hacerlo pronto y los niños iban de un lado a otro felices por el inesperado juego. Don Santiago no conocía a ninguno de los viajeros, que, por el acento, no eran bogotanos. De lejos alcanzó a oír su nombre enredado entre las disputas. Según uno de los hombres era la compañía de navegación la responsable del estado del puente.

Por fin el coche, seguido por perros y jinetes, entró en la ciudad por calles desconocidas para Elbers. Al antiguo camino lo flanqueaban construcciones cuya pobreza le quitaba el encanto que tienen las cosas nuevas. Los ranchos carecían de la solidez de lo que aspira a permanecer: tenían el aire provisional de los campamentos establecidos en torno a la ciudad para un largo sitio.

Pero le sorprendió aún más que los nuevos pobladores no parecieran gentes de las tierras altas. Vestían trajes inapropiados para soportar el viento y el frío; los niños vagaban desnudos y ni hombres ni mujeres, a quienes acompañaba el aire que tienen los extranjeros a los cuales un barco abandona en el puerto, parecían provistos de ocupación clara.

Tras la ciudad nueva, el coche se internó por las calles conocidas. Un mínimo cambio hubiera resultado sorpresivo. Una casa pintada, un local abierto. Pasado el barrio de los artesanos, la ciudad se encerraba detrás de muros y fachadas como la piel desnuda bajo el vestido. Postigos cerrados, portones de firme madera trancados. Muros altos. En la alegría de la noche más corta a la vez que más larga de todas las vividas en el río, le había dicho a Marisa que Bogotá se mantenía, como intentan hacerlo los tímidos, viviendo en el patio interior para no tener que asomarse al mundo.

Encontró los salones de su casa, atravesándolos camino hacia su alcoba, demasiado amplios y carentes de sentido. Los habitaba el orden masculino, sin gracia, que impera en los camarotes de los barcos donde la voz de una mujer jamás se escucha y cuyo equilibrio estético condiciona la precisión de la simetría. Todo ocupaba lugar siguiendo la voluntad ajena de las normas. Aun cuando fuera su casa, era demasiado semejante a otras como para sentirla propia. Un salón aristocrático, no el hogar. Bajo las fundas que los protegían, los muebles le parecieron cadáveres hinchados bajo sudarios enormes.

En el aire, pesado, flotaba el aroma repelente de cosa guardada. La imagen olvidada de una caverna, con sus paredes musgosas rezumantes de agua, lo asaltó, y, con ella, el terror infantil al vuelo atropellado de turbiones de murciélagos que cuarenta años atrás había puesto en fuga el ingreso de los mayores a la profundidad desconocida de la cueva, armados de antorchas empapadas en aceite. Una mujer joven se burlaba del niño:

—*¿Le tienes miedo a la oscuridad?*

—*No es cierto, contestaba él.*

—*Entonces, ¿por qué te quedas ahí como paralizado? ¡Anda, rápido, adelante!*

La voz en el recuerdo tenía la cálida dulzura de la de Marisa, cuyo timbre había intentado reconstruir vanamente durante las semanas anteriores.

"¿Por qué tienes miedo?"

Ordenó que abrieran las ventanas para que el aire nuevo arrastrara el fatigado. Eran las once pasadas y los oficinistas habían dejado el trabajo para acudir al almuerzo. En la prisa, muchos ni siquiera tomaron la precaución de tapar los frascos de tinta y limpiar las plumas. La campana los levantó como a escolares, sin concluir la palabra que dibujaban desobedeciendo reglas inviolables del arte caligráfico.

Apoyado sobre uno de los pupitres y con pluma abandonada, Santiago escribió una corta misiva a los Vargas, en que les notificaba su regreso y les expresaba el deseo de verlos tan pronto como les fuera posible. Luego de firmarla, cuando iba a poner el lacre, la descubrió sosa y añadió, en alemán, una posdata para proponer una fecha de reunión. En procura de no herir susceptibilidades, la encabezó con el nombre de la destinataria. Pasado el mediodía, Ignacia, la esclava negra, anunció que estaba listo el baño. Sobre una mesa, al lado de la tina, la mujer había dispuesto la mesa con frutas frescas y encurtidos, que él no probó.

Inmerso hasta el cuello y en postura ligeramente fetal (las rodillas sobresalían del agua perfumada con cidrón y el aroma evocaba dulzura de naranjas), se dejó invadir por el letargo.

El agua estaba menos que tibia cuando abandonó la tina para vestirse y pasar al comedor donde lo esperaban los alimentos.

El jefe de oficina lo acompañó, sentado al otro extremo de la mesa. Toda la ciudad se había enterado de su regreso, le dijo, antes de romper la cinta que ataba el envoltorio de documentos.

Don Santiago escuchó la lectura de recados y tarjetas. Algunos pasaron en persona a dejar la suya, otros enviaron a sus criados. Unos solicitaban audiencia; los más dejaban entrever que la visita tenía por objeto pedir favores.

Dictó órdenes para sus abogados e invitaciones a quienes, si bien no eran empleados suyos, podían suministrarle información. Conocía de sobra los reglamentos del protocolo de una ciudad parsimoniosa y muchas veces solemne, en donde cualquier prisa desnudaba intenciones.

A unos anunciaba una visita de cortesía y adelantaba un saludo; a otros, los invitaba a pequeñas *soirées*: vida social.

A los funcionarios les cursó la tarjeta doblada, aviso discreto de que los salones estaban abiertos. Al vicepresidente le envió un saludo simple y escueto. Tenía previsto no un embate airado contra el gobierno por haber preparado una flota naviera que reemplazara la suya, puesto que ni siquiera abrigaba la certeza de que fuera un hecho, sino una aproximación lenta a las fuentes del poder para entender las fuerzas y los intereses que se movían en su interior. Estaba seguro de que el tiempo gastado en los mil asuntos que atendió en el río y el pasado en el exterior lo habían alejado de la gran maquinaria. Antes que nada, debía recobrar su capacidad de manejo político.

La primera reunión con sus abogados tuvo lugar después de las cuatro de la tarde. Dos sobrepasaban los cuarenta años y los demás parecían a su lado jóvenes. Su informe era largo y puntual. Exhibieron los memoriales que atestiguaban la presentación de solicitudes hechas ante la autoridad dentro de los plazos previstos. Ponderaron su propia eficacia y acudieron para hacerla evidente a la recitación de leyes, ordenanzas y disposiciones nuevas. Don Santiago no interrumpió sus discursos, ni atendió demasiado al apoyo erudito de las citas latinas que de cuando en vez proponían como acotación. Embelesados como el tahúr en el juego de cartas con el repertorio de las suertes jurídicas que iban proponiendo, se enredaron una vez y otra en discusiones sin término aparente, pues todos los litigantes parecían tener el derecho de su parte.

No eran, como resultaba evidente, consejeros válidos. Atrapados en la telaraña conceptual, carecían de asidero en el mundo de las actividades que su ciencia intentaba apoyar o sostener. Eran en su oficio como podían serlo en el suyo los gladiadores, cuya condena al servicio se explicaba por su incapacidad para planear, como los generales, movimientos estratégicos, pues eran aptos apenas para ejecutar, si acaso, mandatos cuyo último fin no alcanzaban a comprender.

En síntesis, opinaban, si bien la empresa enfrentaba una momentánea y relativa iliquidez, desde el punto de vista jurídico nunca había estado tan sólida. La voluntad de conclusión de las obras estaba expresa en la inversión hecha y en la magnitud probada de los trabajos. Como dentro de los protocolos no se contemplaban fechas precisas, el alegato sobre demoras partía de apreciaciones subjetivas. Las demandas sobre incumplimiento de servicios, atendidas a su tiempo, quedaban cobijadas por causales de fuerza mayor. La incorporación del nuevo barco regularizaría los itinerarios. Estaba en proceso de estudio para próxima presentación una solicitud en la cual...

La reunión concluyó a las ocho de la noche. Humo de los anafes y tabaco pesaba en el aire de la habitación.

Ninguna respuesta de los Vargas. La carta había sido entregada a una mujer de la servidumbre. Don Santiago ordenó apagar las candelas del ingreso. Aun cuando fuera demasiado tarde para visitas, tomaba la precaución con el ánimo de desalentarlas.

Mientras la servidumbre cerraba los postigos, don Santiago se sentó al piano y ensayó una serie de acordes. El instrumento desafinaba en algunas notas, no demasiadas, pero la música no surgía fluida, envolvente, sino torpe. Se sorprendió a sí mismo mudo; no solfeando la próxima nota, sino maldiciendo la impericia de los dedos y las voces desconcertadas de las cuerdas que requerían el trabajo sonoro del viejo afinador. Culpó al frío y luego al cansancio de un estado de ánimo que sentía como inercia espiritual. No era virtuoso, ni había pensado serlo jamás, pero acudía a la música cuando necesitaba recobrar vigor, seguridad, paz interior, o prescindir del mundo: cambiarlo por espacios sin término de variaciones y fugas o por el desenfreno puro de las danzas que invitan al cuerpo a escapar de lo cotidiano y encontrar a Dioniso, el dios animal que abomina la razón.

Se encontró a sí mismo reflejado en el espejo oscuro de la madera. La melena blanca, el rostro móvil que seguía la tarea de las manos sobre el teclado, independientes, movidas por una fuerza que no brotaba de su corazón. Arañas de cinco patas, más que torpes: Y feas: manchadas por el sol, arrugadas, fuertes sin grandeza. Manos de hombre que se aproxima al fin de su jornada.

La luz de los candelabros alargaba tras la butaca la sombra de su cuerpo: fina y oscura, amplia, ésta se desvanecía sobre la pared, como la de un gigante envuelto por la niebla. Sabía que imitaba, en burla, cada movimiento suyo: un ángel idiota a las espaldas. Antes de enfrentarlo, con acordes rabiosos y disonantes, propuso un desafío. No hubo respuesta. Tras la postrer resonancia nada quedó.

Tampoco al día siguiente llegó respuesta de Marisa. Otra nota había sido entregada a un servidor que nada dijo. Si la familia estaba ausente, lo probable era que el sobre no hubiese sido aceptado. Don Santiago no recibió visitas, permaneció en su alcoba, luchando sin éxito contra dolores de cabeza, modorra y desánimo corporal. Por primera vez lo golpeaba el soroche.

En la tarde, tras sobreponer el malestar y utilizando el *landó,* pues no confiaba en su fuerza para hacerlas caminando, realizó las primeras visitas de cortesía.

El cónsul de los Estados Unidos lo recibió con seca cordialidad. También él estaba enterado del asunto de los barcos. Daba por cierto que su destino era el lago de Maracaibo, pese al mal paso verbal de uno de los socios de la compañía constituida en Nueva Orleans y a la vez funcionario del gobierno, quien había dejado escapar una frase merecedora de convertirse en tema de meditación: "Irán al lago, pero nada les impediría navegar en el Magdalena si Elbers pierde el privilegio".

Ignoraba los nombres de quienes habían comprometido su firma en apoyo del proyecto. Ningún nombre fue mentado, pero por un asomo a la lógica interna que sustenta los sistemas financieros quedaba en claro que existían fuerzas empeñadas en dar al traste con el privilegio y un capital generoso dispuesto al apoyo de esa guerra. El nombre Francisco Montoya no aparecía en el documento que dio vida a la nueva compañía naviera. En su reemplazo, rubricaba Vicente Azuero, abogado de confianza del vicepresidente y que había fungido como apoderado de Montoya en la concesión de los empréstitos al gobierno nacional. En la junta directiva de la nueva naviera estaban representadas familias de Antioquia y Cauca, pero ninguno que pudiera estar ligado a intereses en Venezuela. Un asunto, por decir lo menos, extraño.

El cónsul alemán carecía de información sobre la nueva compañía naviera. En cambio, poseía un *dossier* amplio acerca de Azuero. Era un joven impetuoso, hábil jugador de cartas, dueño de una fortuna heredada de regular cuantía, y con veleidades políticas. Se rumoraba –el chisme, siempre el chisme– que en más de una ocasión de su bolsillo había salido el dinero para saldar deudas de juego de Santander, una de cuyas virtudes no administrativas consistía en ignorarlas o canjearlas por favores políticos. Y ésta no era propiamente la forma de condonación que podía esperar un oficial británico, en uno de aquellos casos en que Azuero, para evitar el escándalo, se metió la mano al bolsillo. En el momento Azuero no ocupaba ningún cargo, pero nadie ignoraba que su cercanía al vicepresidente le daba enorme influencia sobre todo el gobierno. Finalmente el cónsul aceptó que si bien sus relaciones personales con el personaje no eran las de amistad, lo conocía lo suficiente como para invitarlo a un *Nachtsgetränk*. Tenía una duda, en cuanto al negocio mismo de los barcos: no le parecía tan evidente que Azuero fuese testaferro del encargado del ejecutivo. Santander preferiría, conociéndolo, tierras en lugar de barcos. Estuvieron de acuerdo en que sería más peligroso Azuero inversionista, porque, si ambicionaba adquirir para su grupo el privilegio de la navegación, no cabría duda de que estaba en capacidad de manejar contra Elbers los hilos invisibles del poder. Don Santiago aceptó la idea de la reunión informal. El cónsul le comunicaría, tan pronto como fuera posible, la fecha.

A la mañana siguiente, antes de estirar la mano para recibir el cuello, miró hacia el salón que se abría al fondo y a su propia alcoba y los encontró vacíos de recuerdos, como si nunca hubiera estado allí y, en lugar de hacerlo en su casa, se vistiera en el hotel de una ciudad desconocida. Sentía las molestias del frío al que en alguna ocasión creyó poder habituarse. Hecho ya al constante bochorno de los valles cálidos, los vientos del boquerón que se colaban por las hendijas de las puertas y los postigos de las ventanas, martirizaban su ánimo. La habitación olía a rescoldo de anafe y a betiver, cuyo aroma escapó del armario cuando lo abrió en busca de un juego de abotonaduras.

Se notó a sí mismo tardo y como adormilado. La ciudad tenía su propio ritmo y él lo obedecía. La lentitud en las maneras de sus habitantes, a las cuales sus enemigos daban contenido de prosopopeya, era, posiblemente, una defensa contra el agotamiento que produce el ejercicio desmedido en las alturas.

El cuello que recibió tenía blancura, dureza y transparencia de porcelana, igual que la pechera, pero, lejos de representar una incomodidad, el uso y la ceremonia de vestirlos los convertía en gratos.

—"El calentano", —afirmó con alguna frecuencia—, "debe su aire salvaje a que no tuvo jamás la sensación de que el hombre no se viste por simple pudor, sino para distinguirse del mico, al cual se asemeja tanto".

La seda del forro, a fuerza de fría, le pareció hielo.

—"¿Algo más? —preguntó insistente Ignacia.

—Una taza de eso que el general Santander llama changüa—.

Lo dijo porque el paso por el corredor le trajo la imagen del encargado del poder cuando le hacía a Poock zalemas de camellero a sultán.

Fue allí donde, luego de la recepción, el inglés transcribió con aproximada textualidad las palabras de Santander:

"Como la empresa algún día dejará de ser personal para convertirse en una sociedad amplia, tal como lo requiere el mundo moderno, desearía tener a mi nombre algunas acciones".

"Inglaterra piensa lo mismo", le había contestado Poock.

—"Dígale lo de las acciones al señor Elbers y aclárele que la inversión nacional debe ser tan cuantiosa como la extranjera", concluyó el encargado del poder antes de tomar de la bandeja una costilla de cerdo frita y llevársela a la boca.

Era la sexta que en otros tantos minutos había consumido. El criado, consciente del apetito presidencial, esperó a que la mano del funcionario regresara a la fuente.

—"Toda asociación será bienvenida si fortalece al país y acrecienta la fortuna de sus naturales", concluyó el mandatario todavía con la boca llena.

A diferencia de aquella noche, y pese al sol mañanero, en el comedor hacía frío. La enorme mesa le resultó insólita y poco acogedora. El agualeche con cebolla, sal y cilantro, repugnante. Y amargo el chocolate.

Hubiera preferido en semejantes circunstancias un tazón de avena, su desayuno por tantos años, y pan de centeno. En su lugar, mordisqueaba pan de yuca y bizcochos de maíz. Así hubiera escogido a América como patria, a la hora de tomar asiento en mesas regidas por costumbres diferentes, las texturas y los sabores lo devolvían a la condición irremediable de exiliado.

Ganar gloria era posible. Entre tanto, debía el héroe comer plátano frito, cubios en vez de trufas, y beber vino de palma y no de uva.

La meditación se desvió por caminos sin dramatismo cuando el criado trajo la fuente con frutas. América poseía sabores dignos del paraíso. Eligió una chirimoya y masticó la pulpa perfumada por misteriosas vainillas, antes de atacar el ácido perfume de las curubas.

Un relincho con tono de protesta lo reincorporó al lugar. El *landó* era puesto a punto. Se lavó los dedos en agua de rosas y salió sacudiéndolos para que el aire frío de la mañana los secara.

Apenas llegado a Bogotá, la ciudad le había parecido distinta, aunque la arquitectura permaneciera idéntica. El deterioro no alcanzaba a variar su fisonomía. El cambio era interior, pues lo señalaban actitudes que recordaban el comportamiento de los europeos cuando, sorprendidos por las sacudidas agónicas de la monarquía, los ricos, para hacerse menos evidentes, vestían andrajos hechos por modistas, y, los nobles, adoptaban maneras de panadero.

En los últimos hervores de la guerra, la crisis colocaba en tránsito de desaparición a familias antes poderosas y sacaba a la luz nuevas fortunas, inútiles en cierto modo, puesto que en el mercado no abundaba la oferta de bienes. Los síntomas de cambio, sin embargo, podían verse en las tiendas de lona bajo cuya sombra dominical reaparecían productos que la guerra había tornado raros e inalcanzables, o lujos que la prudencia había escondido en el fondo de las alacenas. La carne, por ejemplo, otra vez llegaba fresca a diario, y no seca, salada o en cecina, como en los tiempos del conflicto y los siguientes de la paz armada y la guerra distante. Reaparecían las cazuelas y las pailas de cobre y los potes de porcelana para guardar harina o proteger el aroma del café tostado.

En las parroquias de chisperos se abrían puertas para habitaciones frontales que se transformaban en talleres donde aprendices, ahora menos jóvenes, puesto que eran veteranos de guerra, atendían oficios humildes a cambio de conocer los secretos del maestro. Era frecuente encontrarlos de calle en calle, a la hora de la siesta del patrón, voceando como buhoneros las ventajas de los productos que ayudaban a producir o empeñados, con la venia del maestro, en combatir su torpeza y vencerla con su trabajo, sin otra compensación que la esperanza del pronto paso a la categoría de oficiales.

De noche, calles que eran silenciosas como patio de convento, se colmaban de gentes ocupadas en obtener de la oscuridad alegrías diferentes a la del descanso. Los jugadores de cartas y los bebedores de chicha y destilados no tenían todos las maneras parcas del hombre de tierra fría; eran menos lentos para cazar peleas y más inocentes para evadir asuntos peligrosos. Trajeados con tela de algodón, espantaban el frío de la madrugada con tragos de anisado, y la llovizna y los ventarrones nocturnos con el olvido del cuerpo que procura echar sobre la mesa, la ruana o el piso de tierra endurecida, los dados y las cartas con que se compromete lo que se tiene.

A los asiduos de aquellos lugares, algunos menos pringosos que otros, todos igualmente sombríos, la totuma con chicha pasada de mano en mano, compartida muchas veces con desconocidos, los establecía, pasajeramente, en un mundo sin distancias sociales y creaba una solidaridad entre ellos, provincianos en su mayoría, que hacía menos amargo el diario enfrentamiento con los santafereños, personas tan distantes que habían escogido para sí, como gentilicio, el colonial, con el fin de marcar de una vez y para siempre un origen que los ennobleciera y diferenciara de los nuevos ciudadanos, en cuya sangre podría estar presente ese quién sabe qué despreciable y enemigo que invocaba para ellos la provincia.

Algunos de los provincianos, eran comerciantes. Como la guerra convirtió las mercaderías europeas en vanidades, la artesanía nativa intentaba, con éxito, ocupar su puesto, y los mercaderes iban de lugar en lugar para abastecer estanterías y escaparates desiertos utilizando con frecuencia la moneda del canje. Otros habían llegado a la ciudad para gestionar asuntos con el gobierno, cuya solución dilataban los funcionarios a quienes la toma de alguna decisión costaba meses de consultas; estaban solicitando puestos o, ya nombrados, su inclusión en el presupuesto. Muchos pasaban el día en las antesalas de los notables, en las oficinas de los abogados a quienes pagaban por adelantado consejería para sortear con fortuna el laberinto de las disposiciones y cumplir los requisitos necesarios y recibir compensaciones, pagos, o certificar acreencias. Como la espera y el costo de gestiones los empobrecía, contaban con nada para arriesgar al azar y engrosaban los grupos de mirones. Con frecuencia la generosidad entusiasta de un hombre con suerte los emborrachaba y convertía por una noche en súbditos obsecuentes y envidiosos.

El abrigo nocturno de los tendajones, la obligación de compartir el tedio de las esperas en los corredores de la administración, las comidas y aún los dormitorios de las posadas y los burdeles, hacía de ellos un grupo que no solamente compartía desdichas sino pareceres y en algo estaban en acuerdo unánime: no era uno el culpable, sino todos los señores de Santafé y sus aliados.

La ciudad se dividía entre los santafereños y los otros. Cuando uno de los primeros caminaba por un andén, el provinciano lo abandonaba para evitar encontrarse con su mirada transparente y el gesto pétreo de estatua. Pero cuando los provincianos marchaban en grupo, era el santafereño quien debía descender a la calzada para evitar burlas y puyas.

Elbers no asistió jamás a chicherías o tendajones, pero supo aprovechar a sus empleados para convertirse en oreja de muros. Conoció el juego interno de los partidos, la planeación de estrategias en busca de poder, el curso de negocios turbios o lo suficientemente oscuros para sospechar que lo fueran.

Los partidarios del presidente encargado azuzaban a los santafereños contra el ausente, de quien aseguraban se habría fijado como destino ser el primer rey nacido en Caracas. El encargado del poder ejecutivo era santafereño por formación, alegaban, "discípulo de los jesuitas, que son los preceptores de la gente de bien…".

Le bastaron a Elbers unos cuantos días para darse cuenta de que habitaba un piso políticamente incierto. Como en el centro mismo de la rosa de los vientos, la calma podría concluir cuando el desvío de un grado incorporara al piloto y a su barco al torbellino que en el terreno de la política se llama guerra.

Guerra no es choque de ejércitos, únicamente. Quizá el ejercicio de las armas resulte ser la última instancia de un proceso dentro del cual la inteligencia, perdiendo espacios, accede a la sinrazón de la fuerza. Guerra era ya la violencia verbal apoyada sobre las emociones y la ausencia de raciocinio, la rabia ensordece a quien se niega aceptar la razón de un argumento.

Por alguna mecánica interior semejante a la del soldado que a la hora de la paz emplea su tiempo en disputas con el vecino, el alma de la Gran Colombia permanecía anclada en actitud guerrera, y, a falta de enemigo claro, construía uno nuevo tomando los materiales para el odio del contorno inmediato. El país se dividía en facciones irreconciliables aduciendo motivos que un análisis leve hubiera descubierto como emocionales.

Que la independencia fuera un hecho lo explicaba, a más de esfuerzos y batallas, la unidad de miles y millares en torno a una idea, un proyecto, una convicción. La letra de las proclamas ganó más batallas que las del ejército patriota junto, porque llamaban a la dignidad, al respeto, y descubrían en cada hombre aquello que el siervo obediente traicionaba. La Gran Colombia era el resultado de una convicción que, perdido el carácter personal, adquirió dimensiones de voluntad colectiva. Ahora, luego del triunfo de la idea, como al amante tras el desfallecimiento dichoso se concede un paréntesis de siesta que puede serle mortal, como la de Sansón en el lecho de Dalila. Adormecido el entusiasmo de la nación dentro del plazo que alegaban los políticos como necesario para las tareas de organizar el cambio, las tijeras de la ambición cumplían su oficio y el nuevo país despertaba incierto y manejado por fuerzas contradictorias; facciones en lucha, ya no por la igualdad de derechos, sino por la obtención de todas las oportunidades de lucro y bienestar a costa de quienes carecerían de alguna. Poco a poco, el país político se organizaba dentro del sistema romano de las clientelas y, sin lugar a dudas, quien las obtenía con mayor celeridad, y más numerosas y fieles, no era el ideólogo, sino el ejecutor y ordenador del presupuesto.

Era necesario conocer, entonces, para completar el paisaje, auscultar el criterio de la sociedad de los salones. Y apenas llegado a la ciudad, los abrió e hizo llegar tarjetas de saludo a todos cuantos consideraba podían serle útiles para su indagación, pero no solicitó audiencia con funcionarios. Hizo saber a través de muchos que en la ciudad buscaba descanso. De los asuntos de la naviera continuarían encargados sus oficinistas y abogados. La respuesta a la tácita invitación fue una asistencia menor que la esperada. Acudieron muchos, pero no quienes merecían ser escuchados con atención.

En cuanto a la otra naviera, nadie soltó prenda. Coincidían en asegurar que el interés, si lo hubo, no existía ya, y que el gobierno era respetuoso de la ley respecto a las obligaciones contraídas.

Pocos recordaban el artículo de *Orientación*. La hoja no se editaba. Tampoco de la respuesta guardaban memoria. La navegación era un hecho indiscutible. Un negocio ajeno, anécdotas de viaje...

Al regresar a su casa, Elbers encontró una tarjeta del vicepresidente. Santander respondía al saludo con otro evasivo, aunque cordial, en el cual no insinuaba interés por una reunión. Una muestra caligra-

fiada de la capacidad burocrática para volver la espalda ante acontecimientos incómodos.

En los días siguientes, muchos golpearon a la
puerta de don Santiago, pero entre todos ninguno
que mereciera atención o trato especial: clérigos a
la caza de apoyo para obras que jamás tendrían comienzo y pobres diablos cuyas necesidades eran más
urgentes que la propia dignidad y que aceptaban
haciendo venias la gracia de ser escuchados por un
escribiente que anotaba, junto a la enumeración pro-
lija de las desgracias, la promesa de pagar, con creces no muy bien especificadas, los favores, si se les
concedían.

Ni una palabra de Marisa. Tampoco del cónsul alemán, de quien supo viajaba a Bucaramanga, donde
permanecería algunas semanas. Azuero, le informaron, estaba ausente de la capital. Los abogados decían no saber de nada, aun cuando, sospechaba Elbers,
ninguna cosa ignoraran y todo preferían callarlo.

Resultaba preocupante la soledad de los salones
preparados para recibir las visitas de cortesía. Ninguna respuesta a la invitación discreta: misivas que
anunciaban la disposición del dueño de la casa para
recibir los lunes, miércoles y viernes. Tras la primera semana, Elbers decidió actuar de otra manera: él
visitaría las casas para agradecer personalmente lo
que sabía era respuesta protocolaria: una nota que
le deseaba agradable estadía, tarjetas con esquina
doblada para corresponder a las suyas sin anotación
de horas o días, demasiado genéricas para llegar a
ser cordiales.

Sus visitas, cortas, con ánimo muchas veces confeso de obtener reciprocidad, no produjeron el inmediato efecto de llenar su casa, pero sí el de hacerla menos solitaria por las tardes cuando, casi nunca acompañadas por sus maridos y en cambio sí, muchas veces por la familia entera, las mujeres correspondían a la visita que sentían había sido, dada la hora temprana, hecha en homenaje suyo. Hablaban poco: escuchaban y asentían. Preferían, antes que integrarse al diálogo, zambullirse, algunas, en la profundidad sin término de los ojos azules del hombre que, teniéndolas enfrente suyo, no las miraba. Otras, ahogadas por el temor de que al levantar la cabeza encontraran puesta sobre sí su atención, permanecían como absortas en el tejido de la alfombra: algunas, muy pocas, en desafío a la ira posible de sus acompañantes, reencontraban en gestos, actitudes, tono de voz, su antiguo aire de camelia abierta a la visita nupcial, como si él y ellas fuesen todavía jóvenes; avanzaban por los caminos del coqueteo social sin encontrar eco en el dueño de casa. Fue una de ellas quien, en medio de uno de estos juegos, descubrió la punta del *iceberg* cuando dijo:

—Ahora no tendría reparo en ofrecerle la mano de mi hermana, viuda y bella, sabiendo que usted no pensaría que perseguíamos su fortuna. Al contrario: habiéndola perdido ya, lo poco que tiene ella les serviría para transcurrir hacia la vejez tranquilos.

—¿De manera que usted cree que estoy arruinado?

—Lo sabemos todos —repuso la mujer— pero la riqueza no era su único encanto.

Él sonrió:

—Se lo agradezco, pero debo confesarle que, aun cuando digan lo contrario, disto mucho de ser pobre.

Que era evidente, dijo el mayor de los abogados cuando lo comentó al otro día; que la especie se había propagado como se propagan los chismes, pero él, personalmente, no veía sino ventajas en el asunto, puesto que ya nadie estaría interesado en presentar demandas contra una compañía en quiebra. Una vez la gente comprendiera que no era quiebra, sino momentánea iliquidez, sería demasiado tarde para iniciar la acción, puesto que los términos legales habrían concluido. Añadió que, además, encontraba una nueva ventaja aprovechable. No era él, lo afirmó poniendo cara de beatitud, la persona para decirlo, puesto que su cargo no era el de contralor, pero muchos de los precios que se estaban pagando le parecían demasiado altos. La empresa, y todos lo sabían muy bien, había empollado bajo la protección de don Dinero. Ahora, ya con plumas, debía, como lo hacen quienes conocen el secreto de las finanzas, implorar créditos internos y amenazar con parar los servicios si no se le conceden los favores económicos que solicita. Ante los daños que tal suspensión acarrearía, el gobierno, para no ser mirado como culpable de un desastre nacional, apoyaría una empresa que –golpeó la mesa y abrió los brazos como un penitente ante la exposición de El Santísimo– no puede ser reemplazada de un día para el otro, ni siquiera en un año, ni en dos...

Elbers, quien iba a interrumpir el discurso diciendo que muy seguramente los barcos ya estaban listos y sólo se requeriría de un plumazo para reemplazar la empresa, calló. Abrigaba la certeza de estar frente a esa clase de hombres cuyo corazón permanece en la mesa de subastas y que son atentos servidores mientras los acompañe la seguridad de manejar una baraja amañada con marcas en el envés de los triunfos. Le dijo, más bien, que la presunta iliquidez sería asunto del pasado en unos cuantos días. No solamente *Gloria* rendía lo necesario para enjugar deudas y emprender en seguida las obras, sino que ofertas de créditos cuantiosos estaban esperando su aceptación.

A partir de la infidencia, la averiguación se hizo fácil.

La sociedad bogotana, o los grupos que en ella coincidían, estaban empeñados en rehuir su contacto con el mismo afán con que en épocas que sentía lejanas lo habían buscado. Tenían miedo ahora de que la pobreza los alcanzara por contagio y lo evitaban como los habitantes del puerto al enfermo que creen trae consigo los signos mortales del cólera. Se hablaba de quiebra. Corrió la especie de que la compañía, perdido el apoyo (que nunca tuvo y jamás solicitó) de inversionistas ingleses y alemanes, era ofrecida en venta. En algún momento, confesó uno de los abogados, un personaje del alto gobierno hizo preguntas más o menos cautas sobre el tema, dejando entrever mala disposición respecto a un negocio semejante y extrañeza porque nadie hubiera consultado previamente a la Secretaría de Hacienda, al Congreso ni mucho menos al encargado del ejecutivo. No se había dado importancia al chisme. Claro que estaba en capacidad de mostrarle cartas defendiendo la solvencia de la empresa y negando el infundio de su pretendida venta o asociación con terceros, dirigidas a *El Informador*, que no fueron publicadas, según su director, porque resultaba inconveniente defenderse de algo de lo que nadie había acusado ni se hacía responsable; callar era una forma más inteligente de dar por hecho aquello que, según sus propias palabras, los ciudadanos de bien conocían de sobra: la solvencia e impecable proceder de la empresa. No le había comunicado, en ese momento, nada sobre el asunto, por juzgarlo sin importancia y, además, porque quienes debían hacerlo estaban seguros de que también él lo consideraría baladí.

Una visita femenina mejoró el ánimo de don Santiago. Esa tarde Ignacia lo interrumpió durante el dictado de una carta, en la cual solicitaba audiencia al encargado del ejecutivo, para darle la noticia de que dos damas lo esperaban en el salón.

Por la manera imperativa: "Tiene usted que ir, y ahora", comprendió que se trataba de personas merecedoras de consideración especial. La esclava, adquirida junto con la casa y tres servidores más, continuaba obedeciendo al orden mental de los antiguos propietarios, distinguía entre los grupos a los que ella daba el nombre de "patrones blancos", aquellos que merecían su "consideración", respeto o desprecio, y, convertida en la versión parlante de un almanaque *Ghota* santafereño, oficiaba de consejera no llamada para el manejo social y en cierta manera también de filtro involuntario, pues se las arreglaba para hacer sentir al visitante la oportunidad o inoportunidad de su llegada y, unos minutos después, la noticia discreta del tono con el cual sería recibido, pues a los "despreciables" traía agua que no habían solicitado; a los "de respeto", tisana servida en taza de porcelana; y a los de "consideración" proponía una larga lista de las ofertas para que se dignaran escoger parejas: vino y colaciones, chocolate con queso y complemento, ponche caliente con algo para pasarlo... etc. Las que esperaban debían ser de altísima "consideración", puesto que Elbers topó en el camino a dos criadas llevando hacia el Salón Francés, que, según Ignacia, era el "verdaderamente elegante", jugos de fruta servidos en vajilla de cristal y profusión de galletas inglesas.

Las "damas", dos ancianas a quien don Santiago no había visto en su vida, lo esperaban dignamente sentadas en el salón. El motivo de la visita era agradecer personalmente –ya lo habían hecho por carta–, un generoso donativo, hecho un año antes, destinado a las obras pías de una congregación de la cual las señoras eran miembros principales.

Elbers escuchó su discurso y sin que mediara solicitud alguna rogó que se le permitiera aportar al donativo anterior uno nuevo: la construcción o adaptación del edificio para el nuevo hospicio correría por cuenta suya. Les pedía, únicamente, se organizara un sencilla ceremonia durante la cual, ante un notario o las personalidades que fueran del caso, él asumiría las obligaciones públicamente. Se declaró encantado de poder colaborar con la obra. Una muchacha con quien había compartido algunas horas en el viaje reciente, le había hablado de ella, mintió. La joven no la conocía, porque estaba estudiando en Europa, pero hasta allí había llegado el eco de sus bondades. ¿Conocían a la familia…? Evidente que sí. Era una sociedad tan pequeña… ¿La muchacha se llama… –María Isabel–? "Tampoco tan niña", dijo una. "Hecha y derecha ya…", apuntó la otra.

Voluntariosa, anotó la primera. Y cerró el comentario la menos vieja: "Educada por esas sociedades sin principios que reemplazaron a los antiguos".

¿Qué edad tendría? Poco la recordaban. Apenas llegada de Europa, sin esperar siquiera el tiempo prudencial para hacerse a un grupo, se declaraba aburrida y prefería la vida salvaje y la soledad de una finca a la ciudad y su gente. ¿Encontraba él tan invivible Bogotá? No era exactamente Viena, pero sí una ciudad tan señorial como las mejores de Francia o Italia. ¿Tenían o no razón? Pero volviendo al tema principal, las abrumaba con su generosidad. Hablarían con los superiores de la Orden, con quien fuese necesario. Todo habían pensado, menos eso. Organizarían una ceremonia inolvidable. Un regalo caído del cielo. Un milagro. Increíble que esa muchacha descocada fuera en gran parte la causante de la donación. ¡Cosas que suceden!

Camino hacia la puerta, don Santiago les rogó que, si por casualidad veían a la joven Vargas, se abstuvieran de comentarle algo. Quería ser él, si acaso, el primero en hacerlo. "Estaba tan emocionada con la obra…" Si la carcajada no hubiera sido interior, Sayer la hubiera escuchado en Guaduas. Ni él mismo, media hora antes recordaba el nombre de la congregación y mucho menos sus funciones. Ni siquiera la cuantía del anterior donativo. Marisa quizá comprendería el juego. Le parecía escuchar las voces de las mujeres en el *landó* hablando como en secreto para que el cochero no se enterara de nada. "Una verdadera fortuna. ¿Quién iba a pensar que este hombre, con fama de protestante y que aseguraban está quebrado, iba a darnos tanto? Además la muchacha… Quizá no sea tan lo que se dice y estemos equivocadas, porque esto se debe a ella. Las apariencias engañan, hija". "¿O será que le despertó el demonio de la generosidad a este viejo verde?"

Dos nuevas tarjetas enviadas a la casa de los Vargas no obtuvieron respuesta, pero su inquietud mermó cuando obtuvo el recado de que la familia estaba pasando una temporada de descanso en una finca cercana y que sería bienvenida su visita.

Ortiz, quien prometió acompañarlo cuando se lo permitiera el ataque de gota que lo mantenía al borde de la desesperación, pudo contarle algo de Marisa: "Una equitadora formidable y, sin embargo, compañera poco grata para viajes como aquél".

¿Y qué motivaba esa impresión?

—Muy exigente. Todo le parece mal. Y elevando los ojos al cielo, cerró la posibilidad de conversación repitiendo—: Las muchachas educadas en Europa pierden el sentido y se afilian a gustos y maneras y cosas que no van a encontrar aquí.

En resumen: se había quejado de la dureza de las camas, de la comida para paladar de arrieros, de las posadas, de la carencia absoluta de servicios higiénicos. "En fin, de todo".

—Bueno, es posible que tuviera razón en lo último. En lo demás, ¡nada! Un desastre.

Se había negado a que su padre organizara una recepción para presentarla a los jóvenes bogotanos. Afirmó que las *soirées* de la ciudad eran ridículas e insoportable la simple idea de los retiros espirituales, sin tener en cuenta que el orador sagrado sería monseñor Abelardo Forero, el primer sabio y humanista de Facatativá.

En fin: "Actitudes de mujercita presuntuosa a la que hay que ir domando...". "En la primera lista de pretendientes, un par de solteros y un viudo joven. Ninguno con fortuna importante, claro está"... "Todavía nada serio, pero, en todo caso, mejores partidos de los que ella podría esperar".

Don Santiago le ofreció una copa de Oporto. Si tenía afectada la circulación era eso lo que en Europa recomendaban los médicos.

—No —dijo, agitando la mano como si temblara antes de tomar la copa—. Le estaba prohibido beber—; aun cuando, si era medicina...

—Delicioso y realmente vitalizador y extendió la copa vacía.

Ortiz engordaba a ojos vistas y lejos de la canícula recobraba palidez de notario.

La segunda copa pareció distenderlo y alejar el fantasma de la enfermedad.

—¡Ah, María Isabel! —exclamó como quien desea iniciar una charla frívola a la vez que íntima—. Y quiere que la llamen Marisa como a la tiple de alguna zarzuela… Una mujer difícil. Muy atractiva, ¿verdad?

Elbers respondió con otra pregunta:

—¿Quiénes son los accionistas de la nueva empresa de navegación?

—Me parece que le atrae usted, aseguró Ortiz dando un largo sorbo de vino y señalando la copa: Realmente magnífico. ¿Alemán?

—Sé que los barcos están en Nueva Orleans —insistió Elbers.

—Pensé que conversaríamos sobre una mujer y terminamos hablando de negocios —aceptó Ortiz, y en tono condescendiente—: Pero no se preocupe. El gobierno, por lo que sé, respetará el convenio firmado con usted. Los vapores a los que se refiere van para el golfo de Maracaibo.

El cochero colocando la sombra del látigo sobre la cabeza del animal, lo obligó a acelerar su paso y tomar con impulso la calle que ascendía por la falda de los cerros. Ingresaban en la Calle del Sapo que Canta, cuando peatones salidos de quién sabe qué parte, aguateros, vendedores, manadas oscuras de beatas envueltas en pañolones negros de corte sevillano que en ocasiones un sombrero de paja clara trocaba en mantilla desproporcionada, lo obligaron a frenar el tiro.

Perdido el impulso, mientras ascendían con dificultad, miró don Santiago por la hendija abierta entre las cortinas, el paisaje de las banquetas ocupado no por peatones en tránsito, sino por aficionados al oficio de la tertulia que le daban a la calle espíritu de domingo inconcluso.

Constituida al inicio por tres, aunque abierta a muchos, la tertulia se iniciaba luego de un momentáneo ejercicio de esgrima conceptual –formalidad convertida en liturgia– concluso el cual desviaría la charla hacia las nimiedades (reírse de cualquier cosa, por ejemplo), para facilitar que el segundo acto se cumpliera dentro del espacio inerte de aquello que carece de trascendencia. A partir de entonces, la ceremonia daba paso a la maledicencia: destruir al "otro", un deporte que la gracia verbal hacía posible. En el orden de las tertulias, la maldad graciosa suplantaba el ejercicio de la inteligencia.

"Ya no sé –escribió Elbers a Sayer apenas recién llegado, siempre en alemán complicado con el recurso de los caracteres góticos– cuándo lo verdadero es invención de tertulia y cuándo lo que se nos denuncia como falso pudo ocurrir y ser lo único cierto. La historia de ayer nos llega mil veces transformada a hoy. Me preocupa que ante tantas "verdades" la reacción emocional se imponga y reemplace las ideologías. Dentro de los llamados "partidos", no veo sino acumulación de rabias. Ocupados en la tarea de enumerar aquello que los divide, han olvidado que lo que poseen es fruto de la acción unitaria. Son libres y pueden decidir por sí mismos porque alguien les señaló que su condición de hombres privaba sobre la de súbditos, que nacían libres e iguales y con idénticos derechos. Ahora, en vez de aceptar que la patria se construye con los materiales de la razón, cambian de rumbo y proponen, como si su afán fuera destruirla la materia fugaz de los sueños de poder como cimiento".

El *landó* se detuvo frente a la casa ocupada por las secretarías de Hacienda, Marina y Guerra.

Elbers descendió de un salto; saludó a la guardia con un gesto de cabeza y penetró al corredor maloliente. Medio centenar de hombres que, apoyados en muletas, recargados contra las paredes, sentados en el suelo, esperaban noticias sobre el resultado de sus gestiones, formaron calle respetuosa.

—Señor, hace días no como —dijo alguno, y muchas manos se extendieron en solicitud de una limosna.

El grito de un oficial acalló el tumulto y, con presteza de antiguos soldados, los hombres regresaron en silencio a sus puestos.

—El señor secretario de Hacienda lo está esperando —anunció señalando una puerta. Y, a modo de excusa—.

—No sabemos qué hacer con ellos. Lo quieren todo y no hay nada que darles.

—Puede seguir, le instó, señalando la puerta de ingreso.

El secretario, a quien los subalternos daban el título de excelentísimo señor Vergara, era un hombre de manos pequeñas, nariz afilada, modales de zorro diplomático y delgado al punto que decían, burlándose, que era apenas perfil. Orador por vocación concluía sus breves discursos agitando sus manos nudosas y casi transparentes con afectación levemente femenina cuando no encontraba la palabra justa, cosa que ocurría con frecuencia. "Cree atrapar las ideas en el aire, pero no lo ha logrado nunca", aseguraba el cónsul alemán describiéndolo.

La reunión comenzó por un largo y manoteado circunloquio del Secretario quien se excusaba de haber pospuesto la reunión; "usted entenderá, porque mientras se apaga un incendio, ya hay otros en conmoción y somos muy pocos para atenderlos. Ya lo veía: estaba flaco por tanta preocupación, pero dispuesto, claro está a solucionar los asuntos que le fueran puestos a consideración".

—Quería aclarar —fue sucinto Elbers—, solamente alguna inquietud. ¿Se estaba pensando abrir una licitación que comprometiese los derechos de navegación a vapor en el río Cauca? Lo preguntaba por una razón muy clara: la del bajo Cauca estaba íntimamente comprometida con la del río del cual él detentaba el privilegio de exclusividad. En otras palabras: que si esa era la intención del gobierno, el interesado tendría que negociar el tránsito entre la desembocadura y los puertos marítimos con la compañía que él representaba y era su mayor accionista, por no decir el único.

El secretario soltó una y breve y poco espontánea carcajada.

De ninguna manera se ha pensado entregar a alguien los derechos de navegación en el segundo río. Ya tenían la experiencia de haber entregado el más implorante "a la exclusividad de alguien que no ha entregado ni la mitad de lo que ofreció".

—En todo caso quien tome cualquier medida sobre la navegación en el Cauca, en el Magdalena, en cualquiera de todos los ríos de la Gran Colombia, no será ésta secretaría, ni la de Marina. Será el gobierno, —concluyó atrapando la última palabra casi a la altura del Cristo que colgaba sobre la pared tras el escritorio.

—Ya sabe —explicó—. El gobierno somos todos nosotros: el presidente Santander y sus colaboradores, aquí, pero más allá —y señalaba algún lejano rincón del mundo— también el Libertador y sus amigos.

Y antes de que Elbers respondiera, en una sorpresiva jugada de ataque, cambió el tema:

—En cuanto a lo que se habla de una ampliación de la compañía, en la que usted y el señor presidente encargado tienen acciones podía pensarse, opinaba, que el cambio de la entidad o persona favorecida con el privilegio de exclusividad disolvía el compromiso del gobierno, pero no el del concesionario. Mejor dicho: que era prudente, de todas maneras, conservar la forma actual. "Eso que llaman la estructura del negocio".

En lo que atañía a él y la secretaría que tenía el honor de presidir, cumplían oficios de notario; la decisión la tomaba el gobierno, es decir, el ejecutivo y el legislativo, si lograban ponerse de acuerdo. Una cosa a la vez fácil –y sus manos se agitaron como cola de perro–, feliz, y a su vez, complicada. El primer camino es simple: hecha la selección inicial de los socios, se daría el próximo paso, legalizar la nueva entidad. Eso sería asunto del ejecutivo. En seguida, el legislativo, declararía inexistente la concesión o el privilegio. Tal vez las dos ramas podrían ponerse de acuerdo si la nueva compañía refrendara y asumiera los compromisos adquiridos y no cumplidos cabalmente y se asegurara la continuación y la conclusión de las obras. En suma, era el Estado, no el gobierno...

Terminó el discurso de manera humilde:

—Es lo que pienso yo como persona, es decir, como particular. ¿Me entiende?

Y tomó aire antes de lanzar la última hipótesis:

—El gobierno, el ejecutivo, verá si le propone al Congreso que otorgue la nueva concesión de exclusividad. Pero... claro: la aprobación será optativa y debemos recordar que existe una fuerte tendencia a promover la libre empresa. Por lo tanto —concluyó, y sus manos cumplieron un rito como de bailarina egipcia—, la salida más sensata es que usted refinancie su negocio antes de proponer modificaciones.

"¿Era ésa la posición oficial del gobierno?", preguntó don Santiago.

—No. Simplemente una ocurrencia del más humilde de sus servidores.

Como secretario de Hacienda no podía opinar. El futuro de la navegación era un asunto de Estado y no de gobierno. El congreso sería quien diera la última palabra. En todo caso, el congreso, de eso sí estaban seguros él y el presidente Santander, no miraría con buenos ojos la conversión de la empresa en compañía. Muchos reparos jurídicos iban a oponerle.

—Muchos —dijo. Y súbitamente se interrumpió—: Venda usted la concesión, después vende la compañía.

—¿Y quién va a comprarla? —preguntó sonriente don Santiago.

—Sé de alguien —repuso Vergara—, que estaría dispuesto a cerrar el negocio ahora mismo.

—¿Quién?

—No es que yo esté seguro, pero es el único que tiene el dinero que todo eso costaría, y las influencias ante el Congreso para hacer las cosas más fáciles. Véndale sobre seguro y él se encargará de hacer que se apruebe todo, bien y rápido. Domina el Congreso. Y lo necesita a usted de socio para que maneje el negocio.

Don Santiago aplaudió el sentido del humor del señor secretario.

No. No iba a venderle a nadie. Ni mucho menos para manejarle el negocio a otros.

Las manos del secretario adquirieron levedad de mariposa. ¿Cómo iba a ser posible que fuera tan inflexible para negociar? ¿No iría a sacrificar el trabajo y el capital invertidos durante tanto tiempo por orgullo?

La voz de Elbers, hasta entonces audible apenas para su interlocutor, debió alzarse y superar el volumen de las de los aguateros anunciando su mercancía y sobresaltar el trabajo de los calígrafos ocupados en la sala vecina. El no era un mercader, gritó, ni la navegación un objeto de compraventa y mucho menos algo sometido a transacciones semejantes a las que deben suceder en los burdeles.

A la explosión siguió la calma.

Pidió excusas por su vehemencia: un defecto muy alemán, explicó. Tal vez ellos tenían razón. ¿Cuáles eran los estudios jurídicos que se habían hecho para llegar a esas conclusiones? Podría encontrarse un buen camino si los abogados, que informaban al gobierno, pudieran reunirse con expertos que él conocía. Al fin y al cabo los países jóvenes tenían que alimentarse de buenas razones jurídicas y la ley bien entendida sirve para todos y a todos conviene.

La noticia del incendio del *Gloria* llegó poco a poco y con la brevedad de las novedades traídas por las palomas.

La primera hizo sonar el portillo comenzado el anochecer. Era un animal blanco, especialista en vuelo largo, y por su estado se podía adivinar que por lo menos había volado tres días. El mensaje, contenido en una cápsula, escrito por alguien poco práctico, pues la letra, grande y pesada, ocupaba demasiado espacio, era escueto: *Buscar Elbers. Gloria incendián-dose entre Molinete y La Vieja.* "Dicen viajeros".

La palomas que siguieron llegando durante la mañana eran del servicio de postas y repetían el mensaje como lo ordenaba el reglamento de emergencias. En la tarde se amplió la información. *Incendio confirmado. Carga perdida. Hay desaparecidos. Redactan informe.*

Aun cuando en el primer momento don Santiago hubiera pensado en viajar, decidió no hacerlo considerando que su presencia en el sitio solucionaría nada y, al contrario, podría complicar las cosas. El gobierno, aunque careciera de un sistema rápido como el suyo, no tardaría demasiado en enterarse, y si era cierto que alguien, con su apoyo, andaba tras el negocio de la navegación, obtendría, con el incendio del barco, razón válida para retirar el privilegio de exclusividad, pues el tráfico de vapores por el río quedaba interrumpido. *Invencible*, en el dique, a la espera de los ingenieros, no estaría disponible antes de algún tiempo para llenar el vacío creado por la nueva catástrofe.

En la tarde, una paloma trajo un mensaje conciso: *Violando acuerdos, ejército tomó barco, aprisionó capitán. Incendiadas cubiertas.*

Oscurecía cuando ordenó que él, y sólo él, podría despojar a las mensajeras de su cápsula. La cocina estaba repleta de gente atareada y debió alzar la voz para que todos lo escucharan entre tanto bullicio de cristales y lozas.

A partir del día en que las "verdaderas y encumbradísimas damas" –según el parecer de Ignacia– "porque, además de ser bondadosas, son cristianas y muy ricas", salieron con la oferta de la donación, los salones de Elbers habían recuperado la importancia perdida. Esa tarde, en el tránsito hacia los servicios, más de cinco personas detuvieron al anfitrión para excusarse por la tardía asistencia o para presentarle el saludo personalmente, porque "no sabían si era el momento apropiado de hacerlo", consideraban que "estaría muy ocupado atendiendo sus asuntos" o "ignorábamos si dispondría de tiempo para reuniones sociales, pues estaban convencidos de que la apertura de los salones la precedería el banquete de honor; que si ofrecía *ambigús* o recepciones íntimas, era para tratar asuntos de negocios, y la discreción ordenaba no hacerse presente".

Ahora, de regreso al salón, en cumplimiento de un protocolo elemental, don Santiago no se integraría sino por algunos minutos a los corrillos que adoptaban forma de abanico para recibirlo. La conversación, entonces, se interrumpía para dar paso a elogios, preguntas cordiales sobre la marcha de los asuntos, y se reanudaba sin dificultad cuando el dueño de casa decía: "Los dejo, señores, en su casa y les agradezco la visita, que espero se repita, porque ya saben que mi casa está abierta lunes, miércoles y viernes", y daba la espalda para atender con igual economía de tiempo, otro grupo, con el cual, como si ese mundo respondiera a mecanismos relojeros, el proceso recomenzaba. Tras el breve silencio, alguien diría, palabra más, palabra menos: "Es un honor y un placer ser atendidos en su casa". Otra voz: "Que sea ésta la oportunidad para felicitarlo por sus logros". "Todos nos complacemos de que se estén superando las dificultades", otras. Y él: "Todo está previsto y todo se solucionará; en realidad, dificultades mayores no hemos tenido. Pondremos más vapores en el río. Mientras exista dinero y empeño, no habrá problema". Y la frase: "¿Los han atendido bien?", antes de pedir permiso para dejarlos reiterando la invitación.

En la avalancha de los repentinos visitantes, don Santiago reconoció, antes que a muchos, y sin dificultad, a quienes habían participado en el viaje inaugural. El cambio de actitud, traje, ademán y postura solemnes, no lograba borrar la imagen de niños asustados que llevaba en su memoria. Blanqueados por la penumbra de las oficinas parecían menos frescos e ingenuos que cuando, agobiados por el calor sin piedad, hacían de sus manos abanicos o imploraban al dios de los vientos, les enviara un soplo de brisa. Ocupaban, la mayoría, cargos en la administración y confesaban prepararse para la vida política. No esperaba de ellos confidencias, porque seguramente ninguno tenía acceso a información reservada, pero sí guía, más adelante, para encontrar el hilo de Ariadna. Además, si se presentaba la ocasión, podrían convertirse en eficaces aliados, puesto que de ellos dependerían celeridad, lentitud y aun la misma eficacia del Estado, como un vapor del trabajo de sus fogoneros. No eran hombres difíciles de manejar, porque la vanidad los hacía débiles, y fáciles la ambición. Resultarían útiles, sí. Pero, con certeza, nunca leales. Él mismo tampoco lo era representando esa comedia repleta de zalemas, sonrisas y frases lanzadas al aire como si la tertulia fuese el remanso tranquilo donde el pescador tira con el sedal el cebo para engañar a una presa invisible.

Una y otra vez, asaltado por un asco comparable al que debe agobiar el alma del actor obligado a representar a un personaje que abomina, desde las primeras horas de la tarde, desatento a la conversación porque sus oídos estaban pendientes de la aguda señal metálica de los portillos, se descubría, con pesar y sorpresa, dispuesto a abandonar el juego, tirar la máscara y aceptar la derrota:

"Señores, el vapor *Gloria* ya no existe. Tampoco el río que trazaron mis ingenieros, ni los caminos fáciles que soñamos todos. El Magdalena seguirá siendo, hasta cuando algún hombre con mayores fuerzas, recursos y suerte, logre domarlo, casa de caimanes e iguanas, cielo de pájaros, espacio magnífico para que san Telmo ensaye ante el vacío de la presencia humana la pirotécnica azul y retumbante de sus veranos eléctricos, pero no ya, por lo pronto, será herramienta para construir espacios donde el hombre pruebe su capacidad y encuentre la medida de su grandeza".

"Si alguien apura tras de mí su paso –estaba tentado a decir– llegará atraído por un espejismo de lucro y entonces poco durará su presencia: en el río el oro se evapora como el agua que inunda los esteros, un día, y al otro escapa convertida en sustancia inapresable. Vean ustedes al hombre que apostaba la vida convencido del triunfo, porque era el resultado del propio esfuerzo, jugar ahora, como tahúr del póquer, a la caña y sin ases ni reinas en la mano, doblar la apuesta en el intento de conquistar para sí una tripulación en la que no podrá depositar jamás su confianza, pues desde el inicio sabe que, a cambio de poco, harán mujer pública de sus conciencias.

"Ni siquiera –dábanle ganas gritarlo–, como don Quijote, el del libro que dicen ustedes leer tanto, tengo la suerte de soñarme héroe. Al contrario del loco que empeñó la sinrazón, puse sobre el tapete la ciencia y la técnica, verdades incompletas, certezas susceptibles de cambio, que es la mejoría: un paso más cerca de la inalcanzable y última exactitud, pero un avance, al fin".

Otra voz, pausada, oponía argumentos apaciguadores para el desorden interior de las emociones, arrebatándoles su fuego tempestuoso: "Si *Invencible* cubriera la ruta entre Sabanilla y Cartagena, la urgencia del canal resultaría menos perentoria. Quizá el incendio del *Gloria* no hubiera causado daños en el motor y pudiera utilizárselo como barco de carga. Para un servicio eficaz se requeriría únicamente de dos vapores ágiles…".

—Me permití traer al señor Azuero —dijo, adelantándose un hombre a quien Elbers creyó conocer como funcionario de alguna secretaría—. Tiene —continuó— interés muy especial en conocerlo.

En el hombre que le extendió la mano pero a quién no creía conocer, Elbers descubrió cierto

aire de halcón: ojos pequeños, redondos, sin párpados, ocultos casi bajo las cejas; nariz aquilina,
corta, y boca tan fina que la hacía parecer sin
labios. Cuando al gesto de ave lo acompañó en el
cuerpo oblongo, que recordaba una pera, un
movimiento vagamente femenino, supo que estaba frente al autor del artículo de *Orientación
Ciudadana*.

—Es un placer —contestó maquinalmente, y rompiendo los rituales, esperó en silencio que hablara
el recién llegado.

—Es admirable su tarea —declaró Azuero en tono
neutro y voz baja—. Todos tenemos que aprender
mucho de usted.

Elbers miró el rostro impasible, inexpresivo, yer-
to, de los tahúres profesionales.

—No me considero autorizado para enseñar a
nadie nada —repuso—. Todos los días estoy aprendiendo.

—De la experiencia ajena se nutre la sabiduría -
terció Azuero.

—Me parece cruel, pero el triunfo se alimenta de
los fracasos de los demás —repuso Elbers.

La sorpresa y la ira tocaron el rostro de Azuero
despojándolo de la expresión insípida de máscara
romana. Perdía la primera baza.

Sonrió y cambiando el tono de voz, pareció excusarse:

—Yo me envanezco de mis fracasos porque de
ellos he aprendido mucho. El éxito aniquila a la
gente. Los triunfadores se convierten en idiotas cuan-

do se empeñan en creer que su triunfo es repetible. En cambio, quien se equivoca debe inventar sus nuevos movimientos. Y esa gimnasia obligada es la que da grandeza y significado a muchas vidas.

Un criado interrumpió la partida separando a los jugadores con la bandeja de licores. Azuero escogió una copa, don Santiago lo imitó. Ninguno la llevó a la boca.

—Los fracasos no se descubren sino hasta cuando están consumados —dijo Elbers—. La historia militar está llena de batallas perdidas que ganó quien parecía derrotado. Lo que pocas veces cuentan los relatores, es que el general pudo, desde el inicio, haber previsto todo, o que su grandeza se cifró en convertir las dificultades en ventajas. Pero hay algo más —añadió—: hay batallas ganadas que pasan a la historia como grandes vergüenzas: las que se libraron utilizando armas sucias, traiciones, engaños, leyes amañadas. Vea usted, es el caso de Cristo o el de Sócrates. ¿Quién se atrevería hoy a negar que fueron los verdaderos triunfadores?

Azuero, perdida la concentración, escuchaba el discurso sin atenderlo.

Elbers aprovechó la baja de guardia momentánea:

—¿Qué tipo de vapores son los que usted traerá para el Magdalena y el Cauca?

La manzana de Adán subió y descendió durante el breve silencio por el cuello del halcón.

—Nuestro proyecto es para el lago de Maracaibo, el Zulia, o quizá, el Carare o el Arauca. Hay muchos ríos en nuestra América para que usted sienta que pretendemos raparle su conquista. Pero si usted fracasa, aprendiendo de sus errores, ocuparemos la plaza abandonada. Venga —lo tomó del brazo—; hay mucho humo y quisiera respirar aire puro. Nadie nos interrumpirá en el patio. Esta es una ciudad helada, pero, curiosamente, sus habitantes le tienen miedo al frío.

Elbers se dejó llevar.

—Vine a su casa porque deseaba conversar con usted y es más fácil hacerlo con discreción donde hay mucha gente, que en un *Nachgetänck*, ¿se dice así?, donde habrá testigos precisos. Usted abrió un camino inesperado. La grandeza de muchos países está en relación directa con el espacio de mar que baña sus costas. El mar no es una barrera, sino un medio de comunicación. Acerca las patrias y crea la familia que da vida al mundo moderno: los comerciantes. En las bodegas de los cargueros llegan los objetos de su tráfico, pero con los hombres, las noticias y, a veces, los libros, que también pueden ser objeto de comercio, llegan las ideas. El vehículo para el cambio del mundo, son las aguas pero no solamente las del mar, sino las de los ríos, y nosotros tenemos ríos que penetran la geografía. Los ríos hacen de América un archipiélago de islas colosales separadas por un mar de agua dulce. Usted será el precursor, el primer adelantado, pero no el único conquistador del mar interior que regaló, en su infinita generosidad, Dios a la Gran Colombia. Mañana estaremos en el Arauca, el Sinú, el Meta, el Amazonas...

"Como oírse a sí mismo" —pensó Elbers.

Sin embargo, la prisa y la teatralidad del discurso denunciaban que aquello, en una competencia de esgrima, hubiera obligado al árbitro a gritar *touché*. Entonces, los competidores se prepararían para el próximo asalto. Empataban.

Azuero retomó la palabra, pero su tono preludiaba un cambio de técnica para la embestida:

—Hace un instante usted pareció molesto cuando hablé de fracasos, que son siempre hijos de los defectos y, si me perdona, aludo a una manera suya, a un modo. Está demasiado solo. Es admirable, pero peligroso. Si me perdona la blasfemia, aun a Dios le quedaron partes del mundo mal hechas. Nuestro proyecto está abierto para usted: queremos que se integre a él de alguna manera, así sea únicamente con el consejo. Pero abra usted sus puertas también. Una ampliación de capital cae siempre bien a una empresa y este camino puede transformar la suya, quitarle el acento personal. La inversión que usted ya hizo garantizará que continúe al timón de sus políticas, en una sociedad amplia.

Luego de aspirar el aroma, Azuero tomó un sorbo con lentitud de *tasseur*.

—Salud —dijo don Santiago, probando su copa.

—Salud —repitió Azuero.

Los dos hombres permanecieron en silencio, que fue roto por Elbers:

—La empresa fue creada como una compañía. Si no tiene socios, la culpa la tiene la indiferencia de los inversionistas. El general Santander, en esta misma casa, se mostró interesado en poseer algunas acciones. En el libro se las reservé— e impidiendo que Azuero hiciera algún comentario, cambió de tema—: ¿Qué tipo de barcos son?

—Vapores —respondió el otro—. No podría decirle más: no soy marino —y enseguida, sin dejar espacio para la respuesta—: ¿Las acciones del presidente deberán considerarse donación simbólica? ¿Cuántas pondrá en el mercado? Es decir: ¿qué porcentaje de acciones estarían en venta?

A la técnica de acoso, defensa adecuada: choque rápido de floretes.

—Brindemos por la salud y el éxito de la nueva empresa —don Santiago alzó su copa—.Yo estaría interesado en compartir con ustedes la aventura, si alguien logra contarme a dónde llegan el Zulia y el Catatumbo. Y en qué lugar se fundará el puerto que deberá llamarse Ninguna Parte.

—Lo creía un idealista —interrumpió Azuero.

—Yo, a usted, un negociante, pero creo que será necesario invertir los términos: construí una empresa fundada sobre 400 millas que atraviesan un país, y ustedes, una nueva para 50 que atraviesan nada.

Azuero saboreó un trago antes de contestar:

—A diferencia de la suya, no estamos comprometidos en la construcción de obras costosas y quién sabe si imposibles. No pretendemos cambiar el mundo, pero a lado y lado de esos ríos la tierra es rica. No será necesario invertir los términos: somos comerciantes. En cincuenta millas encontraremos cien veces menos problemas que los que usted ha tenido que enfrentar en cuatrocientas. Hoy estamos muy lejos del río, y espero que usted tenga noticias de sus naves.

Hizo una pausa, larga: camino a Bogotá —explicó—, llegué a la ciudad esta madrugada, corría la especie de que algún vapor suyo enfrentaba dificultades.

La frase disparó los sistemas de alarma. Y don Santiago se dispuso a producir y congelar la más alegre, por lo inocente, de sus sonrisas:

—Enfrentar dificultades es la rutina —repuso, mirando la copa del interlocutor, llena a medias todavía, y preguntó si deseaba más.

Era necesario interrumpir o detener momentáneamente la conversación; aclarar si Azuero hablaba de "dificultades" porque estaban previstas y, por lo tanto, organizadas.

—En esta época las aguas suben y el río propone caminos engañosos... quizá avanzan despacio, con prudencia —comentó antes de preguntar, al desgaire—: ¿De cuáles dificultades le hablaron?

—No se preocupe —dijo Azuero— tal vez los arrieros comentaban de alguna ocasión remota. Sus noticias carecen de tiempo. Los acontecimientos antiguos se confunden con los recientes. Si algo hubiera pasado, usted ya lo sabría.

El anfitrión hizo girar la copa en el aire y tendió su otra mano.

—Será un placer volver a verlo. Ya sabe que el salón está abierto lunes, miércoles y viernes.

Eran las nueve y media de la noche cuando ordenó cerrar las puertas y apagar las antorchas y permitió que Ignacia y las servidoras arreglaran el desorden
que le daba al enorme espacio apariencia de mesón
descuidado. Él mismo mató la candela de los briseros
altos; reemplazó las agonizantes del candelabro de
la mesa central, pidió que se hiciera lo mismo con
las de las arañas y que alguien trajera de la oficina
recado de escribir.

—Es una señora —dijo Ignacia, entrando— dice que
tiene urgencia de verlo—. Elbers negó con la cabeza—.
Ella asegura que usted la recibe y que la está esperando.

Antes de verla, oyó su risa franca de muchacha. También Ignacia se volvió sorprendida: la recién llegada
no debía estar allí y, sin embargo, estaba. Y sonriendo
con la picardía de niño descubierto en la pilatuna.

Llevaba la cabeza y media cara cubiertas por el
pañolón que usaban las mujeres del pueblo a la salida de misa los días de llovizna o viento y que ella
dejó caer sacudiendo la cabeza y alborotando de
una vez la doble oscura ala de su cabellera, mientras preguntaba, en alemán, antes que Ignacia abandonara el salón como quien huye de un espanto, si
quedaría en la bodega una botella de "aquel"
champagne.

Estaban de pie los dos: la mujer, bajo el dintel de
ingreso. Él, al fondo del salón. ¿No habrá en esta
casa un lugar donde podamos estar y en donde yo
no me sienta como en la nave de una iglesia? La voz
sonó lejana.

Hasta entonces no había reparado Santiago en la distancia que los separaba y en que, paralizado por la sorpresa, ni siquiera se había adelantado a darle la bienvenida.

Cuando lo hizo, ella, en lugar de una, extendió las dos manos, frías, y cuando él las tomó, antes de inclinarse para besar la derecha, las sintió débiles, livianas como pluma, distintas a cuantas recordara haber tomado con las suyas, que ahora le parecían enormes, desproporcionadas en su fuerza, duras y bestiales, como de animal. *"Oh, Gott!"*, dijo tan bajo que nunca supo si pronunció aquel nombre, o el alma lo estaba gritando. *Gott!, Gott!,* llevándolas una vez y otra hacia sus labios: dóciles como oveja a la voz del pastor y *Gott!,* mirando el rostro que, como acompasado a su propio corazón, la luz de las candelas en diástole y sístole de lumbre y penumbra, ora agónica, convertida en llama mínima, ora salvando su presencia con destellos furiosos y breves como despertares del agonizante que empeña su nada de fuerza contra el todo que lo aniquila, lo traía y ocultaba: ya perfil difuso, ya corporeidad rotunda, y hubiera como la selva en las noches de tormenta, quedado oculta en la tiniebla para ser descubierta por el relámpago y ser un instante realidad, y otro fantasía, si no estuviera íntegra: respiración, voz, aroma. Y *Gott, Gott!,* él, inmerso en el aura tibia del cuerpo deseado. Y el suyo abrazando abrazado. Dios, Dios. Ambos. Unidos. Dos.

Fue un paso del sueño a la vigilia lento, prolongado, tranquilo. Antes de sentir la luz posarse en la almohada, encontró la tibieza del cuerpo al lado suyo, la redondez del hombro desnudo. Ningún ruido en la casa; plácida, como la de un animal joven y vigoroso que descansa, la respiración de la mujer a su lado. Si la felicidad fuera esa sensación de paz profunda, era feliz. Las horas afanadas y angustiosas de la víspera regresaban a su memoria como la escena que recuerda, pero en la cual no participa el espectador de teatro. Permaneció inmóvil mirando con asombrada extrañeza el desorden invasor de la negra cabellera en la almohada vecina y luchando contra la absurda invención de que, como si él, la alcoba, todo lo que le rodeaba y aun su propia vida, fuesen un sueño de la mujer. Despertando a Marisa, impondría otra vez el mundo su rutina sin afectos.

Nunca había sentido hasta dónde la soledad a la que se obligaba a sí mismo, era como la condena con que se paga por la libertad individual: "Que nadie, si no yo, dirija mis actos, para que nadie, si no yo, pague el costo de mis equivocaciones". En lugar de paz para su corazón había encontrado, una vez tras otra, en los demás, motivo de las guerras.

Inmóvil, acompañando con su propia respiración la de la durmiente, para no turbar su reposo, miraba hacia tantas noches vacías y a tantas cosas, antes de pronunciadas, respondidas por la segunda voz que fue siempre la propia. Comprendía de pronto que su soledad había sido mero, simple y vulgar orgullo y que su radical debilidad residió en el empeño de callar ante otros lo que el alma clamaba por decir: descubría que el cariño por Sayer era el que se tiene por el animal que nos oye hablar y ante el cual decimos todo porque sabemos que él no entiende nuestro idioma.

No era el placer: quizá el cuerpo sumido en el delirio tantas horas, y ahora recostado en plenitud satisfecha, urgiera su reanudación tan pronto como el espíritu dejara de vagar entre los vericuetos de la razón y la emoción en lucha. La compañía era mucho más que la presencia, de ese cuerpo a su lado, ahora tan pasivo, como lo fue, a su hora, tempestuoso; descaradamente animal, complaciendo complacida, exigiendo exitosa, sino la presencia de una palabra, una mano que estrecha la que pide compañía; una risa, un silencio, un suspiro, una confidencia, una excusa, la solicitud de consejo...

Quizá también el cuerpo estuviera sorprendido: disciplinado al vergonzoso ritual de las urgencias de un hombre que para no asistir a los burdeles contrató a mujeres sin nombre que jamás había deseado para cabalgarlas hasta cuando, desaparecida la angustia visceral, pudiera el organismo llamar a la razón para reanudar el ejercicio y la práctica de asuntos que requerían total sosiego, ahora, en lugar de ansiosa prisa, porque el placer no era el final, sino el momento, en lugar del vendaval, y como remendando el ascenso pausado de la marea en alza, había conseguido una dicha tan larga y prolongada que el alma, vigilante y celosa guardiana, arrastrada por su fuerza, compartió segundo a segundo en torbellino feliz. No era un hombre joven y desde hacía mucho tiempo lo acompañaba la segura conciencia de que para él ya habían terminado las épocas en que la fuerza y el vigor bastan, y que ante el riesgo ningún paladín reemplaza la esperanza que se niega ante la pausa, porque delante nuestro la vida está proponiendo, abierta e interminable, un país desconocido. Consciente de estar más cerca de la muerte que de la vida, la comprometía a diario con la esperanza de estar fundando con ella un hecho perdurable construido con lo que resultaba su antítesis: el recuerdo admirado en el corazón de quienes, sombras posibles, ocuparían mañana el puesto libre bajo el sol. Pero esta única y excepcional vez, olvidado de su condición y en medio de un arrebato que jamás hubiera vislumbrado o creído posible experimentar, viviendo más allá de sus días, abandonaba cualquier temor sobre su propia dignidad, dejándose conducir por la inocente bestia que llevamos dentro y descubriendo con ella que la vida no es un acto heroico, sino también el posible escenario para la conjunción de dos o, por qué no, la realización de muchos.

Sonrió abiertamente y hubiera reído a carcajadas de no haberse impuesto la obligación devota del silencio, cuando escuchó la postrera conclusión de su discurso mental. El amor, "esa enfermedad del ánimo", como lo había llamado tantas veces, había hecho presa de él y era demasiado tarde para expulsarlo.

Tocada sobre los párpados por un rayo de luz que dejó pasar la rendija del postigo, la mujer se dio la vuelta. Ahora tenía él para contemplar pleno el rostro, ya claramente delineado entre la penumbra azul de la alcoba.

Nunca a nadie –le diría después– le había parecido más bello un rostro, ni más largo el tiempo en que, saliendo despacio del corredor de los sueños, abrió ella los ojos y para posarlos sobre los del hombre que la miraba.

Que nunca había visto a una mujer, le explicó él cuando Marisa preguntaba por qué la mansedumbre azul de sus ojos y le confesó que era la primera vez que miraban, para recordarla, a una mujer. ¿Cómo admirar a quienes fincaban, tantas veces, su orgullo final y su grandeza en ser gallinas de alas capaces para dar sombra y cobijo a los hijos nacidos del cumplimiento del deber conyugal o de un celo pasajero como el de las perras? La hembra era necesaria para conservar la especie, soliviantar o calmar al varón adormecido o al rijoso. Asuntos de ocasión, gozo fugaz de los puertos. No era el mar el que lo había hecho misógino, sino la misoginia la que impulsó su corazón egoísta al horizonte marino.

¿Para qué explicar tantas cosas? En esa ciudad aburrida e hipócrita, era menos comprometedor llegar embozada, de noche, que hacerlo en pleno día. En ese caso, además, hubiera tenido que ir acompañada por una tía o cualquiera otra estúpida chaperona. Tenía la certeza de que la estaba esperando. No sabía por qué. Tal vez lo supo escuchándole triste la voz cuando ella se fugaba, camino a la finca, galopando, para no obedecer al impulso de echarle los brazos y rogar que le dijera cualquier cosa.

Había amado y tal vez sido amada; él lo sabía, pero era distinto. La potrilla cae con el garañón y la mujer se entrega al hombre.

Dos veces los interrumpió, con distancia de horas, el tímido llamado de Ignacia golpeando la puerta. Supieron que era ella porque luego, apagándose por el camino hacia la cocina, su voz gritaba: "Tengan desayunos listos".

Más tarde, el reclamo se repitió perentorio, con mano firme, menos servicial.

A la pregunta: "¿Qué quiere?", el hombre anunció que cuatro palomas esperaban se les despojara de la cápsula.

Las primeras noticias de lo sucedido con el vapor las tuvo Silverio Blanco mientras, medio adormilado por el agobiante bochorno, esperaba a que en el recodo, la aparición del *Gloria* precedido por su penacho de humo, lo liberara de la aburrición de dieciocho jornadas de inutilidad cumplidas.

Las cargas de palo de Brasil, arrumadas al cobijo de la única ceiba del playón, mostraban los primeros indicios de fermentación: alrededor de las pilas, las ocres arenas se tornaban rubí y el aire apestaba a vinagre amargo. En vez de las abejas que zumbaron en torno los primeros días, volaban moscas y habían acudido al oscuro entramado laberinto interior, los cucarrones de lomo y gancho acorazado que congregan los aromas mortuorios del vegetal.

Lo sacó de la duermevela un presagio de mal agüero: el pregón de alguien que vendía harina, papa, tabaco y cualquier otra cosa, con la aclaración de que todo pertenecía al género de las mercancías maltratadas. Una feria en lugar equivocado, como suelen organizarla los ladrones. Antes que nada, Silverio sacudió la cabeza y, con un buche digno de manatí joven, escupió la modorra condensándola en un gargajo brillante, apenas verde en su centro, como una perla que se esconde bajo la coraza animal de la ostra. Oyó a los vendedores. Después consiguió, en lugar de tantas peroratas discordes, que sólo algunas voces se elevaran. Por cada champán, un delegado. Que no le hablaran de precios. "Es un invento loco ese del dinero, que no sirve para nada. Mejor palo de Brasil maduro". En la costumbre del río, los bogas asumían el transporte de las mercancías, nunca el comercio, y en quienes los acompañaban, mujeres y hombres, era evidente la ignorancia total de sus artes y ritos. Con la propuesta del canje, aceptada de inmediato, surgió sin vacilaciones la historia del origen de los artículos y el motivo de la urgencia para el intercambio. Al fin y al cabo entre bandidos estaban hablando.

Con los dueños de la mercancía convertidos en chicharrón, el problema estaba solucionado: no iban a denunciar a nadie. Si acaso en la otra vida se los encontraría uno, pero ya era demasiado tarde para pedir cuentas. Y ni eso: al cielo no iban los ricos. Allá no entraban. Y muchos menos los que tenían negocios con los protestantes.

¿De manera que se trataba de soldados? Así el asunto se complicaba. Una cosa era hacer negocios con ladrones civiles y otra comprometerse con desertores. Que más bien siguieran el camino. Eran estúpidos. ¿A quién se le había ocurrido irlo a buscar? Seguro que los estaban esperando ya en la boca del Magdalena. En el río, informes sobre tanta gente resultaban fáciles de encontrar. Si querían que él los ayudara, debían escuchar consejos: seguir Cauca arriba y perderse entre la selva. ¿Cuántos fusiles? Cada hombre con el suyo, y algunos para las mujeres. Lo malo era la pólvora. Poca y mojada. Arriba, un fusil sin pólvora sirve menos que una madre muerta.

Mejor dicho, estaban jodidos. Nada que hacer.

Y del barco, ¿qué? El cabo primero soltó una carcajada:

—Quedó como quería el coronel *Risitas*, así, por accidente y antes que le explotara la pólvora que se le iba a poner.

—¿Cómo?

—"Órdenes secretas", dijo mi capitán. Seguro que la empresa es de españoles. Hubiera sido bonito verlo tronar, pero Dios es grande y se nos adelantó.

A Silverio se le ocurría una cosa. Ahí verían ellos si estaban de acuerdo o no. En La Mojana él sabía de algunas tierras que aguardaban por hombres. Tierras de mayorazgos. Asiento les podía conseguir con dos condiciones: la una muy fácil, para ponerse en paz con Dios. El que viniera con mujer, se casaba, y la que trajera críos, si no lo había hecho antes, los bautizaba. La segunda condición la imponía él.

A cambio de la tierra y de la protección, les quitaría los fusiles hasta cuando se conocieran mejor y entre todos hubiera nacido la confianza. Para casarlos resultaba bueno, por presbítero, y para defenderlos, mejor, por militar. No esperaba la repuesta ya mismo. Que lo fueran pensando mientras comían y consultaran con los bogas: ellos sí sabían con quién estaban tratando. Y no más charlas, tocaba ponerse a trabajar. Hacer el negocio. Examinar la mercadería.

Con los bogas no se presentaron mayores discusiones ni regateos. En cada champán, las dos terceras partes de la carga de palo de Brasil pertenecían a Su Reverencia y él pagaba el transporte. Lo demás era de los trabajadores. Para cerrar el negocio, habría vino de palma. Ya lo estaban bajando en zurrones. Luego llegó la hora de rendir cuentas a uno que otro socio: hablaban de marranos, participación en cosechas, ganado de engorde. Luego de recibir la promesa de un adelanto sobre su trabajo, el primer grupo de desertores, que le entregó veintinueve fusiles, pactó un préstamo. Para las ceremonias de matrimonio y bautizos, estaban ya dispuestos.

—No hay prisa —dijo Silverio—: ya Dios se ha acostumbrado a que estén pecando y lo importante es la voluntad.

Al rato, otro grupo aceptó las condiciones y entregó sus armas. Cuatro remisos prefirieron largarse, contra el parecer de los bogas y los hombres de Blanco, que les insistían en la bondad del negocio. De las mujeres que iban con ellos, dos llevaban armas de fuego: una, pistola, y otra, fusil. Cambiaron sus haberes por una piragua y emprendieron viaje río abajo, hacia el Magdalena, por caños que desconocían, con la compañía de un niño que, aseguraban todos, dominaba los laberintos de agua como la palma de su mano. Ya él los dejaría sanos, salvos y, rápidamente, en las aguas del río grande. La piragua partió a la hora en que llegaba el vino. No, no querían esperarse. De pronto, si el diablo no lo había cocinado borracho, *Risitas* los alcanzaría.

No lo vieron nunca. En las aguas detenidas de lo que parecía una selva inundada, saltó el niño al agua, dizque para empujar la embarcación. Sonaron, secos, los tiros, llegados de nadie supo dónde, y enseguida las voces: que fueran soltando las armas y que, si deseaban seguir vivos, se tiraran al agua con los brazos en alto, "cabrones comemierda". Eso les pasaba por no creer en las palabras de Su Reverencia.

—¿Y por qué se le voló usted al coronel?

No era un interrogatorio, ni mucho menos. Simple curiosidad. Algo le decía que se estaba portando mal con él ese hijo de mala madre. "¿Verdad?" ¡Ah, sí!. Gente como ésa merecía una lección. ¿Qué tal irlo a buscar? Hombres tenía él para hacerle conocer las cosas. Hasta se traería ese ganado y la caballería para que estuviera en mejores manos. Y los acompañaría él para reconocer a la gente de la tropa: "los demás hijueputas, digo, y que me perdone Dios, porque es mucho pecado andar pensando que uno hace bien hundiéndole barcos a la gente que sí es decente, ¿verdad?".

Marisa consideraba que era mejor camino constituir la compañía. "Intuición femenina, porque de negocios las mujeres no sabemos nada". Se reía como cascabel de plata. "La única virginidad que el hombre preserva en su dama es la de su talento comercial. Él cree tener una glándula de la que carece su mujer y que lo habilita para el mundo de los toma y daca. Por eso las mujeres tenemos sólo un recinto económico: la oscuridad de las despensas". Si el encargado del ejecutivo quería acciones, no habría que pensarlo dos veces. Nadie ignoraba que a don Francisco de Paula dos cosas le gustaban: el poder y el dinero. Para pagarse los "servicios" había logrado que el Libertador firmara en volandas una ley que lo convertía en el dueño de la mejor hacienda confiscada en la sabana, amén de otras propiedades. Corría por ahí la especie de que, con puntualidad de golondrina veraniega iba a casa del notario para cambiar un testamento y anotaba hasta los medios reales que se le adeudaban. Si habían comprado los barcos ya, lo seguro es que estuvieran dispuestos a darlos como aporte a cambio de acciones.

Santiago la escuchaba sin interrumpirla. Hecho a la disciplina férrea del monólogo, el sonido de una voz apoderada de asuntos que habían sido hasta entonces abrumadora y absolutamente suyos le resultaba extraño a la vez que tranquilizador. A Marisa todo le parecía simple y de solución fácil. Quizá no la acompañara la razón, pero le causaba gozo descubrir cómo el brillo de la inteligencia destellaba en la niña de sus ojos.

Finalmente él habló. La presencia de la mujer activó su discurso. Hacerlo en voz alta, por alguna razón que no entendió y, por lo tanto, era inesperada, aclaraba sus propios pensamientos, como los del profesor que desde la cátedra, ante la ansiedad interesada de su auditorio, requiere un nuevo orden y, en vez de dar las cosas por sabidas, se interna por su laberinto para aclarar el origen mismo de cualquier eventual conclusión. Sumido como estaba en una peligrosa sensación de dicha, cualquier acto previo carecía del motor que enciende el alma entusiasmada. Para estar cerca de lo divino no había puesto en juego su vida entera. La inmortalidad era posible gracias a la memoria de los otros: de los muchos que vivirían tras él en un mundo cuyo perfil mostraba como herencia las modificaciones impuestas por su voluntad al flujo inerte del tiempo que, sin la presencia del hombre, se trocaba en nada, como el que transcurre en la paciente metástasis de las rocas. Descubría que, a fuerza de pretender la eternidad a la manera del épico combatiente frente a la muralla de Troya, se revolvía ciego ante el animal ansioso de paz, dicha, reposo, y que a más de con el alma, empeñada en la construcción de un destino etéreo, convivía, ignorándolo, con un corazón sin afán de héroe.

Se le imponía la visión del cuello entregado en curva rosa de mármol como lava delicada, de su pecho, brioso al tacto, rendido a la mano áspera, de cuya ávida violencia posesiva la razón se avergonzaba y que la voluntad corregía para restarle el ímpetu primario y convertir la mano en ala de gaviota que en los invisibles caminos del cielo acaricia con el paso de sus alas la redonda turgencia del aire elevado sobre la cresta de la ola.

Sorprendido por la memoria de los ataques bruscos, los galopes terminales, se descubría sumido en una avalancha, sí, pero de lentitud construida con espera y búsqueda por la dicha de aquella que, en lugar de cuerpo, ya sumada al suyo, hacía parte de su propia sangre.

El pretendía un matrimonio inmediato. Para ella no era urgente. Le bastaba ser *maîtresse de titr*e. Escribió una nota destinada a su padre, "para anunciarle cambio de dirección". Una vez unidos, no quería separación. Tampoco le preocupaba el escándalo. "Es lo que seguramente esperan de mí". Cosas peores se veían. Un marido le alquilaba al vicepresidente una zona de su casa para que éste pudiera acostarse con su propia mujer. Si él lo deseaba y por alguna razón el matrimonio tenía sus conveniencias, que se efectuara, pero sin vergüenza y no como quien busca corregir los yerros. ¡Ah, eso de ninguna manera! Si le parecía, el miércoles, durante el *ambigú*, se mantendría en la alcoba, sin dejarse ver de nadie. Tampoco le gustaba asumir el papel de dueña de casa.

A manera de respuesta silenciosa, el padre le envió su equipaje. Llegaron baúles con vestidos, frascos, pomos de coquetería y hasta una silla de montar. "El muy codicioso se quedó con las joyas". La única que consiguió Santiago, aprovechando la presencia momentánea de alguno de sus abogados, fue un collar comprado a una viuda que pasaba dificultades. Entretanto, ninguna noticia del vapor.

La solicitud de una audiencia con el vicepresidente obtuvo respuesta inmediata. Acudirían, además, el secretario de Hacienda y un miembro de la comisión económica del Congreso. La reunión tendría lugar en la tarde del día siguiente.

Un aguacero espeso, lento, que se desgajó en la tarde, apagó, una y otra vez, las antorchas que señalaban la disposición del dueño para recibir visitas. Nadie, sólo el viento frío batía en ramalazos las calles solitarias. Las puertas se cerraron: inútil mantenerlas como estaban. Tampoco llegaron a su albergue palomas. Desde cuando comenzaron a caer, golpeando el techo y saltando por el patio los redondos cristales blancos del granizo, nadie las esperaba.

Dejando a Marisa ocupada con la tarea de inventar un orden nuevo para alacenas y armarios, Elbers y los abogados se dedicaron a preparar la documentación que pudiera ser útil para la entrevista. Más tarde y ya solo, adormecida con voluntad de empecinado la ansiedad de estar junto a la mujer, diseñó la propuesta. Tres barcos e incluso cuatro se encargarían de las tareas de transporte mientras se alistaba un vapor ágil, diseñado especialmente para las condiciones de una ruta cuyos fondos y corrientes cambiaban con veleidad de fortuna. Entre Conejo y Nare trabajarían los champanes. Los costos de su utilización, y por lo tanto las ganancias de los socios, disminuirían por algún lapso, pero la merma la compensarían las ganancias del ejercicio naviero entre Sabanilla y Cartagena con un vapor: *Invencible*.

El balance demostraba por qué el ingreso por fletes y pasajes no podía considerarse ganancia. Su monto, muy alto, no compensaba ni remotamente los costos de las obras.

La luz de madrugada se filtraba por las hendiduras de los postigos cuando regresó a la alcoba. Marisa dormía con placidez de ángel. Para no turbar su descanso, encontró acomodo en una silla, al lado y tan cerca del lecho, que sintió allí llegar la tibieza y el aroma de su compañera.

Muchas horas después, cuando despertó, no recordaba haber cerrado los ojos para conciliar el sueño. La plenitud fue contemplarla.

A la hora prevista Elbers llegó a la puerta del Palacio de Gobierno y fue conducido sin dilaciones al despacho presidencial.

Vestía el encargado del ejecutivo un traje de corte y estilo indescifrables: cuello francés, alamares, cintas y condecoraciones de pompa prusiana; manga inglesa y pechera galoneada como de emperador de Haití. No parecía ni más joven, ni más viejo, pero la reciente y disimulada gordura acentuaba su expresión de hombre satisfecho.

La decoración de la gran sala había cambiado. Perdido su aire severo, adquiría el tono de las *démimondaines* que usan trajes de terciopelo en el verano, convencidas de que en la tela reside la elegancia. Muebles delicados, como de tocador, se disputaban el espacio con doradas y pomposas invenciones de reciente carpintería, sedas, brillos de cobre. La mesa severa de trabajo había desaparecido. Santander despachaba sus asuntos bajo un enorme trono, a la sombra de un dosel de rojo terciopelo.

Como el vicepresidente estaba de buen humor y, tenía más ganas de reír, que atender asuntos graves, la conversación sobre lo importante se retardó en un ambiente de ligera frivolidad. Uno de los edecanes, ignorando el ingreso del naviero continuó empeñado en el remedo de alguien con toque femenino en sus maneras copando el interés del mandatario, cuyas carcajadas estruendosas rivalizaban con las de los subalternos.

El ingreso apresurado del secretario de Hacienda alteró el tono de la reunión. El mandatario recobró el aire solemne y distante de los abogados en sus exposiciones magistrales e inició el discurso ponderando la voluntad de cambio que era el corazón de la empresa naviera y enumeró las dificultades que no había sido posible sortear aún, es decir, sin mencionarlo de manera explícita, se refirió a lo que el gobierno podría considerar como incumplimiento a la hora de revisar la vigencia de la concesión.

A Elbers le sorprendió la cantidad de información de que hacía gala, el manejo elegante del idioma que prestaba a su conversación la forma de un discurso escrito para un auditorio más extenso que las cuatro personas sentadas a la mesa y los dos, ahora silenciosos, edecanes, de pie tras el general, y le preocupó su tono lamentoso: hablaba de la compañía como el amigo de un hombre gravemente enfermo lo hace ante los familiares cuando considera que una elegía podrá servirles de consuelo.

Se lo diría a su mujer más tarde: si el discurso se hubiera suspendido en aquel punto, a él le quedaba como respuesta aceptar los fracasos, solicitar plazos para constituir la empresa y para entregar las obras. Pero el vicepresidente prolongó su intervención desviándose del tema.

Quizá Elbers no había reparado antes en las manos de Santander, chatas y desproporcionadamente pequeñas cuando se las relacionaba con su cuerpo. La sensación de una garganta seca y el nebuloso recuerdo de altas copas de cristal, repletas de jugo de melón, piña, albaricoque, lo asaltó con fiereza.

En la memoria, Silas E. Borrowgs reaccionó tardíamente al ruido de la silla. Nadie sabría si lo estaba esperando o si la expresión desolada era también parte del juego escénico. Sus manecitas de enano se elevaron, y la derecha, sin que el brazo se despegara demasiado del cuerpo, se convirtió en índice acusador:

—Mr. Elbers: usted un día tendrá que aceptar mi oferta. Puede estar medio loco, pero no es imbécil.

Don Santiago se sorprendió de oírse a sí mismo cuando el mandatario hizo una pausa para refrescarse la garganta con un sorbo de chocolate:

—La naviera ha tenido dificultades pero no enfrenta problemas. Existe un capital que respalda obligaciones y compromisos y un apoyo financiero internacional. Un barco puede sufrir averías. Es un riesgo que se corre. El vapor *Gloria* acaba de sufrir un percance cuya gravedad aún no podemos determinar. Sin embargo, Mr. Silas Borrowgs, de New Orleans, ha puesto a nuestra disposición cuatro barcos, los más modernos, y la pausa en el servicio será breve. *Invencible* regresará pronto al Magdalena —hizo una pausa deliberadamente breve para impedir que lo interrumpieran y luego continuó:

—Veníamos a proponer la constitución de una compañía. El capital que aporten los nacionales se empleará en la conclusión de las obras a que nos hemos comprometido. No tenemos previsto aceptar inversiones distintas al dinero en efectivo. *Gloria* estará navegando pronto y los vapores de Mr. Borrowgs también. *Invencible* cubrirá la ruta de Sabanilla a Cartagena mientras se finalizan las obras del canal.

Se produjo un largo instante de silencio; Vergara lo rompió tomando la palabra:

—No soy un técnico, pero una avería provocada por una explosión será larga de reparar, si es que alguien puede sacar el barco del fondo del río.

La respuesta sorprendió a Elbers; confiaba más en la exactitud de los mensajes que en la información de un extraño.

—No fue una explosión —aclaró—, sino un incendio, y el vapor sufrió daños en el revestimiento, no en la estructura. Debo, además, rogar se inicie inmediatamente la investigación, porque la responsabilidad no es de la empresa sino del ejército, cuyos miembros causaron los daños.

Tampoco hubo respuesta inmediata y otra vez fue Vergara quien asumió la vocería y preguntó si se trataba de una acusación fundada o de una respuesta agresiva frente al interés que demostraba el gobierno por la naviera.

Santander lo interrumpió primero con un ademán de la mano y luego con un breve discurso aceptando la necesidad de la investigación. Enseguida habló de la propuesta de conformar la empresa. No creía que existiera objeción jurídica alguna para una venta de acciones. En cambio, la asociación con el capitalista norteamericano podría estar viciada. El privilegio de la exclusividad se concedía a don Santiago Elbers, y no a éste con un socio que le quitaba el carácter nacional al proyecto. Era de público conocimiento que la naviera había recibido críticas injustas, porque la gente desconocía que su propietario y gestor era colombiano por adopción. La presencia de un norteamericano no encontraría muchos defensores en el Congreso.

—Nada, sin embargo, de lo que hemos dicho aquí, tiene carácter oficial. Son pareceres —dijo al final—. Una vez conocida su propuesta última, con todos sus detalles, seguramente el gobierno hará la suya. Y no seré yo, sino el presidente o, si él así lo considera, el congreso, quien pronunciará la palabra definitiva.

La reunión había terminado sin que a Elbers se le hubiera permitido entregar o leer un documento. El mandatario se levantó de la mesa, hizo una venia breve y abandonó la estancia.

Elbers se dirigía a la puerta cuando lo detuvo la voz del secretario de Hacienda:

—La secretaría necesita conocer con exactitud cuánto tiempo le tomará a usted reanudar el servicio. El gobierno considera que a su señoría lo tienen sin cuidado los daños que se le acusan a la economía nacional y sólo tiene presentes las ganancias que pueda obtener de una exclusividad que yo personalmente no veo justa. Si hubiéramos permitido la competencia, el desastre de su barco sería problema para su compañía, pero de nadie más. Los cosechadores de tabaco han vendido a sus clientes internacionales embarques futuros y han hecho el cálculo del precio según el parámetro de sus fletes, no los de los bogas, que son hasta diez veces mayores. ¿Ha pensado usted, Mr. Elbers, en el asunto que le acabo de anotar? Creo que su empresa es un buen negocio para usted, pero un pésimo negocio para el país. Sin embargo, como dijo el vicepresidente, es un parecer, nada oficial. La opinión de un colombiano, no la de un funcionario.

La última frase la pronunció de espaldas, mientras lo ayudaban a ponerse el capote. Don Santiago, mientras buscaba el suyo, prefirió mantenerse en silencio. Un guardia provisto de una palmatoria lo acompañó por el dédalo de corredores. Afuera llovía. Con las solapas vueltas sobre el cuello y el sombrero calado, sin esperar guía ni antorcha, corrió hacia el *landó,* cuyo estribo alistaba el cochero.

Con William Henry Harrison, Elbers mantenía una relación lejana. En sus negocios la presencia de intermediarios no era frecuente. Además, el cónsul norteamericano gozaba de la poca envidiable fama de hombre distante, poco fino, demasiado vanidoso, dispuesto a no apoyar otros negocios que los de alto rédito. Enemigo perpetuo de Inglaterra y firme escéptico respecto a las bondades que podría traer consigo la unión de los países de América del Sur en una gran federación, se definía a sí mismo como un hombre práctico. Y su formación militar ocultaba, si alguna vez las había tenido, sus dotes diplomáticas. Ocupado en sus propios negocios: la importación de chatarra para alimentar las incipientes ferrerías y de escopetas para quien las necesitara, aparte sus responsabilidades como propietario de una fábrica de puntillas, mantenía casi siempre cerrada la oficina de la legación, pero recibía en su casa los jueves. En tres o más ocasiones, Elbers, aprovechando la oportunidad de tenerlo en su casa, le había encomendado tareas menores cuyo curso seguían, con el rigor de un cuco que entra y sale de su refugio, empleados y tinterillos.

W. H. Harrison, si fuera un hombre de buena memoria, debería estar agradecido con la compañía, pues en Bogotá, aunque no pagara empleados en Conejo, se le entregaban cada mes, en metálico o respaldados por libranzas contra bancos de la Unión, cuando así lo prefería, los dineros de la comisión consular. Fuera así o no, en todo caso en contradicción con su propia costumbre, similar a la de los dioses, que antes de prestar servicios exigen ritos de adoración, se había mostrado atento, amable, interesado y dispuesto a prestar ayuda cuando se la requiriese.

La reunión fue breve. Lo puso al corriente de la propuesta de Borrowgs, de su interés por aceptarla y de la aparente mala voluntad del gobierno frente a la asociación. Ofreció hacerle llegar, a través de sus abogados, los documentos necesarios. El cónsul, a su vez, se comprometió a defender los intereses del armador de New Orleans y a informar de todo a su gobierno. A esta visita del naviero, siguieron otras largas reuniones en casa de Elbers. A alguna de ellas, llegó el cónsul con el inesperado regalo de una escopeta y las noticias, obtenidas de fuentes "de reconocida seriedad pero cuyos nombres reservo", que sin lugar a dudas debían ser sus colegas en la profesión, del entusiasmo con el que había sido recibida la posible apertura de la naviera a una sociedad en la cual estaría representada Norteamérica con un aporte importante y la presencia de Mr. Silas Borrowgs y su caudal de experiencia. En cuanto al "excelentísimo Dr. Vergara" (le era tan difícil pronunciar la profusión de erres, que había optado por llamarlo "nuestro enemigo el funcionario"), no era hombre de temer. Según sus propios compañeros de cacería, su oficio en la vida consistía en amenazar a todos aquellos que tuvieran negocios con el gobierno con echárselos al suelo si no cumplían con tal y cual requisito. Era una forma de sentirse importante, pues su voz, pese a la relevancia del cargo, no era escuchada por el vicepresidente quien lo mantenía en funciones para no desairar al señor presidente, quien lo había recomendado.

Don Santiago lo escuchaba sin interés, casi con

benevolencia. Le tenían sin cuidado los chismes de cazadores. Lo preocupaba más no tener noticias sobre el real estado del vapor. Decidió, entonces, viajar, conocer personalmente el estado del *Gloria* y continuar camino a los Estados Unidos.

No escampó durante los seis días empleados en la preparación del viaje y de la contienda jurídica prevista para lograr que se ordenara, con actuación de parte civil, la investigación sobre los sucesos del vapor *Gloria*. Tampoco escampó en el séptimo día, dedicado a la prueba pública de la existencia de recursos económicos tan amplios, que sumas considerables podían dedicarse a la filantropía sin detrimento de la inversión en que se hallaba comprometido el futuro de la concesión de exclusividad: la entrega de los donativos al hospicio.

La ceremonia de entrega de la casa y la promesa notarial de solventar las expensas de la obra de adaptación, retardada a la espera de que el vicepresidente le diera lustre con su presencia –como escribieron las damas de su junta en sucesivas esquelas para solicitar sendos aplazamientos de fecha–, se llevó a cabo en un salón a medias desocupado, con la silla destinada a Santander vacía, porque en representación suya había asistido un edecán. Tampoco se hicieron presentes las autoridades eclesiásticas, detenidas a última hora por "causas ajenas a su voluntad".

—¿Entiendes que esto quiere decir que estamos en guerra?

Marisa estuvo de acuerdo.

—Pero vamos a ganarla —dijo.

La lluvia continuó implacable, con pausas que los cielos aprovechaban para reemplazar por nubes color plomo aquellas que, descargado el aguacero, descendían hechas niebla por las faldas de la cordillera para envolver al viajero en un recinto privado de paisaje.

Llovió tanto, que Ignacia, arrebujada en una ruana oscura que la hacía invisible desde las penumbras de la tarde hasta la llegada empobrecida de la luz matinal, aseguró que san Pedro había roto las compuertas del cielo para castigar a los pecadores con agua, como antes, en la Biblia, lo había hecho con el fuego sobre Sodoma y Gomorra.

Elbers y Marisa descendían llevados por mulas de paso cauto; tirada la espalda hacia atrás, sueltas las riendas para que la bestia, estirando el cuello, dominara mejor el camino, alargadas las piernas y los pies en busca de apoyo en el piso móvil e incierto de los estribos de cobre.

Una vez y otra don Santiago volvió la cabeza para indagar en el rostro de la mujer fatiga o desánimo y en su lugar encontró una sonrisa nueva: allí, burlona; luego, cómplice; siempre, coqueta.

—¿Cómo vas?

—Mejor que tú.

Cabalgaba con tranquila destreza de lancero.

Sayer los recibió con discreto alborozo. Había bebido lo suficiente como para borrar la urgencia de los asuntos desagradables sin que el sueño lo dejara tendido en un rincón sombreado, pero no lo bastante para que anduviese en pendencias por todo lado. Antes de levantarse para saludar a Elbers o ayudar a que Marisa se apeara, llamó a gritos a su mujer:

—Mrs. Sheat, venga. Yo le dije que eran asuntos de mujer.

Él mismo llevó de la cocina el agua de panela con limón para Marisa. Nunca había llegado con nadie a ese extremo de amabilidad y jamás lo repitió en su vida. Como lacayo solícito iba y venía con asientos, sillas, cojines, frutas. A la hora de la cena se presentó a la mesa con una impecable camisa de lino y envuelto en el aura aromada del jabón de coco.

Respecto al *Gloria*, conocían la historia de los retardos en la partida. No mucho más. Nadie creía en los cuentos sobre los desastres. El pedo de un licenciado en Tamalameque se transformaba por el camino y llegaba a Honda convertido en la erupción de un volcán. ¿Quién iba a creerles a los zambos?

Haldane quien llegó en la noche atraído, como mariposa por la luz de una lámpara, por la presencia de Santiago, repetía que sí, que nada se les podía creer. Él lo aseguraba como experto:

—Medio Magdalena hace parte de mi iglesia.

—Debería entonces acompañarnos —propuso Marisa—. Entre tantos feligreses, muchos podrán ayudarnos.

¡Ah, no, imposible! La barbilla del pálido *Deán* temblaba. Allí había adquirido las fiebres y sentía la inminencia de un ataque. Imposible volver. No, no.

De ninguna manera. Pero acaso don Santiago pudiera interesarse en cierto negocio: por cada Biblia vendida en sus barcos, obtendría una comisión de 50%. "Maravilloso", repuso el naviero: el único inconveniente era que no había barcos.

En la noche, ya solos, el diálogo eterno, o la suma de los soliloquios, se reanudó. Hablaban sumidos en su particular Babel. Ya la lluvia no golpeaba sus tambores y el fresco despertaba sapos, ranas y chicharras.

—Hemos hablado mucho de lo mismo —oyó Sayer decir a don Santiago.

Le sorprendió el español sin acento, en lugar de la jerigonza babélica de costumbre.

—Llegué aquí para cambiar la vida por la inmortalidad de la gloria. Ahora, tarde, cambiaría esa eternidad por sólo un día más de vida y plenitud.

La creciente hizo posible un viaje, con que el dueño del río no contaba, en una embarcación a la cual no tenía idea siquiera de que alguien hubiera inventado y mucho menos utilizado con éxito. En realidad, no se trataba de una, sino de tres: dos piraguas adosadas al champán por un no tan complicado andamiaje de guaduas, cuyas quillas no tocaban el agua, de tal manera que la embarcación mayor, vista desde lejos, adquiría aspecto de ave con las alas abiertas. La función teórica de los armatostes no era descabellada: evitar el volcamiento en las aguas veloces y traicioneras de los rápidos. Pero —pensaba él—, dificultan, si es que no lo hacen imposible, el manejo del timón. Su argumento fue rebatido de inmediato: para prevenir esto, en cada piragua se mantendrían dos bogas con su provisión de bicheros, palas y palancas.

El hubiera preferido cubrir el trayecto a caballo, pero Marisa, entusiasmada por la novedad y sedienta de aventura, escogió el descenso por los grandes rápidos. Antes de dar la orden de partida, un zambo, en medio de sus protestas, ató a su cintura un enorme fardo de calabazos secos.

—Si la seño'se val'agua'sto la saca mientra' vamo' po' ella.

La embarcación se desplazó casi lenta en aguas que, rechazadas por la pared rocosa, se arremolinaban para formar un pozo en apariencia manso, del que, según decían los bogas, ningún nadador había logrado jamás salir. Enseguida, desplazándose lateralmente, tomó la corriente central a velocidad de trastorno. A lado y lado, como si fluyera sobre pisos de roca dispareja, las aguas se alzaban en crestas que, rompiéndose en espuma y gotas dispersas sin tocar playa, chocaban contra olas surgidas de fangosas profundidades que parecían oponérseles. El agua bañaba el rostro de la mujer, de cara a proa, y el aire combatía contra las alas de su enorme sombrero, levantándolas y dándoles forma del tocado que usan las hermanas de la caridad.

Bajo el techo de paja del champán, Elbers seguía la maniobra con más curiosidad que entusiasmo. A veces, golpeado por la fuerza de un rizo de agua, la embarcación escoraba, pero restablecía su equilibrio el toque breve de la piragua añadida. Sobre ellas, como contrapesos móviles, los bogas, una vez en lo alto, otra en medio de espumas ayudaban a encontrar el balance. Era un ejercicio de destreza, en el que no daba la impresión que sus actores contribuyeran con otro esfuerzo distinto que el de su alegría. Cuando una hora más tarde las aguas recuperaron con sorpresiva brusquedad, Elbers escuchó lo que el torrente le había impedido oír: los gritos de la tripulación que se distribuía las tareas y las sentidas voces con que su mujer se quejaba por el fin de la travesía peligrosa.

Un cálculo rápido del tiempo empleado en el descenso y la distancia recorrida, le dio la velocidad aproximada del flujo. "Poock es un loco". No había un motor con la fuerza suficiente para vencer esa corriente, como tampoco un fabricante de cañones capaces de poner sus bombas en la cara de la Luna. El peñón de Conejo estaba cerca.

Una vez y otra repitió que aquello era una burla de la fortuna y un juego poco claro del destino: el fundador de la navegación por el Magdalena pasaba su luna de miel en champanes, enterrando a su mujer en la arena por las noches para que no la devoraran los zancudos, comiendo lo que comen los hombres del río: huevos de iguana y de tortuga, sopas de bagre y dorada, ñame, yuca y plátano, en esa mesa de campaña, con cubiertos de plata y en vajilla azul de Baviera. Por eso ella se había enamorado de Elbers. Por eso quería vivir abrazada a él y sentirse menuda, débil.

"Estás loca: soy un viejo".

"Estás loco, eres mejor que nadie en el mundo".

Era un río distinto al que ella conocía. A veces le parecía un mar dorado. "El mar es inmenso", le objetaba él, "no tiene orillas". "Ya lo sé", respondía ella. Que no fuera aguafiestas; para ella representaba un mar, aunque para él no dejara de ser río.

Su alegría, no la ternura, pareció agotarse del todo bajo el sol sin piedad de Sabanilla. Una mañana no levantó la cabeza para buscar, en el espacio azul de la ventana, la blancura henchida de las velas de la goleta que, en la rada del puerto, debía remolcarlos hasta Cartagena.

Ante el fracaso de la quina, la sangría fue el recurso del tegua. Marisa se negó a entregar sus brazos al oficio del *zurunjano* y la crisma a la recomendación de los santos óleos.

Los primeros síntomas de la enfermedad los sintió en la sombra ruinosa y en el olor a chamusque de lo que fue el castillo de proa del *Gloria*. Un frío se apoderó de su cuerpo cuando, a los demás, el calor del chaguan los agobiaba. Sufrió mareos y vómitos, pero nada dijo. Se procuró un sitio donde reposar y, si era necesario, quejarse, pero sin molestar a nadie.

Santiago aceptó su lejanía como consecuencia natural de muchos días de fatiga y sólo hasta la noche, cuando al tocar su cabeza sintió el fuego de la calentura, supo que la enfermedad había llegado para reemplazar la exaltación. Con la confianza de un hombre robusto y su fe en las inagotables reservas de la juventud y las virtudes antipiréticas de la quinina, desechó las preocupaciones graves, aun cuando se mantuvo atento al curso de la enfermedad.

Tres días después, en el puerto, se vio precisado a cambiar de actitud. La fiebre continuaba en ascenso y Marisa perdía a ojos vistas vivacidad y resistencia. Tanto, que aceptó sin reparo el regreso a Mompós.

Si bien el tratamiento del médico de la compañía no daba los resultados que todos esperaban, por lo menos estaba cómoda. El mosquitero la defendía del ataque de las plagas; el lecho, mullido en comparación con los improvisados en el champán y sobre las playas del río, la alimentación ordenada (las poco frecuentes y nada abundantes comidas que escapaban a las prescripciones de una dieta imperiosa), la compañía de otras mujeres, entre ellas Ignacia, hacían menos angustiosos para la enferma los días eternos del padecimiento.

Las crisis se sucedieron como lo habían previsto sus enfermeras al arribo del médico. Luego de una fiebre contra la que lucharon envolviéndola en sábanas empapadas en agua y alcohol, su cuerpo adquirió gelidéz de sapo. Ante el fracaso cambiaron la terapia y las cuidanderas emprendieron una intensa batalla con masajes para activar la circulación y paños calientes como recurso de brujas.

La estación en Mompós fue dura, como las épocas marcadas por los acontecimientos en los que el hombre poco puede intervenir para variar el curso del destino. Entre tanto, con asistencia de abogados y notarios llegados al pueblo, se dio comienzo a la acción contra el Estado por los daños ocasionados por su ejército.

No requirió tiempo conseguir los testigos. Haisson expuso detalladamente los acontecimientos. Se aportaron a la causa las declaraciones de los comerciantes que, a su vez, por insinuación de don Santiago, establecieron demandas también contra el Estado por daños y perjuicios. En cuanto a la orden de sabotaje que hubiera podido recibir de alguien el coronel al mando de la tropa, nada pudo aclararse. "Ya ese hombre está pagando sus cuentas en el infierno", decía Silverio Blanco, y era mejor, porque, "si no es por mí, seguro que lo premian mandándolo al exterior".

Una cosa quedaba en claro: alguien estaba dispuesto a todo para sacar la empresa del río y seguramente poner la suya. Elbers envió a Borrowgs un mensajero, con toda la documentación que consideró del caso, para apremiarlo en la preparación de los barcos. Iría tan pronto le fuera posible para firmar los compromisos finales.

En cuanto se refería al aspecto financiero, por primera vez en largo tiempo la empresa contaba con dinero en efectivo. La compañía se constituyó en Mompós y las acciones puestas en venta fueron adquiridas con velocidad sorprendente. Los hacendados del río no requerían demasiados argumentos para entender la bondad del negocio. Ni siquiera les interesaba mucho si la operación resultaba o no rentable. Lo importante era el servicio.

Imbrecht, convertido en acucioso promotor, colocó buena parte de las acciones entre los miembros de las familias de los marqueses de Torre Hoyos y los mayorazgos de Mier y Guerra. Las malas lenguas decían que entre los accionistas no faltaba uno que otro contrabandista, algún tahúr convencido de que en reemplazo del "protestante" aparecerían sectores represivos de la curia y algún dueño de burdeles seguro de que con su participación reanudaría, con menos limitaciones, el viaje de las pupilas.

Don Santiago, agobiado por el trabajo, no descuidó ni por un instante la atención a Marisa. Asomaba la cabeza de león plateado con afanada constancia, reflejada en el rostro la atribulada aceptación de que podía hacer poco y colaborar en nada. Se limitaba a mirarla. Un oficio insensible de tijera y navaja hacía parecer más pequeña la cabeza rapada y más agobiado el rostro perdido en la blancura sin sentido de las sábanas.

Una tarde, el médico abandonó la habitación de la enferma menos confiado que nunca.

—No creo —confesó— que resista la última crisis. Es un milagro que haya sobrepasado dos.

—Vivirá —afirmó Santiago—. Yo sé que vivirá. Ella quiere vivir.

El galeno, acostumbrado a la rebelión inútil de los afectos contra el impasible asunto de la muerte, nada dijo; ni siquiera levantó la cabeza para despedirse.

Contra todo lo esperado, la crisis que cerraba el ciclo de la enfermedad resultó benigna, y un domingo, cumplidos cuarenta y cinco días de los primeros síntomas, la gritería de Ignacia en la cocina puso a Elbers en la mitad del patio con el corazón asustado.

En la primera hora de la convalecencia, la señora pedía caldo.

Las noticias de Bogotá no eran las mejores. Según los abogados y el encargado de la administración, como respuesta a las demandas entabladas, los representantes del establecimiento oficial, puesto en plena marcha, indagaban entre documentos y escuchaban pareceres con el fin evidente de acusar a la empresa de incumplimientos graves. Algunos miembros del Congreso se mostraban públicamente dispuestos a discutir la validez del privilegio y su conveniencia. La intervención de Harrison en defensa de los intereses norteamericanos atizó la hoguera. Más tarde sabría Elbers que, ante el estupor de muchos, el cónsul anunció que, si no se permitía que la bandera norteamericana ondeara como pabellón sobre los barcos de la compañía, las fuerzas armadas de su nación tomarían las medidas del caso.

Don Santiago escribió una larga carta en que aseguraba al gobierno que jamás se había pensado en que los vapores tuvieran una nacionalidad distinta a la colombiana. Con igual propósito se dirigió a Harrison y le rogó que eludiese, hasta donde fuera posible, los aspectos políticos. Le recordaba que media América sentía la amenaza de una nación que antes que opositora debía ser amiga. Insinuaba que defendiera los intereses de Borrowgs y destacara las bondades de la transacción en lugar de oponer la defensa de unos derechos discutibles.

Entre tanto, el milagro de una dieta de cocidos de zapote, aguas de níspero, papillas de ñame, malanga, jugos de fruta, ternuras de bollo limpio, caldo de cabeza de bagre o pollo joven, rescataba a la enferma del pasajero sudario en que la había envuelto su enfermedad. Una mañana tuvo fuerza suficiente para sostener la taza que le llevaban a los labios y, luego, la de erguirse en la cama y reposar apoyada sobre almohadones.

Y todos supieron que estaba irremediablemente sana cuando pidió un espejo y útiles para arreglarse.

Otra tarde, ya con el vigor suficiente para alcanzar una silla, congregó a las mujeres, que durante las muchas semanas la habían atendido sin desamparo, para preguntarles si era cierto que en todo aquel tiempo, inmerso para ella entre brumas y delirios, la sangre no había manchado las sábanas.

¿Alguna recordaba haberle colocado paños menstruales?

Se consultaron todas entre miradas, secretos, risas. No. ¿Ni un día de hemorragia? Tampoco. Se trataba, pues, de la tercera falla. Pero no debía hacerse ilusiones. Era la enfermedad, no la preñez, la causante de la interrupción del ciclo. Por menores fiebres otras habían abortado. ¿De qué habría podido alimentarse el feto, si ella misma casi muere de hambre? No. Que no se hiciera ilusiones y, en vez de llorar, diera gracias al cielo por haberse salvado.

Los trabajos de recuperación del *Gloria* adelantaban con relativa celeridad. Ante las dificultades prácticamente insuperables que representaba remolcarlo aguas abajo, se lo colocó, a fuerza de cabos, brazos y malacates, en el lugar indicado para convertirse en improvisado dique seco. Mientras don Santiago, que hacía las veces de arquitecto naval, preparaba los planos de carpintería, Haisson levantaba, con materiales de pesadilla para cualquier constructor, un astillero que, según sus propias palabras, parecía el nido de un pez loco.

Las piezas de madera llegaron con inesperada regularidad. No así los elementos para reemplazar las tuberías y rehacer los conductos.

Las noticias de Borrowgs se adelantaron a las expectativas. Los vapores se hallaban listos. Los términos de la asociación deberían ser motivo de acuerdos y de estudio para evitar la interferencia de los gobiernos. Se requería de nuevo la presencia de Elbers. *Hay muchas y muy importantes cosas que no pueden resolverse a través de terceros o tratarse a distancia de meses en la correspondencia.* El final era perentorio: no mantendría indefinidamente la palabra empeñada. Fijaba un plazo.

—¿Tienes fuerzas para resistir un viaje largo?

El sol de la tarde golpeó de sesgo el patio arbolado y su luz estableció islas de sombras y playas de brillo en el piso y la pared del corredor. La mujer, levantó la cabeza, entreabrió los ojos y asintió sin decir nada. Dibujada en el resplandor que por un instante doró el breve plumón que florecía en la cabeza rapada, su figura evocó el juego de un oficial que disfraza de mujer a un soldado.

—Te hablo en serio.

Era posible que ella lo creyera broma.

El menor esfuerzo la sumía en un cansancio sin fondo del que únicamente la recuperaban horas y horas de sueños enlazados los unos en los otros como discursos de profeta. Le costaba trabajo saber si eran invenciones del letargo las sombras y voces que iban y venían concentradas en sus propios afanes durante su reposo. Los días cortos, igual que las noches y confundidos porque no guardaba memoria de su paso, fracasaban como medida del tiempo. Aprendía a comprender su transcurrir sintiendo que algo como una materia luminosa y alegre penetraba gota a gota en su organismo para aposentarse allí.

—Yo puedo viajar, pero el niño no. Vete solo. Nosotros te esperamos.

No quiso contradecirla. Si el sueño la hacía feliz, ¿para qué romperlo?

—No puedo aplazarlo más. En Cartagena aguardan un barco que sigue hacia Cuba.

Lo acompañó, transportada en parihuelas, hasta el brazo del río donde lo esperaba el champán. Cubría su cabeza un enorme sombrero de paja, blanco como el traje y festoneado con cintas color grana. Él caminó al paso que la llevaban, revuelta la cabellera por la brisa matinal del sudoeste, y todos dicen que abordó como a pesar suyo.

Ramón Torres Méndez. Bogas del Magdalena descargando un champán. *Lápiz sobre papel. En:* Crónica grande del río de la Magdalena. *Bogotá. Ediciones Sol y Luna. 1980.*

VI

Apenas se cumplía el mes de la partida de don Santiago, cuando Marisa, por consejo de los médicos, se trasladó al clima seco de Santa Marta. Mateo Aguilar en persona guio la embarcación desde la boca del canal y la condujo a Ciénaga, donde los esperaba un falucho de pescadores.

Empapada por las salpicaduras y dichosa de respirar sin la ponzoña ni los efluvios de cosas pudriéndose que anegaban el aire de las selvas y los pantanos recorridos, descendió en el muelle de Santa Marta entre el vocinglerío y los festejos, como de animal que escapa de una jaula, que a gritos elevaba una horda de marineros rubios cuyo navío tocaba tierra, y los pregones de la negrería que ofrecía frutas para calmar la sed, alojamiento, ron, pescado frito o guía por los burdeles.

Quienes la conducían tomaron calles estrechas para resguardarse del sol bajo la sombra de los amplios aleros. Había poca gente. Ni siquiera se escuchaban voces de niños. Marisa tuvo la sensación de ingresar a una ciudad semejante a las que el alma visita en las noches de sueños con malos presagios.

La cortinilla colgada sobre las ventanas de la parihuela apenas le permitía ver jirones de paisaje y la aislaba también del ruido. Ni siquiera lograba escuchar el golpe seco de las plantas descalzas de los negros sobre el piso duro de las calles. En las ocasiones en que el lienzo, levantado al capricho de las brisas, perdía su calidad de velo, descubrió muros anteriormente blancos emparentados, por años de inviernos y descuido, con el color y la piel de los tiñosos o caratejos.

Agobiada por el calor y por la sensación de haberse dejado llevar al territorio de los actos sin compromiso, descubrió, al término del recorrido, dentro de un paisaje huero de significado, el hogar que se le había destinado. Era una casa blanca, recién enjalbegada; tenía nueve ventanas a la calle, un portalón capaz de permitir el paso de un coche enorme y un jardín que, comparado con el de la ordenada selva de Mompós, resultaba de cuartel argelino.

Alguien abrió la puerta y una voz la invitó a entrar. La mansión era espaciosa, pero a la vez íntima y amable. El salón de recibo y las alcobas daban hacia el primer patio.

No le gustaron los huesos –tabas era su nombre– que, sacados de las patas del ganado se utilizaban como adorno para el embaldosado del vestíbulo. Pensó al primer momento en retirarlos porque le recordaban los cementerios. Pero no lo hizo, pues, mientras esperaba a un obrero, que se tardó semanas, se olvidó de mirarlos como señales de muerte y encontró gracia en el dibujo y belleza en su irreductible tinte marfilino.

Su vigor iba en aumento y, con él, su alegría. Se ocupaba de todo, que es como decir de nada. Despertaba al comienzo del día fascinada por el trino de decenas de pájaros silenciados luego por la llegada y el graznido seco de un animal de patas largas, pico curvo y maneras de anciano rabioso, que hacía suyo el jardín y se aposentaba sobre el tejado. Como era de mala suerte, decían, las mujeres de la servidumbre trataron de espantarlo, pero ella se los prohibió. Le encantaba su aire de castellano solitario y su perfil de asceta.

Se levantaba tarde. Parte de las mañanas las ocupaba en escribir largas cartas para Santiago. Descubría el placer de garrapatear sus ocurrencias, descripciones y noticias, y llenar página tras página sin orden ni tema único. Cuando se regularizaron los envíos de copias de cartas y documentos desde Bogotá, pudo añadir comentarios y pareceres sobre la marcha de los asuntos de la compañía.

Por alguna razón que nadie supo explicarle, durante una larga temporada no arribó ningún barco que tocara puertos de donde le fuera redespachado el correo. Como la correspondencia se amontonaba en el cajón del *secrétaire,* concluyó por burlarse de sí misma y de esa tarea, que adquiría rasgos de tejido de Penélope, pues ella también, en espera de su Ulises, desbarataba el tejido epistolar cambiando o corrigiendo reflexiones anteriores y echando por la borda ideas en cuya defensa entusiasta había gastado párrafos y días.

Dedicaba otras horas a la lectura. La ciudad tenía sobre muchas la ventaja de ser puerto y no era difícil conseguir en los barcos que fondeaban algún libro, sobre todo si lo pagaba bien. El corresponsal de la naviera asumía el pedido de comprarlos en Cartagena. La comisión suscitó disgustos una vez que ella reclamó por la escasez de los envíos y el encargado le repuso que ya tenía muchos, pero que algunos carecían de *nihil obstat,* y otros, que él se había preocupado por revisar, no los encontraba adecuados para la lectura de una joven señora. El diálogo no fue demasiado cordial y se presentó un conato de renuncia, que hubiera aceptado ella de buena gana, si no fuese porque el cargo era de responsabilidad y no supo a quién encomendarlo.

Pasaba la mitad de la tarde en reposadas siestas y a las primeras horas del atardecer daba largos paseos en coche o a pie.

Al contrario de lo que imaginaba, la vida social de la ciudad era mínima, y no le atraía incorporarse a esos círculos exclusivos. Como a nadie visitaba, nadie acudía a verla. Temprano procuraba el descanso, luego de una cena copiosa como lo disponía su médico y dormía sin sobresaltos hasta la hora ansiada del concierto matutino.

La tarjeta en que Patrick Campbell le anunciaba un lunes su visita para el miércoles siguiente, la inquietó a la vez que la alegró. Su nombre le resultaba familiar, pero tardaría mucho en descubrir de quién se trataba. Ya no había tiempo para averiguar con Mr. Poock, a la sazón en Cartagena, los motivos de la entrevista. Ordenó, entonces, preparar colaciones y jugos y se dispuso a recibirlo vestida con la discreta elegancia de un ama de casa.

Esperaba, porque así lo había imaginado, a un hombre pálido, con manos largas y ademanes ceremoniosos de inglés educado, y frente a ella se presentó un hombre de espaldas anchas, calvo, rubicundo, con maneras de capitán español de caballería. Lo único que coincidía con sus expectativas era el timbre grave, a la vez que sedoso, y una cuidadosa vocalización de cantante.

Campbell se presentó a sí mismo como cónsul inglés. Lo había sido en Bogotá y recientemente en Lima, de donde zarpó hacia La Habana para ejercer el mismo cargo.

Los primeros minutos de la entrevista fueron difíciles. Se habló de la ciudad, del clima, de las dificultades que había afrontado él para encontrarla y, por fin, de Santiago.

Campbell declaró que se consideraba un amigo suyo muy cercano, pues los unía una pasión común: la música.

—Perdón —interrumpió la mujer, con voz feliz—, ¿es usted Mr. Sore Throat?

Durante una noche previa a sus fiebres, enterrada bajo un túmulo de arena en la riberas del río, con la cabeza protegida por los velos, empapados en agua, de un mosquitero, incapaz de dormirse aunque esa especie de tumba resultaba más fresca que cualquier otro abrigo, había protestado por aquel escándalo múltiple: las canciones discordantes de los bogas borrachos aunadas al retumbo áspero, hecho de rugidos, alboroto de sapos, estrépito de truenos lejanos, gorgoteo en pozos invisibles, silbos y crujidos, que brotaba de la selva y las aguas. Entonces había dicho que en el próximo viaje, así lo hicieran en mula, exigiría que llevasen un piano. Elbers contestó que no: mejor una orquesta y un coro enorme. Y ella repuso que eso representaba demasiada gente; prefería un piano, así fuera tan pequeñito como una caja de música.

"Yo tengo entre la bolsa una orquesta *chiquitica*", le comentó Santiago, a quien divertía de Marisa el uso constante de diminutivos para nombrar las cosas por las cuales sentía cariño, así fueran enormes. Y extrajo un instrumento hecho de cañas de distinto grosor y longitud, lo deslizó bajo el labio superior e hizo sonar escalas dulces.

"Se llama flauta de Pan".

"¿Pan?", había preguntado ella.

"El sátiro que perseguía a las ninfas en Grecia, pero en este caso no es la del chivo libidinoso, sino la de un barítono inglés, aun cuando hecha igualmente de carrizos".

"No entiendo nada", quiso decir ella, pero calló.

La música, lenta y majestuosa al inicio, como deben ser las invocaciones, empujaba su corazón del recogimiento al frenesí dichoso, igual que el viento impele a la cometa que se aventura en los espacios. Sonaba a flauta, sí, pero con oquedades y brillos y registros como garganta de pájaro, metales y maderas sin nombre, fluir de agua, viaje de hojas por la espiral del viento.

"No en vano la tocaba el sátiro", pensó ella, si bien la hacía evocar seres de luz.

"Telemann", explicó él en la pausa entre los movimientos.

Enseguida la música retomó su flujo misterioso y convirtió el alto follaje de la selva en el domo de una basílica colosal.

El antiguo cónsul en Bogotá y Lima asintió, mientras probaba con delicada cautela el sabor de un jugo de madroño.

—¿Le habló de mí? Así me llamaba, y, si no hubiera sido por él, hubiera destruido mi garganta en el empeño de continuar cantando como tenor. Durante noches enteras, días, semanas, don Santiago se mantuvo atento a mi voz, para educarla. Ese hombre que se proponía cambiar un país y, con él, empujar a América hacia el mundo moderno, es un hombre sensible, delicado y capaz de perder la memoria del tiempo exaltado por el encanto de la música.

Lo de la flauta de Pan había sido, según relató, una amistosa transacción. A cambio de esas lecciones y la vigilancia de su manejo vocal, él se la había regalado, no sin antes brindarle los rudimentos de su endiablada técnica. El cónsul recordaba con nostalgia aquellos tiempos magníficos, cuando con él rompieron las rutinas insoportables de una sociedad que no se atrevía a confesar que se estaba aburriendo.

—¡Señora! —exclamó, como en éxtasis—, preparamos el Gloria de la Misa de la coronación —y, con una expresión a la vez extática y sorprendida, palmoteó—. ¡Aquel coro fue maravilloso! Y no hablo bien de los solistas, porque estaba entre ellos. Desde ese día, todo el mundo quería cantar— confesó, entre orgulloso y tímido.

Sin embargo, no estaba allí para revivir buenos tiempos, ni días hermosos. No eran tranquilizadoras las nuevas que debía comunicar a Mr. Elbers, sino tan graves que había evitado comentarlas con sus representantes y abogados. Tenía escrito ya un mensaje. ¿Podría ella hacérselo llegar?

No, Marisa no tenía certeza de dónde se hallaría Santiago. La orden era despachar la correspondencia a Mr. Silas Borrowgs, en New Orleans, pero sus negocios le llevarían muy seguramente a New York, Filadelfia y quizá a Chicago. Y hasta Tampico, en el golfo de México, se encontraba en el hipotético itinerario. ¿Cuáles eran aquellas novedades que lo preocupaban tanto?

Campbell pidió excusas. En realidad no eran noticias, sino lo que en sociedad se llamarían chismes o murmuraciones.

—Sin embargo, señora —aclaró—, son la materia prima con que contamos los delegados en países extranjeros para informar a nuestro gobierno de acontecimientos probables. Dicho en otras palabras: lo que tengo escrito para Mr. Elbers y que usted quiere escuchar no es una verdad, pero tampoco es una mentira. Se trata de algo que debe tomarse en consideración para diseñar con tiempo y prudencia una defensa. Fíjese usted: los militares insisten en que el factor sorpresa gana las batallas. Los enemigos pueden ser los sorprendidos si con antelación al ataque se toman las medidas necesarias para resistirlo y alistar la contraofensiva.

Había oscurecido ya, conversaban sumidos en la media luz rojiza de un par de lámparas de aceite adosadas a la pared.

—Debo irme —declaró el cónsul, levantándose—. Ni aquí, ni en Lima, ni en Bogotá, Caracas o Quito, y seguramente tampoco en La Habana, es bien visto que un hombre y una mujer casada permanezcan solos cuando ha llegado la noche.

—Está loco —dijo Marisa, riendo—. No tengo virtudes que defender ante nadie que no sea Santiago. Y necesito saber qué está pasando.

Hizo sonar la campana de bronce que reposaba a su lado, sobre la mesa.

—El señor cónsul cenará aquí —anunció a la esclava—. ¿Le gustaría en el jardín? Es un sitio menos íntimo que el comedor principal y su honra quizá sufra allí menos...

—Bolívar —continuó Campbell, cuando Ignacia desapareció—: El problema es el Libertador. Ha cambiado. ¡Ha cambiado tanto! Hace quizá un año o algo más, cuando Mr. Elbers estuvo con él en Lima, vivía los grandes momentos de su gloria. Su palabra era orden y, para que cada deseo suyo se cumpliese, un ejército de validos, empeñados en obtener las prebendas de su cercanía, se mostraba dispuesto a cometer atropellos o delitos. Todos los días se levantaban arcos de honor para que transitara bajo ellos y las coronas de laurel tejidas por las manos de sus adoradoras se apilaban marchitándose. Envanecido por los triunfos, la frase elogiosa, el aplauso interesado, se aislaba. El círculo oficial lo componían los señores de la antigua

aristocracia que unos meses antes ansiaban fuera muerto
o derrotado, puesto que preferían a los españoles a
quienes ya sabían manejar, y no a ese ejército republi-
cano con divisiones comandadas por mestizos, zambos, mulatos –¿pardos es también su nombre?– y el
grupo de oficiales jóvenes y ambiciosos, impacientes
por obtener posesiones en pago de sus servicios o por
gobernar pueblos y, que en la paz a medias conquista-
da, sostenían la batalla sorda de la política sin reglas ni
principios. En la guerra a muerte, habían perdido miedo a la sangre y estaban dispuestos a prescindir de
quien dificultara su ascenso. Ganada la lucha contra el
enemigo, el ejército, dividido en facciones, se volvía
contra sí mismo. No acababa el Libertador de palpar la
grandeza de sus triunfos, cuando descubría tener más
enemigos que nunca. Era infinitamente menos complicado combatir contra tropas que enfrentar opositores,
que emboscados usaban como arma la maledicencia,
la calumnia, la mentira, para desacreditarlo. Una noche dijo: "Aseguran que permanezco aquí para satisfa-
cer mi vanidad, que reinar en Perú es más grato que
trotar por páramos, desfiladeros y llanuras donde el
horizonte es el cielo. No entienden que los países y yo
necesitamos tiempos de paz para aprender en ellos a
gustar de las libertades y ocios que nos permite la
condición de no ser ya siervos. Vine a Perú porque me
solicitaron que fuera su guardián. Y, ahora, aun quienes parecían ser mis amigos, afirman que pretendo
convertirme en su amo y su tirano". Las cartas lo en-
tristecían o llenaban de rabia. En Bogotá, el encargado
del ejecutivo se negaba a estudiar recomendaciones

aduciendo vicios de inconstitucionalidad, o demoraba el cumplimiento de los mandatos por razones administrativas. Bolívar se quejaba: "Me roban la gloria y desbaratan el país que hubiera sido el futuro y la grandeza de América".

El cónsul interrumpió el flujo de sus recuerdos cuando ingresaron las dos negras con la cena, compuesta por sopa en cazuela y una canasta repleta de monedas, pensó él, pues tenían el color del oro y su dureza aparente, aunque los dientes las quebraran sin esfuerzo ni violencia, con un ruido seco, hechas de plátano frito,

—Espero que le guste —dijo ella, sonriendo para evitar el posible desconcierto cuando llegaron las cazuelas—. Estas negras maravillosas cocinan el pescado en agua de coco.

Cambió el tono y tomó una cucharada de sopa para dar al huésped la oportunidad de imitarla. Comprendió que había llegado el momento de que ella se adueñara de la conversación. En ese arte los soliloquios desgastan los contenidos y era necesario intervenir para que el cónsul no callara antes de referirse a algo distinto al deterioro del carácter que puede traer consigo el ejercicio del poder, pues aquello constituía, necesariamente, un prólogo, y las noticias importantes se ocultaban tras él.

"Los diplomáticos", pensó, mientras él hablaba, "están habituados al diálogo, no al discurso". No se justificaba la visita para anunciar problemas, si eran únicamente los asuntos expresados hasta entonces.

Pero el tema no varió. Mr. Campbell divagaba utilizando todos los recursos de la memoria e introduciendo en el relato la amistad de su esposo con el Libertador. Y luego ella hizo una pregunta como quien dispara un cañonazo.

—¿Qué opinión tiene ahora él de Santiago y de la empresa?

El cónsul concluyó el plato sin prisa. Sentía que acababan de ahorrarle largo rato de esfuerzos.

—Entienda usted —dijo, limpiándose la boca— que lo que yo diga no es la verdad, aun cuando pueda estar cerca de ella. Tengo entendido que el encargado del ejecutivo no ha visto nunca con buenos ojos el trabajo de Mr. Elbers. Sus informes han sido, según dicen, una queja constante. Los abogados anteponen los términos jurídicos a cualquier cosa. Hablan de incumplimiento sin pensar en los problemas que se ha debido sortear. Es aterrador descubrir que, en lugar de la defensa del hombre, de la persona, se organiza todo un Estado para defender la *juris* a costa de la *humanitas*. Pero la mayoría no sabe que se defiende el gran aparato de la legalidad para dar ingreso a los negocios oscuros.

Marisa intervenía de vez en cuando, como puede hacerlo el jinete cuando fustiga la cabalgadura con su voz y los restallidos de su lengua más que, de manera impaciente, con las espuelas.

Aunque el ron tibio denunciara su origen poco claro, la segunda copa ayudó al cónsul a redondear el discurso. Encendieron tabacos con el ánimo de espantar la plaga zumbadora.

Él tuvo siempre un enemigo. Las cosas han cambiado. Ahora se enfrenta además a alguien, muy poderoso a quien convencieron de que había sido traicionado. Un amigo que se siente engañado es mil veces más peligroso a la hora de la retaliación, porque actúa guiado por el despecho y la rabia. Los amigos son maravillosos durante los tiempos de fraternidad, pero, una vez rota, no perdonan lo que consideran la mayor afrenta: el uso indebido de un afecto. Creo que es el caso del Libertador respecto a su esposo, y agrava la situación la vanidad creciente, yo diría enfermiza, que ennegrece el ánimo de Bolívar. El encargado del ejecutivo logró lo que buscaba con la queja jurídica. La concesión corre peligro, si acaso ya no está perdida.

Marisa, quien había solicitado licencia para tomar notas, inquiría el origen de los rumores, los nombres de los informantes, sin demasiado éxito. El cónsul insistía en conservar el secreto de las fuentes, pero al mismo tiempo daba los indicios para localizar las personas. Se mostraba sorprendido de que Elbers estuviera enterado sólo del asunto de la construcción de los barcos. Tras el primer tabaco, encendieron otro.

—¿Conoce usted a Vergara? —le preguntó luego de un largo prólogo sobre la conformación de los grupos, no se atrevía a llamarlos partidos, que apoyaban al presidente y criticaban al vicepresidente.

Según pensaba, el secretario de Hacienda cumplía con el oficio arlequinesco de obedecer a dos patrones. El Libertador lo consideraba un hombre de confianza que, infiltrado en el gabinete, desempeñaría con eficiencia una labor de informante. Para el vicepresidente, a su vez, era la persona gracias a la cual podría obtener información sobre los deseos del primer magistrado. Acaso no era así:

—Vergara es fiel sólo a sus propios intereses —afirmó Sore Throat.

El progresivo y negativo cambio tenía en ese personaje su origen y su explicación. Su amistad con Francisco Montoya colocaba en tela de juicio su desinterés.

—Me refiero —explicó— a la posibilidad de que sea una de esas personas a quienes en el lenguaje diplomático llamamos agentes dobles: alguien sin moral ni principios, rico en ambiciones, cuyo oficio es servir de puente entre distintos grupos.

Durante un largo rato, las mujeres de compañía, ocultas por la penumbra, eternizaron rosarios. Luego cantaron. Una voz entonaba la estrofa y el coro contestaba como en una letanía, aunque los versos fueran más largos y las respuestas variadas. Sin embargo, algo tenía el canto de espíritu religioso: un tono solícito y a veces desesperanzado, como el del limosnero que implora caridad o el moribundo que quisiera atenuar con alguna alegría su desdicha. Más allá de las voces, como un acompañamiento a la melodía, el golpe de las cucharas de palo una contra otra marcaba un ritmo seguido por dedos que tamborileaban sobre maderas sonoras.

—Yo, en el lugar de Mr. Elbers, consideraría inminente la pérdida del privilegio de exclusividad y me dispondría, con la experiencia que él ya tiene, a vencer una competencia que se lanzará como un perro ciego tras la huella del jabalí. Hay algo que me preocupa más que todo —añadió Campbell—. El libertador fue informado por el mismo vicepresidente de la oferta que le hizo Mr. Elbers de regalarle acciones de la compañía a cambio, infería él, de que el gobierno hiciera la vista gorda con las fallas de la empresa.

Según el parecer de Sore Throat, Bolívar había tomado textualmente la queja de Santander en el sentido de que se trataba de un vulgar intento para comprar la conciencia del Estado, lo cual emplazaba a don Santiago al banquillo como delincuente, y consagraba la pureza moral del legalista.

Ahora, tras conocer las intimidades del incendio de *Gloria*, el rompecabezas se armaba.

—¡Una tela de araña! —exclamó—. Una verdadera tela de araña.

Por una calle oscura y acompañado por un esclavo que lo precedía con la antorcha, Campbell procuró apresar en la memoria aquel rostro marcado por las huellas de la enfermedad, pero fortalecido por el gesto de quien acepta enfrentar sus problemas. No le parecía haber estado frente a una mujer débil; bien podía atestiguar el entusiasmo adolescente de quien se alista para el combate con la dicha ciega de un jugador de ajedrez antes de su partida.

—Señora,— había terminado por decir Campbell.
—Estoy seguro de que usted podrá hacer mucho en beneficio de su esposo. Sin embargo, para torcer el curso de esta historia, no se requiere voluntad, sino barcos. Y únicamente la presencia de Mr. Elbers salvará el privilegio.

Doblada entre la caja de pañuelos, en el fondo del equipaje, atada con una cinta, encontró Elbers una tarde cualquiera en el rincón de un baúl una nota de Marisa, acompañada por otra, de puño y letra del médico, con el anuncio de que el embarazo avanzaba normalmente. Era un hecho, según escribió Marisa, y había preferido no confesarle su certeza por temor a que él postergara un viaje que era urgente. Ya lo habían retardado sus fiebres y la convalecencia. Soñaba que ahora la dicha de la paternidad acompañara las horas de Santiago y se convirtiera en fuerza para vencer obstáculos.

En esa misiva, ella le prometía seguir a pie juntillas los consejos médicos y escribir con la frecuencia que le dictara su corazón y le permitiera el doctor.

En New Orleans, Elbers encontró prueba de que cumplía lo dicho. Dos cartas habían llegado antes que él.

Que Mr. Silas Borrowgs no estaba en la ciudad fue la única información conseguida en los astilleros. Como obedeciendo a una consigna, los empleados se negaban a decir cosa distinta de que "debe regresar dentro de algunos días", sin determinar cuántos. Mr. Silas lo había estado esperando y "tenga por seguro, Mr. Elbers, que conocía su inminente llegada". Nada más.

Según amigos personales, podría estar en Nueva York concluyendo una negociación de motores, o Mississippí arriba o en Filadelfia; incluso en Canadá o en La Florida, pues se mostraba interesado por abrir nuevas rutas en el laberinto de los pantanos. O cerca a Cincinnati, a orillas del río Ohio, ocupado en revisar la construcción de barcos que esperaba colocar en los grandes lagos.

Elbers también le escribía a Marisa:

"Debo confesar que Mr. Silas Borrowgs desapareció o que no puedo hallarlo y me preocupa su ausencia, no tanto por la tardanza para dar forma a negocios comunes, como por la posibilidad de que sea más una fuga que un prolongado viaje de negocios. Me da mala espina que en su propia empresa nadie sepa dónde está y todos aseguren que se ausentó obligado por diligencias importantes".

Eran cartas diarias, redactadas de tal manera que a ella le costara trabajo saber si estaba hablando en serio o con un tono zumbón. Lo acompañaba la certeza de que Marisa las recibiría con una tardanza colosal y junto con otras recientes; que su lectura propondría el juego de los rompecabezas y su relato, parcialidad de lo parcial, sería apenas, si acaso, otra anécdota.

Escribir, sin embargo, y hacerlo para Marisa, era reflexionar de una manera nueva, puesto que, en lugar de la voz propia, algo dentro de sí mismo respondía con tono apaciguador a los argumentos y, en lugar de la certeza pesimista de un pavoroso desastre, llegaban soluciones nuevas.

La imagen del otro enriquecía, puesto que ya no se trataba de una, sino de dos visiones de mundo que argumentaban bajo el dictamen de la inteligencia, implacable y necesario juez. El recuerdo del otro – la voz de Marisa que a través suyo pensaba– resultaba sorpresivo para quien, habituado a iniciar la acción a partir de la propia reflexión, jamás había consultado con nadie su parecer. Descubría que la relación con ella representaba mucho más que la salvaje alegría de dos cuerpos ansiosos: la paz sin nombre de quien se sabe acompañado por alguien ante quien no son necesarios los disfraces y puede llegarse a exhibir sin vergüenza debilidades y temores. La existencia de esa persona, de quien lo separaban mares batidos por huracanes empeñados en impedir que fueran y vinieran para ambos palabras y noticias, superaba su aparente soledad, pues no está solo ni lejos aquel que lleva a otro consigo.

Antes de dar un paso me pregunto cuál sería tu opinión. Cuando no logro imaginar tus palabras, pienso en la forma que adquirirían tus ojos: si se abrirían sorprendidos en la mímica insegura de que algo te suena sin sentido o sonreirían aceptando el argumento. Ojos furiosos, ojos pasivos, desinteresados, acusadores, yertos, alegres. Pienso en el lenguaje silente de tus ojos cuando me hacen falta tus palabras...

A medida que descubría la urgencia de imaginar aquello que Marisa hubiera pensado o dicho de estar presente, lo asaltaba el recuerdo de tiempos pasados, el cúmulo de funcionarios que lo perseguían en cortejo y cuya opinión poco o nada había tenido en cuenta. Jamás, hasta entonces, la conciencia había entristecido su ánimo. Lo acompañaba la certidumbre de que la pasión por la música no sólo representaba la búsqueda del encuentro con las formas bellas, sino también la esperanza de habitar una emoción compartida; que coros y orquesta fueran su oportunidad para vivir el instante, junto a otros, de una empresa común.

No solo te debo el milagro de haber conocido el amor –y los rasgos de la caligrafía perdían sus perfiles precisos y se redondeaban–, *sino el de haber descubierto el aspecto amable de los demás.*

Sin orden, como impulsada por una fuerza propia, la pluma atacaba el papel y se adelantaba a la meditación:

Creí que impulsar el progreso era prueba de amor y respeto por todos los hombres y a través tuyo descubro que es mi fantasía; el sueño de pedestal para una estatua.

Fue ésa, entre muchas, la misiva más larga. Regresaba a sus folios luego de la faena del día, durante el cual había redactado mentalmente párrafos para después olvidarlos. Discursos íntimos que el acto de transformar en palabras dotaba de sentido. El tiempo hubiera transcurrido áspero y agresor en ausencia de aquella inusitada actividad tras cuyo cierre la toma de decisiones resultaba fácil y concisos los argumentos que la soportaban.

Quizá le sería más sencillo que obtener datos sobre la ubicación de Mr. Silas Borrowgs, conseguir información sobre los barcos cuya construcción había sido ordenada con objeto –era lo probable– de raparle la concesión y el privilegio de exclusividad.

Lo sorprendió el relato orgulloso de los carpinteros navales a cuya dirección y trabajo habían sido confiados. Su descripción le recordó los burdeles "estilo chino" que años antes visitara en San Francisco, recargados de maderas, bronces y pinturas, y la apariencia de sus residentes: maquillaje, pelucas, tules, cadenas de falso oro y lentejuelas para ocultar miserias o tornarlas seductoras. Los navíos llevarían mascarones de proa y columnas neoclásicas de madera ordinaria pero enchapada; los camarotes estarían recubiertos de corcho, como alcoba de asmático...

No era necesario poseer experiencia marinera para llegar a la conclusión de que aquella suma y multiplicación de adornos incidiría negativamente en el comportamiento de la nave y la eficacia de sus motores. Eran naves de relumbrón con destino de incompetencia. Imaginando el escándalo grotesco de esa carpintería, acudió a su memoria por asociación de fastos inútiles, su última entrevista con el vicepresidente.

Cuando el edecán abrió la puerta y le invitó a seguir, se halló frente a una escena inusitada. El general, en una silla alta colocada sobre una tarima, posaba para un pintor conteniendo la respiración, como si quisiera evitar que el vientre desbordara la casaca, y estiraba el pescuezo en un esfuerzo inútil por impedir que su papada invadiera los bordados del alto cuello de paño que remataba el traje de diseño y adornos tan complicados que, en vez de fasto castrense, recordaba tardes de ruedo. Un gorro rojo con forma de bonete inflado, elaborado en sedas, le prestaba la apariencia de gallo enorme con la cresta inflamada. En la penumbra del piso, detrás de las botas, se columbraba el brillo inesperado de las espuelas de plata y oro que devolvía apagada la escasa luz de las candelas: lujo inútil, por cuanto el funcionario no tendría, ni de lejos, la obligación o la fortuna de trepar sobre un caballo. Le pareció entender que el pintor con discreto buen gusto intentaba morigerar los delitos cromáticos del uniforme, pero que, tal vez a pesar suyo, trasladaba con artesanal paciencia los detalles del vestuario y también el espíritu de la pose: su voluntad de evocar perfiles para moneda.

Santander se mantuvo durante un largo minuto como si no hubiera reparado en la presencia del visitante en esa actitud impuesta, pero luego, mientras descendía de aquel pedestal creado por un utilero, se excusó:

—Vea usted, don Santiago —sonrió Santander como excusándose— lo que los amigos y admiradores lo obligan a uno a hacer.

Ahora me preocupo menos –le había informado Elbers a Marisa–. Son vapores de carnaval. Pesarán demasiado y toda su grandilocuencia la castigarán el río y la humedad, capaces de enfermar al bronce, el agua habitada por arenas implacables y el calor que fabricará burbujas bajo los enchapados y los hará estallar como diminutos volcanes repletos de polvo invisible.

Fue ésta la última carta desde New Orleans. Transcurrido el tiempo prudencial, dejó, para que le fueran entregadas a Borrowgs, las direcciones y fechas de los lugares donde estaría y emprendió viaje hacia el Norte. En Tampa pudo embarcarse en un *Bricbarca* medio desmantelado por los temporales del Caribe que se dirigía a Nueva York para ser sometido a reparaciones.

Fue un viaje sin sobresaltos y lento, dadas las condiciones del velero, al mando de un viejo conocido suyo. El mar se tranquilizó a medida que se alejaban de la influencia del golfo y de los huracanes de estación. Costeaban, como quien cumple oficios de cabotaje, un mar visitado por pescadores de atún en barcos astrosos, manchados por la baba inclemente de las vísceras lanzadas al descuido desde las cubiertas a la jauría de tiburones y al hambre sin fin de las gaviotas aventuradas lejos de la costa. Con frecuencia los veía de cerca cortar un aire espeso con olor a salazón y vinagre y alejarse con un cúmulo de pájaros rendidos y saciados sobre la arboladura.

Con el transcurso del tiempo, más se sorprendía Elbers de su propio y radical cambio. Su estadía en tierra parecía haber debilitado su espíritu de marino internacional. No se sentía a gusto dentro del barco; encontraba irracional las disposiciones internas y la rigidez reglamentaria, aunque comprendiera que resultaban fundamentales para garantizar el gobierno de la nave. Ese orden abstracto hacía posible que la tripulación, compuesta por hombres de todas las razas y las más diversas procedencias, obedeciera como un solo hombre a los mandatos y cumpliera sus faenas frente a las urgencias que toda maniobra trae consigo.

Echaba de menos el aliento de la invención. Todo allí ya estaba diseñado y oponerse a la rutina sería como enfrentar a un dios impasible y castigador. Aquella maquinaria, sin embargo, era quizá la que hacía falta en su propia empresa. Había sido prevista, pero jamás puesta en funcionamiento, pues el oficio del río era distinto al viaje de aquella embarcación bajo un cielo inmutable. En agua dulce el reglamento entrababa los engranajes, se convertía en lastre necesario para el funcionamiento.

Quizá algo semejante sucedía con la nación, y acaso su error colosal había consistido en comprometerse, dentro de ese remolino, a crear algo menos perecedero. ¿No había dicho el fundador de la nación que araba sobre el mar y edificaba en el viento? La convivencia con Marisa y, ahora, la proximidad del hijo prestaban a su propia historia sentidos diferentes. Ya no arriesgaba sólo la inmortalidad, sino el futuro mismo encarnado en la familia. Había llegado el momento de luchar menos por el triunfo de la empresa que por el capital invertido. De repente entendió que sus épocas de hombre de mar habían concluido para siempre, porque Marisa, con su gravidez, lo ataba a la tierra; que ya nada lo identificaba con aquellos hombres de la tripulación, cuyo hogar era el mar y que desembarcarían mañana para enrolarse en otra nave con destino a nuevos océanos, obedecer las mismas órdenes, desempeñar oficios idénticos, llenar el vacío de los idiomas ininteligibles con el lenguaje sin cambio de los silbatos y los invariables gestos de la obediencia. Y que su vida en nada cambiaría pues se mantendrían intactas su voluntad, su fuerza y su destreza.

Por primera vez lo asaltaban rachas de vago pesimismo: los corresponsales no estaban convencidos de la factibilidad de obtención de los préstamos, sus cuantías y las condiciones requeridas, pese a que el cumplimiento de sus obligaciones había sido riguroso. No desconfiaban de él, parecían entenderlo, sino de la vigencia de ese enorme Estado cuyo destino miraban con desconfianza. El sueño se iba a pique. Los dineros de los empréstitos, gestionados por la nación, asumidos con el ánimo de fortalecerla, tomaban caminos de complicado seguimiento y los gastos de una guerra de emancipación prolongada prometían doblarse si la contienda se tornaba en civil, con el agravante de que el resultado sería el nacimiento de países débiles.

El capitán MacMillan aseguraba haber conocido en Siam unos hermanos a quienes unía por la espalda una membrana flexible y el intento quirúrgico de separarlos les había quitado la vida. "Norteamérica –dictaminaba el marino escocés–, saldrá gananciosa y hará lo posible para que esos países se separen y enfrenten en guerra, porque es más fácil negociar con un archipiélago enemigo que con medio continente solidario. Eso sin contar los negocios que ya comienzan a ser buenos". Se refería, sin lugar a dudas, a la compra de armas, pues no ignoraba el pasado de Elbers y daba por seguro que el contrabando de pertrechos constituía el motivo de su viaje.

MacMillan no atinaba a comprender cómo alguien había invertido el presupuesto anual de una nación como México, tuviera que pedir prestado otro tanto para salvar un negocio dudoso. El lugar comandar cuatro vapores en un río de mierda, podría estar al frente de medio centenar de veleros por los mares del mundo y sin pedir plata, ni rendir cuenta a nadie.

Como estaba previsto, Elbers abandonó el navío al ingreso en las dársenas y continuó hasta el puerto en un remolcador. Una vez allí, ordenó al cochero llevar el equipaje al hotel y esperarlo. Necesitaba mover las piernas, entregarse otra vez a la emoción plena de apoyar su cuerpo sobre la sólida quietud de las rocas.

Caminó sin sacarle gusto. No le molestaba tanto el frío como la sensación de impedimento corporal provocada por las pesadas ropas. Ya en el hotel, antes que nada, ordenó que le fuera llevado a la habitación un vaso de *Bourbon* caliente y recado de escribir.

Tras el criado que llevaba el servicio, se presentó, pese a la hora, que no era la más temprana, el gerente del hotel, haciendo zalemas. Le dijo que era un gusto y un honor atenderlo nuevamente.

Don Santiago le comunicó que requería dos botones para que, a partir de la mañana siguiente, se desempeñaran como sus estafetas. Deseaba que cuatro o más habitaciones le fuesen habilitadas para oficinas.

—¿Algo más?

—No, por el momento.

Cuando todos salieron, notó con pesadumbre que en lugar del *Bourbon* le habían llevado *Scotch whisky,* pero como hubiera sido descortés llamar para que cambiasen aquello que le ofrecieron como atención, lo tomó con fatigado desgano antes de comenzar otra carta.

En menos tiempo del que la comitiva gastó para desplazarse desde Bogotá a Conejo, de allí al lugar donde culminó el viaje del *Gloria*, y enseguida a Mompós, donde los investigadores y el juez se establecieron, se produjo el primer veredicto sentencioso: catorce folios escritos en letra menuda y en ocasiones diversa, aun cuando ceñida al mismo estilo, pues tomaron dictado del juez dos de los cuatro escribientes de la comisión. Después de asumir que la exhaustiva diligencia comandada por dos capitanes del cuerpo de granaderos aportaba los elementos necesarios para sustentar el juicio, el juez, prescindiendo de la parte civil, redactó y leyó, ante "la autoridad citada —como dijo en su discurso— y la conciencia nacional representada por quienes presencian este acto", su fallo de primera instancia, en el cual, en consideración a las evidencias, "se condena al señor Herbert Haisson a la pérdida a perpetuidad de la licencia concedida por la capitanía naval del puerto de Sabanilla, debidamente autorizada por (...) para ejercer funciones de responsabilidad en barcos de bandera grancolombiana o que surquen sus aguas (...); su expulsión del territorio de la Gran Colombia, tras el cumplimiento de una condena de cinco años de cárcel como castigo al delito de irresponsabilidad, desobediencia a la autoridad competente, insubordinación ante los inmediatos superiores (...), sin que lo anterior lo libere de penas por delitos diferentes (...)".

En la segunda parte, el fallo declaró a Silverio Blanco, reo ausente, culpable de los delitos de asociación para delinquir, protección de grupos desertores y homicidio cumplido sobre miembros de las fuerzas armadas y asalto en despoblado fluvial. Se lo conminaba a presentarse ante la comisión investigadora en el término de cuatro días, cumplidos los cuales se asumiría aceptación de culpabilidad. A falta de reos presentes, se ordenó el fusilamiento de doce sospechosos de ser encubridores.

Elbers decidió viajar a Filadelfia una vez estuvieron en pleno funcionamiento las oficinas en el tercer piso del hotel, y el ejército de asistentes preparaba, con eficacia y prontitud de burocracia que estrena patrón y se disputa su confianza, los documentos requeridos.

Lo acompañaron, junto a un par de secretarios, dos abogados, uno joven, pronto a expresar ideas contradictorias, y otro con tanta carga de experiencia como de incertidumbre a la hora de ofrecer soluciones, pues, en su lugar, exponía la baraja completa de argumentos jurídicos para dar a quien lo contrataba la posibilidad de escoger una vía y eludir así responsabilidades. Y como el abogado viejo se negara perentoriamente a utilizar el servicio de tren recién instalado, cuya velocidad: aterradores catorce kilómetros por hora, les hubiese permitido ahorrar mucho tiempo de viaje por un camino helado a trechos y enlodado en el resto, lo hicieron en *cabriolet*.

La citación, dirigida a los representantes de la naviera en Nueva York para rogar a quien asistiera que llevase los poderes necesarios con el propósito de tomar decisiones y aceptar compromisos, escapaba al estilo habitual: para el abogado con mayor experiencia, era otra de tantas notas redactada por una mano nueva; para el joven, la perentoriedad traslucía un afán tras el cual podían ocultarse asuntos de Estado.

Don Santiago, molesto por la falta de información de su gente y disgustado porque lo obligaban a interrumpir el trabajo en Nueva York para atender algo que le resultaba incomprensible, tomó, en medio del viaje, la decisión de no solicitar más consejo. Así, por lo menos podría, entre sacudidas, aclarar el panorama: su empresa navegaba bajo un pabellón propio, el grancolombiano; las deudas las había contraído un ciudadano colombiano por adopción y alemán de nacimiento, y la mayor parte de los bienes que garantizaban el pago de los compromisos se hallaba protegida por la extraterritorialidad. No dependían los pagos de los acontecimientos políticos de la nación. Se había obligado a obedecer las leyes de la Unión matriculándose como naviero, condición que en ningún caso deseaba perder, pues gracias a ella gozaba de los beneficios del crédito y la utilización de servicios consulares. Debía, entonces, en salvaguarda de sus intereses, responder al requerimiento de las autoridades.

Tras un par de días de espera, fue recibido en una oficina cuyo tamaño, no la pompa del mobiliario, del cual prácticamente carecía, resultaba un indicio de la importancia concedida a la diligencia.

Los aguardaba un hombre de maneras contenidas y ropa oscura que armonizaba con el ambiente de irrestricto puritanismo: paredes desnudas y mesa sin adornos.

El funcionario leyó un documento en el cual el Gobierno de la Gran Colombia notificaba al de la Unión que bajo ningún aspecto aceptaría ondeara en aguas nacionales una bandera distinta a la propia. Norteamérica –era la respuesta– se negaba a imposiciones que restringieran los derechos de identificación y representación. Y así acatara reglamentaciones internas, a sus navíos nadie los podría obligar a respetar disposiciones no ajustadas a derechos conseguidos y aceptados por la regla internacional.

La demanda contra la oposición de la Gran Colombia a que se navegara en sus ríos bajo bandera diversa a la nacional había sido instaurada por Silas Borrowgs, armador, con sede en New Orleans.

Mientras los taquígrafos contratados por el abogado joven tomaban notas en procura de textualidad, Elbers y sus dos acompañantes permanecieron mudos, sentados frente al lector y consultándose con el lenguaje de gestos que alguien, de haberlo presenciado, hubiera calificado de ingenuo. En suma, ninguno de los tres: ni el citado, ni sus asesores, cuyos nombres ni siquiera quedarían consignados en las actas, comprendían qué estaba sucediendo. Y cuando el funcionario concluyó la diligencia, se hizo silencio en la sala: una pausa lo suficientemente larga para que Elbers tuviera tiempo de sopesar los argumentos y obtener una salida no demasiado comprometedora, ni el abandono en que insistía el abogado joven, ni el aplazamiento indefinido sugerido por el otro. Dejó Elbers, en claro, una constancia de aplauso a la acción, excusándose de no integrarse como testigo al juicio, puesto que las denuncias habían sido colocadas por personas con información de la cual él carecía.

Por primera vez de acuerdo, los dos abogados le rogaron no firmar la deposición, pero él insistió en hacerlo.

Más tarde explicaría por qué. Se trataba de un asunto político. Ni el Libertador ni sus enemigos, llámense como se llamasen, podrían estar de acuerdo en que sus ríos, muchos y muy caudalosos, se convirtieran en aguas para aquel a quien se le diera la gana transitarlas. Equivalía a condenar los enormes territorios a ser islotes abiertos para quién sabe cuáles colonizadores. Norteamérica el primero entre todos.

—Tenga usted por cierto que esta decisión influirá en sus relaciones con los bancos —anunció el abogado viejo—. Somos un sistema y eso quiere decir que, como dentro de los relojes, son muchas las piezas invisibles que hacen posible y regulan la marcha.

Algunos años antes hubiese gritado: "Son ustedes unos cretinos". Sabía, ahora, que nada ganaba haciéndolo.

—Vine —dijo ya con la voz sin inflexiones ni emoción de un hombre fatigado— a luchar por que no se me prive de una concesión que he ganado con mi esfuerzo. Entiendan ustedes que defender la pretensión norteamericana es la manera infalible de perderla.

No entró en detalles. Solicitó se le procurara acceso a los documentos.

En la noche siguiente, el abogado con mayor experiencia anunció que había encontrado un camino expedito y relativamente poco costoso. Legal no era, pero necesario sí. Y no se corría ningún riesgo. La copia del expediente estaría lista en dieciocho horas.

La ausencia de correspondencia comenzaba a inquietar a Marisa: muchos asuntos estaban por resolverse y sus propias opiniones con tono de orden no eran escuchadas ni acatadas. El representante de don Santiago en Barranca Nueva, en uno de los viajes, dio a entender que no había disposiciones explícitas del patrón que le confirieran a ella autoridad suficiente y que, de todos modos, no confiaba en el talento femenino para los negocios. De la capital llegaban con abrumadora constancia documentos inquisitivos sobre el estado de las obras y la puesta en marcha de una navegación regular.

La presencia del capitán Poock en Santa Marta la tranquilizó. La estaba esperando con su aire de perchero en el corredor y, pese al tiempo que pasó entre el anuncio de su presencia y su aparición, permanecía de pie al lado de las sillas en postura semejante a la que adoptaba Haisson bajo el alpende del gobernalle.

Al contrario de los demás, Poock venía dispuesto a escucharla con atención y, dijo, a obedecer hasta donde le fuera posible sus mandatos, como si proviniesen del mismo don Santiago. Llegaba con buenas noticias: *Invencible* se encontraba prácticamente listo. Luego de probar el nuevo motor, se procedería a su instalación definitiva. Según él, ganaría en velocidad y potencia más de lo que habían previsto los ingenieros. Cumpliría con eficacia su tarea de transporte entre Sabanilla y Cartagena, aunque su vocación no fuera la del mar, sino la del río.

Hablaba del vapor como de una persona. Lo creería loco, pero el espíritu de los barcos no es una invención: los hay vengativos, furiosos, torpes. Para *Invencible* el mar sería un castigo. Estaba destinado a desafiar las dificultades; ya conocía los fondos traicioneros de las ciénagas y los caminos secretos de los rápidos...

En fin, él, como capitán, recibía órdenes. ¿Cuáles eran? Por otra parte, requería dinero de inmediato. Los abogados y burócratas bogotanos enviaban cartas y recomendaciones, pero no dinero. Y eso, en el momento, era lo indispensable.

Poock había salido rumbo a Cartagena con los fondos necesarios y la promesa de Marisa de que, si los médicos se lo permitían, estaría presente para navegar desde el dique seco a la bahía.

Las primeras cartas de Santiago, con largos relatos y proyectos, pero sin instrucciones precisas, llegaron por ese entonces. Si los huracanes disminuían en intensidad, las últimas, las verdaderamente urgentes, estarían en sus manos en treinta días.

Tras una visita al médico, Marisa obtuvo permiso para viajar a Cartagena, siempre y cuando lo hiciera en

barco y no en coche o a caballo. En un par de jornadas de idas y venidas, la presencia en el puerto de un
falucho hizo posible el viaje. Proyectaban navegar a la
vista de la costa para alcanzarla en la mañana siguiente, si el océano, plácido como un espejo a la hora en
que debían zarpar, no cambiaba de humor.

La transformación en el tono de las aguas, las alegres procesiones de gaviotas, pelícanos y alcatraces,
además de la intimidante presencia de aletas de ti-
burón que cortaban la superficie, anunciaron la vecindad de las desembocaduras del río. Aun cuando
ningún indicio anunciara tormenta, el mar mostró
señales de agitación y los tripulantes decidieron hacer una escala previa en Sabanilla.

Ignacia, mareada hacía muchas horas, atinaba
apenas a quejarse como suelen hacerlo los mori-
bundos, y Marisa comenzaba a sentirse invadida por
el malestar impreciso del cansancio.

Cerca del muelle, balanceándose como un enorme
señuelo de cacería, un barco, de mayor tamaño y
forma distinta a los que hasta entonces había Marisa
conocido, atropelló el batir tranquilo de su corazón.

Estaba al ancla, no muy lejos del muelle, mecido
por las olas calmas de la breve ensenada en la cual
confluían las aguas mestizas de la cordillera y del
océano, a espacios doradas por el matiz de las arcillas y convertidas en oro fundido cuando el celaje
permitía el ingreso de la luz enrojecida del poniente. De lejos, su figura hubiérase podido confundir,
por la forma y las dimensiones, con la de una fragata de vela recogida, pero, a medida que fueron ave-

cinándose, se hizo evidente entre popa y proa el doble volumen de las ruedas impulsoras y la chimenea, cuyo color azul la confundía con el mar y le prestaba aspecto de arboladura innecesaria.

El falucho flanqueó la embarcación hasta alcanzar la proximidad suficiente para observarlo en detalle y columbrar la presencia de dos guardias, uno a proa, otro a popa, armados de fusiles, precaución innecesaria para quien conociera el puerto y sus hombres.

Entre las protestas de Ignacia, a quien el perfume de la tierra firme había servido de bálsamo milagroso, Marisa solicitó dar vuelta y girar en torno. El patrón confirmó lo previsto: era un vapor no de mar, sino de río, porque calaba poco. Se mostraba recio, atlético, aunque tuviera el aspecto de una goleta aparejada por un marino rico y fantasioso. Como llevaba tres mástiles, inútiles ahora, en el puerto, requería un largo y macizo bauprés bajo el cual, como mascarón de proa, una mujer con los pechos desnudos y el cabello color caoba encintado por algas y ceñido por caracolas azules, bella como debían ser las sirenas, al multiplicarse los inquietos espejos de la resaca, creaba en torno a proa remembranzas de carnaval.

Con certeza para evitar las solicitudes de los curiosos con el deseo de subir a bordo, había soltado cabos del muelle y fondeado a un centenar de metros. Era grande, en comparación con los veleros de pesca que anclaban en las cercanías. Y amenazador, quizá porque su casco, negro azulado, evocaba el color y la textura de la piel de los tiburones.

El aposento de máquinas ocupaba un espacio algo reducido: menos de una cuarta parte del total de la eslora. Sobre su edificio, se alzaban el alpende del gobernalle y, a su espalda, la alta, elegante, chimenea.

Las enormes ruedas, una a cada lado, no sobresalían en exceso. Giraban, por decirlo así, dentro de una cuna dispuesta en las amuras del casco y creaban la ilusión óptica de que el vapor estuviera dividido en dos secciones. Según los conocedores, haber logrado darle esa forma, que conservaba de las goletas la línea de un delfín, era la razón de su velocidad y su fácil gobierno.

A contraluz, *Imperio de la Ley* aparecía doblemente formidable. Las paletas en reposo hacían pensar en las aspas sin consideración que derrumbaron a don Quijote, de las alturas del sueño y el lomo de Rocinante, a la dura tierra castellana.

Ya en tierra, Marisa, sobreponiéndose a la fatiga, buscó al capitán sin encontrarlo. En el despacho se le informó que *Imperio de la Ley*, de bandera grancolombiana, iba con destino al lago de Maracaibo y tenía permiso por tiempo indefinido para permanecer en el puerto.

Su tripulación estaba compuesta por ingenieros y marinos norteamericanos. También eran extranjeros quienes desempeñaban las más rudas tareas; fogoneros y leñadores: negros esclavos cuyo trabajo se alquilaba como el de los caballos en las postas de los caminos de herradura en las costas de Louisiana, de donde el vapor procedía.

Zarparon rumbo a Cartagena, en la madrugada, sin haber podido hablar con el capitán ni conocer el barco. Ignacia, entre gritos de dicha y ayes lastimeros, hijos del miedo, fue trepada a un caballo y atada a la silla. Era la primera vez que, en lugar de trotar a su lado, montaba alguno. Marisa la vio perderse entre sacudidas escandalosas y una nube de polvo por el camino hacia Luruaco y se oyó carcajear ante el drama de alguien que, debiendo escoger entre dos males, seleccionaba el que aún no conocía, con la esperanza de "que fuera menos *pior*". El espectáculo le había hecho olvidar, momentáneamente, el significado de la presencia del navío en el puerto. No se necesitaba demasiada imaginación para compararlo con el gato que espera su ratón.

"Dizque llegan pronto dos más", había dicho el encargado de la capitanía. "Seguramente querrán entrenar las tripulaciones en un río que ya todos conocemos en lugar de hacerlo en el desconocido". La voz del hombre sonaba a cosa aprendida. Su tono era educado y neutro; a la inversa de los pericos que cantan las dichas, hablaba como de visita en un cementerio de convicciones. El suyo era un discurso destinado a la generalidad, es decir, político.

No fue posible cruzar con él otra frase. Se recluyó en la fingida cárcel de los papeles apilados sobre la escribanía que, de haber sido verdadera y constante su diligencia, ocuparían otros lugares con los rótulos de "archívese" o "trasládese". El funcionario anhelaba situarse dentro de una propia e inventada campana de cristal que lo aislara de cualquier mundo: el de la propuesta o el del aplauso, y convertía su despacho en un limbo guardado por los ángeles de la ineficacia burocrática entre los vericuetos de una ley que prestaba igual dignidad a la pereza, la eficacia o el dolo administrativo.

Estaban abiertas las compuertas del soborno.

Esa fue una oportunidad que tardíamente descubrió Marisa.

A Santiago Elbers la aparición de Silas Borrowgs en el hotel de Washington no lo sorprendió.

Pudiera decirse, aun cuando no fuera exacto, que lo esperaba. Lo encontró en el *lobby* trepado sobre una alta silla. A sus pies trabaja un lustrabotas. Cubría su cabeza un enorme gorro de astracán.

Se excusó diciendo que no había podido llegar antes. Estaba ocupado en organizar una empresa de navegación en los grandes lagos y se entretuvo en la solución de algunos imprevistos.

Hablaba con apresuramiento que Elbers interpretó como nerviosismo y agitaba sus brazos de enano con movimientos cortos y sin despegar los codos del cuerpo.

Ya se había enterado de sus preocupaciones. Las paredes oyen. Que no se tomara las cosas a lo trágico.

Descendió del sitial con prosopopeya, como si se tratara de un trono imperial, auxiliado por el lustrabotas, quien le tendió la mano para facilitar su descenso. Tendrían oportunidad de hablar con calma. Lo acompañaban dos asesores y toda la documentación necesaria para cerrar el acuerdo final, según dijo.

Elbers se sintió molesto por el aire de seguridad casi despótica que emanaba del armador. La lectura de los documentos añadidos al expediente, conseguido gracias a la venalidad de los encargados de su custodia, no lo habían dispuesto en favor de Mr. Silas Borrowgs. Ni siquiera resultaba necesario hilar delgado para comprender que la intervención del Departamento de Estado lo colocaba en mejores condiciones para negociar. No se podía concebir su negativa a entender que el privilegio correspondía a una sola persona, en términos legales, a un nacional o a una compañía. Y jamás a una entidad que pudiera enarbolar un pabellón distinto al patrio.

Borrowgs defendería a ultranza la exigencia del Departamento de Estado para obtener ventajas a cambio del retiro de la pretensión, sin comprender que ya había herido de muerte la instancia a través de la cual ansiaba obtener lucro.

—No creo que exista un acuerdo final —dijo Elbers, en tono casi festivo.

Borrowgs sonrió, sin pretender ocultar la intención irónica de su gesto.

—Lo lamento, Her Elbers. Verdaderamente lo lamento. Soy el único armador de la Unión que puede suministrarle de inmediato los barcos que su empresa necesita. Usted no puede darse el lujo de esperar un año, o más, para reiniciar la navegación. No quiero ser duro, pero su privilegio agoniza; usted lo sabe, y sus enemigos, que ahora parecen muchos y peligrosos, están listos a dar el golpe. En cuanto al asunto de la bandera, no entro en explicaciones. Pero tenga usted en cuenta una sola de las muchas ventajas: no se atreverán a sabotear un barco protegido por una nación fuerte. ¿Me hago entender? Lo del *Gloria* no se repetirá.

Elbers lo escuchó a la vez con rabiosa admiración y sorpresa contenida. Mr. Silas manejaba un inesperado caudal de información sobre intimidades de la compañía.

Poock se limitó a decirle a Marisa que se trataba de un London Engineer con motor de setenta caballos y un peso muerto desproporcionado. Se lo habían descrito los marinos y estaba seguro podría remontar sin peligro las aguas de cualquier río tropical. El motor prácticamente doblaba en poder al de *Invencible*, pero el peso accesorio disminuía sensiblemente la potencia. Además, ¿para qué velocidad donde la prudencia sería el único piloto certero? Ya verían los desastres que un banco de arena o un tronco pueden producir a barcos que superen la velocidad de las tortugas.

En cambio, *Invencible* hacía honor a su nombre. Era injusto condenarlo a servir de enlace entre Santa Marta, Sabanilla y Cartagena. Tenía musculatura suficiente para desafiar los rápidos sin el menor esfuerzo, pero al tráfico de carga marítimo estaban destinadas otras embarcaciones, con mayor calado y capacidad. ¿Para qué sacrificarlo en tareas secundarias?

Poock se paseaba de un lado a otro del amplio corredor. Sobre la playa, a lo lejos, varado, *Invencible* daba la impresión de haberse convertido en un desproporcionado monumento al progreso. Reposaba como esperando el homenaje de los súbditos: barcazas de reducido tamaño que alrededor, unas en el mar, otras encalladas, inútiles, en la arena, adquirían apariencia de adoradoras humilladas. A la luz sin matices del mediodía, el vapor tenía el aire de insignia en reposo que espera, durante la paz, a que la guerra rescate su utilidad perdida.

El encargado de las instalaciones no había llegado aún. Debía presentarse de un momento a otro, pero ninguna embarcación distinta a las pesqueras de regreso a la bahía, se columbraba en la plácida extensión de las aguas que cierran las lenguas de tierra en Bocachica.

Se trataba de un oficial de cuerpo delgado y tez blanca manchada por el sol y la brisa salada, no habituado aún a los recodos sin fin de las artes burocráticas, que miraba con desconfianza y temor de violar sus inextricables leyes. Prefería, entonces, dilatar cualquier diligencia: tanto, que ascender en la escala de los requisitos cumplidos resultaba menos posible que alcanzar el paraíso perdido para un ángel obediente a la soberbia de Luzbel.

Su inercia trataban de contrarrestarla Poock y los abogados, oponiendo, a fuerza de imaginación, sobornos o maneras delicadas, actos administrativos que obligaban al cumplimiento de trámites de que jamás hubiera impulsado, ni menos previsto, el encargado de administrar el dique seco de Tierra Bomba. Este nunca logró entender el arribo de sudorosos estafetas con imprevistas comunicaciones encabezadas por frases como: *Atendiendo a sus reiteradas solicitudes, Siguiendo sus instrucciones*, etc.

En la compañía del oficial, durante la víspera habían recorrido el barco que, así a Poock le fuera difícil aceptarlo, todavía no se hallaba en condiciones de prestar servicio, pues, si bien los técnicos consideraban conclusa la tarea mecánica y de refuerzo del casco, los carpinteros no iniciaban su labor. Golpeado por la inclemencia destructora de sales y alisios, sometido a las estaciones sin término preciso, que igual traen lluvia que remolinos de arena, no quedaba en él un sitio amable donde alguien pudiera recuperarse. Según pensaba y decía Marisa, ante el escepticismo del capitán, el hombre necesita la belleza o, en su ausencia, la comodidad: espacios en los cuales fuera posible, además del reposo, inventar la paz o preparar los conflictos, actividades a las cuales –lo afirmaba entre risas, con evidente escándalo del oficial, que consideraba las guerras necesarias e inteligentes– eran tan aficionados los ciudadanos de ese país.

La obra de carpintería, preparada en el aserrío, se podría instalar pronto. Sin embargo, obtener el permiso del oficial para descargarla en cercanías del barco había sido uno de esos "casi-imposibles" y, puesto que no era requisito trabajarla con la embarcación en dique seco, se podrían completar las tareas en la bahía o en Calamar. "En las bocas probamos de una vez la fuerza del motor y la resistencia del casco", insistía Poock, con la esperanza de convencer a Marisa y, por su conducto, al "imbécil que don Santiago escogió para representar la empresa en el Caribe".

A bordo de un bote ballenero, semejante a los que sirven para el entrenamiento de remeros, el oficial llegó, pasado el mediodía, agitando un mazo de papeles. Él personalmente había gestionado los permisos, logrando que se expidiesen recibos y rebajaran plazos oficinescos.

—No hay como saber dar órdenes al personal civil.

En suma, estaba todo listo, y en procura de refrendar aquel éxito personal, anunció ante el asombrado Poock que *Invencible* se deslizaría al agua. No acababan él de decirlo y Poock de emprender desesperada carrera, cuando vieron la mole del vapor que comenzaba a moverse con parsimonia, cobraba impulso a velocidad impresionante, hundía la proa en el mar oscuro y, con un escándalo de catarata, cabeceaba entre las aguas conmocionadas, hasta quedar meciéndose como los señuelos que coloca el pescador y danzan al impulso de las ondas creadas por el golpe de los remos que se alejan tras inventar mares de leva transitorios.

—¡Dios! —gritó Poock una y otra vez, mientras corría—. Lo va a hundir.

—No.

Él lo tenía previsto todo. Una docena de remeros que impulsaban con brío el bote ballenero halaban los cabos lanzados desde proa. *Invencible* obedecía como un enorme cetáceo arrastrado sobre aguas, que volvían a su costumbre de espejos, y quedaba al mando de su patrón.

—Es suyo, señora.

En constancia, confería su permiso para que al día siguiente acudieran a las instalaciones leñadores y fogoneros para cargar las calderas, "si es lo que desea la señora", o carpinteros y pintores, "si la señora así lo ordena". " Su embarcación, señora, está lista, y recomendaría tomarla antes que el mar se pique".

En ausencia de Poock, quien, debido a urgencias técnicas, permaneció en el puerto, el oficial acompañó en el coche a Marisa hasta la casa de la familia Pombo, en la cual se alojaba.

En el más cortesano de los estilos, como despedida besó la mano que ella le extendió.

—A sus órdenes y a sus pies rendido.

Marisa rio para sus adentros. Jamás le había pasado por la cabeza que una mujer tan notoriamente encinta despertara esos arrebatos galantes.

En medio de una noche de lluvia, Silverio Blanco pensó que era prudente tomar cartas en el asunto, no tanto porque sospechara algo oscuro, sino porque el insomnio lo puso en la tarea de atar cabos.

Durante los últimos meses, las partidas de granaderos, que lo buscaban como cazador a la presa, se habían hecho menos frecuentes. Si bien tenía la certidumbre de que los oficiales del otro bando, veían como alivio el que diera de baja a unos cuantos conscriptos (menos bocas para alimentar y problemas que enfrentar), se alegraba por la economía de pólvora que la situación había traído consigo, aunque le preocupara que sus hombres pudieran amañarse en las tareas que la paz permite.

Las milicias gubernamentales pasaban por una etapa de curioso apaciguamiento. Sus campamentos que se habían convertido en lugares de ocio y diversión: en rededor suyo se alzaban rancherías, gallera y enramadas para putas y los oficiales se preocupaban más por sus propios negocios que por los colocados a su cura por el Estado. La alteración de comportamiento no había sido paulatina. Abandonaron de un día para otro los empeños. Y en lugar de batidas los militares entregaron su afán al negocio de adquirir tierras y fundar haciendas.

Este ejército, que en lugar de andar buscando pleito dejaba vivir en paz, resultaba preocupante. Antes del súbito cambio, bastaba que una partida de peones llegara a talar un metro de la selva para que se hiciera presente un piquete militar encabezado por un oficial y un empleado de Hacienda, solicitando le fueran enseñados los títulos de propiedad del terreno que por ser baldío era de propiedad de la nación y nadie podía ocuparlo sin su aquiescencia debidamente certificada.

Si la patrulla llegaba cuando ya estaban crecidas las manos de tabaco, el encargado debía demostrar la legalidad de su posesión y presentar recibos de los pagos efectuados al Resguardo de Rentas. Ahora, en cambio, la tropa se hacía de la vista gorda ante la gente nueva que en la región contrataba tumbas y limpias. Los oficiales miraban crecer las pilas de leña alzando los hombros para decir en silencio "no me importa" o "¿qué podemos hacer?". Raro, eso sí: la madera de las talas se apilaba en marcas. ¿Y para qué leña si ya no había vapores?

Más extraño aún le pareció a Silverio Blanco que en los desmontes no se sembrara maíz que es la forma de alistar terrenos para la siembra del tabaco. ¿Y pensando en quién se estaba levantando cobertizos?

Bajo el ataque de miríadas de zancudos tempraneros, Silverio entre la acumulación de trebejos inútiles, y el nudo de cuerpos en reposo, buscó en la oscuridad el toldillo despreciado horas antes, pero en su lugar, y a causa de los involuntarios pisotones, obtuvo como respuesta gemidos breves de quienes tras la molestia causada regresaban al nido de los sueños profundos. Fue esa miseria de incomodidades compartidas lo que le entregó un argumento irrebatible: las edificaciones no estaban destinadas a cosecheros ni a sembradores, eran techo para blancos. Nadie se tomaría esas consideraciones de espacio, ventilación, resguardo de intimidad, pensando en mulatos, zambos o negros, y mucho menos en indios.

No fue ése un solitario descubrimiento. Escuchando la respiración acompasada de tantos hombres –el ronquido de alguno era idéntico al estertor que anuncia la agonía de la juventud y el ingreso a otra edad de la vida– debió aceptar que sus propios desvelos no eran consecuencia de las inquietudes, sino del tiempo, y que su regalo era la posibilidad de aprovechar el lapso ocupado antes por la inconsciencia del durmiente, pues el insomnio era propuesta de ponerse a pensar.

Aceptado como riqueza el desvelo y encontrada la paz de quien vela sin angustia, fue brotando la

explicación del nuevo orden. Aquel incesante esfuerzo de tala y troceo no estaba destinado a la
creación de vegas para siembra del tabaco. Su destino era diferente y, pensó, malévolo. Como quien
descifra el tejido de un cesto en el que se entrecruzan materiales de color y textura diversa para que
a la fortaleza y resistencia la asistan color y forma,
se le vino la certeza de que si el ejército había
colaborado incendiando el *Gloria* con el propósito
de suspender la navegación, ahora con estilo de
tinterillo para quien la hipocresía representa un arma
oculta dentro de los procedimientos jurídicos, preparaba el ingreso de barcos de bandera distinta a
la de quien ganara en limpia lid el privilegio, y en
cuya empresa, a partir de la reciente creación de la
sociedad, él, Silverio Blanco, sacerdote en trance
de milicia, y con él, muchos más, tenían inversiones y justos intereses.

Esa misma noche, olvidándose del tropel zumbante
de la plaga, y del toldillo que no encontró, bajo la
luz de una lámpara de aceite de manatí, escribió
una misiva urgente dirigida a Juan Antonio Imbrecht.
Enseguida, redactó un mensaje corto, que jamás
habría de llegar a su destino porque quién sabe quién
había resuelto en la estación a su cuidado, que sin
barcos en el río, alimentar animales resultaba estúpido, y sensato, en cambio, convertir el motor del
correo de las urgencias en sancocho de paloma.

Con diferencia de unas pocas horas, dos barcos,
uno de bandera norteamericana y otro inglés, fon-

dearon en Cartagena y Marisa recibió la correspondencia esperada durante meses. El gran puente que la rabia insensata de la naturaleza tropical, rompía cada año para demostrar su fortaleza y la inutilidad de los esfuerzos del hombre, lo restauraba la valentía y la tenacidad de los empeñados en cumplir, así fuera con retardo, la palabra que se deja en prenda cuando se vende un itinerario.

Los navíos arribaron luego de cambiar, en el intento de proteger su carga, rutas cortas por otras difíciles y prolongadas: habían buscado abrigo en puertos conocidos o radas sin nombre, vagado entre tumultos encrespados de aguas y espumas y desafiado el ojo mismo de los huracanes, que es el corazón del silencio. Llegaban a puerto con maltratos en la arboladura, desgarradas las trampas del viento, blancos de salazón, pero orgullosos, diríase mirándolos ingresar al puerto con espíritu de soldado victorioso que en el desfile ignora el dolor de sus heridas.

Descendieron los hombres de los barcos y no a un tiempo, sino a distancia, ambos grupos en silencio, quizá porque la alegría de saberse vivos la habían gastado en el esfuerzo de llegar a un punto, otro entre tantos, y en cumplir con otro itinerario, que salvo la íntima alegría de los corazones, quedaría como apunte sin comentario en el cuaderno de bitácora.

Los segundos oficiales, a quienes correspondía por reglamento ese deber, entregaron en la oficina de la capitanía los sacos encerados del correo, y se perdieron con la prisa de quien escapa de una ocupación sin amor, por el laberinto de las callejuelas en procura de los placeres que la tierra firme ofrece.

Los empleados de la administración abrieron las bolsas. Seleccionaron sin prisa y con mal humor, porque el día era cálido, lo confiado a su cura y aquello que debería entregarse a terceros. Una veintena de personas resignadas a cambiar la paz de la siesta en mecedora por el bochorno encerrado de oficina de correos, mantenía, a la espera de que el empleado de ventanilla pregonará su nombre, un silencio construido con parálisis rítmicas de respiración ansiosa, o resoplido simultáneo, denso, como exhalación de cachalote, cuando los nombres del llamado no correspondían a la esperanza que cada cual abrigaba de escuchar el propio. A partir del momento en que el jefe de la oficina, en previsión al aguacero inminente y con el deseo de evitar se inundaran los pisos, ordenó cerrar los postigos y la penumbra se adueñó del salón, la crítica a la lentitud de la tarea oficial adquirió, al abrigo de la semioscuridad, características de incógnita y el voceador de nombres, para que su llamado sobresaliera de entre el bochinche (risas, gritos sin ton ni son, puyas), debió acudir a su experiencia de pregonero de bandos. Y el jefe de la oficina, primero a la campanilla, y ante su fracaso, a la amenaza gritada de posponer la entrega.

La chispa de un rayo y el inmediato bronco estallar retumbante del trueno, restableció el orden.

—Es para usted, señora, —dijo la voz. Y contrariando la ley que rige de la grosería burocrática, el empleado acudió hacia el lugar donde esperaba Marisa y le entregó los sobres.

En la casa, bajo el retumbar de la tormenta y el rumorío del aguacero golpeando tejas de barro, hojas de almendros, cuyas altas copas asomaban a su ventana y la impasible cerámica color ladrillo del patio, Marisa, antes de iniciar su lectura, ordenó cronológicamente las misivas. Faltaba un paquete, y como ya era posible establecer el orden del viaje, pudo colegir la ausencia de un envío hecho desde la Florida.

Bajo la incierta luz de los mechos, leyó entre calores de cuerpo, risas y ojos convertidos en fuentes de llanto, noticias, pareceres, opiniones, pero no lo que buscaba: respuesta precisa a sus preguntas. Santiago escribía las cartas, no porque hubiera recibido las suyas, sino porque le faltaban.

Repasó las hojas una y otra vez, enamorada y alegremente. Santiago, sin aviso previo, inmerso en el entusiasmo de la correspondencia, olvidado de todo, escribía en alemán, incorporando parrafadas en inglés y frases en español. ¿No habría redactado ella en francés sus esquelas, sin darse cuenta? Durante muchos años de vida, había sido su idioma, y alguna vez su padre, mitad en serio, mitad en chanza, la colocó en el terreno de la incertidumbre cuando le preguntó si soñaba en francés o en español.

Acompañando las cartas llegó un documento cubierto de sellos y firmas, que requería, según explicaba Santiago, para que pudiera utilizarse sin discusión de validez y en cualquier oportunidad, protocolizarse ante notario.

Era un poder general, amplio y suficiente para tomar en la compañía cuantas determinaciones considerara del caso. Lo acompañaba otro, en el cual Elbers le hacía cesión testamentaria de todos sus bienes, previsión que, en lugar de tranquilizarla, la entristeció. Los enamorados no piensan en la muerte porque creen en la vida, y en esa perspectiva el acto jurídico resultaba extemporáneo y casi de mal gusto.

La tormenta, ya sin compañía de ramalazos de chubasco, continuó mucho después de que ella apagara las velas. Sometida a la lluvia densa y sin ventarrones, la ciudad era un recinto de silencio amurallado. Ni ladridos de perros o llamados de búhos y lechuzas. Ni siquiera croar de las ranas de papada cristalina que al comienzo de aguacero entonaron sus llamados nupciales.

Para alejar imágenes de duelo, intentó dormir. La lectura del testamento había quebrado la fiesta interior y ahora, en medio del vago fluir de imágenes de vida y gozo, prevalecía el imperio sonoro de su propio corazón doblando a muerto.

Tras horas de parlamento para los dos bandos asomó la posibilidad de acuerdo. Silas Borrowgs y Santiago Elbers entregaron la redacción del documento final a los abogados y abandonaron el salón de conferencias tras intercambiar una despedida, que el observador atento hubiera descrito fría. El norteamericano se dirigió hacia los comedores y Elbers, en la dirección opuesta, hacia la calle.

Oscurecía y como soplaba un helado viento del Norte, pocos peatones transitaban una calle, por lo común congestionada y bulliciosa.

Elbers, como las personas que carecen de rumbo definido, caminaba sin prisa, ni ritmo.

Si al cabo de unas cuadras entró al templo cuya confesión ignoraba, fue porque en proximidad a su puerta escuchó las notas de una trompeta proponiendo el tema y la respuesta del coro.

"Handel", pensó y con los siguientes compases pudo confirmarlo.

El grupo era pequeño y resultaba evidente que, salvo los instrumentistas, demasiado mecánicos para ser *amateurs*, no era profesional. A la reducida orquesta de cámara, se sumaban cuatro solistas y el coro, conformado por no más de veinte cantantes vestidos para la ocasión. Ellas, con traje blanco; los caballeros de casaca oscura, y los niños con traje azul y cuello blanco bordado. Leían la partitura con tan afanoso apasionamiento que era de sospecharse estaban poco atentos al director y a su gestualidad un tanto dramática. Cantaban con entusiasmo y fervor no religioso sino musical: se internaban por el camino de las notas en busca del gozo de residir y participar en la fundación de un espacio regido por lo que no alcanza a definir la palabra bello. Cantaban no para hacer música sino para convertirse en ella, e integrarse en la armonía que subyace en el mundo. Cantaban tan metidos en sí mismos, tan ausentes del otro y sus críticas, tan olvidados de la carga de los pareceres ajenos, que sus voces eran la misma música.

Sumido en la penumbra del templo, inmerso en el asombro que genera lo inesperado, le pareció descubrir, comparando, que por diversos caminos la razón que indaga y el corazón, compañero caprichoso en el paso por el mundo, eran uno y los mismos cuando habitaban el ámbito de invenciones regidas por el orden. Que la ciencia, la música, la paz que genera el amor, eran atajos para encontrar menos innoble la zona oscura que moviliza tantas veces la conducta del hombre y se constituían en impulso para saborear con lícita alegría la vida; descubrir que la desdicha del necio resulta de su negativa a concederse la oportunidad a escapar a los oficios y las guerras sordas de la rutina y desatender todo llamado que provenga de la ambición. Cantar, llevar un barco al río, mirarse en ojos de Marisa que miraba sabiéndose mirada, tendría que concluir en ese inexpresable y magnífico júbilo; en ese aleluya interior, reacio a dejarse traducir por un lenguaje distinto al radiante gozo de encontrar razones para la existencia.

Más de tres meses habían pasado sin que tuviera la oportunidad –¿o la disposición espiritual necesaria?– de sentarse ante un piano, o por lo menos de tocar flauta. Lo asombró aquel paréntesis larguísimo. Había aprendido a interpretar el piano mediante las lecciones impacientes de su madre y, luego, obedeciendo a las de una muchacha judía, de dedos largos, con voz y mirada dulces, que premiaba con besos una lección sin errores. Antes que soldado, todavía niño, acompañaba las marchas como instrumentista de una banda militar, escuchando decir que los héroes morían menos desdichados cuando su alma se elevaba al cielo de los guerreros acompañada por sonidos de trompetas y tambores. La música había guiado su regocijo en los bailes de cadete y la tempestad del órgano de una capilla en Dresden llevado a considerar que, si el hombre era capaz de crear aquellos acordes, estaba cerca de lo divino.

El tema gozoso de la trompeta se elevó en una nueva variación y al término, se mantuvo en una larga, interminable nota: la del comienzo del Juicio, y a su término se alzó no la implorante algarabía del coro en solicitud de clemencia, sino el susurro de la voz del hombre recordándole que la debilidad era condición de los seres creados, y que su limitada pero digna grandeza residía en su capacidad de lucha por convertir el paso por la vida en un hecho admirable.

Y él mismo, desde su puesto, se integró a la cantata. Sin que nadie lo supiera, su voz se unió, afinada, a la de los cantantes, sin sobresalto, porque su emoción era la misma.

Por primera vez en mucho tiempo el sentimiento de soledad titánica lo abandonaba. Había luchado con la convicción empecinada de Hércules o Prometeo, como un semidiós, contra los poderes oscuros, la terquedad de una geografía, la estupidez y la bajeza de los hombres. Y de pronto asumía la convicción de que, ante Dios, si existiera, podría presentarse con la cabeza en alto: no había transcurrido inútilmente su paso por la Tierra.

Era necesario regresar al lugar de sus empresas. El gran río lo esperaba. Como quien llevó el fuego, era portador del progreso. Y los meses amargos transcurridos, correspondían a la vigilancia del buitre sobre la roca. Lo ataban a Norteamérica, lugar al cual había trasladado, acelerada y desventuradamente las enfermedades del espíritu: cadenas que llegaba el momento de romper. El progreso no debería entrar presidido por avanzadas de banqueros con alma y método de cortadores de carne humana; ni por negociantes capaces, cuando se trataba de obtener una pingüe ganancia, de respaldarse con los cañones de una potencia. Mil veces mejores que Mr. Borrowgs, eran los hombres que hasta entonces lo habían acompañado en su aventura: negros, zambos, mulatos, blancos…

Pues confiaban en sus propósitos. Los vapores cambiaban su vida. ¿Que había encontrado enemigos? Donde cualquier hombre esté, siempre los tendrá. ¡Dinero! Y él se hallaba al borde de la ruina.

Sumergido en el ambiente viciado de la sala de conferencias, mientras disponía estrategias que la presbicia jurídica de sus asesores convertía en proyectos de cláusulas un contrato apoyadas en sabidurías no expresas y equivalentes, por lo tanto, al dispositivo de señuelos y desvíos que suele manejar el buscador de presa mayor, se había topado en los laberintos de la memoria con el encargado del ejecutivo, cuyo bigote, con reminiscente forma a techo de pagoda, y encerado, por alguna inexplicable razón, permanecía inmóvil, como congelado, diríase, sobre el labio superior; no se agitaba ni siquiera cuando su boca, ocupada en la móvil tarea de emitir sílabas para formar palabras que aldabonadas unas a otras se trocaban en frases, que a su vez, con auxilio de pausas y gestos establecían discursos, se abría y cerraba. Ese bigote independiente de la cara, adorno cuidado, seguramente cumplía la función de ocultar, en el trato político, expresiones que denunciaran emociones de su dueño, quien, a la hora de encantar, lo atusaba y en la de gobernar colocando sus dedos sobre él como si fuera necesario sostenerlo, se entregaba al oficio de dictar leyes y redactar disposiciones que, una tras la otra, tarde o temprano se convertirían en argumentos para respaldar, en beneficio personal, escrituras, libranzas o traspasos de bienes con tal eficacia que sus propios amigos afirmaban que Santander, en lugar de ángel de la guardia, tenía notario.

Aquel rostro, que por instantes semejaba mármol coloreado por un pintor en el intento de hacerlo humano; aquel rostro habituado a la disciplina de la inexpresividad y, cuando era necesario, a las artes de la seducción; variable a la hora de las conveniencias, tanto, que cumplía con certera eficacia una labor de máscara y que con seguridad ni siquiera los espejos atinaban a capturar inmodificado, no era sólo el de un hombre. Cabía decir que representaba una manera triunfante, y por eso, a la vez, representaba el de muchos. Incluso el de Silas Borrowgs, quien urdía argucias para su propio beneficio a la par que describía, en tono lastimero, sus dificultades financieras. El de sus abogados, el suyo propio, quizá...

Iluminado apenas el coro por candelas a cuyos lados, inclinando levemente el cuerpo, procuraban los cantores aprovechar la poca luz que alumbraba las partituras, parecía el más numeroso de lo que en realidad era. Se agigantaban las sombras de quienes ocupaban, trepados sobre practicables, la segunda y las terceras filas y la escasa luz envolvía sus contornos en un fulgor rojizo que no tocaba el suelo.

Eran bellos y nobles aquellos rostros: nada ocultaban. Resplandecían de entusiasmo y transmitían paz interior.

Tras la soprano, el coro de voces blancas cantó para magnificar los regalos del mundo, la gracia de cosas sencillas como el vuelo de un pájaro que, al caer la tarde, proyecta su silueta sobre el pan de la mesa servida.

"*Gott*", dijo la voz interior de Santiago y alzando la propia entonó con los demás barítonos el llamado final:

Oh Lord, my Lord!

Cantó respirando el aroma de Marisa como la primera vez. Cantó con la exultación dichosa de sentirse vivo.

Oh Lord, my Lord!

Cantó sin pensar en un dios.

Inmerso en la solidaria plenitud del coro, reencontraba los motivos del respeto.

Oh Lord my Lord !

Los hombres limpios del mundo cantaban con él.

La noticia del término del privilegio de navegación exclusiva para la compañía de Santiago Elbers corrió por el río con la celeridad de un incendio avivado por los vientos.

En Cartagena el rumor se confirmó en la tarde. Cuatro obreros clavaron sobre la puerta de un establecimiento, que había permanecido cerrado durante los últimos meses, un gran aviso:

Naviera Gran Colombiana Ltda., servicios de carga y pasajeros. Cartagena - Sabanilla - Honda. Barcos modernos. Cumplimiento y economía.

El local de la Plaza de la Aduana estaba amoblado con todo lujo, y su gerente, un hombre llegado de Panamá, hizo circular esa misma semana una invitación a las autoridades civiles, militares y eclesiásticas, y a las familias social y económicamente más prestantes, para que visitasen el barco e iniciaran negocios con la nueva empresa, que, además, representaba líneas trasatlánticas de vapores y compañías norteamericanas de carga y cabotaje.

En la tarde del jueves, día en que se colocó el aviso, Marisa, con el poder general firmado por Santiago Elbers, provisto de todas las firmas y sellos que las autoridades exigían para dar fuerza de oficialidad a un documento, y acompañada por Poock, dos abogados y los testigos que requería la diligencia, se presentó ante el gobernador del estado y, a nombre propio y de la compañía que legalmente representaba, opuso los recursos previstos por la ley.

El funcionario, un hombre más joven de lo que a una primera mirada dejaba ver su rostro señalado por la viruela y castigado por el sol, mientras trataba, sin mayor éxito de hacer lento un discurso que, sojuzgado por la costumbre mulata, adquiría velocidad de alcatraz, arguyó que ocupaba el cargo por razones políticas y que, como su preparación era militar y no administrativa, dar opinión resultaba aventurado. Para eso estaban los asesores, los juristas de cuello duro. Ahora bien: quizá le faltara razón, pero no creía que legalmente una mujer, así la acompañaran toneladas de poderes, estuviera en el derecho de tomar posesión de nada, y mucho menos de apersonarse para iniciar una acción contra el gobierno, porque no era un ciudadano, sino apenas, por no decir otra cosa, la esposa de un ciudadano. Complicaciones jurídicas, pero también lógicas. A Josefina no le había dado por dirigir una batalla; para eso estaba el hombre, en su caso Napoleón. La mujer en la cocina. En Inglaterra, podía ser la reina, pero en la Gran Colombia, por fortuna, no se la consideraba capaz de ejercer un cargo en la administración. Era un país sensato. Don Santiago estaba loco.

¡Ah! Lo había conocido: un tipo extraordinario. Raro, eso sí. La gente importante es rara. Un gran hombre, con una gran melena rubia. Nadie creía en los vapores, sólo él. Lo malo es que los demás resultaran con la razón. ¿Podía ser útil en algo a la señora? ¿En algo más, mejor dicho?

La noticia de la cancelación del privilegio no sorprendió a Marisa: la esperaba. A la presencia del vapor en Sabanilla, al incesante bombardeo de cartas que urgían al cumplimiento de diligencias que demandaban un tiempo mucho mayor al que neciamente los burócratas exigían, se sumó una, firmada por el secretario del vicepresidente, en que se rechazaba por inoportuna y éticamente reprobable la oferta de las acciones que antes aceptara. Se habían puesto en marcha los engranajes de la maquinaria dispuesta para aniquilar a la compañía. Las previsiones de Mr. Sore Throat se cumplían con desoladora exactitud.

Las cartas de Elbers, a quien ella ahora mencionaba como "don Santiago" –fuera ya para no hacer valer su intimidad o porque, a fuerza de oír llamarlo así, aceptaba el "don" como título–, no tocaron jamás el punto de un retiro del privilegio ni aclaraban cuál sería la respuesta en el caso de que la concesión fuese anulada. Se le ocurría pensar a Marisa que por la cabeza de don Santiago no había pasado ni por asomo esa contingencia.

Tampoco fijaba fecha ni se refería a un pronto regreso. Era necesario actuar. El poder le concedía las facultades para hacerlo.

Los asesores y tras ellos los consejeros de oficio, luego de conciliábulos y juntas, se dividieron en dos partidos. Opinaban unos que, si Elbers concluía las obras del camino Honda-Bogotá, podría elevarse el peaje a niveles que hicieran imposible la competencia, pues su valor incidiría en el de los fletes. Para la propia empresa no sería así, pues representaba "sacar plata del bolsillo derecho y ponerla en el izquierdo". Una solución inteligente, aunque poco práctica. El camino constituía más un proyecto que una realidad y finalizarlo requería tiempo e inversiones muy cuantiosas.

Don Santiago diría que no, opinó ella. Sonaba a bandidaje.

Escuchó a los demás. Otros consideraban que en la venta de las facilidades: alojamientos, logística, etc., o, al contrario, en su restricción, estaba la carta del triunfo. La nueva empresa carecía de todo. ¿Dónde se hallaban sus acueductos, bodegas, paraderos, ganaderías? *Imperio de la Ley* no era un barco de carga, sino de pasajeros. ¿Cómo se les garantizarían mínimas comodidades, si no se contaba con una infraestructura? La naviera podría vender los servicios y hacer rentable una inversión cuantiosa.

El capitán Poock no expresó su opinión. Si alguien se hubiera tomado el trabajo de pedírsela, habría expresado una claramente distinta. Según él, lo que estaba en juego era la confianza puesta en la compañía: en don Santiago y sus gentes, que habían demostrado que el río era navegable por sus vapores y que las cargas llegaban en óptimas condiciones y a precios convenientes; por lo tanto, era un mejor negocio para todos. Ni *Imperio de la Ley*, ni aquellos que pudiesen venir, antes de cuatro años y cuantiosas inversiones, estarían en capacidad de cumplir con eficacia sus compromisos, lo cual, en la práctica, ampliaba por ese plazo la concesión. Y hubiera añadido un ítem más: quien lograra llegar a Honda, es decir, superar los grandes rápidos, se convertiría en el dueño del río, porque con vapores livianos se podría navegar desde Honda hasta Ambalema, donde el tabaco aguardaba.

El capitán Poock no asistió a las reuniones: prefirió concentrarse en la tarea de preparar a *Invencible* en caso de un posible viaje. Al lado de *Imperio,* grácil y elegante como goleta, no competiría en ningún concurso de elegancia: nada se había hecho para ocultar las formas de una maquinaria cuyo carácter práctico jamás consultó la belleza y que ahora, sin parte considerable de la carpintería de sus cubiertas, dejaba ver con desmesura su estirpe de invención apresurada. *Imperio* evocaba formas de pez; *Invencible,* de torre ciudadana.

Bello no, pero quizá ágil y sabio sí; ambos: él y el barco, conocían los canales, las fuerzas cambiantes del agua en los recodos, el color de las corrientes que anuncian la presencia de bancos, la engañosa opacidad de aquellas que albergan selvas sumergidas de troncos a medio podrir, la guía del cardumen de bocachicos que apenas platean la superficie y en el afán conmocionado de su viaje señalan profundidades y riscos; el precipitarse de los martín pescadores. En fin…, el río era manejable para quien conociera sus secretos. Ya sabía por experiencia hasta qué punto resultaban inútiles las cartas náuticas. Asomaba el tiempo de las crecientes, el de las aguas desbordadas que, repartiéndose en brazos antes de convertirse en lago, fraguaban islas y canales engañosos. Los rápidos representarían pronto, con su ímpetu multiplicado, un torbellino de borrasca enloquecida para quien no conociera los invisibles laberintos de su fondo.

Mientras los carpinteros añadían a la estructura ajustes indispensables, Poock, con los ojos puestos en dirección al Canal del Dique, buscó en el horizonte las señales del avance invernal: el azul destello de los relámpagos sobre los plomizos y brillantes cielos y, en las aguas mansas de la bahía, restos vegetales castigados por el torrente.

Con inaudita presteza, sin reparar que los preparativos denunciaban el conocimiento de una disposición que aún no era pública, llegaron a Sabanilla, para asistir a las ceremonias de inauguración de la reciente naviera, invitados especiales y quienes se autodenominaban sus gestores.

Grandes carpas dispuestas en la playa se preparaban para atenderlos y alojarlos. En la noche, *Imperio de la Ley*, empavesado como para botadura se adornaba con encendidos faroles. Su partida y su ingreso al río se anunciaban para dentro de diez días, previa la ceremonia de ponerlo bajo la advocación de la Virgen de los Santos Remedios y al cuidado de san Cristóbal, patrón de los viajeros. Un plazo prudencial, pensaba Poock, apenas suficiente para recibir y embarcar carga, y un homenaje al otro dios. La religión de los negocios.

Dos barcos procedentes del Norte fondearon en Cartagena con un día de diferencia. Ninguno con noticias ni correspondencia de Elbers.

Tampoco de Santa Marta llegaban nuevas.

VII

—Señora: vengo a solicitar licencia para zarpar hacia Bocas de Ceniza —dijo Poock— y avanzar hasta Honda. Si estuviese aquí, don Santiago me daría la orden y me acompañaría él mismo. No podemos aceptar que nos venzan y vamos a probarles que los derrotados serán ellos.

Invencible, ondeando las banderas de la Gran Colombia y la compañía, ingresó a la ensenada de Sabanilla ya en la tarde y fondeó no lejos de *Imperio*. Una hora después, su capitán entregó a las autoridades los papeles del caso y, luego de solicitarlo, recibió permiso para remontar las desembocaduras, rumbo al centro de país. Llevaba tripulación completa y un pasajero.

La noticia de que ambos vapores saldrían simultáneamente la llevaron, de Sabanilla a Soledad y a Barranca Nueva, los rápidos jinetes, y río arriba, con estruendo de alas, las palomas mensajeras.

Jueguen señores, arriesgue usted lo que tenga, hermano, porque ya sea un duro, cinco reales, treinta pesos, la suma por la que vendió Judas a Cristo, o ponga sobre el tapete las morrocotas que tú sabes donde guarda la tía, vas a ganar o a perder, pero uno pierde lo que pone y gana mucho más de lo que arriesga, esa es la vida, jefe, señor, señorita, caballero... Juega, señores; juega y en este juego no hay trampa porque no hay bolas, ni dados cargados, ni cartas que manejen dedos finos, sino dos barcos que están apostando la carrera. Dos a uno, dice el señor, a que pierde el barco del alemán. Tres a uno, eso es. Y recibimos las apuestas, porque tiempo hay. Cinco al nuevo, dice el caballero. Y los ojitos de la señorita, que valen un capital, ¿a cuál están mirando? Mi vida por los negros ojos de la señorita y el cielo, que me perdone el Señor, por un beso en las orejas, pero no se vaya, que ya están apostando. Jueguen señores, que las cosas van bien. Suben las apuestas. Aquí el joven, que sabe, dice que los gallos viejos son mejores que los nuevos y pone cien que le van a representar quinientos; no señores: mil, mil y quinientos, y para usted también, caballero, si dejó los veinte, serán ciento cuarenta. Luego, lueguito... Y entre tanto, mientras decide, piense que no puede haber marrulla, porque son barcos, y ganará el mejor; vaya comprando la pomada que da las fuerzas que el hombre necesita para tener feliz a la novia y tranquila a la mujer y lejos a la suegra. Y ahora sí, en lugar de pedir rebaja por la colchísina que alivia al gotoso, páguela a su precio y juéguele al barco. Once a tres, dice el señor, y el caballero acepta; allá, el del sombrero vueltiao. De acuerdo. ¿Quién le juega a Barranca Nueva ganando el Imperio? ¿Y a Calamar cuánto? Eso es, señorita, sonríale al vecino. Quince a tres, dice el señor. ¿Y en Calamar, cuánto a que Invencible pasa primero?

La madrugada es brumosa y sin brisa. *Imperio de la Ley,* retirados los faroles de color, denuncia su presencia con el solitario que cuelga del bauprés.

Invencible, iluminado desde dentro por el fuego de las calderas, se mece al vaivén del oleaje.

En la playa brillan las antorchas de la fiesta. Las primeras luces del alba darán la partida. Un leve tono rojizo delinea el horizonte, nacarado al confín.

Mil ojos desde la playa atienden, sin separarse del escenario, al cabrilleo de las aguas. Nada se mueve. Avanza la luz, no se desplaza. El aire es color plata cuando se oye el primer torrente de agua levantado por unas palas.

Es *Imperio* el que se mueve. Tras la conmoción provocada por el motor y el vuelo azorado de cientos de gaviotas sorprendidas que se levantan contra un cielo cada vez más claro, miran los hombres, desde la playa, cómo despliega las velas el barco y les parece habitar en la misma cubierta el golpe de viento que lo empuja.

La proa, airosa, se levanta, y el vapor se aleja dejando detrás de sí una triple estela. La multitud grita despidiéndolo y al alborozo responde la nave con un alzar y un caer tranquilo de la lumbre que parpadea bajo el bauprés.

Invencible se mantiene en el mismo lugar. De la actividad de la tripulación hablan las pavesas encendidas: rojas estrellas en el cielo negro del penacho que corona el botahumo.

—No quiere enseñarle el camino —grita un avisado.

Cuando *Imperio* es un punto que se funde en la línea del horizonte, *Invencible* ataca las aguas.

—Nada perrito —grita uno.

La gente ríe y vuelve la espalda.

A medida que se aleja el vapor, más acertado resulta el símil. Ni siquiera la chimenea salva su apariencia de barco.

No corría prisa, según Poock. El ingreso dependía no tanto de la fuerza del motor, como de la escogencia certera de los canales que hiciera el piloto y de la suerte, pues, emboscados bajo la superficie encrespada por el choque de las aguas, esperaban los troncos, habitantes perennes del remolino.

Marchaba a medio motor, atentos los ojos a ese enemigo mortal y prestos los brazos en el timón para escapar de la tela de araña tejida por los jacintos, suficiente para trabar el mecanismo impulsor de las ruedas.

Una hora después de la salida, *Invencible* fue alcanzado por una cortina de aguacero que se desplazaba de la tierra hacia el mar y el viento en facha menguó su avance en el mar picado. Levantado por las olas como un juguete, suspendido sobre las crestas, las ruedas, enloquecidas en un batallar de espumas, caían para volver a levantarse de sima a cima. Tras el aguacero, por fortuna breve, llegó algo que en comparación parecía calma. Enverdecieron a babor los manglares.

Se conservaba sin alteración el rumbo.

Las corrientes cambiaban de color. Perdían el tinte del mar teñidas por el dorado arcilloso del río.

A Poock le bastaba con observar la corriente para saber que no había errado: el invierno en las cordilleras comenzaba, pensó, antes de impartir la orden de lanzar la sonda, porque bajo el tumulto de aguas estrelladas creyó descubrir el rizo platinado que anuncia las barras.

Las bocas del gran delta se expandían en el horizonte, entre islas de vegetación oscura.

—Quince brazas —anunció a proa el marinero.

—Quince —repitió más tarde.

—*Steam on* —ordenó Poock gritando.

La proa hendió las aguas para abrirse espacio, y espumas trocadas en gotas llovieron sobre la lona del alpende.

—Quince —repitió el sondero.

Sacudida por una trepidación sin ritmo, la estructura entera de *Invencible* hacía pensar en la piel que frunce un caballo cuando lo molestan las moscas. La rueda del timón solicitaba firmeza y Poock llamó en su auxilio al primer oficial. Entre ambos mantuvieron la ruta con un esfuerzo que recordaba el manejo del cordel de una cometa, pues cabeceaba el barco y la tendencia se corregía liberando el timón por un instante para retomar su gobierno en busca del centro de la corriente.

—Ocho —gritó el sondero—. Seis —cantó enseguida.

—Un grado a estribor —dijo Poock.

Un bordazo confirmó la ejecución de la maniobra cuando el ímpetu de la corriente tomó la nave de costado, pero otra vez, corregido el rumbo y firme el timón, acometió profunda la proa contra el torrente.

—*More steam* —aulló Poock.

Su cabeza envuelta en un trapo de color lo hacía parecer gitano.

—Dieciséis —gritó en respuesta el ingeniero, asomando su cara congestionada—. Dieciocho —anunció luego.

Desde el barco, la tierra, enfrente, parecía inmóvil, como si el esfuerzo de *Invencible* contra las aguas resultara inútil y nulo el avance.

Una formación de pelícanos enderezada en la misma ruta sobrepasó el vapor con un ligero aleteo, como transportada en la cinta del viento.

Ninguna señal de *Imperio*, ni siquiera restos de su penacho de humo.

—*More steam*.

—Dieciocho —contestó el ingeniero.

—*More steam* —insistió Poock.

La respuesta tardó un instante.

—*Twenty*.

La proa de *Invencible* golpeaba las aguas en constancia de avance.

—*God them; no more* —gritó el ingeniero.

—*Be quiet* —advirtió Poock.

—Catorce —repetía el sondero—. Sin modificación. Las aletas de los tiburones quedan atrás.

—Cuatro —grita el sondero.

—*Steam back* —exclama Poock en respuesta.

Invencible gira escorando y avanza paralelo a la fronda oscura de los manglares bajos.

—Once —grita el sondero.

Un bote avanza en dirección al vapor, con la vela henchida y los remos libres.

—*Steam stop* —ordena el capitán.

Mateo Aguilar abordó sin demasiada facilidad. "Se está volviendo viejo", pensó Marisa cuando lo vio estirar los músculos y escupir un buche del agua que alguien le tendió. Sin embargo, su presencia la tranquilizaba. Si de la fuerza tempestuosa de la juventud naciera el cambio, la experiencia y la práctica prestarían serenidad y piso confiable a las decisiones. No desconfiaba de Poock, sino del río, de las bocas que habían detenido a Santiago, pero que fueron superadas gracias al manejo de quien desde ahora y hasta Barranca Nueva guiaría el barco. Marisa hubiera querido romper el protocolo y aproximarse a saludarlo, pero se limitó a hacerlo desde lejos, con un movimiento de la mano, porque del mareo sufrido durante el ingreso a la zona de borrasca le quedaba la sensación de lasitud que acompaña el despertar de los enfermos.

El hombre la miró, hizo una inclinación cordial de cabeza, casi una venia, pero, en lugar de acercarse para presentarle sus respetos, le dio la espalda y se encaminó hacia Poock, quien permanecía en el gobernalle.

Imperio, según informó, había cruzado el lugar dos horas antes y tomado una vía certera aunque torrentosa. Ellos ingresarían por aguas en comparación plácidas y lo bastante profundas para no ofrecer peligro.

"El hombre debe correr ciertos riesgos –había dicho una vez Santiago, con la vista fija en el paisaje de Mompós que enmarcaba la ventana– si quiere cumplir con sus proyectos; nada está escrito, ni todo ha sido hecho ya. Si pudiéramos lograr que sobre los platillos de la balanza que debe reglar nuestras decisiones, y donde hemos puesto a cada lado argumentos que son hijos de experiencias y conocimientos distintos, no pesara la emoción, obraríamos como sabios, y sin temor a sobresaltos y fracasos, pero eso sería prescindir del alma. Nunca será nuestro, por fortuna, el reino de la razón pura. Decidimos hacer una cosa y comprometemos la vida en ello cuando es la emoción, no la razón, la que dicta esa urgencia. Utilizamos el raciocinio, la ciencia, los conocimientos de la experiencia, para prestar un sentido, una estructura lógica, a nuestros pasos, pero es la pasión, el amor, aquello que nos mantiene firme la voluntad y nos da fuerzas para luchar contra la adversidad e impulso para vencer los obstáculos".

Comprendía ella las palabras, aunque careciera del vigor suficiente para apoyar la sentencia con un movimiento afirmativo de la cabeza, y menos todavía para decir cualquier cosa. Entonces la fiebre mantenía la mente alerta y derrumbado el cuerpo, como hecho de material ajeno al dolor y sin voluntad de movimiento. Él buscaba, de pronto, en el brillo de sus ojos, el asentimiento, o por lo menos la vaga seguridad de que su presencia constituía un remedio para el ánimo de la enferma. Los soliloquios duraban largas horas y a veces, cuando vencida por el malestar sin fondo se dejaba llevar a las profundidades de un

sueño despoblado de sensación e imágenes, despertaba con aquella voz que continuaba relatando mundos como si los leyese en un libro.

El velo del mosquitero, que colgaba del baldaquín como para encerrar el espacio de la enfermedad,
difuminaba en la noche el perfil del acompañante
iluminado por la candela que sostenía la palmatoria
sobre la mesa, atrás, al lado de las jarras de agua
fresca y las frutas que aromaban el ambiente de la
habitación y que Ignacia cambiaba todos los días
porque, según ella, limpiaban el aire.

Lo recordaba ahora, en el camarote sobre cuya
litera Poock había improvisado un baldaquín para
el mosquitero con un velo, idéntico al de su alcoba
de Mompós, que igual que allí el viento hacía dan-
zar. Recostada en su litera, no siguió paso a paso el
ingreso por las bocas y fueron los gritos de alegría y
los bocinazos roncos los que sacudieron el letargo o
espantaron la fatiga.

Avanzaba *Invencible*, digno otra vez de su nombre, por el espejo dorado de las aguas del gran río.
−"Rompe la corriente con delicadeza de cisne−", pensó ella, flanqueado por dos orillas distantes: a la
diestra, la de arenisca rojiza tallada por las aguas,
tierra dura sobre cuyo talud se alzaban enormes
ceibas florecidas de garzas blancas y grises, grandes
como cigüeñas, sobre las altas ramas; a la izquierda,
la fronda oscura de los árboles que hundían sus raíces en el agua.

En el cielo repercutía el bochinche clamoroso
de los pájaros que gritaban la dicha de volver al

lugar de reposo. *Invencible,* con el bronco sonar intermitente de la bocina, anunciaba también su regreso a las tareas para las que había sido destinado.

El barco estaba orgulloso de haber vencido en otra batalla: dividía las aguas como el caballo triunfador el aire y por crines mostraba los pendones, que batían al sol enrojecido de la tarde.

—¿Y el *Imperio?* —preguntó Marisa desde la cubierta, mirando al capitán.

Poock sacudió los hombros, despectivo.

—Quizá hoy llegue adelante —repuso—. Nos gana en el mar, pero nunca en el río.

Estaba orgulloso del barco, como todos. El motor era magnífico y su respuesta mejor que la pensada. ¡Y la caldera! Con el menor esfuerzo, la presión subía a veinte.

Del retardo tenía la culpa la maldita borrasca. Tal vez *Imperio* se había librado en gran parte de su castigo.

Mateo preguntó si la señora estaba sola, cuando reparó en que detrás de la esposa del patrón no se alineaba la escuadra de siervas.

—Hoy sí. Después vendrán.

El viejo agitó la cabeza:

—Que no lo sepa "Caimán Viejo", que les tiene prohibido a las hembras llegar solas.

—¿Y por qué?

—Porque, si vienen acompañadas por otra, el río mira a ambas, no sabe escoger y piensa tanto que no hace nada. En cambio, si entra una sola, el río la mira, se enamora y hace lo posible para tenerla siempre; si lo dejan, se la carga al fondo.

—No me vio —dijo ella, excusándose—, estaba en el camarote.

—Dios la oiga —repuso Mateo.

Recorría *Invencible*, sin otros testigos que su pasajera y los tripulantes, la gran brecha abierta por las aguas en la solidez de la Tierra.

—Atrás, atrás, miren atrás —gritó de pronto un fogonero, señalando una columna de humo espeso que brotaba de una delgada fuente y se explayaba en el aire: humo de chimenea.

—Atrás, vienen atrás.

Sin consultarlo con el superior, el ingeniero hizo atronar la bocina con sonidos cortos y alegres como de gaitero que toca puya.

—Barranca Nueva a la vista.

Si bien los vapores habían tardado una jornada completa para llegar al puerto, las personas, con excepción de aquellas que utilizaron coche o caballo, no demoraron tanto: poco más de media mañana en un viaje que el frescor de los aguaceros desgajados sobre río y mar hizo menos fatigoso.

Ya en el puerto se había prendido la fiesta con músicos procedentes de Soledad o quién sabe de dónde, ron jamaiquino y vino de palma de las vecindades. Nadie, sin embargo, celebraba la victoria de una de las dos embarcaciones. Todos se regocijaban con el triunfo del valor y el ingenio del hombre contra la naturaleza, porque no se dudaba que uno de los dos navíos sería capaz de romper la prohibición impuesta por las aguas de ingresar al corazón de la tierra firme por las sendas del río.

Apenas los vigías voluntarios: algunos niños trepados sobre los árboles para columbrar desde allí más espacio, gritaron que había barco a la vista y que era el *Invencible;* se elevaron cohetes y voladores y a su estallido siguió el estruendo de las salvas ordenadas por un teniente de granaderos borracho.

Imperio arribó media hora después. Su capitán, muy lejos de considerarse vencido, alegaba que una cosa era navegar con un barco alivianado incluso de la obra de carpintería y otra hacerlo con carga y pasaje completo. En todo caso, el viaje no había ni siquiera comenzado. Se trataba de un tropiezo sin importancia: el encuentro con el lomo inesperado de una barra en vecindades del acceso al río los había obligado a retroceder y la cautela que habían requerido estas maniobras suscitó el retardo.

—Cautela, que es responsabilidad —argüía el señor Vergara, antiguo secretario de Hacienda, convertido ahora en vocero de la nueva empresa, sin levantarse de la providencial mecedora que encontró apenas sus pies tocaron tierra firme, y con sus manos demasiado tensas, en vez de construir danzas, estableció derrumbes de fatiga.

No era envidiable el estado de los pasajeros que abordaron el vapor *Imperio* en Sabanilla. Traían aspecto demudado. Descendieron con alegría infinita a tierra, aunque sin fuerza para demostrarla. Algunos seguían vomitando perseguidos por los perros y por el temor de que alguien los obligara a trepar a esa cáscara de madera que, según pensaban, la Providencia, y no su motor, había llevado a puerto; nadie lograba convencerlos de que en adelante el vapor navegaría sin provocar bascas en nadie. ¿No habían sentido el cambio a partir del ingreso en las bocas? ¿Pero cómo iban a sentirlo, si todavía, en tierra, continuaba la sensación de que todo estaba en movimiento?

Vergara, acezante, con el cuerpo desvencijado sobre la silla y la piel enrojecida por un rubor sudoroso, oficiaba de eco, pues repetía las razones del capitán de *Imperio* en una síntesis, producto más de la necesidad de economizar esfuerzos que de una inteligencia atenta. No era únicamente la vaga sensación de reingresar al mundo luego de que el malestar le robara las fuerzas, sino esa debilidad sumada al calor, aquello que lo mantenía al borde de la certidumbre de que, pese a encontrarse a las puertas del infierno, no había sido condenado aún, y eso le permitiría participar en la batalla contra el hombre a quien, la estupidez política de otro extranjero, había concedido el derecho de obtener en un viaje las utilidades suficientes para pagar el barco que había realizado el itinerario.

El alcohol, cumplida su rutina de enturbiar ánimos, dividía en facciones agresivas una fiesta iniciada como juego. Se discutía en grupos que, de no haberse establecido un sistema imprevisto, se hubieran cerrado a cualquier otra participación. Muchos, aprovechando la unanimidad del tema, tras escuchar el argumento al cual prestaban validez, abandonaban su lugar para integrarse a otro círculo, exponer lo escuchado y atizar el fuego de las controversias.

Poco a poco, la política, colada en un principio a manera de apoyo secundario, ocupó mayor espacio en un discurso que se precipitaba por los terrenos de la emotividad. *Invencible* adquiría, por su nombre y su historia, categoría de símbolo bolivariano para sus partidarios y de imposición dictatorial para quienes consideraban el privilegio de navegación muestra de una voluntad injusta; su antagonista, *Imperio de la Ley,* abanderaba la recuperación del uso irrestricto de un bien nacional o la constancia de que un poder revestido de leyes nuevas puede violar cualquier derecho bajo el pretexto de cumplir con mandatos legales.

Invencible, favorito en las apuestas para la segunda parte del trayecto pactado, es decir, de Barranca Nueva a Calamar, llevaba la ventaja, según sus partidarios, de contar con un capitán experimentado, lo cual nada significaba para los antagonistas, puesto que el río jamás había presentado problemas en ese sector. Ganaría el más rápido.

Invencible terminó primero la tarea de aprovisionarse de leña, pero debió aguardar a que sus nuevos pasajeros: tres negras con una voluminosa carga de corotos, tomaran su puesto en el vapor.

Imperio de la Ley, entonces, partió primero. Dejaba en el puerto a algunos invitados, cuyo temor de poner en juego su propia seguridad había descubierto su falta de vocación como jinetes de competencia, por lo cual cambiaron la certidumbre de un viaje que para ellos se hacía peligroso por el tormento seguro de los champanes.

Invencible perdió de vista pronto a su competidor en el horizonte que le faltaba por recorrer. En contra de lo que había previsto Poock: que ganaría la embarcación conducida con la misma prudencia con que un ciego se mueve por parajes desconocidos, *Imperio* avanzaba, no cabía duda, a mayor velocidad y como guiado por una mano experta. Ni siquiera se detuvo para celebrar su victoria en Calamar; sus pasajeros saludaron y despidieron el lugar con descargas cerradas de escopetas. *Invencible,* en cambio, atracó para embarcar una yunta de bueyes y combustible para las calderas.

El cuerpo flotante de una res, sobre cuyo vientre inflado esperaban una banda de gallinazos la llegada del rey zamuro para iniciar el banquete, anunció a los ojos prácticos el incremento del caudal: el río arrastraba vástagos de plátano, troncos muertos, tierras y arcillas oscuras que, sin mezclarse en el desorden revuelto de las aguas, recordaban la piel del tigre.

Marisa, primero desde la cubierta de camarotes, luego bajo la tolda del gobernalle, descubría un mundo. En el primer viaje, las orillas, los pájaros en vuelo, la enormidad de esa selva majestuosa que hacía de las florestas europeas jardines descuidados, había capturado su atención. Era la naturaleza en el esplendor de la variedad y el crecimiento.

Ahora sus ojos estaban fijos en el agua, en esa fuerza brutal que obedecía a las leyes físicas más simples, capaz de tallar montañas, vencer la dureza impasible de las rocas, labrar valles, alimentar o extinguir la vida.

El esfuerzo por vencer aquello, imponerse a su violencia, domar el brío o utilizarlo, daría la medida del valor y la importancia de quien lo emprendiera. Aquella máquina, creación del ingenio humano, que contradecía el capricho de las aguas, refrendaba en aquel espacio del mundo la vigencia de una voluntad hija de la rebelión contra el destino y afirmación de lo construido por el hombre, acto por acto, con la insolente materia de la libertad. Llegaba la hora de definir si esa criatura sería para siempre esclava sumisa del rigor natural o si se afirmaría como señora y dueña.

Pero la batalla iniciada no era únicamente la que puede entablarse frente al imperio de la naturaleza, sino la que se afronta contra el designio y la ambición del enemigo oculto apoderado de la maquinaria invisible del poder.

Entre el río y su entorno, *Invencible* y sus tripulantes, entre ellos el espíritu del ausente Santiago Elbers, lo ideal hubiera sido establecer un pacto, si se pudiera invitar a los elementos naturales a sentarse en una mesa de conferencias. Nadie, sin embargo, conocía el secreto de su invocación; si las mujeres que acompañaban a Marisa rezaron, lo hicieron más por costumbre que por convencimiento, puesto que nadie era ajeno al aire de ceremonia profana que se respiraba en torno a la competencia entre dos máquinas.

Los tres primeros días de carrera no dejaron en claro cuál de los barcos sería el triunfador. Hasta entonces cabía hablar de un empate: iban uno detrás del otro, turnándose la delantera.

Sorprendió a Poock y a los ocupados tripulantes

de *Invencible* descubrir que, en contra de lo que era de esperarse, *Imperio* recibía con regularidad provisiones de leña y al parecer víveres, no sólo en estaciones preparadas para ello, sino desde canoas, lo cual le economizaba tiempo de carga, pues las marcas de leña eran izadas con un juego de poleas.

Gracias a lo efectivo del novedoso sistema, el vapor de la nueva empresa alcanzó a tomar más de tres horas de ventaja, que luego perdió por un daño en una de las bombas del sistema de calderas y el consiguiente recalentamiento de toda la máquina.

La señal de alarma fue dada por un pasajero que despertó en el camarote cuando se soñaba víctima de una hoguera encendida por inquisidores dominicos para quemarlos, a él y a su padre, tras comprobar su origen judío.

Se habló entonces de algo que el pasaje sabía pero trataba de ocultarse o ignorar: la posibilidad del estallido de las calderas por exceso de presión o deficiencia de las válvulas de seguridad.

La aventura para muchos comenzó, a partir de ese instante, a ser vivida con cierto recelo y la desconfianza en la infalibilidad de la ingeniería inglesa disminuyó el tono de alegría épica que acompañaba la excursión.

Aunque muchos enflaquecían a ojos vistas, pues el calor, en vez de aumentar su apetito, lo disminuía, el diligente señor Vergara engordaba ajeno a las peripecias del recorrido. Como no logró transmitir a los preocupados la confianza de la tripulación ni convencerlos del todo de que debía ser nimio el daño cuando en tan poco tiempo se lo reparaba, dio orden de no limitar el licor a los invitados, a quienes acompañaba, desde que se les repartía por orden del médico el agua con ron, un pasmo extático fluctuante entre la dicha y el sentimiento trágico. Él mismo se hundió en un estado de ebriedad, semejante al de ciertos pacientes antes de una cirugía mayor, para anestesiar, si no su cuerpo, al menos su capacidad de reacción.

En la mañana del cuarto día, Marisa permaneció en el camarote y pidió que se le llevara jugo de fruta. No había pasado buena noche y culpaba de ello al calor infernal de Tenerife (Poock anunció 45 grados centígrados tras cumplir la maniobra de avecinamiento al refugio) y a la mantequilla agria que acompañó la comida. Tampoco en la noche quiso descender a tierra. Prefirió reposar a bordo junto a las mujeres. No quería someterse a la visión de las ranas enormes de piel verrugosa, llamadas *buey* en referencia a su tamaño, que excitadas por un aguacero lento y espeso no interrumpieron durante toda la noche un concierto que hacía pensar en el de organistas dispersos respondiéndose unos a otros temas construidos de acordes con resonancia oscura.

De las últimas naranjas embarcadas sólo quedaban ahora algunas cáscaras tiradas lejos de donde pudiera llevárselas el río. Avanzaban entre dos cejas de selva, distantes todavía de una zona de fundación lo suficientemente antigua como para poseer huertos.

Poock en persona ascendió al camarote de Marisa para solicitar se le excusara por la imprevisión o la gula, que él llamaba sed, de la tripulación, comprensible dadas las condiciones de trabajo: fogoneros que alimentaban calderas dentro de otra imaginaria alimentada por el Sol, o por la Luna, pues sospechaba, en el fulgor de Mompós, Tenerife o Zambrano, que en lugar de enfriar, como en otras partes del mundo, la maldita (lo decía en inglés, *damned*) calentaba de noche. Sin embargo, al caer de la tarde, corrigió el error: sandías enormes, brillantes al corte como agua congelada, zapotes, limas y mangos, frutas traídas de un caserío a cuya ribera arrimó un bote con los encargados de conseguirlas. El regalo, empero, no cumplió efectos de bálsamo sobre el malestar de Marisa.

—No es para preocuparse, repetía ella.

Que lo prudente sería desembarcarla sobre el brazo de ingreso a Mompós, allí tendrá dónde descansar, aseguraban las negras y con ellas Poock.

La tarde cayó sobre el terso espejo de las aguas sin que se oteara en el aire calmo, el humo del vapor que los precedía. En ocasiones, se podía observar en la alta chimenea de *Invencible* pavesas encendidas que escapaban de la columna de humo para caer al río donde se apagaban sin escándalo igual que las gotas de lluvia que repentinamente se habían desprendido del cielo. Las nubes ennegrecidas empujadas por las brisas que soplan en las alturas cuando agoniza el verano, se precipitaban en el preludio de un aguacero tibio y perezoso, tras el cual, como Poock lo había constatado muchas veces, se elevaría sobre la superficie para cegar la visión del más experto de los pilotos, una espesa cortina de niebla.

Ninguna voz se alzó en protesta ante la orden de buscar refugio para fondear. Se la obedeció con presteza, aunque sin entusiasmo. La sensación de derrota nunca genera alegrías. Marisa, tendida en la litera y defendida por el mosquitero, dormitaba.

Para *Imperio de la Ley*, en cambio, las aguas del río eran calmas como las de una laguna para concurso de regatas. Avanzaban sin prevención, seguros y confiados, ahora sí, plenamente en la maquina y el diseño. Era un barco ágil, dócil al gobierno, y poderoso al instante de enfrentar corrientes.

A las dudas sobre su eficacia y el temor al sobrepeso estructural, sucedía la maravillosa sorpresa de descubrir las ventajas derivadas de la mecánica de su flotación; el emplazamiento de las ruedas impulsoras a unos cuantos metros del centro de la embarcación, no tras la popa, hacía posible el sobrepaso de fondos que para otros navíos hubieran constituido obstáculos infranqueables.

Tantas veces el grito del lanzador de la sonda previno peligros que el vapor sin auxilio de nadie superó, que sus voces, como las del pastor mentiroso que anunciaba lobos cuando había sólo corderos, terminaron por no ser atendidas.

Se decidió no fondear y más bien continuar el avance, sin demasiado brío, bajo la luz de esa luna menguante. No tenía el capitán motivos de preocupación. Su contendor estaba detenido atrás por las nieblas del aguacero. y convencido entonces de la inminente victoria, los pasajeros organizaron por cuenta propia una colosal celebración anticipada.

El vapor, en avance impetuoso se iluminó con la coloreada luz de los farolillos japoneses que colgados en las cubiertas acentuaron su aire de burdel navegante. El ron jamaiquino, embarcado en toneles, se repartió con generosidad de nuevo rico y la orquesta, si bien disminuida ante la deserción de una pareja de violinistas aterrados por sentirse presos en medio de una competencia náutica, cumplió con su oficio de suscitar un rítmico bullicio y no otra cosa, pues en *Imperio de la Ley* no viajaban damas con las que fuera posible organizar un baile a carta cabal.

Debían ser las once de la noche cuando el vapor, al escape de un meandro flanqueado por orillas de bosque, desembocó en un lago no previsto en la cartografía. La vasta extensión de las aguas florecía en mazos vegetales y archipiélagos de verdor en los cuales resultaba imposible identificar si los ramajes eran islas flotantes de sandiegos, copas de árboles enanos o ramazón de playones anegados.

El vapor afrontó aquel inusitado espacio, a la vez con cautela y decisión. Buscaron el piloto y sus asesores la invisible calle; en la memoria, el brazo conocido y las aguas del gran espejo, turbadas por el golpeante paso de la nave, multiplicaban en el reflejo la lumbrera coloreada de los faroles: lampos fugaces, voces de luz que remedaban ecos y telas de oro, rubí, esmeralda o plata sacudidas; un instante de color antes de ser otra vez simplemente aguas de río pero que vistas desde el gobernalle, eran espacios de peligro, límites para una aventura donde cupiera la sensatez.

Avanzaba *Imperio* despaciosamente como el noctámbulo que por caminos ignorados va dando tumbos por un camino que sospecha incierto. Seguía adelante avanzando contra aguas que, pese a su apariencia calma, oponían resistencia. No era un lago aquello, sino un río merecedor de respeto.

—*Steam back*.

Imperio de la Ley con cautela retrocedía buscando la perdida estrella de las corrientes.

—Tres brazas, tres.

Y tras un largo espacio, sobreponiéndose al escándalo del motor en contra marcha.

—Cinco, cinco brazas. —La voz ahora alegre del sondero—: Cinco, cinco brazas.

—*Steam*.

—Seis gritó el sondero.

—*Steam on*.

Imperio de la Ley reencontraba la ruta y con ella, certidumbre de victoria.

Nuevas rondas en las mesas. Ni señas del contendor.

—Vamos despacio porque atravesamos una zona difícil —anunció Vergara antes del nuevo brindis.

—Pero no se preocupen —continuó—. Nuestro capitán dice que estamos apenas un poquito perdidos. En cambio a los del otro barco se los debió tragar ya el río.

—¿Se hundieron? —preguntó alguien.

—Apaguen los faroles, —gritó el jefe de máquinas—. Es una orden del capitán. Los faroles deben apagarse para evitar incendios en el caso de que tropecemos con obstáculos.

La insinuación causó en el ánimo de la fiesta el mismo efecto que un balde de agua sobre los rescoldos de una hoguera. En menos de nada, a la par que se extinguía el jolgorio, se encendieron los horrores de un pánico de difícil manejo, puesto que los borrachos –todos, salvo los tripulantes– asumieron los términos como exactos y, sin el consuelo de la razón que proporciona alivio, decidieron, unos, arriar los botes salvavidas y, otros cuantos, los menos peligrosos puesto que así permanecían inmóviles y silenciosos, orar por su salvación.

Los partidarios del abandono, sin escuchar, ni entender, las razones del capitán y los tripulantes, se entregaron a cumplir con una tarea que desconocían y, empleando la fuerza, no el ingenio, rompieron los cabos que aseguraban uno de los botes para verlo, finalmente, caer de costado, volcarse y confundirse, medio hundido, entre los escombros vegetales arrastrados por la corriente.

El estallido de un tiro de pistola hecho al aire obró como el fuete que sin golpear la bestia truena sobre su lomo y le hace evocar una violencia conocida. Los amotinados, sin transición mayor, trasladados por virtud del sobresalto de la actividad ciega a una parálisis semejante a la que traen consigo los sucesos inesperados, perdieron el impulso de la solidaridad e ingresaron a la zona del estupor y, enseguida, al desorden que surge del choque de voluntades y pareceres irreconciliables. El motín perdió vigor, pero el ánimo de los insistentes adquirió tono guerrero, y las armas, que hasta entonces habían servido para el ejercicio imbécil de una cinegética sin recobro de piezas, se volvieron contra los tripulantes, quienes, sin saber a qué horas, ni por qué, quedaron en la mira de las escopetas.

A proa, impertérrito, el sondero trataba de superar con su anuncio el escándalo, sin alarmarse por la cercanía de los fondos, ni alegrarse por su profundidad, pues de él no dependía el barco y le bastaba la satisfacción profesional de ejercer bien su oficio: lanzar a una distancia que calculaba según la velocidad aparente de avance, la cinta con la plomada; sentir en los dedos la sacudida del material cuando tocaba fondo y cantar entonces la profundidad hallada, leyendo con la práctica adquirida para distinguir las muescas y los colores del cable durante el fugaz instante en que la sonda cortaba la horizontal de las aguas con verticalidad perfecta. Le servían de coordenada, en lugar de la línea airosa del bauprés, los rojos pezones de la dama del mascarón de proa que, proyectados imaginariamente sobre las aguas, se convertían en un auxilio geométrico que, sin duda, no había previsto el escultor.

Nadie amenazó al sondero. Los ojos de los amotinados y las miras de las escopetas se concentraban a espaldas suyas, pues el gobernalle, situado tras las ruedas, tenía paisaje de popa en vez de proa, lo cual equivale a decir que el desplazamiento suscitaba en los amotinados una sensación más de abandono que de conquista.

El paisaje se fugaba con lentitud: quedaba atrás como los años que pasan en la vida de un hombre. Y esta forma de acentuación del tiempo, o más exactamente de su pérdida, se tornaba para los espectadores sometidos al pánico en factor angustioso. Alguien diría, pasados los años, que era como estar embarcado con Caronte, pero con los ojos puestos en un pasado cuya revisión no dejaba dudas sobre la inminencia de una justa condena.

Sin embargo, no fueron los fondos, ya próximos, los que frenaron el avance de *Imperio*, sino la voz del capitán que ordenaba retroceso de ruedas para buscar un camino menos visitado por los escombros, en el instante mismo en que los ojos y las escopetas, atentos a quienes se encontraban en el gobernalle, descubrieron las opacas luces de algo que no podría ser más que el navío contendor, pues acometía el espacio sin la variación de las luciérnagas en vuelo, ni su lumbre ocupaba altura de estrellas. Eran dos luminarias, la pendiente en la techumbre del alpende, sobre el timón, y la de proa: un farol quizá inútil, dispuesto casi simbólicamente, pues nada iluminaba y se convertía en una fuente de incómodos reflejos. La luz de proa prestaba, en el mejor de los casos, el improbable servicio de anunciar a los poco frecuentes pescadores la presencia de algo que incluso para los sordos se proclamaba de lejos con estruendo.

La irrupción de las dos luces navegantes, y de pavesas en viaje de ascenso y rápida caída, adquirió forma y carácter de auxilio salvador enviado por la Providencia, y mientras unos continuaban apuntando sus armas a la tripulación, corrían otros con la orden de encender los faroles apagados y agitarlos para atraer la atención y obtener ayuda del vapor que unas horas antes era el enemigo al cual debían vencer.

Vergara, a quien la borrachera había trasladado a un reino de visiones con menos realidad que un sueño, acudió a la borda hacia la cual la concurrencia confluía, sin saber con exactitud si se festejaba un acontecimiento feliz o había llegado el momento de saltar al agua. Prefería lo primero, pero habría hecho lo segundo, después de aceptar los consecuentes riesgos, si no hubiera sido por una butaca contra la cual tropezó para luego caer y rodar hacia nunca supo dónde, porque en mitad de la voltereta ya estaba brutal y maravillosamente dormido, mostrando uno cualquiera de sus múltiples perfiles, por primera vez difuminados gracias a la redondez que aportan los tejidos grasos.

Poock enfrentó, bien entrada la tarde, la zona de confluencia de los tres ríos. Lo hizo con cautela y sin sorpresa. En el vasto territorio de la ciénaga provisional había aprendido a distinguir los cauces profundos, por la velocidad y el volumen de los materiales que desplazaba la creciente, y a localizar los bancos de arena, por la voracidad de los remolinos y la acumulación de hojas y maderas muertas. Conducir la embarcación a través de los canales torrentosos significaba arriesgarse a chocar de frente contra troncos casi sumergidos que el empuje de las aguas convertía en arietes, pero decidió confiar en el refuerzo acorazado del casco.

No se hubiera aventurado a ingresar de noche en la zona sin la certeza de que su encuentro con la tormenta había dado al contendor una ventaja en tiempo difícil de recobrar. Por eso, cuando descubrió a *Imperio*, a estribor, lejos del cauce principal, convertido en escenario de una danza de luces que evocaba el aletear de cocuyos atorados en una botella, pensó con cierto gozo que era el momento de tomar las cosas con más calma, porque aquella detención le costaría al capitán enemigo muchas horas. Aparte de que seguramente le faltarían víveres, para salir de ese atolladero no había embarcado bueyes y en 360 grados a la redonda no se veía ningún árbol que pudiera transformarse en punto de apoyo para el malacate. Sólo un ejército embarcado en bongos y canoas, o la resignada espera hasta una creciente mayor lo ayudarían a proseguir con su itinerario. Asunto de semanas, en el mejor de los casos, o de meses, lo más probable.

Ordenó responder a las luces con una señal reglamentaria: la que utilizan los veleros, tras desplegar trapo, para despedir a su remolcador.

—*Steam on*—gritó Poock, a la hora de celebrar el sobrepaso.

—Quince, en ascenso —respondió el maquinista, con alegría semejante, desde el cuarto de máquinas.

Invencible dejaba atrás a su contendor.

—No está varado —anotó después Marisa, quien no lo había perdido de vista—. Avanza.

Era cierto. Encaminado por senderos que parecían equivocados, remontaba las aguas.

—Como vapor es mucho mejor de lo que yo creía —aceptó Poock—. Si no estuviese al mando, diría que supera por mucho a esta cáscara, pero un capitán que se respete no puede tomarse la licencia de hablar mal de la embarcación que conduce, no importa lo que piense.

Tras el leve cambio de curso, no recorrió *Imperio* demasiado camino. El humor del pasaje obligó al capitán a tomar la decisión de fondear, no mediante anclas, pues de ellas carecía, sino con pesos lanzados desde la borda con tristeza de muchos, pues a falta de plomo se escogieron, primero, las planchas de hierro de las cocinas y, luego, como éstas resultaron insuficientes, los lavabos y las sillas de los sanitarios: fundición en bronce.

Cuando la operación de fondeo llegó a su fin y el barco respondió al esfuerzo cobrando cuerda y meciéndose con apaciguante vaivén de cuna, las escasas luces de *Invencible*, parpadeaban a una distancia tan difícil de calcular como la que separa en la noche las estrellas. Como ni siquiera era audible del otro vapor el retumbo de la maquinaria, y no porque lo apagara el ronzar de la propia, puesta ya a retiro la caldera, regresó a los corazones de los pasajeros la sensación de pequeñez e insignificancia que se descubre cuando se tiene la certeza de que las fuerzas dentro de las cuales se habita son infinitamente superiores al ingenio y a la invención del hombre y de que los dioses que manejan los hilos se comportan dentro de un orden en el cual la persona apenas cuenta como un accidente deleznable.

No haber desafiado el peligro, si bien tranquilizó el ánimo de los más exaltados, tuvo un efecto inesperado sobre otro sector del pasaje. La decisión tomada era para ellos muestra de la desconfianza del capitán respecto al barco que comandaba y representaba la confesión de su impericia para maniobrar en aguas desconocidas. Solicitaban, entonces, que se les aprovisionaran los restantes botes de salvamento, con la intención de embarcarse en ellos a la mañana siguiente y buscar río abajo algún pueblo, piso seguro, o al menos champanes para remontar la corriente conducidos por bogas sabios y no por *místeres* pendejos. Además de la tripulación y los representantes de la empresa, se oponían a ellos quienes otorgaban a los botes menos confiabilidad que al vapor, pero consideraban que su presencia confería a los huéspedes de *Imperio de la Ley* un recurso de salvación en el probable caso de un accidente.

La discusión se tornó violenta y con seguridad alguno habría acabado por acudir al idioma de las armas, pues, entre quienes las habían esgrimido horas antes, todavía muchos estaban dispuestos a darles uso en el caso que resultaban válidas como argumento, si no hubiese sido por la sorprendente aparición de un grupo de hombres con fusiles que fue requisando el armamento, sin ocultar la alegría que les suscitaba la adquisición de piezas que merecían el adjetivo de magníficas: con culata de madera fina y cañones grabados en su exterior, dotadas de sobrenuez y eyector, cartuchos recalzables, miras con alza, bandoleras de cueros finos y guardacoces mullidos con badana. Lujos de funcionarios y señores ricos.

Luego de esta breve confiscación siguió el decomiso de objetos: mancornas, abotonaduras, anillos, cadenas y, por último, dinero. Nadie, quizá porque la discusión ocupaba todo el interés, había visto ni oído la llegada o el abordaje del piquete armado. Treparon los hombres haciendo menos ruido que hormigas sobre la corteza del árbol y, sin dar tiempo a que alguien se defendiese, coparon toda posible resistencia. Trabajaban por parejas: uno vigilaba con el fusil pronto, mientras el compañero cumplía la tarea de recolección, y otros hombres, apostados en sitios desde los cuales se ejercía total dominio, amenazaban con armas que utilizaron, antes que nada, para alertar sobre su arribo mediante una salva que acalló las voces en pugna y adormiló la diferencia de opiniones en cuyo ataque o defensa tantas horas se habían gastado.

Esta contingencia de un asalto de piratas no había asomado ni siquiera a la imaginación de quienes siempre profetizan los peores desastres; por eso todos quedaron estupefactos y, cabe decir, paralizados, lo cual convirtió el saqueo en una ceremonia que hubiera sido vista por otros como un acontecimiento absurdo. Quienes sin oposición ni protesta entregaban sus posesiones, consultaban a los asaltantes su opinión sobre el lugar que en aquellas extensiones de incertidumbre ocupaba el barco y su concepto acerca de si fuese posible salir de allí con bien y por cuál camino.

Tras el despojo de los haberes, el jefe de la banda ordenó a una patrulla que visitara los depósitos. El botín fue cuantioso. Luego de llenar bongos y canoas, cargaron los botes de salvamento cancelando y con el rítmico golpe de los remos a la hora de partida evitaron, por sustracción de materia, cualquier recaída en la discusión anterior. Antes de abandonar el barco, el capitán de la cuadrilla impartió a los desolados pasajeros la bendición. Como sacerdote estaba autorizado a hacerlo. Y como coronel capacitado para darle un tiro al que protestara.

Amanecía.

E. W. *Mark*. Honda. *Acuarela, ca. 1850. En:* Presencia alemana en Colombia. *Bogotá. Editorial Nomos S. A. 1993.*

VIII

La fragata *Marion* inició la recalada en un amanecer brumoso. Ninguna señal se percibía en el horizonte de la costa vecina, ni siquiera la de la alta sierra, visible a enorme distancia en días claros.

Santiago Elbers, acodado sobre una barandilla asistió sin interés a la rutina de un barco que se dispone a encontrar los senderos hacia el puerto conocido. Ni siquiera conversó con el capitán, quien tras abandonar los dominios del piloto y cerciorarse con un rápido examen de las condiciones imperantes, descendió al comedor de oficiales despidiéndose, o invitándolo, nunca lo supo, con un confuso movimiento de brazos.

El viaje había sido más que bueno, excelente. "Nos persiguen los buenos vientos" había dicho cierta noche el capitán. Tras de arribar a Santiago de Cuba con días de ganancia sobre el itinerario, iniciaban la escala en Santa Marta batiendo cualquier marca.

Una copia de los documentos que reposaban en la valija, cuyas correas había asegurado unas horas antes bajo la tenue luz del candil, viajaba en otro barco. La llegada de un paquete de correo con las noticias consideradas graves y el relato de los temores de Mr. Sore Throat habían acelerado su viaje y apresurado la negociación con Silas Borrowgs. En resumen, el armador se comprometió a poner dos vapores a órdenes de la empresa en la mayor brevedad posible. Los recaudos de los cuatro primeros viajes redondos ingresarían sin descuento alguno en las arcas de Borrowgs en calidad de arrendamiento y amortización de una cuarta parte del valor de las embarcaciones, cuyo saldo debía ser cubierto en el plazo de un año, si no se acordaba formar una compañía para la cual serían consideradas como aporte. Se eliminaba la exigencia de navegar bajo bandera de la Unión o de cualquier país distinto al que había concedido el privilegio de exclusividad.

No consideraba las cláusulas del contrato como un triunfo. Eran ventajosas para la otra parte, pero garantizaban el reinició de la navegación y el posterior cumplimiento de los itinerarios. No tenía duda respecto a su capacidad ni a la validez de los argumentos necesarios para rescatar el favor del presidente. Y constaba por escrito la promesa de los banqueros de aportar los capitales necesarios para continuar las obras en proceso.

La fragata ingresó a la bahía a media mañana, viento en popa, con los sobrejuanetes y las velas desplegadas, "tomando dieciséis varas de carrete", y tiró cabos al muelle una hora después, en medio del bullicioso desorden provocado por una docena de canoas que se aproximaron a darle la bienvenida con la esperanza de recibir los pequeños obsequios que solían arrojarles los pasajeros: monedas en pos de las cuales se sumergían niños y jóvenes, o envoltorios de naderías que la superstición transformaba en amuletos. Un poco más lejos ya se avistaba un ejército de bongos cuyos ocupantes, en una competencia de alaridos, voceaban las ventajas de los alojamientos que ofrecían a los señores y los servicios reservados a los marinos.

Don Santiago recibió la noticia de que su esposa se hallaba en Cartagena, con sorpresa pero a la vez con alegría, puesto que quienes la dieron tenían como cierto que gozaba de excelente salud. Luego de un par de días que empleó para poner a funcionar el engranaje atorado de la empresa, comenzó viaje. De Cartagena seguiría hacia Bogotá. Un correo a *revientacaballo* llevaría al Libertador la carta que había redactado en el barco y sometido a modificaciones en Santa Marta de acuerdo con las noticias.

El rostro de Ruperto Pombo traslucía franca preocupación. Dijo que todo representaba la "locura de una muchacha atolondrada", porque ella no había revelado nada sobre su intención de tomar parte en un desafío absurdo entre dos vapores, ni había consultado a nadie al respecto, ni mucho menos había comprendido que aceptarlo y emprender la aventura podía modificar la decisión gubernamental.

—Ya para todos es claro —continuó— que del triunfo del barco no depende el de la empresa.

Según él, triunfaría aquella que representaba los intereses del grupo manipulador del poder.

El encargado de la capitanía, que asistió por llamado de don Santiago, abrigaba pocas dudas sobre el comportamiento del barco en una competencia. Ya había demostrado el motor su potencia en las bocas, "y ese inglés no es el tonto que muchos creen". El vapor remontaría sin novedad el río, como tantas otras veces. Tampoco a él se le ocurría la posibilidad de un accidente. En el peor de los casos podría presentarse un daño en el motor imposible de arreglar o suceder que varara, como había sucedido, sobre un obstáculo inesperado. Nadie, salvo Pombo, cuyo terror por el agua lo tenía anclado en Cartagena desde hacía cuarenta años, consideraba la contingencia de un naufragio de dimensiones desastrosas.

La salud de Marisa sí era motivo de preocupación. El viaje significaba regresar a los climas que habían desencadenado la enfermedad.

—Los malos humores se respiran o llegan por contacto con la piel y las recaídas son posibles por ese influjo —afirmó el médico de la familia Pombo.

Además, según su parecer, Marisa estaba sometiéndose a incomodidades y privaciones peligrosas para un organismo cuya gravidez hacía necesariamente crítico el éxito de su convalecencia. O a la inversa: su estado de salud no garantizaba, en las nuevas condiciones, un final con parto feliz.

Don Santiago abandonó Cartagena diez horas después de su arribo, cuando ni siquiera los caballos que lo habían conducido servían para continuar viaje, y debió procurarle Pombo, conocedor del medio, remonta fresca en préstamo o alquiler.

Llovía a la hora de la despedida, pero el verdadero aguacero lo soportó la cabalgata tras abandonar un pueblo de tejedores de hamacas en uno de cuyos últimos ranchos don Santiago adquirió para él y sus acompañantes tela gruesa y listada que, envuelta sobre sus cuerpos, los defendería algo del rigor invernal.

Escogió, en lugar de la vía acuática, la diagonal de tierras medianamente altas que unía a San Jacinto con Magangué, en el río. Cuatro jornadas, que con suerte podrían cumplirse en tres, los llevarían al lugar donde esperaban encontrar el barco, si las aguas no rebosaban el valle hasta alcanzar las alturas del camino e impedían el paso.

Los primeros indicios de futuras dificultades, cangilones de greda pegajosa, sin demasiada profundidad, pero evidencia de que se trasegaban ya rebaños a tierras secas, no preocuparon demasiado al grupo; quizá lo oportuno fuera cambiar en la posta los caballos por mulas.

Las primeras ocho horas de cabalgata concluyeron en los patios de la hacienda Maite. Los viajeros reposaron apenas el tiempo necesario para tomar un reparo de sopa de queso con una raíz cuyo nombre Elbers jamás logró pronunciar: ñame. Lo acompañaron con carne salada, arroz frío y huevos. Para enfrentar las próximas jornadas, los encargados colmaron las alforjas con huevos de iguana, bollos de maíz y zapotes maduros. Las calabazas y las cantimploras se llenaron con guarapo fresco.

La meta tenía un nombre de curioso sabor oriental: Endaya. Si no esforzaban las bestias demasiado, en el caso de encontrar cegado el camino, debían rodearlo utilizando las trochas. Tres horas más, si conseguían alcanzar la Ye, una encrucijada que describía con exactitud gráfica su nombre.

Debía tomarse el sendero de dirección sur antes que cayera el día, pues, a partir de aquel punto, serían los ojos del jinete, no los de la cabalgadura, los responsables de descubrir y evitar las arenas movedizas, embudos dispuestos a llevarse a su infinita profundidad al descuidado. Los baquianos, conocedores impecables del terreno, por prudencia echaban delante piaras, como señuelos para el apetito oscuro de los tremedales.

Continuaba lloviendo. De las tierras calentadas por los soles inclementes de un verano prolongado, se levantaban las aguas transformadas en niebla baja. Azoradas por la blancura en la cual debían hundir sus cascos, marchaban las bestias con lentitud que no disturbaban gritos y castigos de jinetes. Don Santiago Elbers, como de costumbre, hablaba poco. Su decisión de llegar pronto se traslucía en la marcha con la postura de su cabeza, inclinada para enfrentar el espacio como un atleta que rompe el aire embistiéndolo. Muchas veces la cabalgadura rechazaba sus órdenes y, rebelde, se oponía a seguir: los cuartos anteriores se agitaban en el aire con un esfuerzo inútil; los cuartos posteriores temblaban ansiosos de un camino contrario.

—¡Arre bestia!

La noche se cerró antes de que la caravana alcanzara la Ye.

—¡Limpien trocha!

Avanza en contra una vacada numerosa. Antes de escuchar el mugir de los machos y los reclamos de las hembras por el ternero extraviado, los viajeros percibieron olores tibios, a boñiga, piel asoleada, aliento de leche, y enseguida el retumbar del suelo hendido por los cascos del tropel afanado.

—El invierno es de verdad. Vienen al tiempo ganado y tigres.

Aterrorizados, los animales se lanzaban por nuevos caminos, y voces agitadas trataban de contenerlos: *sssssoooo, shiiiiaaaa, vaaaajaaaah, ohiiiish taaaa...*

La tropilla de Elbers se dispersó ante el embate de las reses, confundida con los vaqueros que procuraban aplacar la desbandada. Las bestias de carga, perdido su orden de marcha, chocan con el ganado que las atropella.

—Las aguas están altas —informaron los vaqueros. Allá verán si se aventuran a vadear los bajos. Por el paso de la Macura vayan haciendo ruido, porque están subiendo temblones. Y atención al culebrerío.

Dos reses muertas en el camino prestaron la razón a quienes les habían recomendado tomar precauciones. Las bestias, que avanzaban parando las orejas, percibían desde lejos el cascabeleo de las serpientes y el tufo de las mapaná. Con frecuencia se alzaban sobre sus patas, retrocedían, relinchaban con miedo.

Sin llegar a la Ye, entrada la noche guindaron hamacas bajo una enramada caminera. Las aguas en ascenso empujaban las plagas a los terrenos se-cos. Dos hombres sufrieron picaduras de alacrán mientras recolectaban leña para la hoguera. En la dirección del río, se columbraban nubes espesas, oscuras y bajas. A los micos aulladores los silencia-ron los rugidos de un tigre.

—Con las primeras luces emprendemos camino —anunció don Santiago.

Invencible hizo sonar a intervalos la bocina y tomó el brazo menos correntoso. La noche era clara y el camino conocido. Avisados a tiempo por el correo de las palomas, los trabajadores tenían dispuesto, sobre el ribazo, las cargas de leña y, en el breve muelle, las damajuanas de agua fría y clara como de nieve derretida. Cargaron también plátano ver-de, carne y huevos de tortuga y un par de gallinas que alguien atento dispuso para la señora. La ra-ción, por lo menos la del día, se completó con una mano de bagres atigrados que sangraban todavía por la herida del arpón.

Marisa quiso descender a tierra, pero Poock, ante la voracidad de los zancudos y el aire pestilente de los pantanos, se lo impidió. No tenía fiebre, pero sí un malestar constante, dolor de huesos y escalo-fríos. El capitán aprovechó la ocasión para rogarle, otra vez, que desembarcara al ingreso del caño seco de Mompós y esperase en la ciudad las noticias del recorrido.

Ella se negó. "De ninguna manera", repitió. Lle-garía a Honda y seguiría hacia Bogotá. Era lo suficientemente fuerte para hacerlo. Y no sería la primera ni la última mujer grávida que emprendiese el camino de las cordilleras. Ella y sólo ella, tenía el poder amplio y suficiente para negociar con el gobierno.

"Como entrando la noche".

Lo difícil era saber de qué día. En el río son iguales. Se cuenta por lunas, no por horas; por acontecimientos, no por semanas ni meses. Don Santiago lo sabía. La palabra ayer carecía de significado para las gentes. Abarcaba cualquier tiempo pasado; se acomodaba en la memoria dentro de un espacio laxo, inubicable...

En definitiva, los vapores (uno se sumaba al otro y los dos se confundían), se hacían inalcanzables. Ya no era posible afirmar que la línea recta constituye el camino más corto entre dos puntos. Don Santiago debía humildemente dar por cierto que, salvo un fracaso en la lógica del progreso, es decir, la derrota simultánea de las dos maquinarias, resultaba imposible llegar hasta ellas. Quedaba, entonces, como único camino, esperar algún champán que los llevara a Mompós.

Tras días de angustia y diligencia, lograron detener una piragua.

—No acostumbro —dijo el boga— transportar gente. Mi negocio es pescar bocachicos y salarlos.

¿Vapores? ¿Qué era eso?

—Ah, los barcos grandes. Esas mierdas inútiles. Aguas arriba estuvo uno detenido.

No sabía el pescador cuál.

—Es que son iguales. Bufan, espantan la pesca.

No eran testigos sus ojos, sino los de unos indígenas que viajaban río abajo.

—Mala gente. Desde el vapor les dispararon a los indios como si fueran caimanes. Dañados. ¿Para qué abrir fuego sobre unas personas que nada les estaban haciendo?

No, de ninguna manera tocaría él siquiera las mismas aguas. Si pretendían ir al barco, era mejor que buscaran "otro pendejo". Con su piragua no podían contar, pagaran lo que pagasen.

—Soy negro y desdentado, pero no imbécil. Ni *puel* putas voy.

Don Santiago supo desde el primer aspaviento que la respuesta abría el juego de negociar. Conocía de memoria la mecánica de los ritos que preceden los acuerdos.

La piragua hendió las aguas con la primeras luces del amanecer. Dos hombres provistos de bicheros turnaban sus esfuerzos. Avanzaban pegados al ribazo entre territorios habitados por tortugas adormecidas e iguanas que esperaban, abierta y expectante su boca dragonada, el milagro de un brote nuevo. Denunciando la presencia de extraños, una y otra vez la misma bandada de patos se levantó para posarse un centenar de metros adelante.

Atender al contorno, y distraerse con el acontecimiento del que se es pasivo espectador, hubiera resultado posible, y entonces, también, apaciguar el ánimo y calmar la angustia, si no mediaran tantos años de experiencia repetida. Acaso por primera vez Elbers no se distraía en la preparación de acciones futuras o el diseño de ocupaciones próximas, sino en el ejercicio inútil de adivinar cuánto tiempo había transcurrido entre el anterior cálculo y el más reciente, tarea que, en lugar de disminuir las horas, las alargaba y multiplicaba, en una circunstancia parecida a la de quien presta más importancia, en peligro de ahogarse, a saber hace cuánto no respira que a la desesperación de no poderlo hacer.

Más de una vez se sorprendió en procura de imposibles rastros del paso de *Invencible*: un pañuelo caído por quién sabe cuál gesto entre los muchos probables; un trozo de gasa magistral rescatada por quien, vigía impecable, se embriagaba con su perfume aún vivo; un velo colgado de la ramazón como la señal que deja el baquiano a la patrulla de la cual se ha alejado.

Nada, sin embargo: somnolencia habitada por pesadillas recurrentes. Ningún vapor, ni siquiera champanes. Ya en las primeras horas el cielo se había hecho gris y anunciaba chubascos entrapahuesos.

Descendieron en cualquier parte para buscar hojas de bijao, ñame, plátano, más con la intención de favorecer el magro equipaje que por resguardar los empapados cuerpos. Bajo abrigos similares muchas veces había viajado en tareas de inspección o reconocimiento antes de la puesta en marcha de la compañía. Hacerlo ahora en una embarcación hecha con un tronco vaciado al fuego espoleaba una imaginación enfebrecida: los barcos representaban un sueño móvil, en cuyo inicio se encontraba a sí mismo, navegante del pasado que ayer sentía lejano. Así, en él parecía cumplirse el destino indescifrable de quien, tras haber soñado que es una mariposa, se descubre preso en la crisálida. Dentro de ese esquema delirante no cabría, sin embargo, Marisa: las sensaciones no crecen sobre territorio de letargos, ni el amor es allí fábrica de desesperaciones, ni su falta motivo de pesares. En aquella modorra semejante a la enfermedad, alcanzaba sin asomo de duda una certidumbre: no viajaba en busca del vapor, ni era su meta reconstruir la empresa. Iba tras ella, solamente tras ella, como el animal sediento tras el agua en las tierras secas.

Imperio prosiguió su derrotero con las primeras luces del alba. Una y otra vez sus fondos rozaron el dorso de las barras y las superaron con un leve temblor de su ágil estructura de animal acuático. El pasaje se había aplacado por la fatiga, o se hallaba preso en el pozo sin fondo de las siestas alcohólicas.

Invencible debía llevar seis horas de ventaja. Ningún motivo para preocuparse. Localizado el brazo donde esperaban encontrar combustible para la caldera, la velocidad de avance aumentó a costa de las cargas de leña sobrantes. Bajaba la aguja del manómetro cuando las embarcaciones, repletas de madera seca, hicieron su aparición.

Tenían suerte. Habría leña gracias a que ya estaba embarcada, pues la demás había ardido. Meses de trabajo convertidos en hoguera. Nadie podía decir quién había provocado el desastre, cuya prueba era el humo que se columbraba más adelante. Unos locos por hacer el daño... ¿O se trataba de otra guerra? ¿Quién iba a saberlo?

Gritaban, manoteaban en el aire. Hablaban un idioma incomprensible, raspante, de vocales cortadas. De su significado la gente se enteraba luego, con el auxilio de intérpretes que sintetizaban en palabras adustas la maraña de párrafos enloquecidos, como lo hacen los censores o los padres cuando explican algo a los hijos para librarse de sus inquisitivas preguntas.

Y las mismas voces oficiosas transmitieron la propuesta del capitán: dejaba decidir a los pasajeros si querían abordar las embarcaciones y descansar en Mompós, puesto que la empresa de llegar a Honda, en competencia con otro vapor, suscitaba riesgos. Recomendaron a quienes descendieran tomaran de su equipaje apenas lo indispensable. Para quienes continuaran, sobraba repetir que lo hacían en el mejor y más seguro barco del mundo.

—¿Quiénes nos acompañan entonces? Ya conocen, señores, el motivo de la urgencia. ¿Cuántos por el sí? ¿Cuántos por el no?

Los pasajeros transbordaron. Esperarían en Mompós champanes. Ya estaban ahítos de la modernidad y de la pavorosa ingeniería; la carrera, los ladrones, los caimanes, patos, micos, etc., el calor del sol, las calderas y los incendios los habían aburrido, ¡No más! ¡Suficiente!

¿Para qué diablos se organizaba la navegación si allí no había nada más que indios, negros, zambos, zancudos y, para colmo, piratas, o locos que juegan a la guerra y prenden fuego a la leña ajena?

Desde balsas y canoas que la onda creada por el empuje de las ruedas sacudió como briznas, vieron alejarse con el barco, entre una nube de vaho caliente, el fantasma de una muerte sin gloria en aguas pobladas de animales que tomarían venganza por los abaleados desde las bordas. Concluía para ellos la aventura de la que, en contradicción con su espíritu cauto de funcionarios que gozan de la rutina como de un banquete, habían sido protagonistas involuntarios.

Con *Imperio* perdiéndose en el recodo, se alejaban de su vida las jornadas en las que podía caber el acontecimiento inusitado, las horas de la improvisación y del invento.

Más tarde navegarían en silencio y tratarían de esquivar la mirada del otro, testigo del miedo o de la cobardía. Pasó mucho rato antes que, primero uno a uno y luego en asamblea vociferante, reinventaran la historia de un viaje heroico y pintoresco, pleno de actos dignos de paladín. Esa increíble suma de hazañas se anticipó al herrumbrarse de las embarcaciones en vecindades de la sombra inútil que, sobre las arenas humedecidas por el invierno, proyectaba el muelle construido por Elbers, cuando no preveía que el río inventara otro cauce, ese inesperado y profundo brazo que robó a la ciudad su condición de puerto y convirtió el antiguo lecho en asoleadero de lagartijas, aunque las crecientes simularan recuperar con las lluvias su vocación de servicio, no lograban rescatar al indefenso muelle de su condición de obra burlada.

La comitiva ascendió las escalinatas del puerto hacia el mercado. En tierra firme los funcionarios adquirían, poco a poco, la seguridad perdida y, a la vista de un par de granaderos que saludaron a uno que había sido antiguo superior, dejaron en el pasado su aspecto de náufragos y, revestidos de su condición de representantes del poder, marcharon hasta el lugar que se les indicó.

Ante todo, debían presentar la denuncia. Ya vería la milicia cómo castigar a quien se había atrevido a dar una bofetada a la patria, de la cual el grupo sentía representar la mejilla.

Les dijeron que no había lugar para preocuparse y que se estaban iniciando las acciones: se aniquilaría ese grupo. No era el primer delito, aunque sin lugar a dudas se trataba del más grave, pues antes, bajo el comando de un cura loco, esos hombres sin patria habían asaltado una parcela de propiedad de la naviera recién constituida, a la cual el gobierno ofrecía protección especial. Ya las fuerzas del orden se hallaban sobre la pista. Era una guerra de los extranjeros contra el nuevo país, de las potencias contra América. ¡No prevalecerían!

El coronel, a quien el calor había obligado a desabotonar la guerrera, se paseó inquieto tras la escribanía mientras pronunciaba el discurso.

Deberían excusarlo. Evidentemente no tenía sillas para ofrecer a tantos y tan importantes señores, pero estaba en capacidad de jurar sobre el fuego que muy pronto la afrenta sería lavada. Al señor Imbrecht, Juan Antonio Imbrecht, un españolote gestor y promotor de compañías extranjeras, ya lo buscaban, y al cura Blanco lo pondrían en picota una vez pudieran ubicar su paradero.

En cuanto a la pregunta sobre alojamientos, resultaba prematuro inquirir por una respuesta. La autoridad procuraría encontrar, con la venia de las familias pudientes, habitaciones y comodidades dignas. Entretanto, podían tomar el cuartel como su casa, aunque no fuese confortable: por cada cama calculaba cien chinches. Los únicos alojamientos decentes los administraba el señor Imbrecht, así que, por obvias razones, no cabía esperar colaboración...

La tormenta acompañó el avance de los barcos. Aguaceros densos, una vez verticales, cuando venían ya pasado el ventarrón que empujaba las nubes desde las cordilleras, cuyo azul lejano a ratos la luz hacía evidente, o bien diagonales, si, convertidos en escoba de aguas para barrer selva y río, entre el escándalo sin fin de tantos truenos que muchos debían ser inventos del eco, azotaban la selva, abatiendo cuanto árbol, hierba u hoja en fuga se opusiera a su paso. "Armónicos", hubiera dicho Santiago, pues de la naturaleza obtuvo el hombre los torpes sonidos de su música. El trueno es al timbal lo que el canto del grillo a mil trompetas; la orquesta de cobres, al viento, un vagido de niño.

Llegados al corazón de la tormenta, Marisa se sumergió en los sonidos del mundo con admiración y respeto. Bajo su empuje, la selva, a lado y lado, permanecía silenciosa. Ningún ruido animal era perceptible. En lo íntimo, la dominaba una extraña sensación, como si se llevase al oído un caracol gigante, por la batahola de ramas que golpeaba el viento: la fronda redoblaba al toque del chubasco.

Ni un vuelo de pájaro cruzaba el aire sacudido por cortinas de lluvia. Por segunda vez en el viaje, fallaba la cumplida visita del zancudo.

Atontadas por el aire espeso y caluroso, por las hendijas de la madera menos reciente se asomaban batallones de cucarachas. Afuera, el río asumía brillos de plata y, sobre el bosque, el cielo cobraba densidad de plomo endurecido.

Las negras afirmaban que el agua limpia el aire y que por eso la señora debería sentirse mejor.

—Ya duerme. Y va a ser niño lo que lleva en el vientre, porque no le tiene miedo al trueno y da patadas cuando los rayos entrecruzan el firmamento.

Marchaban a media presión de la caldera. La leña seguía húmeda y el penacho de la chimenea parecía barba de viejo, de lo puro blanco.

Algo semejante le ocurría a *Imperio*. La leña, tocada por el fuego de los incendios que las lluvias habían apagado, se encendía aunque estuviera verde. La presión de la caldera era alta. El barco se mecía y cabeceaba cuando los cauces se hacían estrechos y la violencia de las corrientes iba en aumento.

Como era tarde, llovía recio y no había luna, apenas unos cuantos presenciaron su llegada al puerto y casi nadie el ascenso por las escaleras del mercado: incluso los trasnochadores se habían guardado y él no llevaba a nadie que le iluminara el camino con candelas.

Los pocos que lo avistaron, supieron se trataba de don Santiago, porque no llevaba sombrero y, pese al agua que la empapaba, su melena se seguía mostrando como la de un león de nieve.

Lo escoltaban tres hombres con su equipaje de pobre. Y su paso no era el airoso que le conocían. Ni siquiera procuraba defenderse del agua mientras trepaba la escalera de tropiezo en tropiezo, como si jamás la hubiese transitado o fuera ciego, pues el ascenso no lo conducía hacia puertas, sino a espacios cerrados y al recinto sin escape del antiguo matadero, lugar que nadie, de haber conocido su abandonada podredumbre, hubiese deseado transitar, y de cuyo borde lo sacó el brazo providencial de alguno de sus compañeros, bajo cuya guía, al fin, traspuso la verja, ya inútil, que encerraba la antigua aduana y, unido al grupo, ingresó entre furiosos ladridos dispersos de perros que, alertados por los de la plazoleta del mercado sobre la presencia de extraños, se integraban con distancias y modulaciones de canon al ejercicio sin premio de su función de guardianes. Calle tras calle o por los callejones que escondían patios con pozo o solares de muros desvencijados que guardaban casas señoriales, entre el zumbar abrumador de los afa-

nados élitros de miríadas de chicharras aposenta-
das en samanes, ceibas, almendros o matarratones,
y el currucucar de lechuzas y búhos encuevados en
los caminos del cementerio, avanzaron seguidos por
el escándalo afanado de la perrería, igual que los
borrachos retardados a quienes la madrugada sorprendía en uno de los tantos burdeles, que la pudo-
rosa legislación condenaba a los extramuros, y
denunciaba su curso la sucesión de ladridos con la
eficacia de un mapa sonoro.

Si alguien hubiera atestiguado el avance del grupo, desde el escape de la puerta que conduce al
mercado hasta la vecindad de la casa de la compañía, es seguro que en sus anotaciones hubiera in-
cluido su asombro ante aquel insólito orden de
marcha. Iban los cuatro: al centro, Elbers, trastabi-
llando como ebrio, más cuerpo sin gobierno que
voluntad de arribo a cualquier parte, y de tal manera inseguro que los otros, conscientes de su necesidad de auxilio, acudían para prestarle apoyo, que
él rechazaba con ademán de amenaza, cuando no
con un golpe en el instante cuando, perdido el Norte
por un traspié, parecía encaminarse en dirección
opuesta a la que hasta entonces llevaban.

Una mujer negra, envuelta en sábanas que dota-
ban su volumen de mayor carnalidad, puesto que
la resolvían en esfera abrigada entre pliegues, y a
quien como discreto ejército seguía la cohorte breve de media docena de esclavos adolescentes armados con maderos de tranca, abrió la puerta de la
casa de la compañía y recibió con voces de escán-

dalo aterrado a su amo, poseído por la enfermedad de los pantanos.

Durante las últimas horas su delirio había adquirido dimensiones de enfermedad de gigante. En idiomas que nadie conocía rechazaba a gritos la ayuda de quien procuraba paliar sus padecimientos ofreciéndole sorbos de agua o colocándole paños sobre la frente encendida por la fiebre. Resultaba evidente que su mundo ya no era común al de los otros. Ni siquiera aceptó su propia cama, y el tiritar de las fiebres, que asaltaron su cuerpo con temperaturas de volcán y momentos de hielo, lo agobió hasta dejarlo tirado sobre el piso de tablón, a la sombra del lecho que se negó a ocupar.

No hallaron a nadie en el hospital de la compañía. Los soldados a cuya guardia estaba encomendado dijeron que ni siquiera había camas, "porque las requisó el comandante". Mucho menos, enfermos o médicos. ¿Y a qué venía tanto escándalo? "La gente muere mejor sin sus auxilios".

A media mañana, un médico joven recién llegado al pueblo, pálido porque procedía de Tunja y abominaba la resolana de las tierras cálidas, tras mirar al enfermo desde alguna distancia prudencial, como corresponde a quien no desea contagiarse con la peste que traen consigo los extranjeros, dictaminó "fiebres malignas"; ordenó sangrías, recomendó la aplicación de ventosas y cataplasmas de ají para alivianar el enfriamiento del pecho y abandonó la casa no sin exigir se le pagara en efectivo, costumbre antigua cuando se trata con enfermos desahuciados.

Sin embargo, pasadas unas horas, el agonizante dio muestras de reacción positiva. Saludó por su nombre a quien a su lado velaba, antes de caer en un abismo tan profundo que se distinguía de la muerte porque los estertores sacudían el cuerpo en vez de entregarlo al rigor fatal.

De manera semejante a como la enfermedad lo consumió en el foso de la inconsciencia, lo sacó a flote la gana de vivir.

"No permita que me duerma", suplicó a su guardia una y otra vez, quizá seguro de que, ante la parca, el dormido da ventajas que no concede quien se mantiene alerta.

La noche siguiente al despertar de la crisis fue tranquila. Una paloma trajo la noticia de que *Invencible* sobrepasaba la estación del Nare sin novedad, y tras él iba *Imperio*.

De la señora nadie pudo informarle nada. Ni siquiera sabían de ella. "Son resabios de la enfermedad, sueños que dejan las fiebres. La señora Marisa no se embarcaría sola". Luego de una jornada de aparente mejoría, el cuadro de los delirios se reprodujo con violencia. Fue necesario atarlo a la cama para evitar que en las convulsiones se hiciese daño o lo causara a otros en el *crescendo* de la excitación.

El médico regresó sin ocultar su estupor al saberlo vivo y cambió el dictamen a: "inflamación cerebral", una enfermedad frecuente en los burros, pero poco común en los humanos. Recetó nuevas sangrías, pero, como en la misma medida en que el mal se profundizaba era mayor la fuerza del paciente y renovado su ímpetu para defenderse de las torturas médicas, nadie logró siquiera aplicar la viscosa terapia de las sanguijuelas y librarlo de los humores malignos que envenenaban su sangre.

Tampoco nadie tuvo el valor de anunciarle que, por orden del jefe civil y militar, se hallaba preso y, por consideración a su enfermedad, tenía su casa por cárcel.

Imperio de la Ley tomó el raudal de Angostura avistado ya el penacho de humo de la chimenea de *Invencible*, que el cielo azul de una mañana de verano sorpresivo recortaba a distancia de tiro de fusil. Los fogoneros apilaron la leña a un costado luego de cargar el fogón, y sin perder de vista la aguja del manómetro el ingeniero acató el mandato de cerrar las válvulas. Un rato antes, arrastrado por el viento, les había llegado el ulular de la bocina que por pedido de Marisa hicieron sonar, repitiendo en *Invencible* la ceremonia ordenada por Elbers durante el viaje en el *Gloria*.

El capitán Hamilton hizo lo propio, pensando en la fronda sonora de cornos y ladridos de perros con la cual se inicia la ceremonia inglesa de la cacería del zorro.

Con el viento a favor, la llamada alcanzó el puente de mando de *Invencible* superada ya la primera vuelta crítica, el lugar en que el timonel debía aprovechar la fuerza del río, que se estrellaba contra una gran roca, para ascender, por virtud de la contracorriente, con las aguas rechazadas por el obstáculo y, en seguida, con agilidad de volatinero, evadir el remolino creado en el inicio del segundo embate, en cuyo vórtice desaparecían, tragados por fuerzas sin espumas, tanto árboles enteros como bongos de timonel no avisado. Unos lo llamaban "el gran hueco" y otros "el culo sorbedor".

—Ingresan —dijo Poock—. Y seguramente nos alcanzan antes de Conejo.

Corrigió el rumbo con una vuelta de timón.

—Me equivoqué en pensar que *Imperio* era un mal barco. Uno siempre encuentra defectos a los enemigos, pero lo sabio sería descubrir sus virtudes.

Hablaba a gritos para contrarrestar la trepidación escandalosa de la estructura, el estruendo de los émbolos y el implacable rumorío de las aguas.

—Y no soy yo quien lo dice, señora, sino su marido —aclaró, tras salir, sin aparente dificultad, a corrientes menos briosas.

Marisa respondió también a voces, como una forma de expresar su alegría y de espantar el miedo:

—Sí. Es maravilloso.

—Nunca vi antes tanta agua y nunca un motor más firme, ni un barco más agradecido —concluía Poock como para sí, en su inglés limpio y no mascado, tan distinto al de Hamilton.

Contemplaban las orillas, las placas de piedra en capas superpuestas, las matas de monte dispersas, las palmas en grupos como mechones sobre tierra calva. Ningún horizonte se columbraba, no había más que lomeríos en sucesión: a flanco y flanco, en cercana lejanía, las estribaciones de la torturada cordillera.

"¿Marineros de agua dulce?" "¡Timoneles, señor!"

Ya veía él a esos pilotos, que corregían el rumbo por el mapa de estrellas, enfrentar las aguas furiosas de Quita Palanca.

¿Evitar escollos consignados en las rutas? ¡Ya los quería ver en aguas dulces eludir rocas que nadie había contemplado descubiertas y arenales aún más traicioneros, porque no los denunciaban las espumas!

—Se lo traga. Seguro que lo voltea.

Lo decía por decir. El paso era difícil, pero no demasiado. Él lo había superado sin mayor problema en su primer viaje río arriba, gracias a su sentido común y su experiencia de piloto.

Hamilton era marino de aguas saladas, experto en las que ocultan *icebergs*. *Imperio* quizá fuera magnífico, pero ni el vapor ni el capitán superarían el desafío de los rápidos. Él, Albert Spencer Poock, marinero de agua dulce, tenía lo necesario para lograrlo. Un barco con motor poderoso y años de acariciar el proyecto. Una y otra vez, tras medir la velocidad de la corriente, valiéndose de pértigas, había calculado la profundidad del lecho. Las aguas, como lo hubiera pensado cualquiera, no se alzaban en rizos porque chocaran contra imprevisibles obstáculos, piedras que se asomaban desde el fondo a la superficie o murallas de cantos, sino que remedaban los riscos hundidos con festones superficiales. Contra el torrente quizá el motor empeñara la nave en el juego inútil de gastarse sin avanzar ni ser llevada, faena común para hembras de bocachico en temporada de subienda, cuando los pescadores podían atraparlas con la mano y aliviar su fatiga tirándolas al cesto.

Ayudaría al vapor mediante cuerdas atadas a los troncos de ceibas que recobraría con un malacate. En sentido contrario a su avance, una yunta de bueyes cumpliría el oficio y los árboles el de polea. Nada improvisado: la mecánica al servicio del progreso.

—Van a ver cómo la dama de redondas tetas que lleva de mascarón será la primera en ahogarse.

Invencible se detuvo en Conejo el tiempo suficiente para conseguir leña y alivianar las bodegas de cargas pesadas o que pudieran provocar desequilibrio en la estiba. La cuadrilla de trabajadores, provista de cinchos, cabos, cables, cadenas y poleas, partió ribera arriba. Adelante, a pie, Poock arriaba la mula que le ensillaron, pues prefirió llevar en ella cuanto creía útil para la puesta en marcha de su proyecto.

Bajo el mando del primer oficial, todo se hizo de prisa, pero sin afanes, y se logró poner a punto el barco. También *Imperio*, cuando sobrepasara ese punto, debería aprovisionarse de combustible, y su tripulación que disponer lo necesario para afrontar la etapa más difícil: superar los desconocidos grandes rápidos. Como viejos aficionados a los naipes en las cantinas de los puertos, los oficiales conocían de memoria las reglas del juego largo. Antes de poner sobre la mesa la primera carta, acallaron las voces del apresuramiento. No eran jóvenes, es decir, tenían por cierto que sus órdenes no las dictaba la emotividad, sino la razón unida a la experiencia en el oficio. Cada quien era responsable por una tarea de la cual dependía la eficacia de toda la maniobra, como células independientes que, en un organismo, se enlazan para cumplir las funciones que hacen posible el éxito de la vida.

Mientras el segundo oficial analizaba la estiba, el ingeniero disponía arboladuras, balancines, arandelas, en fin, el complejo mecanismo. Tanto de la fuerza que éste generara, como de la habilidad del timonel o la resistencia del casco a los impactos, dependía el barco. Los mecánicos adosaron carretes empiñonados y cuerpos de engranaje, unos verticales, otros con aspecto de torres, sacados todos de la bodega –cubilete de mago– donde Poock había atesorado con celo de avaro y discreción de banquero los ingenios que harían posible vencer los grandes rápidos.

Ningún indicio de cercanía de *Imperio de la Ley*. Como los gimnastas, debía estar preparando sus músculos para la prueba final.

Bajo un cielo torvo, Poock ordenó la puesta en marcha. Antes de ascender al gobernalle, vestido con un traje nuevo de corte impecable y lino inglés y un alto gorro galoneado que le prestaban apariencia de almirante, reunió a los oficiales y, tras una larga explicación sobre la función y el manejo de los artilugios recién instalados, improvisó una breve perorata que Marisa escuchó desde su camarote, mientras con minucia de reina daba los últimos toques a su arreglo.

Como cualquier síntoma de enfermedad o cansancio había desaparecido a medida que *Invencible* se acercaba a la meta, Marisa se negó a dejar el vapor en Conejo y a esperarlo en Honda, con el pretexto de que no sacudiría más el barco que el mar de leva. Poock opuso uno tras otro sus argumentos: la seguridad de Marisa, la responsabilidad que él tenía como capitán respecto a sus pasajeros y la confianza que en él había depositado Elbers.

—Si no está convencido de llegar, ¿para qué intentarlo?

El capitán permaneció en silencio.

—Recuerde —dijo Marisa— que yo represento al armador. Asumo, en esa condición, la responsabilidad y los riesgos.

La frase hubiera resultado violenta de no haberla seguido un elogio:

—Creo en usted y en *Invencible*.

—*Steam on* —oyó gritar a Poock.

El vapor avanzaba contra el escándalo de las aguas.

La mujer abandonó la penumbra del camarote. La luz, filtrada por la llovizna, restaba volumen al mundo. Le pareció, de pronto, que el barco ingresaba en la mansedumbre coloreada de un libro de horas.

Los internos, dulces golpes de su propio pasajero la despertaron a la realidad. No había paisajes semejantes en los libros pintados por los monjes europeos. Era bello habitar ese mundo distinto.

—*Steam on*—gritó saludando la dicha de la vida.

Aun cuando el señor Vergara se opusiera una y otra vez arguyendo que en la filosofía del derecho estaba contemplada, ante la inminencia de un proceso penal, como era el caso, la incomunicación del prisionero que no hubiera rendido indagatoria, el coronel, quizá porque no entendía las previsiones teóricas o porque, inmerso en la permanente siesta mental de los oficios castrenses, carecía de otro elemento de juicio que el peso de su capricho, concedió permiso para que el portador de las noticias visitara a don Santiago.

Dijo sí, como hubiera podido decir no. En todo caso, los guardias apostados a lado y lado del portón descruzaron los fusiles cuando el mensajero extendió el documento con las firmas y los sellos de rigor.

De que se recuperara don Santiago nadie tenía certeza; sí, en cambio, se revelaban dudas y recelos. Estaba viejo. "Un hombre de cincuenta y dos años se defiende mal en las batallas contra la muerte", opinaban quienes del tránsito por el mundo tenían las seguridades a las que se da el nombre de experiencia. Se mostraban convencidos de que los hombres de edad no oponen, ante la presencia aniquiladora de nuestra común enemiga, sino una débil resistencia, casi que la del asco por el sudario y el silencio sin fin de la tumba, pero no la enfrentan batallando como aquellos que todavía no han agotado los motivos que prestan fuerza a la vida y a sus actos. "Los viejos", decían, "ceden a la consunción resignados, porque habitan el imperio de lo orgánico y no desean reintegrarse a la lucha".

La muerte sin estertores, la aceptación resignada, no llegó. Junto a él se apostaban, como fieles guardianes, un hombre y varias mujeres, entre ellas Ignacia. Si bien cambiaban los nombres de tanto en tanto, con el volumen, el peso o la figura de quien velaba en la misma mecedora de paja tejida, no se modificaba el tono de afecto, el espíritu solícito, la atención constante frente al rumbo de la batalla contra la enfermedad y su final para todos inminente: el séquito oscuro, el luto, los huesos, las cenizas.

Esperanza de recuperación, escasa.

En el patio, protegidas del sol o de la plata lunar por los filtros vegetales de las hojas de almendros y aguacates, y sentadas, porque su tarea consume horas, rezaban las mujeres la fe puesta en la intervención divina, sin confiar en los recursos médicos.

Al coro de imploración murmullante se unían por breves ratos las voces de los hombres de la casa.

El enfermo buscaba en el aire las esperanzas de porvenir. Los guardianes, atentos, en su ir y venir turnados. Una vez se consumía el hombre en los abismos sin fondo donde la conciencia carece de ojos y balanzas, y otra vez algo suyo tomaba impulso desde el borde de la nada y se elevaba al ámbito en donde la existencia adquiere densidad de empresa.

Primero gime, luego implora, más tarde llama; recuerda sus idiomas y, en una mañana de paz, entona músicas propias.

Barrida de sus ojos la nata de indiferencia, buscan, encuentran y festejan sus pupilas el reencuentro con el día.

—Es más fuerte y terco que una mula —dijo el médico, tras la cuarta visita—. En lugar de don Santiago debería llamarse don Lázaro.

Esta vez no pidió la cancelación inmediata del servicio.

—Pero, si delira de nuevo, no hay nada que hacer. Pueden abrir las ventanas —añadió—. Poca conversación y ninguna contrariedad.

El enfermo, debilitado al extremo de que cualquier esfuerzo se traducía en fatiga dolorosa, se debatía en procura de recuperar la lucidez que tras la semana de crisis apenas se empañaba durante unas pocas horas, cuando la fiebre alcanzaba cimas de incendio.

Tras la salida del médico, la casa se abrió para el mensajero, quien atravesó el jardín en la luminosa penumbra proyectada por las hojas enormes de almendros y zapotes.

El hombre se mantuvo en el umbral, sin atreverse a traspasarlo. Miraba en el lecho un cuerpo irreconocible, la cabeza brillante por la cirugía del barbero y el rostro cansado de un viejo de mil años.

Elbers tardó en advertir su presencia. Tal vez la gasa del mosquitero, interponiéndose entre la figura del recién llegado y la contraluz del patio, contribuía a hacer, de quien esperaba lo invitasen a seguir, una figura de otro mundo. Por lo menos eso pensó el acompañante, cuando percibió el sobresalto en la voz de Santiago:

—A ése lo he visto en sueños…

—Señor —dijo el mensajero, avanzando—, el barco se hundió antes de llegar a Honda.

—¿Marisa?

—Lo volcaron las aguas en medio de los grandes rápidos arriba de Conejo, —continuó el hombre—. La caldera estalló.

—¿Mi mujer? —aclaró Santiago, lúcido—. Pregunté por Mi mujer…

—Sobrevivieron tres. Todos hombres… El otro vapor se quebró antes, en Angostura…

EPÍLOGO

El cortejo avanzó con lentitud de procesión religiosa bajo el resplandor de un cielo apagado por la calina.

Marchaban adelante, con el paso corto de la pesadumbre, dos hombres de edad y la negra que hasta el último día llevó hasta la sombra del samán el cesto con frutas para el ahora difunto.

El ataúd, severo, sin adornos de bronce ni coqueterías de ebanista, atravesó la plaza, llevado a hombros, sin que el cortejo se detuviera en la iglesia, cuyas puertas permanecieron cerradas. La banda de músicos, como si la ceremonia repitiera la de Semana Santa, tras un silencio que pareció largo, hizo sonar la diana dolorida que se toca con tambores entontecidos y cobres asordinados por medios calabazos para acompañar el paso del *ecce homo*.

—¿Elbers? ¿Y qué hacía ese tipo en este infierno?

—Esperaba ver pasar un vapor.

—¿Un barco?

—Un vapor —repitió el hombre.

—¿Estaba loco?

—No, no —repuso, mientras miraban perderse el cortejo camino al cementerio de la compañía—. Nunca estuvo loco. Miró durante catorce años hacia el recodo. Dicen que esperaba a su mujer.

—¿Murió de amor? —terció el ironista eterno.

—Yo no creo —respondió el hombre—. Conociendo su historia uno puede pensar que se dejó morir la tarde en que su corazón aceptó, por fin, haber perdido la batalla.

Página opuesta, Barco a vapor. *Grabado.* En: *Dover Publ. 1987.*
Páginas 444/445, Moros. Vapor Emilia Durán - Alto Magdalena. *Grabado, ca. 1881-1887. En:* Papel Periódico Ilustrado. *Bogotá. Edición del Banco de la República. 1968.*

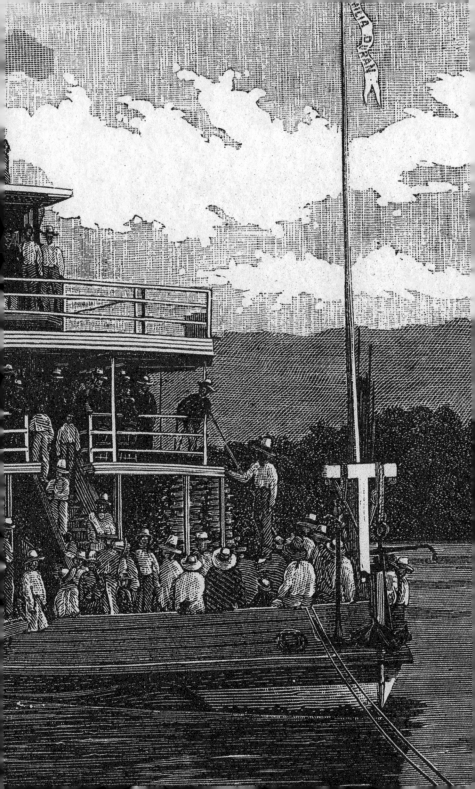

12/08 ① 8/08
2/10 ③ 6/09
12/12 ③ 6/09.
1/15 ④ 3/13
11/18 ⑤. 7/16